백성

백

성

7

제2부 | 메아리가 묻혀오는 것

김동민 대하소설

문이당

차례

제2부 | 메아리가 묻혀오는 것

천 씨 성을 가진 남자

"언니! 언니! 저 우에 있는 성 밖 사주 관상재이 영감 알아예?"

"……."

"그 사람한테 우리 사주팔자 한분 보로 가예. 어휴, 입이 붙었어예?"

"……."

"내 입이 붙것다, 내 입이 붙것어. 언니, 지 입이 붙으모 언니가 책임 져야 합니더?"

어떻게든 해랑 마음을 다른 데로 돌리려고 제 깜냥에는 한참이나 궁리하던 효원이, 마침 좋은 생각을 떠올린 듯 세상 끝날 때까지 멈추지 않을 사람처럼 막 재촉하자, 시종 벙어리 같던 해랑이 비로소 다분히 자조 섞인 투로 말했다.

"기생 년 사주팔자 빤한데 물어보모 머할 끼고?"

효원은 가슴이 뭉클해져 왔으나 내색을 하지 않았다.

"머하기는 머해예?"

도리어 사뭇 공격적인 어조에다 잔뜩 틀어진 얼굴로 가장했다.

"사람 팔자 시간문제라는 말도 안 있어예?"

그러고는 발딱 일어서더니만 비탈진 강기슭을 흡사 청설모처럼 쪼르르 타고 오르기 시작했다. 차분하지 못하고 덜렁거리는 사내아이가 따로 없었다. 효원은 전생에 남자였음이 틀림없고, 그게 아니라면 후생에는 남자로 태어날 것이 분명했다.

그런 생각과 함께 효원의 뒷모습을 물끄러미 올려다보고 있던 해랑도 어쩔 수 없이 몸을 일으켜 세워 그쪽으로 무겁게 발을 떼놓았다. 산모보다도 더 거동이 불편한 여자로 보였다.

"언니, 저기예."

사주 관상쟁이 노인은 의암 쪽이 비스듬히 내려다보이는 위치에 작고 허름한 왕골 돗자리 하나를 깔고 그 위에 정물처럼 앉아 있었다. 노인 앞에는 노랗게 빛바랜 책자 서너 권이 놓였다.

"흐음."

주름진 고개를 깊숙이 수그린 채 자칫 앞으로 폭 엎어지지나 않을까 싶은 불안감을 주면서 조는 것같이 앉아 있던 노인은, 두 사람이 다가가자 한참을 기다렸다는 듯 얕은 기침 소리를 내면서 눈을 번쩍 떴다. 나이가 무색하리만치 눈빛이 맑아 보였다.

"할아부지, 우리 신수 좀 봐주이소."

효원이 중늙은이처럼 말했다.

"누부텀 봐드리까?"

노인이 탐색하듯 그들을 보며 묻자 해랑이 대답했다.

"쟈나(저 아이나) 봐주이소."

길게 늘어진 턱수염이 옥수수수염처럼 허옇게 센 노인은, 깊은 눈길로 잠시 해랑을 유심히 바라보더니 효원에게로 고개를 돌렸다.

"자아, 그라모 우선에……."

노인의 표정은 사뭇 진지했고, 효원도 지금까지와는 다르게 긴장감을 느꼈다.

"잘은 모리것지만도예."

노인이 효원더러 태어난 해, 달, 날, 시의 육십갑자 등을 묻고, 효원이 아는 대로 답하고 하는 동안, 해랑은 촉석문과 강변 백사장 쪽을 멍하니 바라보았다.

유춘계를 비롯한 농민군 주모자들이 망나니 칼을 맞고 형장의 이슬로 사라져 가야 했던 곳. 나라의 심한 감시를 피해가며 천주학 하던 전창무 목이 장대에 높이 걸려 있던 곳. 그리고 모래밭에 썩은 통나무처럼 나뒹굴던 목 없는 시신.

전창무는 비록 목 없는 몸뚱어리만 파묻은 무두묘無頭墓나마 있다고 들었지만, 그렇게 무수히 죽어간 농민군들 무덤은 어디에 있을까? 까마귀 무리가 붉은 소리로 울부짖는 시퍼런 하늘 밑에 허연 해골만 이리저리 굴러다니고 있지는 않을까?

'아!'

해랑은 보이지 않는 어떤 손아귀가 숨통을 틀어막는 기분이었다. 내 귀 빠진 이 고을에서 그리도 무섭고 슬픈 일들이 하나둘도 아니고 그렇게 많이 벌어졌다니. 하지만 행인들은 언제부터인가 그 사건들을 깡그리 잊어버렸는지 그저 무심한 얼굴로 말하거나 웃거나 하면서 지나칠 따름이었다.

"예? 그기 무신 소리라예?"

이런저런 감회에 젖고 있던 해랑의 정신이 퍼뜩 돌아온 것은, 문득 들려온 효원의 높고 날카로운 고함 때문이었다.

"천千이 머 우뚷다꼬예?"

"그, 글씨."

해랑이 보니 노인은 퍽 난감한 표정을 짓고 있었다. 그는 영 버르장 머리 없다 싶을 만치 쏘아보는 효원의 시선을 슬그머니 외면했다.

"사주팔자에 그런 식으로 나와 있는 거를 내가 우짜것노. 뜯어 고칠 수도 없고. 허, 이거 참."

저 아래 남강으로부터 불어 올라오는 강바람에 노인의 흰 머리칼과 턱수염이 대책 없이 나부꼈다.

"효원이, 니!"

해랑은 효원에게 꾸짖는 어조로 물었다.

"연세 높으신 분한테 소리치고 와 그라노? 니 신수가 우찌 나왔는데?"

그러자 효원이 화가 잔뜩 돋친 낯빛을 풀지 못한 채, 나만 나무라지 말고 잘 들어보란 듯이 한다는 소리가 이러했다.

"이 효원이가 사내 천 맹하고 사랑할 끼다, 그리하는 기라예."

노인은 산이나 들에 절로 나는 엉겅퀴를 연상시키는 주름투성이 손으로 빛이 바랜 노란 표지의 책자를 덮었다가 펼쳤다가 했다.

"내는, 내사……."

해랑은 여전히 민망스러워하는 노인 보기가 딱해 이렇게 말했다.

"머 잘 알아맞추시거마는. 니 입으로 장 말 안 했다가. 한 남자만 바라봄시로는 안 살 끼라꼬. 그러이……."

해랑 말을 끝까지 듣지도 않고 효원이 뽀로통해서 내뱉었다.

"무담시 해본 소리지예. 우떤 미친 여자가 천 맹이나 되는 사내들하고 그래예?"

다시 노인을 향해 윽박지르듯 했다.

"할아부지, 복채卜債 도로 내놓으시소."

그 말을 들은 노인이 살은 없고 뼈만 남은 무릎을 얇은 손바닥으로 탁, 치더니 조금 전과는 달리 자신감에 찬 얼굴을 했다.

"아, 그렇거마는!"

나이를 먹을 만치 먹은 노인네가 또 무슨 헛된 수작을 더 부리려고 그러냐는 기색을 노골적으로 드러내 보이는 효원에게 말했다.

"잠깐만 함 있어 보소. 내가 새로 이약해줄 낀께네."

그러고 나서 천연덕스럽게 한다는 소리가 생뚱맞았다.

"천 맹의 사내가 아이고 천 씨 성을 가진 사낸 기라."

"예에?"

"성이 천 씨라꼬, 성이!"

"……."

효원은 한층 기가 찬다는 낯빛이었다. 그래서 이번에는 더는 대거리할 필요도 없다고 보는지 아예 대꾸조차 하지 않았다.

"내 말 절대 별로 듣지 말어."

손님이야 어떻게 받아들이든 말든 사주 관상쟁이 노인은 그런 사실을 소상하게 알려주어야겠다고 작심한 모양이었다.

"처자는 곧 천 씨 성을 가진 남자하고 서로 좋아할 괘가 나온 기라."

해랑 또한 노인 말을 손톱만큼도 믿지 않으면서도 귀가 울고 머리가 띵했다.

'효원이한테 남자가 생긴다꼬?'

낮도깨비 주문 외는 소리라도 들은 느낌이었다.

'천 씨, 천 씨 성을 가진 남자?'

반쯤 펼쳐져 있는 낡은 책자의 너덜너덜한 알장이 바람에 펄럭거렸다.

"아, 그기 아이라 안 쿠요? 그런께네……."

노인의 연이은 해명에도 불구하고 여전히 얼굴이 붉으락푸르락 난리인 효원의 팔을 억지로 잡아끌며 그만 가자고 하는 해랑에게 노인이 물었다.

"그짝 색시는 안 볼라요?"

"예, 지는 안 보고 싶심니더."

그러면서 해랑이 먼저 발을 옮기는데 노인이 급히 말했다.

"자, 잠깐만 있어 보소. 내가 그짝 색시한테는 돈 하나도 안 받고 공짜로 봐줄 끼니, 생년월일하고 난 시時를……."

"지는 싫다 안 쿱니꺼?"

그래도 해랑이 고집스럽게 고개를 내젓자 노인은 '쩝' 하고 입맛을 다시며 무척이나 아쉽다는 투로 혼잣말처럼 중얼중얼했다.

"색시 팔자가 우떤고 꼭 한분 알아보고 싶은데……."

해랑은 저만큼 높이 선 오래된 성곽이 도저히 넘을 수 없는 운명의 벽처럼 너무나 견고하고 답답하다는 느낌을 떨쳐버리지 못했다.

"고만 가자 안 쿠나? 니 요 살 끼가?"

그러면서 효원의 작고 둥근 등을 세게 떠밀었다. 성벽 위쪽에 내걸려 있는, 자주색 바탕에 검은 글씨체의 한자로 '巡視'라고 적혀 있는 기旗가 잘 가라는 듯 손을 흔드는 것 같았다. 돌아다니며 살펴본다는 의미의 '순시'였다.

"해랑 언니."

잠시 끌려가는 소처럼 따라오던 효원이 몹시 맥 풀린 목소리로 물었다.

"아즉 시간이 한거석 남았는데 답답한 교방에 들갈 끼라예?"

가느다란 목을 뒤로 젖혀 해가 있는 위치를 통해 시각을 가늠하며 또 말했다.

"이리 자유 시간 얻기도 에럽다 아입니꺼."

"자유 시간. 자유."

그러던 해랑이 강한 부정처럼 고개를 크게 가로저었다.

"아이다. 와 하매 들가노?"

효원이 듣던 중 반가운 소리라는 듯 얼른 물었다.

"그라모 오데로 갈라꼬예?"

그러자 해랑은 마치 아까부터 행선지를 미리 결정하고 있었던 사람같이 한 치 망설임도 보이지 않고 말했다.

"우리 상촌나루터나 함 가보자."

그런데 효원은 썩 내키지 않는다는 빛이었다. 그러더니 상기시켜주는 투로 말했다.

"비화 언니도 없는데예?"

"누가 그거를 모리나? 그라고 없으모 우때서?"

그렇게 효원의 말을 일축하고 나서 해랑은 술꾼 사내가 술친구에게 하듯 입맛까지 다셔가면서 얘기했다.

"밤골집에 가서 동동주나 한 사발 마시자꼬."

시무룩하던 효원 얼굴이 대번에 확 밝아졌다. 목소리에도 힘이 실렸다.

"아, 밤골댁 아주머이가 보고 싶어서예?"

만나보고 싶은 사람이 있다는 건 누구에게나 활기를 주는 법이다.

"하모, 그 아주머이 노래도 잘한다 아이가."

해랑은 비화 언니 시댁 마을인 새덕리에 갔을 때, 한돌재와 합치기 전 과수댁으로 혼자 살던 밤골 댁과 비좁은 골방에서 손바닥과 나무젓가락으로 술상을 두드려가며 노래하던 일이 새삼스레 떠올랐다.

"그 집 매운탕 맛도 에나 장난이 아인갑더라. 그 얼큰한 안주로 말이제."

해랑의 말은 거침이 없었고, 효원은 자기들을 힐끔거리고 있는 행인들이 들을까 봐 신경 쓰인다는 눈치였다.

"자꾸 술재이맹캐 할 끼라예?"

바람이 두 사람 치맛자락을 장난스럽게 말아 올리며 살랑 불어댔다.

"술재이가 머 벨거라? 술이 들으모 성낼 끼다."

아까 그 사주 관상쟁이 노인은 어느 쪽일까? 술은 입에도 대지 못하는 사람일까, 아니면 술고래일까? 그런 쓸데없는 상상을 해보고 있는 해랑의 발그레한 낯을 힐끗 쳐다보며 효원이 혼잣말처럼 말했다.

"술 이약하이 하매 술 취하신갑네?"

해랑은 자기 친정집이 있는 방향을 한동안 바라보다가 고개를 푹 떨구었다.

"에나 취하고 시푸다. 증신 없어질 때꺼정……."

효원도 기분 상한 얼굴이 되었다.

"다리가 없어지기 전에 후딱 가입시더."

그러나 효원은 그때 해랑이 그녀의 부모 외에 또 누구를 떠올리고 있는지 몰랐고, 또한 혼자 속으로 이런 소리를 중얼거리고 있다는 것도 전혀 알지 못했다.

'임억호.'

그들은 부지런히 발길을 재촉했다. 또다시 목이 말라오긴 둘 다 마찬가지였다.

상촌나루터는 언제 와 봐도 흥청망청 붐볐다.

"아이구우, 이기 누고?"

"에나 오랜만입니더, 그지예?"

반갑게 웃는 얼굴들이 해바라기나 나팔꽃 같다.

"이리 이쁜 색시들이 이 누추한 데를 다 찾아주이 에나 영광이다야!"

"잘 계싯어예?"

남강 물새 소리처럼 정겨운 목소리들이다.

"가마이 있으모 그냥 잘 있는 기지 머."

"장사도 상구 더 잘되는 거 겉어예."

서로 기원하듯 했다.

"선녀가 그리 말해주이 앞으로 진짜 그리 안 되까이."

"나무꾼이 말하모 우찌 되고예?"

"그눔의 비단옷이 문젠 기라. 삼베옷을 입었으모 그런 일이 안 생깄 것제."

"참, 아주머이도."

해랑은 밤골댁 호들갑이 더 늘었다는 생각에 씩 웃음이 나왔다. 그동 안 가슴팍에 꽉 막혀 있던 기운이 연줄 풀리는 듯 풀리면서 마음이 그렇 게 편안할 수 없었다. 시집간 새댁이 친정집에 오면 이런 기분이겠거니 싶기도 했다.

"우리 집이 인간 시상 주막이 아이고 저 천상의 선녀들이 사는 궁전 으로 배꿔삐린 거 매이다."

돌재도 여간 반가워하는 빛이 아니었다. 그에게서는 농사꾼 분위기가 사라지고 어부다운 모습이 완연해 보였다. 역시 생업이란 건 속일 수 없 는 모양이었다. 그런데 잠시 후였다.

"언니는 여서 술 마시예."

느닷없는 효원 말에 해랑이 의아한 표정으로 물었다.

"와? 니는 우짤라꼬?"

"내는 강바람이나 씌우고 싶어서예."

저고리 소매를 치켜들고는 새가 날갯짓하는 시늉을 했다.

"아까 옴서 본께, 강에 왜가리가 짜다라 막 날라댕기던데예."

그렇게 말하고 효원은 해랑이 더 무어라 입을 열기 전에 곧 밤골집을 빠져나왔다. 하지만 효원의 발걸음은 남강으로 가지 않고 바로 옆에 붙어 있는 나루터집을 향했다. 그녀로서는 아무래도 밤골집보다는 더 마음이 끌리는 곳이었다.

'여게는 장사가 더 잘되는갑다.'

효원은 가게 안을 둘러보면서 흐뭇한 심정이 되었다. 산후 조리하느라 비화가 없는 탓에 우정 댁과 원아는 그야말로 발바닥에 불이 날 정도로 바빠 보였다.

"이거 미안해서 우짜노?"

"미안키는예?"

전혀 섭섭하다는 감정을 품지 않는 효원인데도 또 말했다.

"그래도……."

"자꾸 글 싸시모 지가 더 미안치예."

"아이다. 우리 이쁜 효원이가 참말로 오랜만에 왔는데 손님들 땜에 제대로 대접도 몬 하고 안 있나."

우정 댁은 변함없이 효원을 친딸 대하듯이 했다. 효원 또한 얼굴조차 기억나지 않는 친어머니처럼 느껴졌다.

"같이 온 사람은……."

원아는 해랑이 더 보고 싶은 눈치다.

"시방 밤골집에 가 있다꼬?"

효원은 원아가 여느 관기들보다도 아름답다고 생각했다.

"예, 우찌나 서로 반가버하시는고예."

그때 마침 서당에서 공부를 마친 얼이가 책보를 들고 문간으로 들어섰다.

"어?"

얼이는 효원을 보는 순간, 얼굴과 귓불이며 목덜미까지 벌게졌다. 묘하게 책보 색깔 또한 자줏빛에 가까웠다.

"아!"

효원의 얼굴도 금방 화사한 꽃같이 피어났다.

"와 모도 그리 장승매이로 서 있노?"

우정댁 목소리도 어쩐지 달라져 있었다.

"얼이 니 때맞차 잘 왔다."

"예⋯⋯."

얼이는 목소리뿐만 아니라 모든 게 달라진 것처럼 보였다.

"우리가 너모 바빠갖고 대접도 몬 하고 있는데, 얼이 니가 데꼬 나가서 나루터 기경이나 시키조라."

얼이는 이번에도 기어드는 소리로 짧게 말했다.

"예."

우정 댁은 괜히 코를 훌쩍였다.

"그새 여게 나루터가 올매나 더 달라짓는고 한분 기경해보모, 효원이가 고마 깜짝 놀랠 끼거마는."

"⋯⋯."

원아가 그런 우정댁 얼굴을 말없이 빤히 건너다보고 있었다. 여하튼 우정 댁이 하는 소리 그대로이긴 했다.

상촌나루터는 어제 다르고 오늘 다르게 번창하고 있다. 남강에서 역사가 최고 오래된 나루터답게 규모가 엄청났다. 한강의 나루터들이 무색할 판이었다. 좀 부풀려 얘기해서 조선의 나룻배들은 모두 그곳에 모아놓은 게 아닌가 싶을 정도였다.

그러한 가운데 나루터집도 옆집들을 자꾸자꾸 더 사 넣어 몰라보게 커졌다. 방이며 평상이 늘어난 것은 말할 것도 없고 정원도 꽤 운치 있게 꾸며 놓았다. 조만간 일하는 여자들도 채용할 계획이었다. 손님이 계속 들락거리고 있다.

"우리는 장사할 낀께 같이 나가 봐라이."

원아가 머뭇거리고 있는 얼이와 효원에게 은근한 눈빛으로 말하고는 주방을 향해 등을 돌려세웠다. 우정 댁은 이제 막 시끌벅적하니 몰려 들어온 단체 손님들을 맞아 저쪽 제일 큰방으로 안내하는 중이었다.

"그라모……."

얼이가 약간 비틀거리듯 앞을 서고 효원이 조심스럽게 그 뒤를 따랐다.

'이라! 이라!'

'히이잉!'

'워이, 워이.'

'움~메.'

두 사람 앞뒤와 옆으로 그 수를 헤아릴 수 없는 인파며 소달구지, 마차, 가마 등이 저마다의 다른 모습으로 온갖 소리를 내면서 지나가고 있었다.

'멍! 멍멍!'

개들도 아주 신바람이 붙은 듯 제멋대로 뛰어다녔다.

'첨벙!'

강에서는 또 강대로 잉어며 가물치 같은 큰 물고기들이 수면 위로 솟구쳤다간 잠수하곤 했다. 하지만 그들 눈에는 아무것도 보이지 않았다. 그들 귀에는 아무것도 들리지 않았다.

'운제 저러키나?'

효원은 이제 제법 떡 벌어진 얼이 어깨를 보면서 장골이 다 되었다는 생각을 했다.

'하매 성숙한 여자가 다 됐거마.'

얼이 또한 기껏 그 나이에, 뒤에 따라오는 효원에게서 예전보다 여인 향기가 훨씬 많이 풍긴다고 느꼈다. 하긴 원래 여자가 남자보다 조숙한 편이기는 하다.

그러자 얼이 마음이 한층 크게 설레고 뿌듯하면서도 왠지 모를 조바심이 일었다. 얼이가 무슨 말이든 해야겠다고 궁리하고 있는데 효원이 상기된 얼굴로 함성을 질렀다.

"와! 강에 나룻배가 상구 더 많아졌어예!"

그 소리에 얼이는 드디어 할 말이 생겼다.

"나루터에 드나드는 사람들도 엄청시리 불어났지예?"

효원은 그러잖아도 왕방울만 한 두 눈을 한층 크게 뜨고 주변을 둘러보았다.

"여게가 진짜 상촌나루터 맞아예?"

얼이는 몇 번이고 고개를 끄덕끄덕했다.

"우짜다가 오는 다린 사람들도 그런 소리 마이 하데예."

그들은 지난번과는 다르게 지금은 서로가 말을 높이고 있었다. 다른 사내아이, 여자아이 같았으면 아직은 그렇게 하지 않을 나이들이었다. 그런 자각도 얼이를 흥분시켰다. 잠시 강줄기를 따라 침묵 속에 걷고 있다가 효원이 문득 떠올랐는지 물었다.

"달보 영감님은 아즉도 배 젓고 계시지예?"

"예, 맞심니더."

그 대답을 한 후 잠시 더 할 말을 찾고 있다가 얼이가 말했다.

"그라고 옛날보담 더 건강하심니더."

짐짓 나이에 어울리지 않게 어른 말투를 흉내 내었다.

"가마이 있거라, 영감님이 오데쯤 계실랑고?"

얼이는 손을 이마에 갖다 대고 부지런히 꼽추 영감을 찾는 시늉을 했다. 그게 단둘만의 나들이가 쑥스러워서 하는 행동이란 걸 익히 아는 효원 가슴이 쉴 새 없이 두근거렸다. 강가에 늘어선 나무들에 매달린 이파리들도 떨리듯 흔들리고 있었다.

"달보 영감님 큰아드님이 에나 대단한 사람입니더."

"······."

얼이 그 말에 효원이 하얀 목을 뒤로 젖혀 말없이 얼이 얼굴을 올려다보았다. 그 눈빛은 흡사 이렇게 묻고 있는 것 같았다.

'그리 말하고 있는 당신은 우떤 사람인가예?'

얼이는 비밀스러운 일을 하다 들킨 사람처럼 얼른 효원의 눈길을 피해 시선을 강 쪽으로 던지며 말을 이었다.

"미국 군인들하고 싸우다가 잘못돼서 포로로 잽히 있다가 다행히 돌아왔지예."

효원이 놀란 듯 둥글고 예쁜 눈을 반짝이며 말했다.

"아, 그런 일이 있어예?"

해맑은 음성이 얼이 가슴을 저릿하게 그었다. 그것은 저만큼 강에서 나룻배가 나아가며 이루어내는 물살보다도 더 크고 세찬 흐름이었다.

"우짜모 앞으로는 왜놈들하고도 싸와야 할랑가 모린다 쿠덥니더."

그 말을 전하는 얼이 표정이 나이에 걸맞지 않게 비장했고, 효원은 더욱 놀란 목소리가 되었다.

"옴마야! 우짭니꺼?"

언제부터인가 두 사람은 어깨를 나란히 한 채 천천히 강가를 따라서 걷고 있었다. 남강 위로 날렵한 물총새며 털빛이 고운 왜가리 등도 암수가 짝을 지어 정답게 날고 있는 광경이 비쳤다.

강 건너편 산등성이를 물들인 기운이 이날따라 더없이 푸르렀다. 연방 나루턱에 와 닿고 떠나는 나룻배 위로 오르내리는 사람들도 하나같이 평화로운 모습들이었다.

"내한테 꿈이 하나 있는데……."

얼이가 야무지게 생긴 입술을 꾹 깨물며 얘기했다.

"내도 꼭 달보 영감님 큰아드님매이로 훌륭한 군인이 되고 싶심니더."

효원이 마음에 새겨보듯 되뇌었다.

"훌륭한 군인……."

얼이 눈에 광채가 일렁거렸다. 그것은 그때 머리 위에서 밝게 내리비치는 햇빛 때문만은 아니었다.

"그래갖고 우리를 노리는 몬된 외적들을 모돌띠리 물리치모 좋것다쿠는 생각을 품고 있심니더."

그러자 효원은 기대에 찬 얼굴로 격려를 해주듯 했다.

"에나 멋질 끼라예, 군인이 된 얼이 되련님 모습이."

얼이 가슴이 곧장 터질 것만 같았다. 남강 물이 한꺼번에 몸속으로 밀려 들어오는 듯 숨쉬기도 어려웠다.

얼이 되련님. 아아, 나를 보고 되련님이라고 부르다니…….

얼이가 살짝 곁눈으로 훔쳐본 효원의 자태는 영락없는 선녀였다. 사람들이 원아 이모를 예쁘다고 말들 하지만 그건 효원을 빼놓고 하는 소리라는 생각도 들었다. 얼이는 규모가 크고 경치가 수려한 거기 상촌나루터를 바라보았다.

'지구가 없어질 때꺼정 효원이보담 더 이쁜 여자는 몬 나올 끼거마는.'

그런데 잠시 후 효원의 이런 물음에 얼이는 더할 수 없이 마음이 혼란스러워지면서 할 말을 잃고 말았다.

"육군이 되고 싶어예, 수군이 되고 싶어예?"

얼이는 심한 말더듬이처럼 했다.

"그, 그거는……."

효원이 고개를 갸우뚱했다.

'우짜노?'

얼이는 육군도 수군도 아닌 농민군이 되고 싶은 것이다. 농민군이다. 그렇지만 그 말을 들었을 때 효원이 나타낼 반응이 두려워 얼이는 계속 얼버무리기만 했다.

"내, 내는……."

하지만 아무것도 모르는 효원은 짓궂게 자꾸 물어왔다.

"쌔이 말해 봐예."

"……."

"육군? 수군?"

"……."

강 위를 높게, 혹은 낮게 날면서 줄곧 그들 뒤를 따라오는 듯한 물새들도 어서 이야기해 보라고 재촉하는 소리로 들렸다.

"아, 알것어예. 다 되고 싶은가 봐예."

효원은 제가 묻고 제가 답하고 나서 무엇이 그리도 재미있고 우스운지 혼자 깔깔 웃기 시작했다.

"내는예……."

얼이는 대답하지 않을 수 없었다.

"머시 되든 간에, 울 아부지맹캐 용감한 사람이 될 낍니더."

풀린 실타래처럼 말을 멈추지 않던 효원은 그만 입을 다물었다. 홀연 얼이 표정이 여간 굳어 보이지 않았던 것이다.

'자기 아부지…….'

효원도 바람결에 들어 알고 있었다. 얼이 아버지는 임술년에 농민군으

22

로 활약하다가 관군에게 사로잡혀 성문 밖 공터에서 효수형을 당했다.

'내가 씰데없는 말을 했는갑다.'

효원은 얼이에게 미안하기도 하고 내심 불안하기도 했다. 얼이는 여전히 말이 없고 효원 혼자 남강에 큰물 나듯 궁리만 불어났다.

설마 농민군이 되려는 건 아닐 테지. 자기는 그렇게 되고 싶어 해도 그의 어머니가 그냥 놔두지 않을 거야. 남편을 그렇게 보낸 사람이니까.

효원은 그때 알지 못했다. 오래전부터 우정 댁이 얼이를 농민군으로 키울 결심을 다져가고 있다는 사실이다. 그녀가 밤골집에서 판석과 또술, 태용 같은 농민군 출신들을 남들 몰래 만나고 있었다.

"우리 쪼끔만 앉았다 가예."

효원은 갑자기 서 있을 힘조차 없어졌다.

"다리가 아푸네예."

그러자 얼이는 금방 표정이 바뀌었다.

"아, 예. 저어기……."

얼이는 아주 충직한 종처럼 얼른 효원을 가까운 곳에 있는 큰 바위로 데리고 갔다. 어른 대여섯 사람이 올라앉아도 됨직한 크기의 흰 바위다. 그뿐더러 물가에 바짝 붙은 그 바위 옆에는 수양버들이 강바람에 간간이 흔들리고 있어 풍광도 뛰어났다.

"남강은 운제 봐도 에나 아름다운 강이라예."

"하모예."

둘은 흰 바위에 올라앉아 똑같이 강을 바라보았다.

"이 시상에서 저만치 멋진 강도 안 흔할 기라예."

"하모예."

남강이 자기를 알아주어 고맙고 기쁘다는 듯 갑자기 큰소리를 내는 성싶었다. 곧장 흘러가 버리지 않고 그들 가까운 곳에서 빙그르르 맴을 돌았다.

"함 보이소."

"예."

얼이 목소리가 제법 굵었다.

"우짜모 물이 저리 맑고 푸를까예?"

"진짜예!"

"안 보모 몬 믿을 깁니더."

"지는 봐도 몬 믿것는데예."

효원의 음성도 강물처럼 그저 맑고 푸르렀다.

'우짜모 목소리도 저리 고울까? 새보담도 더 곱다 아이가.'

얼이는 일렁이는 물살만큼이나 잠시도 조용하게 있지 못하고 뛰노는 가슴을 효원 모르게 손바닥으로 쓸어내리며 말했다.

"그거는 지리산 쪽에서 흘러내린께 안 그러까예."

직접 가보지는 못했지만, 지리산은 우리 민족의 영산靈山이라는 소리를 어른들에게 귀에 못이 박히도록 들어오고 있는 얼이였다.

"아, 저 이름난 지리산 쪽에서 말이지예."

효원은 눈앞에 보이는 모든 게 그저 새롭고 신기하기만 한 모양이었다. 그녀는 은빛으로 반짝이는 강물을 내려다보며 꿈꾸는 목소리로 물었다.

"저 강물은 오데꺼지 흘러가꼬예?"

얼이는 크게 뜬 눈으로 거기서 볼 수 있는 저 하류 쪽을 최대한 멀리 바라보았다.

"낙동강에 합치진다꼬 들었심니더."

낙동강은 평소 얼이가 지리산과 더불어 꼭 한번 가보고 싶어 하는 강이기도 했다.

"우짜모! 그 먼데꺼정……."

효원 말에 장단 맞춰 얼이도 말했다.

"놀래것다 아입니꺼?"

"지는 다음 시상에서 만약 강으로 태어나기 되모, 방금 이약하신 낙동강이 되고 싶어예. 저 남강도 괘안코예."

"내는 다음 시상에서 만약 산으로 태어나기 되모, 방금 이약한 그 지리산이 되고 싶심니더. 읍내에 있는 비봉산도 안 괘안컸심니꺼."

두 사람이 서로 얼굴을 마주 보며 웃었고, 그들이 흘린 웃음소리의 여운이 잔잔하게 주위를 감돌았다. 그 말을 끝으로 잠시 대화가 끊어졌다.

그러나 두 사람 사이에는 천만 마디 말보다도 훨씬 많은 무언의 얘기들이 오갔다. 맑은 수면 위로 그들 모습이 마치 거울인 양 고스란히 비쳤다. 새끼 기생 효원의 아름다운 옷 빛깔이 어려 있는 강은 정녕 현란하기까지 했다. 지금 얼이 마음이 그만큼 눈부시도록 찬란하다는 증거일 것이다.

"예전에는예."

그때 문득 효원이 뜻밖의 말을 끄집어냈다. 아직은 어린 그 나이에 '예전'이라는 그 말부터가 얼이 듣기에는 다소 생경할 수밖에 없었다.

"그런 생각은 요만치도 없었는데……."

저만큼 모래밭에서 별로 멀지 않은 물 위로 물고기 한 마리가 '첨벙' 소리를 내며 몸을 솟구쳤다가 다시 물속으로 내려갔다. 그들의 밀회를 지켜보고 있다는 것을 은근슬쩍 알려주기라도 하려는 것 같았다. 힘이 넘쳐 보이는 그 물고기는 거기 남강에서 자주 볼 수 있는 가물치였다.

'비화 누야는 잘 있능가?'

얼이는 홀연 얼마 전부터 읍내 성 밖에 있는 자기 친정집에서 산후조리를 하고 있다는 비화 생각이 났다.

"산부産婦의 피를 보補하는 데는 가물치만 한 기 없제."

그러면서 혼자 힘으로 들기에는 버거울 정도로 큼직한 가물치 한 마리를 가져와 비화 먹이라던 이웃 밤골집 아주머니가 떠오르기도 했다.

그때 얼이는 나도 가물치를 잡아서 비화 누야한테 줘야겠다고 혼자 마음먹고, 강에서 투망질을 하는 밤골집 돌재 아저씨에게 갔다. 돌재 아저씨가 소리 내어 웃으며 말했다.

"그눔은 진흙물에서 살다가 알을 놓을 산란기가 되모 물가 얕은 데로 옮기서 살아간다 아인가베."

그리고 나서 인생의 이치를 일깨워주기라도 하는 것처럼 했다.

"내가 원하는 물괴기를 잡고 싶다꼬 무작정 나서갖고는 안 되고, 우떤 기 우떤 데서 마이 돌아댕기는고 그거를 잘 파악해야 하는 기다."

"……."

얼이는 그만 머쓱해져서 가만히 있었더니 돌재 아저씨가 강 속으로 던져 넣었던 그물을 끌어 올리면서 용기를 가지라는 듯 말했다.

"사실은 안 있나, 내도 맨 첨에 이 길로 나설 적에는 얼이 니매이로 아모것도 몰랐던 기라."

강바람에 그을린 새카만 얼굴에 만감이 엇갈리는 빛을 띠었다.

"그라다가 몇 년 어부 생활을 하다 보이 내도 모리는 새 이런저런 거를 저절로 깨치기 된 거 아인가베."

얼이는 자신도 모르게 고개를 숙였다.

"예, 알것심니더."

그날 돌재 아저씨 그물에 가물치는 걸려들지 않았지만, 민물장어라든지 쏘가리, 버들붕어, 잉어 등등 여러 종류가 잡혔다. 정말 돌재 아저씨 말처럼 남강은 지역민들에게 수많은 먹거리를 선사하는 우리 고장의 보배라는 게 실감이 나기도 했다. 하지만 남강 깊은 곳에 살고 있다는 용왕은 물고기들을 잡아가는 인간들을 싫어할 것 같아 마음이 좀 안 좋았다.

"그란데 요새 들어서는에."

아주 잠깐 가물치 생각을 하고 있던 얼이가 다시 현실로 돌아온 것은 연이어 들려오는 효원의 말 때문이었다.

"사공이나 어부 겉은 사람 만내갖고 팽범한 아낙으로 살아가는 여인들이 그렇게 부러블 수 없어예."

얼이는 그 말이 얼른 이해가 되지 않아 혼자 입속으로 중얼거렸다.

"사공, 어부……."

높은 벼슬아치의 부인이 되어 살고 싶은 게 세상 여자들의 공통된 꿈이 아니겠는가 말이다.

"농사꾼 아내로 사는 거도 그리 나쁘지는 안 할 거 겉고예."

얼이가 무슨 생각을 하고 있는지 알 리 없는 효원의 입에서는 계속해서 묘한 말들이 흘러나왔다.

얼이는 적잖게 놀란 눈빛으로 효원을 바라보았다. 머리가 아찔해질 만큼 실로 예상 밖이 아닐 수 없었다. 그 아름다운 용모와 화려한 의상만큼이나 빛나고 멋진 가정을 이루며 살고 싶다고 얘기할 줄 알았다.

그런데 기실 더 놀라고 당황한 사람은 효원이었다. 자기 입에서 그런 소리가 나올 줄은 몰랐다. 평범한 아낙? 농사꾼 아내?

"비어사 진무 스님은 종종 오시예?"

효원은 망상을 떨쳐버리려는 듯 또 물었다. 얼이는 효원이 묻기를 좋아하는 여자 같다고 생각했다. 그렇지만 조금도 성가시지 않고 도리어 귀엽고 붙임성이 있어 보여 참으로 좋았다. 얼이는 항상 '바스락' 하고 바싹 마른 나뭇잎 소리가 날 것 같은 진무 스님을 떠올리며 대답했다.

"요새는 잘 안 비이십니더."

"예에."

실망하는 기색의 효원이었다. 얼이는 그런 효원이 안쓰럽게 여겨졌다.

"함 보자."

얼이는 또 나루터집 어른들이 하는 말투를 그대로 흉내 내서 말했다.

"마즈막으로 뵌 기, 안골 백 부잣집 염 부인하고 함께 오싯던 날 겉심니더."

효원이 너무나 부럽다는 얼굴을 했다.

"아, 백 부잣집 염 부인!"

"예."

얼이는 염 부인을 생각할 때면 언제나 그러하듯 이번에도 고개가 갸우뚱해졌다. 그것은 참으로 풀 길 없는 수수께끼가 아닐 수 없었다.

'그런 대갓집 마님이 와 그런 모습이까?'

기품 있어 보이는 얼굴 가득 수심이 먹장구름같이 끼어 있는 염 부인이 떠오르자 얼이는 까닭 없이 불안해졌다. 혹시라도 효원 입에서 비구니로 살고 싶다는 말이 흘러나오지나 않을까 해서였다. 그만큼 지금 효원 낯빛이 어른스럽고 복잡했다.

"속세나 불가나 바뿌고 심이 들기는 가리방상한 모냥이지예."

효원 음성이 그때까지와는 달리 무척 어둡고 무거워졌다. 그런 효원에게서 얼이는 그 자신보다도 그녀가 한층 더 세상을 많이 살아온 것 같다는 서글픈 느낌을 받았다. 잘은 모르겠지만 어디 관기 신분으로 살아간다는 게 수월하겠는가 싶은 생각이 들었다. 둘 다 평범하지 않은 남다른 환경이 그들을 나이보다 훨씬 더 조숙하게 했다고 할 수 있었다.

"진무 스님은 그냥 보통 스님이 아인께, 더 고통이 깊으신 거 아이까예?"

간혹 집안 어른들에게서 들었던 말을 그대로 옮기는 얼이 음성도 덩달아 변했다. 그러자 효원은 나이에 걸맞지 않게 응숭깊은 표정으로 잠시 뭔가를 헤아려보는 눈치였다.

"그만치 중생을 마이 생각하신다쿠는 뜻인가예?"

"예."

이번에 소리를 내면서 수면 위로 떠오른 것은 잉어였다. 마치 가물치와 누가 더 높이 날 수 있는가를 대결이라도 하는 듯 보였다.

"훌륭하시네예."

"그렇심니더."

얼이는 덧붙였다.

"우리 주변에 있는 사람들도 그리 보데예."

효원은 잉어가 떠올랐던 곳에 시선을 둔 채 말했다.

"그리 보는 사람들도 다 좋은 사람들일 거 겉애예."

얼이는 그 말이 그냥 좋아서 소리 내어 되뇌었다.

"다 좋은 사람들……."

강바람에 가볍게 날리는 효원의 귀밑머리가 아름다우면서도 어딘지 모르게 슬픈 느낌을 자아내고 있었다.

'관기라서 그런 기까?'

얼이는 효원의 고운 흰 손을 덥석 잡고 싶은 충동을 가까스로 억눌렀다. 그러고는 지금 내 나이가 몇인가 하고 가만히 속으로 짚어보다가 어서 어른이 되었으면 좋겠다고 생각했다.

그때, 그들이 어떤 예감에 무심코 돌아다본 집 방향으로 해랑의 모습이 나타나 보였다. 역시 멀리서 바라보아도 눈에 확 들어올 만큼 그 자태가 여간 빼어난 게 아니었다. 과연 그 고을 최고의 명기라고 이름 붙일 만했다.

그런데 어떤 까닭인지 얼이와 효원을 본 해랑 표정이 갑자기 파랗게 질려 보였다. 그리고 그건 당사자인 해랑보다도 오히려 이쪽에서 더 가습 조일 일이기도 했다. 왜 저러는 것인가?

해랑은 밤골집에서 나와 나루터집에 갔다가 효원이 얼이와 함께 강으로 나갔다는 소리를 듣고 찾아 나선 길이었다. 그런데 강가 큰 바위 위에 나란히 앉아 있는 두 사람을 보는 순간, 해랑 머릿속을 번개같이 후려치는 게 있었다.

그게 무엇인가? 바로 여기 오기 전 촉석문 근처에서 만난 그 사주 관상쟁이 노인이 던진 말이었다. 효원에게 천 씨 성을 가진 남자가 생길 거라던 말이 생각났다.

'그, 그라모? 어, 얼이가!'

해랑은 꼭 물귀신 보듯 얼이와 효원을 바라보았다. 해랑은 당장 얼이 아버지 천필구를 떠올렸던 것이다.

천얼이.

해랑 눈앞에 다시 한번 옥수수수염의 사주 관상쟁이 노인 얼굴이 나타났다. 어찌 이렇게 신통하게 알아맞힐 수가?

'아이다, 아인 기라.'

그러나 해랑은 가느다란 고개를 세차게 흔들었다.

'아이다. 얼이는 아이다. 얼이여서는 안 된다. 비화 언가가 말 안 했나? 얼이는 농민군이 될라쿤다고. 농민군이 돼갖고 억울하거로 죽은 지 아부지 웬수 갚을라꼬 한다고.'

눈길이 얼이에게서 효원에게로 갔다.

'그라모 우리 효원이는 우찌 되는 기고? 얼이 어머이 우정 댁하고 똑겉은 팔자가 되고 마는 기라.'

해랑은 부르르 진저리를 쳤다.

'청상과부. 아, 효원이 청상과부.'

해랑이 그렇게 더할 나위 없이 혼란스러워하며 발걸음조차 제대로 옮겨놓지 못하고 있을 때, 얼이와 효원은 바위에서 일어나 해랑이 가까이 오기를 기다리고 있었다.

"언니! 쌔이 와예."

"……."

"갱치가 에나 좋아예."

효원은 꼭 무슨 못된 짓을 하다가 들켜버린 아이처럼 보였다. 얼이도 부끄러워하는 빛이 역력했다.

해랑 심장이 또다시 덜컥 무너져 내렸다. 어디선가 앞으로 저 두 사람만 같이 있는 시간을 주어서는 안 된다는 소리가 신의 계시처럼 들려왔다. 아무리 헤아려 봐도 그건 질투심에 불타는 악마의 저주는 아니었다.

'얼이는 농민군이 될 수밖에 없는 그런 팔자 아이것나. 우짜든지 지 아부지 웬수 갚아야 할 사람인께네.'

다시 시선이 꽂혔던 얼이에게서 효원에게로 눈을 돌렸다.

'효원은 방해가 될 뿐이제. 아이다. 넘의 일에 헤살을 놔서 몬 하거로 맨드는 그 정도에서 그치는 기 아이다.'

그들 둘을 동시에 눈에 쓸어 담듯 했다.

'갤국 효원이도 얼이도 서로에게 큰 불행만을 갖다 안길 뿐인 기라. 가까버지모 절대로 안 될 사람들 아인가베.'

또 신경통이 도지려는가 보았다. 해랑은 어깨며 팔다리가 욱신거리고 머리가 쪼개지는 듯이 아파왔다.

'머보담도 효원은 관기다. 그란데 효원보다 더 관기 생활을 짜다라 해 온 내도, 우짜다가 기녀 신분이라쿠는 거를 잊아삘 때가 안 있는가베. 그라이 효원이를 우짜노?'

얼이와 효원은 해랑에게 그 바위에 올라와 보라고 계속 권했지만, 해랑은 바위 밑에 그냥 선 채로 자신이 짚어 봐도 너무나 매몰차게 내뱉었다.

"시간이 너모 한거석 됐다."

"……."

얼이와 효원은 아무 말이 없고 강물 소리만 별안간 크게 높아지는 듯했다. 흰 바위 밑동을 감도는 물살이 미련을 가진 몸짓 같아 보였다.

"고마 들어가 봐야 한다 아이가."

그렇게 경고하듯 말하면서 해랑은 똑똑히 보았다. 아직은 앳된 얼이와 효원 얼굴에 똑같이 스쳐가는 안타까운 빛을. 그 빛만을 봐서는 둘을 어리다고 할 수 없었다.

'아, 저 얼골빛들!'

어느새 그들은 이별의 순간을 아쉬워하는 정인情人 사이로 발전해버렸다는 말인가? 아아, 그래서는 안 되는데. 세상이 두 쪽이 나도 인정할 수가 없어.

중죄인들처럼 고개를 푹 꺾은 채 자기 발끝만 무연히 내려다보고 서 있는 두 사람, 특히 그중에도 효원을 향해 해랑은 빗 독촉하듯 또 다그쳤다.

"그 바구가 너거 집이가?"

"……."

"퍼뜩 들가자 캐도?"

그 소리가 스스로 느끼기에도 참으로 독살스럽고 매정하여 해랑은 날카로운 끌이나 칼로 파거나 도려내듯 가슴이 심하게 아려왔다. 그러자 얼이가 효원보다 먼저 고개를 들며 입을 열었다.

"고마 가보이소."

강 건너편 산 능선 어딘가로 시선을 보낸 채 말했다.

"지는 달보 영감님 얼골 잠깐 보고 들갈랍니더."

그리고 나서 얼이는 흰 바위에서 뛰어내리더니 작별인사도 하는 둥 마는 둥 하고 나루턱 쪽을 향해 냅다 달려가기 시작했다.

"저, 저……."

효원이 깊은 물에 빠져 허우적거리는 사람처럼 얼이 쪽을 향해 두 손을 내뻗는 순간에 해랑은 또 보고야 말았다. 얼이 뒷모습을 좇는 효원 눈에 어리는 물기를.

그것은 하판도 목사와의 술자리를 파하고 돌아갈 때 안타깝고 애틋하게 해랑 자신을 바라보던 억호 두 눈에 글썽이던 것과 똑같은 눈물이었다.

'우찌 이랄 수가?'

청맹과니가 되었으면

계절은 잔잔한 호수와도 같이 점점 깊어만 간다. 고을 북쪽 골짜기에 있는 비어사를 에워싼 산등성이 단풍은 붉다 못 해 금세 활활 불타버릴 듯하다.

'허, 도대체 그 무엇이 저 초목의 마음을 저다지도 애태운단 말이냐? 차마 두고 볼 수가 없구나. 나무관세음보살.'

진무 스님은 지금 대웅전에서 촛불 밝히고 혼자 무릎 꿇고 앉아 예불 드리고 있을 안골 백 부잣집 염 부인을 생각하니 가슴이 그저 허허로웠다.

"말씀해 주시이소."

염 부인은 법당에 들 때면 늘 하는 말을 이날도 잊지 않았다.

"아비지옥에 백 분을 떨어진다 캐도 그 죄를 다 몬 씻을 죄인도 불제자가 될 자격이 있것심니꺼, 스님."

"……."

진무 스님도 항상 그래왔듯 그저 합장 하나로 답을 대신했다. 염 부인에게는 틀림없이 불지옥 같은 고통과 회한의 비밀이 깊숙이 감춰져 있으리라는 것은 벌써 눈치채고 있었지만, 날이 갈수록 그 정도가 한층 심해지는 것 같다는 사실이었다. 더욱이 오늘은 더 했다.

"저, 저……."

염 부인은 무슨 말인가를 하려다 말고 하려다 말고 하였다. 그뿐만이 아니었다.

"마님, 혹여 빈승에게 하실 말씀이라도?"

진무 스님의 조심스러운 그 물음에 염 부인은 화들짝 놀라는 기색이더니 무언가에 쫓기듯 대웅전 쪽으로 내달렸다. 마치 두 번 다시는 보지 않을 사람처럼 했다.

'어찌하여 지금 내 심경이 이다지도 걷잡을 수 없을 만큼 어지러운가? 마치 수천 마리의 말이 함부로 지나가는 것만 같도다.'

몸은 절집에 있는데 정신은 광야를 헤매고 있는 듯싶었다.

'그리고 마구 일어나는 그 검고 짙은 흙먼지에 마음의 눈을 제대로 뜰 수가 없으니. 나무아미타불 관세음보살.'

그런 복잡한 상념에 빠져들고 있던 진무 스님이 어떤 인기척을 듣고 고개를 돌려보니, 절 마당 아름드리 팽나무 아래 서 있는 여인은 분명 비화다.

"아, 비화 아니냐?"

진무 스님은 반가움과 의아함이 섞인 목소리로 물었다.

"어쩐 일인고? 아무 기별도 없이 갑자기 오다니?"

팽나무 이파리를 흔드는 바람 소리가 이상하리만치 그저 낯설게만 느껴졌다.

"장사도 바쁠 텐데……."

진무 스님은 일상적인 소리를 꺼내는데 비화는 왠지 크게 허둥대는 모습이었다.

"그동안 잘 지내셨심니꺼? 자조 찾아뵙지 몬해 죄송합니더."

"아니다, 아니야."

진무 스님이 삭정이 같은 팔을 내저었다.

"내가 비록 불가에 몸담고 있어도 바깥세상 소식은 늘 듣고 있느니."

"예."

산찡이 우는 소리가 아스라이 들려오고 있었다. 같은 읍내에 자리하고 있는데도 거기는 항간과 철저히 다른 세계처럼 다가왔다.

"나루터집이 그렇게 번창하고 있다고?"

"다 스님께서 부처님 전에 빌어주시는 덕분 아이것심니꺼."

부처를 입에 올리면서도 비화 음성에는 불안한 기운이 묻어 있다. 저 창공 높은 곳에서 빙빙 날고 있는 것은 분명 솔개다. 저놈이 노리고 있는 것이 무얼까.

"그보담도 실은……."

"왜?"

비화는 말끝을 흐리기만 했고 어지간해선 평심平心을 잃지 않는 진무 스님 얼굴에도 긴장감이 감돌았다.

"무슨 일이라도 생긴 게야?"

"그거는 아이고예."

"그럼?"

"그거는 아인데……."

한동안 그러던 비화는 이윽고 참 알 수 없다는 빛으로 털어놓았다.

"오늘 아츰 눈을 뜬께, 볼촉시리 여 와보고 싶은 기라예."

"아무 일도 없는데 별스럽게 말이더냐?"

진무 스님도 약간 의외라는 표정이었다. 누구보다도 비화를 잘 알고 있는 그였기에 더욱 그랬다.

"예, 에나 이상해예."

비화는 어쩐지 오싹함을 떨쳐버리지 못하는 기색이 완연해 보였다. 진무 스님은 생각에 잠기는 얼굴이 되었다.

"흠."

언제나 영리해 보이는 비화 눈이 그 순간에는 한참 멍해 보였다. 어쩐지 총기가 사라진 눈빛이었다. 항상 똑소리 나는 말투도 이번에는 어눌하게 들렸다.

"와 각중애 그런 멤이 드는고 아즉도 모리것어예."

"그렇다면……."

듣고 있던 진무 스님이 가만히 고개를 끄덕였다.

"이제 알겠다, 널 여기까지 오게 하신 부처님의 뜻을."

진무 스님은 어려운 수수께끼를 풀어 보이듯 했다.

"염 부인이 와 계시니라."

"예?"

비화는 깜짝 놀란 얼굴을 했다.

"여, 염 부인께서예?"

"지금 대웅전 부처님께 열심히 기도드리시는 중이니라."

산그늘에 덮인 요사채가 화공이 그려놓은 그림처럼 사실적이면서도 약간 환상적인 분위기를 자아내었다.

"들어가신 지 꽤 되었으니 이제 곧 나오실 시간이다."

진무 스님의 그윽한 눈길이 대웅전 쪽을 향했다.

"아, 부처님!"

비화는 자신도 모르게 얼른 합장했다.

"그래서 지한테 그런 멤이?"

팽나무 잎사귀가 수천 개 부처님 손바닥같이 느껴졌다. 부처님께서는 모든 시간에 모든 곳에 계신다.

"그것은 그렇고, 염 부인 말이다."

그때다. 산꿩 소리는 사라지고 뒷산 쪽에선가 평소 잘 듣지 못한 희귀한 새소리가 들려왔다.

'틱, 찌르. 틱, 찌르.'

그건 마치 깊은 우물에 작은 돌멩이를 퐁당퐁당 던져 넣을 때 나는 것 같으면서 짧게 끊어지는 소리였다.

"여간 걱정이 아닐 수 없구나."

진무 스님 목소리는 보통 때와는 많이 다른 음색을 띠고 있었다.

"예……."

비화 가슴이 한 겨울날 남강 얼음보다도 더 꽁꽁 얼어붙는 것 같았다. 그 얼음장이 '쩡' 하고 소리를 내며 갈라지는 듯했다.

'배봉이 그눔한테 올매나 더 당하싯을꼬.'

그날 학지암 가는 어두운 숲속 길에서 몰래 훔쳐봤던 광경이 또렷이 되살아났다. 그것은 하나의 지옥도地獄圖였다.

"정녕 알 수가 없는 노릇이야."

그새 솔개는 그 자취를 감추고 텅 빈 하늘가에는 구름 두어 장만이 천 조각처럼 걸려 있었다.

"대갓집 마님께 대체 무슨 좋지 못한 일이 있기에……."

"……."

처마 끝에 매달린 풍경이 내는 소리가 '땡그랑' 여운을 남기며 허공을 향해 흩어져 가는 게 눈에 보일 듯했다.

"저토록 고통스러워하시는지, 원."

혼잣말 같은 진무 스님 그 말에 비화는 더욱 심장이 멎는 느낌이었다. 비화 네가 알고 있는 비밀을 어서 내게 털어놓으라는 소리같이 들렸다. 아니나 다를까, 그의 입에서는 이런 물음이 나왔다.

"남에게 말 못 할 비밀을 안고 계신 건 확실한데 그게 뭔지 도무지 알 수가 없어. 혹시 짐작 가는 일이라도 있느냐?"

비화는 아무 대답도 하지 못했다. 진무 스님이 스스로의 어리석음을 탓하는 어조로 또 말했다.

"하긴 내가 모르는데 너라고 어떻게 알까?"

그러던 진무 스님은 진작 꺼냈어야 했다는 듯 물었다.

"참, 애기는 잘 크고 있느냐?"

아이 이야기가 나오자 공기가 갑자기 달라지는 분위기였다.

"예, 스님."

비화는 아이를 데리고 올 걸 하고 후회했다. 그렇지만 아직은 아이가 바깥 공기를 쐬기에는 좀 이른 편이었다.

"운제 한분 데꼬 와서 스님께 인사시키것심니더."

"부처님께서도 보고 싶어 하실 게야. 허허."

불제자다운 그 소리에 비화는 눈을 반짝였다.

"증말 그러실까예?"

진무 스님은 얼굴 가득 흐뭇한 미소를 지었다.

"아암, 그렇고말고."

절간의 맑은 공기가 속인들이 살고 있는 집들이 모여 있는 저 아래로 흐르고 있는 것이 눈에 보일 것처럼 투명해 보였다.

"그런 기 모도 진무 스님 덕분이지예."

조금도 가식이 섞여 있지 않은 진심 어린 비화 말에 진무 스님은 정색하며 말했다.

"아, 나더러 부처님 은덕을 가로채라는 소리야?"

비화는 황급히 두 손을 내저었다.

"아, 아이라예!"

진무 스님은 차분하게 가라앉은 목소리로 말했다.

"부처님께서는 아니라고 해도 아시고, 기라고 해도 아신다."

비화는 깊이 합장하는 심정이었다.

"예."

그 대화를 끝으로 마치 묵상 기도를 올리는 것 같은 침묵이 가로놓였다. 그 침묵을 깨고 들려오는 소리가 있었다.

'삐리, 삐리릭!'

염 부인이 가 있는 대웅전 쪽에서 들려오는 또 다른 새소리였다. 그건 산사山寺의 고즈넉함을 한층 더해주는 소리였다.

'올매나 됐으꼬?'

비화는 그런 궁금증을 품고 그곳의 오래된 팽나무에 눈길을 보냈다.

'여게 절집이 생기기 상구 전부텀 서 있었던 거 겉다 아이가.'

사람 마음에 안정된 느낌을 주는 회색의 나무껍질과 홍갈색으로 익어가고 있는 둥글고 작은 열매가 참 보기 좋았다.

시가가 있는 마을 동구 밖에도 저런 팽나무가 서 있다. 꼭대기에 마른 나뭇가지로 지은 까치집이 있고, 한돌재와 밤골 댁의 사랑과 애환이 살아 숨 쉬고 있는 고목이었다.

"염 부인께서 너무 늦으시구나. 벌써 나오실 때가 지났는데 말이다."

진무 스님 말에 비화는 기다렸다는 듯 입을 열었다.

"지가 한분 가보모 안 되까예?"

진무 스님이 얼른 대답이 없자 비화는 한 번 더 말했다.

"퍼뜩 만내뵙고 싶어서예."

진무 스님이 가만 고개를 내저으며 조용한 목소리로 말렸다.

"조금만 더 기다려 보자꾸나."

잠시 멈추어 있는 듯했던 하늘가 구름장이 다시 걸음을 옮겨놓는 것 같았다.

"염 부인 마음이 아주 무거워 보였다."

비화는 자신의 경솔함에 부끄러움을 느꼈다.

"그라것심니더."

진무 스님은 새소리에 잠깐 귀를 기울이고 있다가 말했다.

"부처님 전에 모든 고통과 번민을 벗어놓고 오느라 늦으실 게야."

비화는 간절히 기도하는 심정으로 말했다.

"그랬으모 좋것어예."

남편이 바람나서 집 나가고 없을 그때 만약 염 부인이 일감을 주지 않았다면 정말 어떻게 되었을지 모른다는 생각에 비화 가슴속이 절로 뭉클해졌다. 아무래도 염 부인과는 전생에 예사롭지 않은 인연이 있었으리라.

"……."

시간은 참 더디게 흐르는 것 같았다. 팽나무도 하품하며 기지개를 켜고 있는 것처럼 비쳤다.

"어, 이거……."

급기야 진무 스님도 살점이라곤 거의 붙어 있지 않은 야윈 고개를 크게 갸웃했다. 그와 동시에 그에게서는 또 예의 마른 나뭇잎이 '바스락'하고 내는 것 같은 소리가 느껴졌다. 그는 두 눈을 가느다랗게 뜨며 말했다.

"이상하구나?"

대웅전 쪽에서 들려오던 그 새소리가 끊어진 지도 한참 되었다.

"아직까지 법당에 계실 리가 없는데? 대체 무슨 일이지?"

저쪽 솔숲 근처에서 산꿩이 푸드덕 날아오르고 있었다. 깃이 화려하고 몸집이 큰 것으로 보아 수컷이 분명했다. 아까 소리를 내던 그놈인지도 모르겠다.

"지가 알아보고 오것심니더."

참다못한 비화가 막 발을 떼놓으려는데 진무 스님이 말했다.

"아니다. 같이 가보자꾸나."

처음에는 만류하던 진무 스님이 이번에는 급하게 앞장을 섰다. 비화도 서둘러 뒤따랐다. 비어사는 큰 절집은 아니지만 정갈하고 편안한 곳이란 생각을 비화는 했다.

'진무 스님께서 이루신 곳은 역시 다린 기라.'

그런데 대웅전 앞까지 왔을 때였다.

"아니, 염 부인 신발이 안 보이는데?"

진무 스님이 적잖게 놀란 얼굴로 말했다.

"예?"

비화 시선도 진무 스님 눈길을 따라 법당 댓돌 위를 향했다. 신발은 어느 곳에도 보이지 않는다. 대체 무슨 조화인지 알 수가 없었다.

"해나 해우소에 가신 거는 아이까예?"

비화가 우두망찰하게 서 있는 진무 스님에게 물었다.

"그럴 리가 없어."

진무 스님이 고개를 흔들었다.

"거기 가려면 우리가 서 있던 팽나무 근처를 지나야 해."

팽나무 이파리가 바람에 흔들리는 것 같은 목소리였다.

"그라모 오데로 가시고?"

그렇게 말하던 비화는 진무 스님 얼굴에 떠오르는 불안한 빛을 놓치지 않았다. 웬만한 일에는 거기 산문山門 밖에 놓여 있는 커다란 바위처럼 요동도 하지 않는 그였다.

"스, 스님."

비화는 셈도 모르는 아이와 같은 심경이 되면서 그만 울먹이기 시작했다. 그만큼 진무 스님 표정이 예사롭지 않았다.

"덜컹!"

진무 스님이 법당문을 급히 열었다. 역시 없다. 불단 위에 놓인 촛불만 저 혼자 화르르 타오르고 있다. 언제나처럼 인자하고 온후한 미소를 띤 채 아무 말 없이 앉아 계시는 부처님.

"우, 우찌 된 일이까예?"

비화는 무슨 암시처럼 우 밀려오는 엄청난 불길함에 말이 제대로 되지 않아 진무 스님만 불렀다.

"스님! 스님!"

진무 스님 태도가 너무나 범상치 않다. 진무 스님은 그저 입으로 외었다.

"나무관세음보살, 나무관세음보살……."

진무 스님은 대웅전 앞 돌계단에 무너지듯이 털썩 주저앉고 말 사람처럼 몹시 위태로워 보였다. 그런 그에게서 더는 고승다운 면모를 발견하기가 어려웠다.

'진무 스님 겉으신 분이?'

그때다. 비화는 소스라쳐 들었다.

'컹! 컹! 컹!'

개 짖는 소리였다. 곧이어 대웅전 저 뒤쪽에서 쏜살같이 달려 나오는 무슨 흰 물체 하나를 보았다. 진돗개 '보리'다. 거기 멧돼지라도 출몰한 것인가?

"아, 염 부인, 염 부인이……."

진무 스님은 머릿속이 텅 비어버리는 비화와는 달랐다. 분명 뭔가를 깨달은 듯했다. 그는 허둥지둥 대웅전 뒤편으로 내달렸다.

'컹!'

이번에는 단 한 번 큰 소리로 우는 보리였다. 그렇지만 그 여운은 절집 경내를 크게 흔들 정도로 컸다.

"스, 스님!"

비화는 정신없는 그 와중에도 경악하지 않을 수 없었다. 세상 어떤 고통과 비밀일지라도 그에게만 가면 모조리 흔적도 없이 깨끗이 씻어줄 거라고 꼭 믿었던 진무 스님. 하지만 지금 그는 완전히 다른 사람이었다. 비화는 실망에 앞서 슬펐다.

그러나 비화는 그런 감상 따위에 오래 젖어 있을 수 없었다. 진무 스님 뒤를 숨 가쁘게 따라갔다. 가장 뒤에 달리기 시작한 보리가 비화를 앞서고 진무 스님까지 앞질렀다. 짐승은 인간보다 동물적 감각이 뛰어나다. 보리는 무엇을 본 것일까?

그런데 보리는 얼마 달리지 않아 이내 그 자리에 섰다. 진무 스님과 비화도 같이 발을 멈췄다. 그러고는 보았다! 거기 대웅전 뒤편 큰 고목에 걸려 있는 물체 하나를.

"악!"

비화가 비명을 질렀다.

"헉!"

진무 스님이 숨넘어가는 소리를 냈다.

"스, 스, 스님! 저, 저, 저……."

비화는 영락없는 광녀였다. 그곳 늙은 느티나무 가지에 대롱대롱 매달려 있는 흰 물체를 손으로 정신없이 가리켰다.

"아, 어찌 이, 이런?"

진무 스님은 말문을 닫아버린 듯했다. 한순간, 세상은 텅텅 비어버렸다. 아무것도 없다.

그 속을 뚫고 들려오는 소리. 보리가 마구 짖어대는 소리였다. 여간
해선 소리를 내지 않는다는 보리. 그 소리가 기적을 일으키듯 진무 스님
은 약간 정신을 차리는 모습이었다.

"비, 비화야! 나, 나하고 함께……."

그러면서 진무 스님은 거기 공중에 높이 매달려 있는 물체를 아래로
끌어내리기 위해서 안간힘을 썼다. 그 물체 발밑에는 대웅전 건물 뒷벽
에 붙여 놓여 있는 것과 같은 검은 기왓장들이 나뒹굴고 있었다. 기왓장
을 가져다 놓고 그 위에 올라서서 기왓장을 발끝으로 밀어 무너뜨리면
서 목을 맨 게 틀림없다.

"우짜노? 스님, 우짭니꺼? 스님, 우째예?"

비화는 어쩔 줄 몰라 하면서도 허겁지겁 주위에 흩어져 있는 기왓장
들을 모아 포개놓고 그 위에 올라섰다. 가까스로 손이 닿는다. 비화는
덜덜 떨리는 손으로 진무 스님 도움을 받아가며 끈을 풀기 시작했다. 명
주 끈이다.

이윽고 간신히 끈이 풀어지고 그때까지 공중에 매달려 있던 물체는
그대로 맨바닥에 쿵 떨어져 내렸다. 온 세상 땅덩어리가 다 흔들리는 것
같았다.

"부처님!"

진무 스님의 피맺힌 소리가 흘러나왔다.

"이 일을, 이 일을…… 부처님!"

비화는 커질 대로 커진 동공으로 보았다. 떨어진 낙엽 하나를. 한 많
고 눈물 많은 한 여인네의 마지막 모습을.

"마님! 염 부인 마님!"

진무 스님은 소리 지르며 염 부인 몸을 쉴 새 없이 흔들어댔다. 그렇

지만, 아니었다. 비화 눈에도 확실해 보였다. 염 부인은 소생할 수 없다는 것이다.

학지암 가는 저 컴컴한 숲속 길에서 임배봉에게 속절없이 당하던 염 부인. 그의 더럽혀진 육신이 절간에 와서 누웠다. 부처님 품에 와서 안겼다. 이제 그녀의 몸은 하얀 모시나 백로처럼 깨끗해졌다. 그녀가 등에 지고 있던 모든 한과 슬픔과 고통도 전부 내려놓았다. 그러면 되었다. 한데 왜 눈물이 나는가? 눈물이 나는가?

"여, 염 부인 마님!"

비화는 넋을 빼놓고 진무 스님이 염 부인이 숨을 쉬고 있는가를 안타깝게 확인하는 것을 망연히 바라보다가 어서 사람을 불러야겠다는 것을 뒤늦게 깨달았다. 비화는 대웅전을 돌아 나와 돌계단을 엎어질 듯 꼬꾸라질 듯 달려 내려오기 시작했다.

"헉! 헉!"

미친바람과도 같이 달렸다. 성난 파도처럼 내달렸다. 증오와 저주와 고통과 한의 덩어리인 인간 세상을 향해 질주했다.

아아, 아! 염 부인. 그녀가 절집에 와서 스스로 목숨을 끊다니. 도대체 그 어떤 것이 당신을 죽음의 계곡으로 밀어버렸다는 말입니까? 무엇 때문에 당신은 단 하나뿐인 귀한 생명을 포기해야 했습니까? 왜? 왜?

정신없이 내닫던 비화는 뭔가 크고 하얀 물체가 자기 옆에서 같이 달리고 있다는 것을 느꼈다. 진돗개 보리. 보리가 함께 뛰어주고 있다.

'아, 보리야.'

비화는 진리 하나를 깨쳤다.

'니가 부처님이다!'

행여 염 부인을 살릴 수 있을까 무섭게 질주하는 이 길을 보리가 같이 해주고 있다. 그게 아니다. 세상에 염 부인의 죽음을 알리기 위해 치단는 마지막 길을, 잘 짖지 않는 절간의 개가 동행해주고 있다. 그 와중에도 비화는 생각했다.

'생맹이 없어지는 날, 우리는 허덕거리는 사람살이의 고되고 지친 이 뜀박질에서 벗어날 수 있을까?'

비화는 들었다. 자기 내면 깊은 곳에서 함부로 울려 퍼지는 피의 절규를. 저주의 화신인 악마조차도 몸서리칠 저주를.

'임배봉! 이 살인마! 기다리라.'

뼈마디가 바스라지고 살점이 떨어져 나가는 소리였다.

'내 손으로 니 심통을 끊어놓고 말 끼다!'

염 부인은 떠났다.

그 누구도 그녀의 죽음을 내다보지 못했다. 아니다. 알고 있었던 이가 있다. 비어사 대웅전 부처님.

염 부인은 마지막 순간에 부처님께 고했으리라. 임배봉과의 질기고도 처절한 저 악연을. 임배봉과의 전생 그리고 내생에 대하여도 알고자 했을 것이다.

죄를 씻어낼 수 있는 길을 백번 물었을지도 모른다. 그렇지만 부처님은 대답하지 않았을 것이다. 아니, 설혹 말씀을 했다고 하더라도 염 부인이 듣지 못했을 것이다. 아니, 들었다 하더라도 더럽고 구차한 목숨을 연명하고 싶지 않았을 것이다.

"그래도 염 부인이 마지막 선택만은 정말 잘하신 것 같구나. 당신이 영원토록 몸 눕히실 곳으로 우리 비어사를 결정하신 것은……."

비어사에서 어떤 여인이 목을 매고 자살했다는 나쁜 소문이 퍼져나가면 신도들 발길이 뚝 끊어지지 않을까 염려하는 비화에게 진무 스님이 한 말이었다.

"그런 소릴랑 하지 마라."

"……."

"비화 너답지 않느니라."

비화는 무엇이 비화다운 것일까 자조하고 회의했다.

"그, 그래도 스님……."

진무 스님은 혼곤히 잠에 빠져든 사람 모습처럼 눈을 감은 채 말했다.

"오히려 나는 세상 사람들에게 알리고 싶다."

염주 알을 굴리는 손가락이 겨울 나뭇가지처럼 메마르고 앙상했다.

"비어사 대웅전 뒤쪽 고목 가지에, 한 착한 여인이 속세의 모든 고통과 한을 걸어놓고, 홀가분하게 세상을 떠났노라고."

그러나 비화는 굳게굳게 다짐했다. 염 부인의 비밀은 영원, 영원히 나 혼자만 간직하고 있겠노라고. 그리고 진무 스님에게도 염 부인의 유가족들에게도 나루터집과 밤골집 가족들에게도 부모님에게도 해랑에게도 발설하지 않겠다고 다짐했다.

'마님, 염 부인 마님. 부디 한을 풀고 극락에 가시이소.'

아미타불이 살고 있다는 극락정토가 그려진 '극락만다라'가 비화 눈앞에 훤히 펼쳐지고 있었다. 염 부인이 아니면 어느 누가 그곳에 갈 수 있으랴.

'인자사 이승의 모든 고통과 설움의 사슬들에서 자유로버지셨심니더, 마님. 그라이 부디 좋은 곳에서 환생하시이소.'

염 부인 출상을 치르는 자리에서 비화는 줄곧 그렇게 기도했다. 염 부인 장례식에는 평소 그녀의 인품을 흠모하던 이들이 구름같이 모여들었다.

"염 부인 마님!"

"우짜다가, 우짜다가?"

조문객들 곡성이 상갓집을 뒤흔들었다. 안골 전체가, 아니 온 고을이 울음을 터뜨리고 있는 듯했다.

'이 소문은 배봉이 그눔 귓구녕에도 들갔것제.'

가까이서 또 멀리서 까마귀 울음소리가 들려오고 있었다. 한갓 미물이 아닌 성싶었다.

'시상 사람 그 우떤 누도 몰라도 그눔만은 알 끼다. 지눔 땜에 그 선한 염 부인이 스스로 목심을 끊었다쿠는 거를.'

비화는 자신이 생각해낼 수 있는 모든 저주와 악담을 퍼부었다.

'이 악마! 니는 학지암 죄악을 운제꺼지나 벗어버리지 몬하고, 살아 불지옥 죽어 불지옥, 삼생三生을 거듭해도 불지옥 구디이를 빠지나오지 몬할 끼다.'

진무 스님이 염 부인 극락왕생을 빌어주는 염불을 하는 내내 비화의 큰 두 손은 꽉 쥐어져 있었다. 그리고 비화와 염 부인의, 남이 알아듣지 못하는 대화는 끊일 줄 몰랐다. 그건 어쩌면 염 부인이 생존해 있을 당시 두 사람이 나눴던 이야기보다도 도리어 더 많고 깊은 성질의 것이었다.

— 비화 새댁! 너모 슬퍼 말거래이. 사람은 누구든지 한 분은 죽는 기라. 그런께 사람이제. 안 그라모 오데 사람이라 쿠것나?

— 그래도 안 그렇심니꺼? 죽어도 마님맹커로 그리 돌아가시모 그거는 안 된다 아입니꺼? 우리 마님이 우떤 분이셨는데예? 흐, 우떤 분······.

— 아인 기라. 인자 내는 속이 너모 팬타 아이가. 쪼꼼 더 일쭉 이 죄 많은 목심을 버려야 안 했디가. 머슬 더 바래고 더러븐 몸을 애낏던고. 내 에나 몬난 사람이었던 기라.

— 마님! 마님! 지 목심을 걸고서라도 이 복수는 꼭꼭 해드리것심니더. 배봉이 그눔은 이 비화한테도 철천지웬수라꼬 말씀 안 드릿심니꺼.

안 잊아삐싯지예? 기억 하시지예?

그런데 웬일일까? 거기서 비화는 염 부인 목소리를 더 이상 들을 수 없었다. 도대체 무슨 힘이 작용한 것일까? 영원히 이어질 것만 같았던 대화는 딱 끊기고 말았다.

'이리 돼삔 거는……'

비화는 어떤 뜨거운 영적인 기운에 온몸이 휩싸이는 느낌을 받는 가운데 골똘히 생각했다.

'염 부인은 내가 무모한 짓을 할라쿤다꼬 여기시는 기까?'

조문객들이 꽉 들어찬 큰 천막의 천장 귀퉁이가 휘날리고 있는 허공 어딘가를 뚫어지게 응시하면서 생각했다.

'암만캐도 배봉이 적수는 몬 된께 고마 포기해라쿠는 뜻이까?'

그러다가 가슴에 칼을 품었다. 머리에 날을 세웠다.

'아이다, 아이다, 절대로 아이다. 그라모 안 된다.'

조문객들이 벗어놓은 신발들을 하나둘 헤아리듯 했다.

'내는 하늘 두 쪼가리 아이라 세 쪼가리 네 쪼가리가 나도 복수해야 안 하나. 반다시 복수해야 하는 기다.'

백 부자와 그의 자식들은 결코 믿을 수 없는 현실 앞에서 슬픔을 느끼기에 앞서 오히려 무감각해 보일 지경이었다. 하지만 그러다가도 한 번 설움이 복받쳐 오르면 몇 시간이고 통곡을 멈추지 못했다. 애끓는 가족들의 울음소리 끝에는 염 부인의 피맺힌 울음소리가 마치 겨울날 추녀 끝에 매달린 고드름처럼 달려 나왔다.

염 부인 생전에 일감을 가지러 자주 백 부잣집을 드나들던 비화인지라 유족들은 별다른 생각 없이 비화의 문상을 받는 듯했다. 아니, 사실은 너무나 엄청난 충격에 어떤 사리 분별도 어려울 사람들이었다. 비화는 장사도 잊고 상갓집에 머물면서 온갖 갈등에서 벗어나지 못했다. 머리가 터져 나갈 듯했다.

─ 딴 사람들은 몰라도 유족들한테는 모든 거를 바로 알리줘야 안 되까?

─ 아이다. 무신 소리고? 그거는 이미 돌아가신 고인을 두 번 욕비이는 짓인 기라.

─ 그래도 알 거는 알아야 한다. 그래야 복수를 하든지 할 끼 아이것나. 하도 원통 절통한 염 부인 원혼이 이승에 떠돌아 댕기고 있을지도 모린다. 웬수를 갚아드리야 모든 한을 풀고 저승에 가실 수 있을 끼라. 극락에 말이다. 복수할 수 있거로 해줄 사람은 오즉 이 비화 하나뿐인 기라.

─ 아이라 캐도 그리쌌네? 비화 니 겉으모 우떨꼬 한분 생각해 봐라. 입에 담도 몬할 그런 치욕시런 일을 남핀하고 자슥들이 안다꼬 상상만 해봐도 고마 몸서리가 안 쳐지나?

─ 그라모! 그라모! 우짜란 말고? 우짜란 말고?

─ 내도 모리것다. 내도 모리것다.

결국 비화는 입을 열지 못했다. 염 부인 원혼을 달랠 수 있는 길은 복수 하나밖에 없다고 확신하면서도, 세상이 염 부인과 임배봉 간의 비밀을 알게 될 경우, 그 파장이 얼마나 클 것인가를 생각하면 모든 게 자신이 없었다. 이건 단순히 우유부단과는 그 성질이 완전히 다른 것이었다.

"뭘 그리 깊이 생각하는 게냐?"

진무 스님이 그런 비화를 보고 장독간에 낙엽 지는 소리같이 쓸쓸한 목소리로 말했다.

"이미 떠난 사람, 몸도 마음도 자유롭게 해주어야지."

비화는 자유라는 그 말에서 더욱 큰 비애를 느꼈다. 진무 스님은 자신에게 타이르듯 흡사 혼잣말처럼 했다.

"살아 있는 사람이 너무 오래 생각하면, 그러면 극락으로 갈 사람도 가지 못한다는 말이 있느니."

"스님."

"그래."

"너모너모 억울해서예. 포원이 져서예."

"억울, 포원."

"예, 그래서……."

"생각해 보거라."

비화 말뜻을 속속들이 알지 못하는 진무 스님은 일상적인 진리만을 얘기했다. 지금 그 시점에서는 그게 가장 당연한 이치이기도 했다.

"죽은 사람치고 누구나 한 가지 한은 남기지 않고 가는 사람이 있겠느냐?"

염 부인과는 어떤 관계가 있는 사람인지는 잘 알 수 없지만, 예순 가까이 돼 보이는 아낙 하나가 어린아이처럼 엉엉 울면서 조문객들 사이를 돌아다니고 있었다.

"그래도……."

문상객들 숫자는 어제보다도 오늘이 더 많은 것 같았다.

"그렇게 생각하면 살아남은 자의 마음이 편한 법이지. 나무관세음보살."

"그, 그기 아이고예."

그때, 그렇게 부정하면서 비화는 처음으로 진무 스님 얼굴에 서리는 짜증스러운 모습과 속인들처럼 마구 흔들리고 있는 표정을 보았다.

"그게 아니라니?"

비화는 가슴이 철렁했다.

"허어, 답답하구나!"

그런데 그다음에 나오는 말이었다.

"비화 넌, 이번 염 부인 죽음에 관해서 뭔가 알고 있는 게 아니냐?"

"예?"

비화는 누구 눈에도 지나쳐 보일 만큼 강하게 부인했다. 심지어 잠재의식 속에 깊숙이 숨어 있다가 어느 순간에 갑자기 튀어나오는 반응과도 유사한 것이었다.

"아, 아입니더. 지, 지도 아모것도 모립니더."

"아무것도 모른다."

비화 말을 곱씹는 진무 스님 눈빛이 추상화만큼이나 난해하고 복잡했다. 아니다. 어떻게 보면 지극히 단순했다. 단순함을 넘어 무無에 가까웠다. 있음과 없음이 결국 하나임을 입증해 보이기라도 하듯 했다.

"네가 하는 행동이 그렇질 않아."

또 염 부인 빈소에서 오열하는 소리가 흘러나왔다.

"너모 심이 들어서예."

"……."

"에나 몬 참것어예."

비화는 눈물을 흘리며 말했다.

"살아 계실 적에 지한테 올매나 잘해주싯다꼬예."

마당가 오동나무에 까마귀들이 계속해서 날아들고 있었다. 어떤 둥지도 보이지 않는데 가지에 올라앉아 간간이 울음을 터뜨리는 저 미물들은 염 부인과 무슨 인연을 나누었던 것일까? 어쩌면 염 부인 영혼과 대화를 주고받고 있는지도 모른다.

"뭣보담도 염부인 마님이 아이었으모 나루터집도 몬 했고예, 또……."

모두 털어놓자면 몇 날 며칠이 걸릴지 모를 사연이었다.

"음."

진무 스님은 여느 젊은이보다도 더 초롱초롱한 눈을 들어 눈물 자국이 번들거리는 비화 얼굴을 뚫어지게 바라보았다. 그러고는 길고 깊은 한숨을 내쉬었다.

"아니야. 여기에는 분명히 뭔가가 있어."

끝내 비화가 자칫 비명을 지를 뻔한 소리까지 나왔다.

"내 지난번에도 했던 소리다만, 염 부인에게는 누구한테도 말 못 할 큰 비밀이 있다는 건 나도 진즉부터 알아채고 있었지."

그는 너무나 괴롭고 힘이 드는지 야윈 두 손으로 까칠한 얼굴을 감싸 쥐었다.

"그건 비화 너도 마찬가지였을 게야."

천막 옆으로 상복 차림의 젊은이 두 사람이 종종걸음을 치고 있는 게 보였다. 망자는 더는 서두를 필요가 없지만 살아남은 자들은 그 무엇을 위해 저토록 바쁘게 움직여야 하는지 모르겠다는 생각을 했다.

"그렇지 않으냐?"

진무 스님이 천천히 물어왔고 비화 고개가 맥없이 꺾였다. 입속으로 무슨 소리를 외고 있던 진무 스님 말이 이어졌다.

"하지만 옆에서 지켜보는 사람마저도 너무 힘들 정도로 고통스러워하시는 것 같아 감히 물어보진 못했어."

"스님."

비화 가슴이 와르르 소리를 내면서 크게 무너져 내리고 있었다. 학지암으로 통하는 어둔 숲속 길에서 배봉에게 농락당하던 염 부인 모습이 또다시 영원히 빼버릴 수 없는 못처럼 두 눈을 찔러왔다. 차라리 환영조차 볼 수 없는 청맹과니가 되었으면 좋았을 것이다.

"비화야."

진무 스님 목소리가 가뭇없이 들려왔다. 상주들이 짚고 있는 대지팡이가 마른 땅에 닿을 때 나는 것과 비슷한 음색을 담고 있었다.

"네가 알고 있는 것을 내게 말해주지 않겠느냐?"

비화 말은 하소연이나 절규에 가까웠다.

"지가 스님께 머를 숨기것심니꺼? 지는 다만, 다만……."

이제 사정하는 것 같은 진무 스님 음성이었다.

"부처님 전에서도 고할 수가 없겠느냐?"

"스님, 지발예."

"비화 넌 정녕……."

"으."

급기야 비화는 두 손으로 귀를 틀어막고 말았다. 틀어막은 귓속으로 으스름달밤에 울려 퍼지는 원귀의 울음소리와도 같은 소리가 송곳처럼 파고들었다. 염 부인의 한 맺힌 흐느낌이었다.

'카옥, 카오옥!'

오동나무 가지에 앉은 까마귀들이 별안간 미친 듯이 울부짖기 시작했다.

"어?"

"저눔들이 와 각중애 저라노?"

조문객들 시선이 일제히 까마귀들이 앉아 있는 오동나무를 향했다. 그러나 제 몸에 앉아 있는 까마귀들을 쫓아버리지 못하고 그저 속수무책으로 서 있기만 한 오동나무였다.

낯선 포구의 밤

부산포 밤바다는 한마디로 검은 짐승 같았다. 어떻게 보면 납작 엎드린 채 간혹 뒤채는 거대한 생명체를 방불케 했다.

부둣가에 가면 일용직이든 임시직이든 뭐든 간에 일자리가 지천으로 널려 있다는 사람들 말만 믿고 무작정 찾아온 곳이었다.

그러나 왕눈 재팔이 부리부리한 두 눈을 제아무리 크게 치떠 봐도 자신이 원하는 것은 보이지 않았다. 술래잡기하듯 하나같이 숨어버린 성싶었다. 그 어떤 연고도 없는 곳에 무방비 상태로 몸을 그냥 던져놓은 격이라고나 해야 할 것이다.

이제 장성한 그의 얼굴은 눈망울이 크고 열기가 있는 절간 사천왕상처럼 변해 있었다. 그렇지만 마음만은 여전히 새순같이 한없이 여리고 어떤 집착에 휘둘리면 거기서 쉽사리 빠져나오질 못했다. 신체와 정신이 부조화를 이루고 있는 셈이라고 해야 할 것이다.

왕눈은 그곳 부산포까지 온 것을 후회했다. 풍경도 낯설었고 사람들은 더욱 낯설었고 그 자신은 더더욱 낯설었다. 그중에서도 왕눈이로 하여금 가장 이방인적異邦人的인 묘한 감정을 느끼게 한 것은 거기서 간간이 만나는 일본인들이었다. 도대체 여기가 조선 땅이 맞는가? 혹시 일본 땅이 아닌가, 하고 부쩍 의심하는 마음까지도 생길 정도로 엉뚱한 일본인들이 활보하고 있는 것이다.

일찍이 고향 진주에서는 보지 못했던 광경이었다. 하지만 고향에도 왜놈들 못지않게 꼴 보기 싫은 족속들이 떵떵거리며 살고 있다. 그게 누구겠는가. 시시콜콜 물어볼 필요도 없이 비단으로 유명한 동업직물을 경영하는 인간들이다. 배불뚝이 임배봉이란 자의 악명은 자다 들어도 소름이 확 끼칠 정도라고 했다. 부전자전이라고, 특히 같은 남자인 그가 보아도 너무 징그럽고 흉측하게 생겨먹은 점박이 형제 억호, 만호는 주는 것 하나 없이 미웠다. 그들에게서 단지 눈이 크다는 죄로 공연히 탕탕 두들겨 맞았던 기억만 떠올리면 내가 참으로 못났다 싶어 와락 악이 받치고 살기가 싫었다.

그러나 옥진이 '해랑'이란 기명妓名으로 관기가 돼버린 일에 비해 보면 그건 아무것도 아니었다. 어찌 세상에 그런 일이 있을 수 있는가 말이다. 옥진이 기생이 되다니. 왕비나 공주가 되어도 하등 손색이 없을 그녀가. 대체 무엇이, 누가, 옥진을 해랑으로 만들었단 말이냐? 그로선 백 번이 아니라 천 번 만 번을 죽었다가 다시 깨어나도 도무지 알 수가 없는 수수께끼인 것이다.

울분이 치밀어 오르고 가슴팍이 터져날 것 같은 날이면 비화에게 가서 호소 반 투정 반 늘어놓았고, 그럴 때면 웅숭깊은 비화는 조금도 싫어하는 기색 없이 무척 성가시게 구는 그의 행위를 모두 받아주었다. 마치 철부지 남동생을 아무런 조건 없이 그냥 따뜻하고 자상하게 거두어주는 친누이처럼 했다. 그러고 나면 또 그 후 며칠간은 조금은 견딜 만하였다.

하지만 근본적인 치유는 불가능했고, 결국 옥진이 있는 곳에서 멀리 멀리 떨어져 나가는 것만이 유일한 살길인 성싶었다. 그렇다고 옥진을 완전히 포기했다는 이야기는 아니었다. 아니, 그 반대였다. 옥진에게서 멀어지면 그만큼 그녀를 향한 열정이 줄어들 것이라고 믿었는데 도리어 그리움과 애틋함은 한층 짙어만 가는 것이었다. 참으로 못되고 믿을 수 없는 게 사람 마음이었다.

왕눈은 무서운 생각이 들었다. 계속해서 이러다가는 병을 얻어 오래 살지 못하고 아무도 모르는 가운데 세상을 뜨게 될 것 같았다. 옥진과 함께하지 못하는 이따위 세상 무슨 개털 같은 미련이 있겠냐만, 그래도 제대로 한 번 피어보지도 못한 채 생을 마감한다는 것은 너무나 억울하고 또 두려웠다.

'일밖에 없는 기라, 일. 그기 아이모 에나 특밸한 새 운맹이 닥치오든가.'

그랬다. 옥진은 물론 그 자신마저도 잊게 해줄 수 있는 엄청난 노동에 몸을 맡기든가, 아니면 지금까지와는 전혀 다른 새로운 삶을 살아가든가 하는 거였다.

'그란데 사람들은 내 혼자만 놔놓고 모돌띠리 오데로 가삣노?'

왕눈은 큰 눈망울을 이리저리 굴리며 주위를 둘러보았다. 점박이 형제가 지나치게 작은 자기들 눈으로 인해 상대적인 박탈감과 적대감을 품게 한 바로 그 눈, 왕눈이었다.

'시꺼먼 파도만 구신소리매이로 찰랑거리쌌고.'

인적은 끊어지고 크고 작은 배들만 포로처럼 묶여 있는 부둣가는 그야말로 바닷속같이 고요하여 을씨년스러울 지경이었다. 뱃전에 찰싹찰싹 부딪히는 파도 소리는 갈수록 사람 마음을 울적하고 무겁게 이끌었다. 바다가 내 품으로 들어오라고 유혹하는 것도 같았다. 남강 의암 근처에 빠져 죽은 익사체가 연방 눈앞에 어른거렸다.

'내가 여게서 빠지 죽으모 건지줄 사람도 없을 끼라. 그리 되모 물괴기들한테 눈알도 다 빼먹히고 살은 징그럽거로 너덜너덜해지것제. 무시라.'

낮 동안에는 '끼룩, 끼루룩' 소리 내며 그렇게 수없이 날아다니던 그 갈매기들도 지금은 모두 둥지에 폭 파묻혀 있으리라 생각하니, 왕눈은 한층 자신의 신세가 처량하고 암담했다. 어쩌다가 이런 지경까지 이르고 말았는지 모르겠다. 그냥 한 여자 탓이라고 치부하기에는 스스로가 너무나도 비참하고 가증스럽기까지 했다.

막일하는 아버지와 삯바느질을 하는 어머니 그리고 단 하나 있는 동생 상팔은, 아무 말도 없이 집을 나가버린 그를 생각하면서 잠을 이루지 못하고 있을 것이다. 식구들을 떠올리니 가슴이 칼로 저미는 듯 아파왔다. 하지만 정말이지 좁은 집에만 처박혀 있기는 죽어도 싫었다. 죽더라도 밖에서 떠돌다가 죽고 싶었다.

'후우. 와 씰데없이 태어나갖고.'

왕눈의 눈에 거대한 흑룡 같아 보이는 밤바다가 들어왔다. 그러자 또다시 그곳으로 몸을 날려버리고 싶다는 충동에 사로잡혔다. 죽어 몽달귀가 되어 섬뜩한 웃음소리를 흘려가며 옥진을 찾아갈 것이다. 관기들이 모여 있는 교방으로 잠입하여 그녀를 데리고 나오리라. 그런 후에는, 다음에는…….

그런데 상상은 거기서 끝이 났다. 아무리 단둘만 있더라도 그가 그녀를 어떻게 할 수는 없는 것이다. 왜? 그는 이미 죽어 형체도 없게 돼버렸으니까. 그가 말해도 옥진은 듣지 못하고, 그가 손을 잡아도 옥진은 느끼지 못할 테니까. 저 영혼 혼례니 뭐니 하는 말은 들었지만, 그건 모두가 손으로 허공 움켜잡는 소리고, 실제로는 아무것도 이룰 수 없는 것이다. 속으로 발악하듯 물었다.

'그라모 우째야 된다쿠는 기고?'

그렇다. 답은 단 하나다. 결국, 죽어서는 안 된다는 것이다. 살아 있어야 한다는 거다. 그리하여 돈을 억수로 벌든가, 관찰사나 암행어사 정도의 권력을 쥐든가, 의적 강목발이 같은 무예의 고수가 되든가 말이다. 그것만이 꿈을 달성할 수 있는 바탕이 될 것이다.

낯선 포구의 밤은 무정하게 저 혼자 깊어가고 있다. 바다와 쌍벽을 이루고 있는 하늘에 달은 보이지 않고 별들도 드문드문 돋아 있었다. 왕눈은 점점 후회하는 마음이 되어갔다. 옥진이 있는 곳에서 멀어지기 위해 무작정 가출한 게 참으로 못나고 어리석은 짓이었다. 어쩌면 집과 식구들이 이다지도 그리워질 수가 있을까? 고향을 떠나온 게 한 달이 됐나 일 년이 됐나? 얼마나 됐다고 벌써 이런 썩어빠진 심경이 되는지 모르겠다.

'에라이! 이랄라모 내 도로……'

왕눈은 유혹하듯 쉴 새 없이 발밑에 와 철썩이는 시커먼 파도를 내려다보면서 칼을 무는 심정으로 생각했다.

'한 분 아이가. 한 분인 기라. 두 눈 딱 감고 한 분 뛰들기만 하모 모도 끝나 삐릴 끼 아이가. 그라고 나모 아모 남을 것도 없고.'

강렬한 자살에의 충동에 그는 부들부들 몸을 떨었다. 바닷바람이 차가워서만은 아니었다. 삶보다도 죽음 쪽에 더 가까이 와 있다는 그 섬뜩한 깨달음은 너무나도 짙고 또렷하게 전해졌다. 하지만 그는 이내 고개를 흔들었다.

'내가 또 이리싸도 모돌띠리 헛방일 끼라.'

기실 성곽 북동쪽 대사지 연못을 찾아가 투신하려던 것도 한두 차례가 아니었다. 지난날 어린 옥진이 점박이 형제에게 당한 곳이 거기라는 사실을 까마득히 모르는 그였다. 오직 그 깊은 못이야말로 모든 슬픔과 고통을 다 끝내줄 수 있는 곳이라고 보았다. 저승으로 통하는 가장 쉽고 빠른 길목이었다.

'시방 저 벨은 우리 집 하늘 우에도 떠 있것제.'

머리 위에서 반짝이는 별을 올려다보니 두 눈 가득 눈물이 괴기 무섭게 금방 뺨을 타고 주르르 흘러내렸다. 그리고 그 끈적끈적한 감촉이 혐오스럽기만 했다.

'내가 이리싼께 에릴 적부텀 사람들한테서 울보라꼬 장 놀림 받았제.'

어른들은 물론이고 심지어 자기보다도 더 나이 어린 아이들까지 겁을 내며 피해 다니던 지난날들은 영원히 지울 수 없는 악몽이었다.

'싹 다 내가 잘못한 긴데 눌로 탓할 끼고?'

주먹으로 눈두덩을 상처가 날 정도로 쓱쓱 훔치며 왕눈은 바다보다도 깊고 긴 한숨을 내쉬었다. 또다시 무서운 저승사자의 발걸음 소리가 점점 크게 들리는 것 같았다. 왕눈은 속으로 말했다.

'오이라, 퍼뜩 오이라. 와서 낼로 데꼬 가라.'

그런데 바로 그때였다. 왕눈으로서는, 아니 왕눈 아닌 다른 누구라도, 거기 바다와 하늘이 자리바꿈을 하는 것보다도 더 경악할 일을 겪게 된 것이다.

"악!"

처음에 왕눈은 무슨 짐승이거나 아니면 바닷바람에 날려 온 물건이 자기 몸뚱어리를 덮치는 줄 알았다. 그는 자칫 그대로 모랫바닥에 나뒹굴어질 뻔했다.

하지만 놀랄 틈도 없었다. 어떤 알 수 없는 기운이 그의 몸을 덥석 껴안는가 했더니 곧 찰거머리같이 달라붙는 것이었다. 문어나 낙지? 아니, 물귀신인가?

'헉! 이, 이거는?'

그다음 순간, 왕눈은 깨달았다. 다시 말하자면 형체보다도 냄새에서 먼저 그 정체를 알았다.

맞았다. 화장 냄새였다. 의심의 여지가 없었다. 그것도 여자의…….

'여, 여자가!'

왕눈은 선 채로 잠을 자면서 꿈을 꾸고 있는 것 같았다. 아니다. 꿈에서도 있을 수 없는 기상천외의 사태가 벌어지고 있었다.

'흑.'

바닷속에서 불쑥 솟았는가? 하늘에서 툭 떨어져 내렸는가?

여자. 도대체 어디서 어떻게 왔는지도 모를 여자 하나가 그의 몸을 으스러져라 껴안고 있는 것이다.

'야, 야시다!'

그게 그때 그 자리에서 왕눈이 해낼 수 있는 유일한 생각이었다.

'야시가 내, 낼로 잡아무울라꼬 하, 하는 기라!'

부산포 여우는 이런 식으로 사람을 홀려 잡아먹는구나. 우리 고향 여우는 사람 머리 위를 세 번 펄쩍펄쩍 뛰어넘어 혼을 빼어 해친다고 들었는데…….

그런데 왕눈이 더더욱 황당해하고 기겁할 일이 순식간에 또 벌어졌다. 여자가 대뜸 그의 오른팔을 잡아 올리더니 제 어깨 위로 걸치게 하고, 그의 왼팔을 끌어당겨 제 허리를 잡게 하는 게 아닌가?

'아.'

왕눈은 그야말로 꿔다놓은 보리 짝처럼 상대가 하는 대로 하고 있었다. 명확히 말하자면 그 상황 속에서는 그의 몸도 마음도 이미 그의 것이 아니었다. 남자야 어쨌거나 말거나 여자의 해괴한 짓거리는 계속되었다. 그녀는 왕눈의 품속을 파고들기 시작했다. 여자 몸에서 훅 끼치는 짙은 화장 냄새는 여우만큼이나 남자 혼을 송두리째 빼놓기에 전혀 모자람이 없었다.

왕눈의 입술에서는 자신도 모르게 신음이 새 나왔다. 그러고는 그 스스로도 예상하지 못했던 일을 행하기 시작했다. 그는 오른손으로 작은 여자 어깨를 움켜쥐듯 감싸 안았다. 왼손으로 잘록한 여자 허리를 힘껏 껴안았다. 그러자 여자 가슴과 복부가 꼭 그의 신체 일부분이 된 듯 바짝 밀착되었다.

왕눈은 일찍이 경험해보지 못했던 그 돌발 상황 앞에서 다른 사람이 돼 있었다. 그것은 차라리 속수무책이라고 일컬을 만했다. 탁 튕겨날 것 같은 젊은 몸매였다. 한 마리 야생동물을 연상케 하는 싱싱함이 전해졌다. 어디선가 풋풋한 풀냄새가 풍겨오는 듯했다.

"……"

여자는 작은 신음 하나 내지 않았다. 왕눈도 그저 숨이 멎는 것만 같아 아무런 말도 할 수가 없었다. 그리하여 남녀는 서로를 서로의 몸 안으로 빨아들일 사람들처럼 깊숙이 포옹한 모습들로 가만히 있었다.

어쩌면 사람 형상을 한 갯바위처럼 비치기도 했다. 워낙 사위가 컴컴한 탓에 더욱 그런 착각을 주는지도 모른다.

왕눈으로서는 그렇게 하고 있는 순간이 얼마나 되었는지 알 수 없었다. 몇 시간은 된 것도 같고, 단 몇 분 몇 초도 흐르지 않은 것 같기도 했다. 그는 완전히 다른 세계 속에 머물고 있었다.

'아, 시방 내가 구렁덩덩신선비가 돼 있는갑다.'

불현듯 왕눈 머릿속에 들어앉는 생각이었다. 그랬다. 그도 구렁이, 여자도 구렁이. 아니 여자는 셋째 딸. 사실은 그의 몸이 구렁이에게 친친 감겨 있는 것 같았다.

'아아아. 내가, 내가……'

왕눈은 전신으로 느끼고 있었다. 그가 구렁이 허물을 벗고 미남자로 변신하고 있다. 그 허물을 그의 신부가 된 셋째 딸에게 주면서 절대 아무에게도 보여줘서는 안 된다고 신신당부하고서 과거를 보러 떠나고 있다.

'아인 기라. 과거는 무신? 돼도 안 하는 미친 생각 고마해라. 내는 항구에서 막노동꾼 할라꼬 부산에 와 있다 아이가?'

하지만 그런 자각은 잠시였고, 구렁이, 아니 여우같은 여자에게 꼼짝없이 걸려든 채 혼도 없는 무생물이 돼가고 있었다.

그런데 이 또한 실로 불가사의라고나 해야 할까? 그런 기이한 와중에도 할머니가 생전에 들려주던 그 설화說話는, 주인공이 '신선비'에서 '재팔'로 바뀐 상태로서 기억 이편으로 되살아나고 있는 것이었다.

신부의 질투하는 두 언니 손에 의해 구렁이 허물이 불에 태워지는 냄새를 맡고는 집으로 돌아가지 않고 자취를 감추는 신선비, 재팔. 그를 찾아 나선 셋째 딸.

'그렇구마. 이 여자는 내 신부가 된 셋째 딸인 기라.'

그럴진대 문제가 아닐 수 없었다. 그는 이미 새장가를 든 뒤였다. 이번 신부는 누구인가? 옥진, 강옥진이다. 그렇다면 내기를 해야 한다. 물 길어오기, 호랑이 눈썹 가져오기.

'지발 옥이지가 이기야 할 낀데. 그래야 옥지이하고 살 수 있을 낀데. 그란데 호래이 눈썹 갖고 오는 저기 누고? 셋째 딸 아이가? 아, 우짜노? 우짜모 좋노?'

얼마나 지났을까? 그 조바심 끝에 왕눈은 꿈결에서처럼 들었다. 어디선가 급히 달려오고 있는 듯싶은 발자국 소리였다. 왕눈은 더욱더 정신이 몽롱해졌다. 그것은 밤의 파도 소리에 섞여 지극히 비현실적으로 들렸다. 발자국 소리는 점점 가까워지고 있었다.

'어?'

그러자 여자가 또 다른 행동을 취하기 시작했다. 더한층 왕눈의 품을 파고드는 것이었다. 왕눈 또한 전염이라도 된 것처럼 자신도 모르게 여자 몸을 더욱더 세게 끌어안았다. 그 순간, 바로 그때를 기다렸다는 듯 짧은 외마디 같은 이런 소리가 거기 고요한 포구를 사정없이 흔들었다.

"서 봐!"

굵직한 사내 목소리였다.

"왜?"

처음 목소리보다는 굵지 못해도 역시 사내 음성이었다.

'헉!'

다음 찰나, 왕눈은 간담이 떨어지는 느낌과 함께 지금까지 감고 있었던 눈을 한층 힘껏 감고 말았다. 여자는 어떻게 하고 있는지 그로선 알 재간이 없었다.

그러한 혼미한 가운데 왕눈이 어렴풋이 느낄 수 있는 건, 여자가 그의 몸속으로 들어올 것처럼 더없이 무서운 힘으로 파고들고 있다는 사실 하나뿐이었다.

"……."

그때쯤 사내들에게서는 아무런 소리도 들려오지 않고 있었다. 아마도 그들은 이쪽으로 달려오다가 그 자리에 그대로 멈춰 서서 두 사람을 노려보고 있지 않나 싶었다.

왕눈은 머리카락이 몽땅 빠지는 기분이었다. 여자를 떨쳐버리고 도망가기는커녕 두려움에 한 발짝도 옮겨놓을 수가 없었다.

'저것들은 또 머꼬?'

이번에는 수여우 두 마리가 나타났는가 여겨졌다. 암컷 여우를 먼저 보내 사람을 잡아놓게 하고, 그놈들은 나중에 나타나서 잡아먹기로 한 게 틀림없었다.

'우짜노? 우짜기는? 모도 끝나삣다 아이가.'

왕눈은 꼼짝없이 여우 밥 신세가 되었구나 싶었다. 내 수명이 여기까지였구나. 이렇게도 짧은 목숨인 걸 가지고 그토록 아득바득 살아왔다니. 그러자 차라리 잘됐다는 생각까지 들었다. 고통스럽게 사느니 죽어 버리는 게 훨씬 나을 것이다.

한데, 그 순간이다.

"저, 저!"

"뭘 보고 있어?"

"아니."

"미친 연놈들 처음 보는 거야?"

"……."

"어서 가자고. 빨리 찾아봐야지."

"그, 그래야지."

"서둘러. 놓치면 자네도 나도 목이 달아나."

"알았어. 세상이 어떻게 돼 가는지, 원."

"어떻게 돼 가긴? 화냥년, 화냥놈 세상이 되는 거지."

"그건 그렇고, 어디로 달아났지?"

"저리로 가 보자고."

"설마 헤엄을 쳐서 건너갈 생각은 안 했겠지?"

"모르지. 워낙 모질고 독한 것들이니까."

"어떡하지? 난, 헤엄에 약한데."

"뭐라고?"

"물에는 다듬잇돌이라고."

"그런데 이런 일을 해?"

"그런 걸 두고 운명이라고 하지."

"물귀신 휘파람 부는 소리 하고 있네?"

"여기 서서 이럴 게 아니잖아."

잠시 그런 알 수 없는 말들을 주고받더니 사내들은 서둘러 몸을 돌려 세우는 기척이었다. 그때까지도 여자는 왕눈 품속에서 꼼짝도 하지 않고 있었다. 숨소리도 잘 들리지 않는 게 흡사 나무토막 같았다. 시신이라고 해도 틀린 말은 아닐 성싶었다.

왕눈은 슬그머니 눈을 떠보았다. 사내들은 자신들이 달려온 반대편 어둠 저쪽으로 급히 뛰어가고 있었다. 그들은 지금 누군가의 뒤를 쫓고 있는 게 확실해 보였다. 그런데 왠지 좀도둑 따위를 추격하고 있는 것 같지는 않았다. 분명하지는 않지만 어쩐지 그런 예감이 들었다.

'눌로 잡으로 댕기는 기꼬?'

왕눈은 그제야 감지한 사람처럼 자기 가슴에 안겨 있는 여자를 내려다보았다. 그러다가 그는 그만 움찔했다.

여자도 눈을 뜨고 있었던 것이다. 그뿐만이 아니었다. 그 여자는 스스로 왕눈 품에서 빠져나갔다. 아까 스스로 안겨들었던 것처럼. 그러곤 정체불명의 사내들이 사라진 곳을 한참이나 넋 나간 사람처럼 바라보고서 있었다.

"후~우."

이윽고 여자 입에서 한숨이 새 나온 듯했다. 금방이라도 그 자리에 픽 쓰러질 사람처럼 보였다. 아마도 긴장이 풀리면서 전신에 힘이 쫙 빠지는 모양이었다.

'대체 이기 무신 일이고?'

약간씩 정신을 차리기 시작한 왕눈은 좀 더 현실로 돌아오기 시작했다. 곧이어 조금 전 자신에게 일어났던 일들이 흐릿하게나마 되살아났다.

갑자기 나타나 알지도 못하는 남자 몸을 마구 파고들었던 여자와 누군가를 뒤쫓는 듯했던 사내들.

'그거는 그렇고…….'

왕눈이 한층 멍해지는 건 좀 더 자세히 눈에 들어오는 여자 모습 때문이었다. 비록 짙은 어둠 속에도 왕눈 자신보다 한두 살 적어 보이고 이목구비가 오밀조밀한 그녀는, 아무리 봐도 너무나 생소한 느낌을 주는 여자였다. 아니, 보면 볼수록 더욱 알 수 없게 만드는 야릇하고 묘한 여자였다.

"저……."

이윽고 그 여자가 처음으로 왕눈을 향해 입을 열어 말했다.

"크게 놀라셨지요? 죄송해요."

그 말을 듣고 나서야 왕눈은 그 여자가 왜 그렇게도 생경한 분위기로 다가왔는지 그 연유를 비로소 깨달았다. 그의 머릿속이 대바늘 같은 것에 찔린 것처럼 찌르르 했다.

'우리 조선 여자가 아이다!'

그 여자의 말씨. 그것은 절대 조선 여자 말씨가 아니었다. 비록 조선 말을 쓰고 있기는 하지만 어색하고 서툴렀다. 왕눈은 마치 남의 나라말을 들은 기분이었다.

'조선 여자가 아이라모?'

여자는 눈치가 여간 아니었다. 왕눈 속마음을 알아챘는지 여자가 다시 말했다.

"저는……. 일본 여자랍니다."

왕눈은 더없이 놀라면서 이렇게 반문하고 있는 자신을 보았다.

"이, 일본 여자?"

어렴풋이 조선 여자는 아닐 거라는 짐작은 하고 있었지만, 막상 그것이 사실로 확인되자 왕눈은 숨이 막힐 정도로 엄청난 충격을 받았다.

일본 여자, 일본 여자…….

"우찌?"

이번에는 왕눈이 처음으로 여자를 향한 말문을 열었다. 일본 여자라는 것도 그렇지만, 솔직히 그 사내들이 나타나기 전까지 그들이 했던 행동을 떠올리면 아직도 너무나 낯이 간지러웠다. 남자인 그가 그런 정도니 여자 쪽은 더 하지 않겠는가?

"대체 이기 무신 일입니꺼?"

여자는 얼른 말이 없었다. 그 대신 파도가 대신 대답이라도 해주듯 '촤르르, 쏴아, 철썩' 하는 소리를 내고 있었다.

"와 낼로?"

보이지 않고 소리만 들리는 파도는 환청에 가까웠다.

"해나 내 말뜻을 모리는……."

왕눈이 몇 번을 다그치듯 물어도 여자는 여전히 대답이 없었다. 그녀는 투박하고 생경한 경상도 사투리에 익숙하지 못한 듯, 그게 아니면 아예 조선말 자체에 어두운지 가만히 있기만 했다. 그러다가 왕눈이 한 말의 의미를 혼자 되새겨보는 기색이더니 이렇게 말했다.

"저는 조선말을 조금밖에 하지 못해요."

약간 이국적으로 들리는 음성이 맑고 아름다웠다. 왕눈은 자신도 모르게 손을 내저으며 얼른 말했다.

"아, 아입니더. 상구 잘하시는데예?"

그건 사실이었다. 그녀가 조선인이 아니라는 면에서 보면 대단한 조선말 실력이 아닐 수 없었다. 더욱이 아직 나이도 젊은 여자가 그 정도였다.

"그건 아닌데……."

그러면서 일본 여자는 쑥스러운 웃음을 지었다. 왕눈은 또 말했다.

"내가 역부러 해쌌는 소리는 아입니더."

그 대화를 끝으로 둘 사이에는 잠시 침묵이 가로놓였다. 사실 더 주고받을 말이 없기도 했다.

왕눈은 껌껌한 밤바다와 엷은 채색으로 그린 것 같은 흐릿한 부둣가, 그리고 어두운 하늘을 번갈아 바라보았다. 별은 아까보다 조금 더 불어나 있었다. 하지만 달은 어디에고 그 모습을 드러내 보이지 않고 있었다.

'내가 시방 일본 여자하고 같이 있어도 여게는 조선 땅이 맞는 기라.'

그렇지만 여전히 꿈속에서 헤매고 있는 듯한 기분은 떨칠 수 없었다. 그건 왕눈 아닌 다른 누구라도 마찬가지였을 것이다. 지금까지 그곳에서 벌어졌던 일들은 어떤 사람이라도 쉬 이해하거나 설명하기 어려울 터였다.

"만약에……."

얼마나 시간이 흐른 후였을까? 일본 여자가 먼저 침묵을 깨뜨렸다.

"댁이 아니었으면 전 붙잡혀갈 뻔했어요."

왕눈은 또다시 졸지에 뒤통수를 맞은 듯 정신이 혼미해졌다. 이건 또 무슨 소리냐?

"댁은 제 생명의 은인이에요."

그러면서 여자는 고개까지 깊숙이 숙여 보이는 것이었다. 그럴 때는 꼭 완숙한 사십 대 중반의 여인 같았다.

"아, 아입니더!"

왕눈은 그만 크게 당황하고 말았다.

"지, 지가 무신?"

"아니랍니다."

일본 여자가 살짝 웃었다. 어둠 속이지만 이가 희었다. 왕눈은 극히 순간적인 착각이지만 달이 그녀 입안에 들어 있는 것 같았다.

"아니에요."

일본 여자가 한 번 더 확인시켜주듯 했다. 왕눈이 확인하듯 물었다.

"아이라꼬예?"

부산포의 항구는 점차 깊어가고 있었으며 별빛 또한 갈수록 초롱초롱한 눈으로 변해가고 있었다.

"예, 그건 댁이 잘 모르셔서 하는 말씀인 걸요."

부둣가에 정박해 놓은 선박들이 파도에 떠밀리며 서로 몸을 부딪는 소리가 환상적인 분위기를 자아내고 있었다.

"내가 잘 몰라갖고예?"

"예."

그러고 보니 여전히 왕눈 자신이 아는 것은 아무것도 없었다. 그녀에 대해서도, 그녀가 했던 행위에 관해서도, 그 사내들이며 그 밖의 모든 것들도…….

밀선密船을 타고

"말씀을 드리자면 좀 복잡해요."

일본 여자 표정은 좀이 아니라 아주 복잡해 보였다. 그 와중에도 왕눈은 새삼스레 깨달았다. 약간 이국적으로 보이는 그녀가 아름답고 신비스러운 미모를 지녔다는 사실이었다. 잘록한 허리며 알맞게 살이 붙은 몸매 또한 매혹적이었다.

왕눈은 아직까지 제 손끝에 남아 있는 여자의 따스한 온기와 부드러운 살결을 느꼈다. 정말 뜻밖의 포옹이었다. 내성적인 그가 상상으로만 그리던 여자 몸이었다. 옥진은 어떨까 생각해보았다. 같은 여자이니 똑같을 것 같기도 하고 전혀 다를 것 같기도 했다. 하지만 그런 어쭙잖은 감상은 다시 들려오는 일본 여자의 말에 의해 부서지는 파도처럼 흩어졌다.

"전, 오늘 밤 안에 제 나라로 떠나지 않으면 안 돼요."

"오, 오늘 밤 안에 이, 일본으로?"

왕눈은 또 한 번 몹시 놀랐다. 아니, 기겁할 정도로 소스라쳤다.

'저 여자가!'

여자가 꼭 다른 세계에서 온 사람 같았다. 일본이란 나라가 삽짝 밖만 나서면 바로 있는 곳이 아니지 않으냐. 게다가 이날 밤 안에 무슨 수로 어떻게 돌아가겠다는 것인가.

혹시 귀신이 그녀에게 단숨에 천 리를 날아갈 수 있는 날개라도 달아준다면 또 모르겠거니와, 그따위 상상은 지금 바닷속에서 깊이 잠들어 있을 새우가 눈을 떠서 허리를 구부려가며 웃어 젖힐 소리였다.

그뿐만이 아니었다. 왕눈의 경악과 의문은 이어지는 그녀 이야기에 갈수록 커졌다.

"사실은요, 남들 모르게 배를 타려다 그만 들키고 만 거예요."

왕눈은 자신도 모르게 거기 바다가 벌떡 몸을 일으킬 만큼 큰소리를 내고 말았다.

"예에? 넘들 모리거로 배를 타예?"

"예."

일본 여자의 대답이 짧았다. 그건 단호한 의지나 신념을 잘 드러내 주는 것 같았다.

"그, 그기 무신?"

하늘에 깔린 구름 조각들이 머무는 듯 움직이기 시작하고 있었다. 별을 통해 그것을 알 수 있었다.

"무슨 뜻이냐 하면요."

그녀는 단지 얼굴뿐만 아니라 목소리도 지금 그곳 어둠만큼이나 어둡고 무겁게 흘러나왔다.

"밀선密船……."

"밀선?"

왕눈은 그 커다란 눈만 굴렸다. 밀선? 밀선은 또 뭐냐?

"잘 모르시는군요."

다시 한번 한숨을 내쉬는 일본 여자였다.

"하긴 당연한 일이라고 봐요."

그리고 말을 하는 중에도 쉬지 않고 그 사내들이 사라져간 쪽을 열심히 살피는 여자였다. 아마도 그들이 다시 나타나지 않을까 굉장히 걱정하고 두려워하는 것 같았다. 그렇지만 사내들은 어둠에 빨려들었는지 다시는 그 모습을 보이지 않았다. 그것은 거기 부두가 그만큼 크고 넓다는 증거였다.

"근데 말예요. 저 한 가지 궁금한 게 있어요."

조선말을 조금밖에 하지 못한다는 일본 여자가 조선말로 계속했다.

"왜 이런 데서 혼자 서성거리고 있었나요?"

"그, 그거는……."

왕눈은 답변이 궁했다. 사실대로 말해도 여자는 제대로 이해하지 못할 것이다. 아니, 그보다도 사실을 이야기해줄 수는 없었다.

"혹시 댁도?"

여자 두 눈이 어둠 속에서도 무척 야릇하게 빛을 뿜어냈다. 그건 어두운 허공에 떠 있는 인광燐光과도 같이 느껴졌다.

"예?"

문득 돌변하는 여자 눈빛에 왕눈은 그저 허둥거렸다. 여자는 그런 왕눈 얼굴을 뚫어지게 쳐다보더니 하는 말이 너무나 엉뚱하고 놀라웠다.

"일본에 가고 싶으신 게 아닌가요?"

왕눈은 이번에는 입도 열지 못했다. 내가 일본에 간다고? 그건 이 세상에 태어나서 아직 단 한 번도 생각해본 적이 없는 소리였다.

그의 마음에 일본이란 곳은 지금 하늘에 떠 있는 별보다도 멀고 아득한 땅이었다.

그런 왕눈에게 여자가 말했다.

"행여 일본으로 가고 싶으시다면, 제가 그렇게 해드릴 수 있어요."

왕눈은 제 귀를 믿을 수 없었다. 또다시 그녀가 여우로 보이기 시작했다. 어쩌면 산에 사는 여우가 아니라 바다에 사는 여우인지도 모른다. 아니다. 일본 여우는 저런가 싶었다.

"물론 늘 기회가 있는 건 아니에요."

여자, 아니 여우 입에서는 갈수록 맹랑한 소리가 나왔다.

"오늘 밤만은 가능하다는 얘기죠."

정말 일본 여자가 맞을까? 점점 더 유창해지는 저 조선말 솜씨라니. 그렇다. 천년 묵은 백여우가 둔갑했으니 저 정도야 뭐 어려우랴. 하려고 마음만 먹으면 저보다 훨씬 더한 것도 너끈히 할 수 있을 터였다.

"이해가 안 되실 줄은 알아요."

바닷바람이 다소 수그러드는 것일까? 항구의 파도가 잔잔해지고 있었다. 왕눈의 가슴팍에 차오르는 파도는 더 세차지고 있었다.

"그렇지만 사실이에요."

낮 동안 보았던 그 수많은 갈매기 무리는 모두 어디로 가버렸을까? 그놈들의 둥지는 바닷속은 아닐 테지. 왕눈은 오히려 비현실적인 시간 너머로 서성거리고 있는 자신을 보고 있었다.

"어쩌실래요?"

"……."

그건 그렇고, 도대체 지금 시각은 얼마나 되었을까? 여전히 달은 보이지 않고 별만 뜬 하늘만으로는 가늠키 힘들었다. 아니, 휘영청 대보름 달이 떠오른다고 할지라도 마찬가지일 것이다.

"어떡하실 건가요?"

여자가 서두르는 모습을 보였다.

"시간이 없어요."

왕눈은 어쩔 줄 몰라 했다.

"예? 예……."

여자는 잔인하리만치 집요하게 나왔다.

"빨리 결정하세요."

왕눈의 입에서 신음 같은 소리가 흘러나왔다.

"으."

여자는 마지막 통첩을 보내듯 했다.

"어서요!"

왕눈은 드디어 여우가 꼬리를 흔들기 시작한다고 생각했다. 사람 혼을 쏙 빼놓기 위해 일본 여우는 구미호보다 훨씬 더 많은 꼬리를 가진 것 같았다. 몸이 홀쭉하고 주둥이는 튀어나오고 귀가 뾰족한 여우 가죽은 깔개나 목도리를 만드는데 쓰인다는데, 여우가 인간인 나를 죽여 제가 깔고 앉거나 목에 두르려고 하고 있다.

'증신을 채려야 되는 기라, 증신을.'

그러지 않으면 여우 밥이 된다. 어쩌면 일본 바다에 사는 여우인지도 모르겠다. 헤엄을 쳐서 조선 땅으로 건너왔을 것이다. 물고기처럼 지느러미가 아니라 온갖 요술을 부리는 꼬리를 사용해서 말이다. 그리하여 사람을 물고 다시 바다로 뛰어들어 일본으로 돌아갈 것이다.

'내는 일본에 도착하기도 전에 하매 죽어 있을 끼다. 바닷물을 너모 한거석 마시서 말인 기라.'

그러나 왕눈의 그런 혼자 사념은 별로 오래가지를 못했다. 급기야 일본 여자가 마지막 제안이나 권유처럼 나왔다.

"편하게 말씀을 해보세요. 정 싫으시다면 굳이……."

그런데 이건 또 무슨 여우 두레박 둘러쓰는 소릴까. 왕눈 입에서는 자신의 뜻과는 전혀 다른 소리가 튀어나온 것이다.

"아, 아입니더. 시, 싫은 거는 아이고예."

왕눈은 여우가 높은 재주를 부려서 내 혀를 그렇게 놀리도록 만들어 버린 것이라고 생각했다.

"싫으시지는 않고……."

여자가, 아니 일본 여우가 씩 웃었다. 비록 어둠 속이긴 해도 하얗게 드러나 보이는 이빨을 통해 그것을 알 수 있었다.

"그러면 됐어요."

그러면 무엇이 됐다는 건지 왕눈은 좀처럼 알 수가 없었다. 어쨌든 여자는 되레 왕눈에게 조선말을 가르쳐주려는 사람 같아 보였다.

"제 생명의 은인이시니 저도 당연히 은혜에 보답을 해드려야죠."

왕눈은 일본인들이 말하는 방식은 저런 것인가 하고 멍해졌다.

"이것도 인연이라면 인연이겠죠."

"인연."

잠시 기세를 죽였던 바닷바람이 또다시 기승을 부리기 시작하는 모양이었다. 컴컴한 바다 한가운데로부터 세찬 파도 소리가 밀려왔다가 밀려갔다. 방파제를 때리고 돌아서는 물결이 높이 치솟았다가 가라앉는 게 흐릿하게 비쳤다. 정박해 놓은 크고 작은 배들끼리 부딪치는 소리도 간간이 들렸다.

'해나 조선 여자가 아이까?'

뜬금없이 왕눈 머릿속에 자리 잡는 의문이었다. 일본 여자가 저렇게 조선말을 유창하게 할 수는 없었다. 어쩌면 처음에는 일부러 조선말에 서툰 것처럼 가장했을 수도 있다. 하지만 차라리 조선 여자라면 더 좋겠다는 쪽으로 생각이 기울기도 했다.

그런데 상대는 정말 백 년 묵은 일본 여우가 맞는 것 같았다. 이쪽 속내를 완전 귀신처럼 꿰뚫어 보는 말을 던진 것이다.

"저, 일본 여자 맞아요."

왕눈이 입을 열 틈도 주지 않았다.

"아주 어릴 적부터 조선말을 배웠던 거죠."

무엇 때문에, 그리고 누구에게서 배웠느냐고 묻고 싶었지만, 지금 당장은 그런 게 중요한 것이 아니었다. 우선 급한 것은 그녀에게 확실한 어떤 답변을 해주어야 한다는 것이다. 그리고 어쩌면 그 답변 하나로 그의 인생 전체가 완전히 바뀔지도 모른다.

'우짜노? 우짜꼬?'

그러자 또다시 왕눈 속에서는 이상한 가역반응 비슷한 것이 샘솟기 시작했다. 홀연 어떤 치기나 반감 같은 게 목젖 가득 차올랐다.

'에라이! 이왕 이리 돼삔 거.'

그가 자기 목숨보다도 더 소중하게 마음에 품고 있는 여자에게 가까이 갈 수 없는 이런 형벌의 땅에 사는 것보다는, 차라리 아무도 나 자신을 모르는 먼 이국 하늘 아래로 가서 생활하고 싶다는 욕망이, 여우 꼬리가 아니라 뱀 대가리처럼 고개를 치켜들었다.

"그라모, 그라모 말입니더."

왕눈은 갑자기 사람이 바뀌었다. 그는 큰 눈으로 여자를 쏘아보면서 다짐을 받는 또렷한 어조로 물었다.

"에나 낼로 일본에 데리다줄 수 있는 깁니꺼?"

여자가 깊이 고려해볼 필요도 없다는 듯 곧장 대답했다.

"물론이죠."

그리고 나서, 다만 이 단서 하나만은 붙여야 한다는 투로 말했다.

"댁이 원하셔야, 그러니까 원하기만 하신다면 말이에요."

왕눈 또한 파장罷場에서 흥정에 응하는 장사치같이 했다.

"내가 원하기만 하모 말입니꺼?"

그 순간에는 한껏 기세를 돋우었던 파도도 그만 숨을 죽이는 것 같았다. 여자는 결코, 강요하지 않는다는 어조였다.

"예, 원하지 않으신다면 어쩔 수 없지만요."

마침내 왕눈은 입술을 질끈 깨물며 시장바닥 왈패처럼 내뱉었다.

"좋심니더."

마지막 쐐기를 박았다.

"가고 싶심니더."

여자가 물었다.

"혹시 나중에 후회는 하지 않으시겠죠?"

"후회."

왕눈이 그렇게 되뇌고 있는데, 이어지는 여자 음성이 좀 더 진지하고 조심스러웠다.

"그래요, 후회 말이에요."

"그, 그거는……."

왕눈은 선뜻 대답하지 못했다. 여자가 탐색하는 눈빛으로 말했다.

"조선에서 일본으로 가기가 쉽지 않은 것처럼, 일본에서 다시 조선으로 돌아오기도 결코, 수월치 않거든요."

여자가 고개를 흔드는데 왕눈 눈에는 여우가 꼬리를 흔들고 있는 것으로 비쳤다. 아무래도 여전히 그 일본 여자를 믿지 못하고 있다는 증거였다.

"아니죠. 어쩌면 더 어려울 수도 있지요. 영원히 일본에서 살아야 할지도 몰라요."

"……."

"시간이 별로 없어요. 아니, 너무 급해요."

여자가 뒤로 고개를 젖혀 별들이 사금파리처럼 박힌 하늘 한복판을 올려다보고 나서 말을 이었다.

"어서 일본으로 떠나는 배를 타지 않으면 안 돼요."

여자는 금방이라도 몸을 돌려세울 태세였다. 그건 단순히 상대방에게 지금 상황이 긴박하다는 것을 알릴 양으로 해 보이는 행동이 아니라 실제로 시간에 쫓기는 사람 모습이었다.

"그런 배, 귀해요."

왕눈은 눈앞에 보이는 캄캄한 밤바다만큼이나 심정이 막막했다. 어쩌면 영원히 돌아올 수 없을지도 모른다. 그렇게 되면 두 번 다시는 부모님과 동생을 보지 못하게 될 것이다. 옥진도…….

왕눈은 마음의 고개를 내저었다. 안 된다. 그럴 수는 없다. 내 정든 사람 내 좋아하는 사람들이 살고 있는 고국을 떠나다니. 미친 소리, 미친 짓이야.

왕눈은 혼자만 가라고 말해주기 위해 여자에게 고개를 돌렸다. 한데, 바로 그때 그의 마음 반대쪽에서 기습처럼 이런 소리가 들렸다.

'이 빙신 쪼다야. 이러키 좋은 기회를 안 잡을라 캐?'

그 소리는 점점 더 커지더니 나중에는 귀를 왕왕 울렸다.

'오데 일본 가는 기, 너거 집 통싯간 가는 거매이로 쉬븐 일인 줄 아는가베?'

왕눈은 뒤가 마려운 사람같이 보였다. 마침내 그가 말했다.

"일본에 갈랍니더."

고개를 끄덕이며 여자가 말했다.

"역시 남자라면 그러셔야죠."

혹시라도 왕눈의 결심이 바뀌지 않을까 하는 우려가 생기는지 이런 말을 덧붙이기를 잊지 않았다.

"그리고 조금 전에 제가 말은 그렇게 했지만, 다시 여기로 돌아오시고 싶으면 돌아오실 수도 있을 거예요."

"아, 예."

조금은 안도하는 빛을 보이는 왕눈에게 여자가 계속 말했다.

"사람이 마음만 먹으면 무슨 일인들 못 하겠어요?"

왕눈은 어렵고도 힘든 결단을 내린 낯빛으로 되뇌었다.

"멤만 묵으모."

여자는 나이보다 훨씬 자상한 면을 보였다. 왕눈은 그녀에게서 고향 집 온돌방 같은 포근함을 맛보았다. 그것은 일찍이 옥진한테서는 가져 보지 못했던 감정 결이었다. 그리고 보면 그 여자는 옥진보다 비화와 더 가까운 부분이 많지 않나 싶었다.

그런데 곧 이어지는 그 일본 여자 행동은 차분한 비화와는 또 달랐다. 그녀는 어둠 속의 도둑고양이처럼 눈을 빛내며 더할 수 없이 날렵하게 움직이기 시작했다. 전혀 여자답지 않았다. 별안간 음성도 얼음장처럼 차갑게 바뀌었다. 놀라운 변신이 아닐 수 없었다.

"그러면 지금부터는 모든 것을 제가 시키는 대로 따라 하셔야 해요."

배들끼리 저렇게 세게 부딪히다 보면 파손될 수도 있을 텐데, 하고 생각하는 왕눈 귀에 여자의 말이 화살처럼 와 박혔다.

"각오는 되셨죠?"

왕눈은 말없이 고개를 끄덕였다. 이제 그의 목숨과 운명은, 순전히 그 일본 여자 손에 달려 있다고 믿었다. 그리고 그건 새롭게 시작되려는 삶에 대한 희망이나 포부라기에는 너무나 막연한 출발에 지나지 않음을 그는 똑똑히 인식하고 있었다. 그것은 결국 일종의 자포자기였다.

"자, 이쪽으로……."

일본인 여자는 조선인 왕눈보다 더 그곳 지리에 밝아 보였다. 그녀는 왕눈으로서는 어디가 어딘지 알 수 없는 어둠 속에서도 굉장히 익숙하게 움직이고 있었다. 아마 그전에도 지금과 같은 행동을 여러 차례 해왔던 것이 아닌가 싶었다. 왕눈은 실에 매달린 꼭두각시 인형처럼 여자가 이끄는 대로 따라갔다. 안개 자욱한 허공을 가는 것 같았다.

잠시 후에 왕눈이 정신을 차려보니 포구에서 가장 으슥하고 후미져 보이는 해안가였다. 사람과 배의 내왕이 거의 없는 곳 같았다. 무인도 바닷가가 그러할까? 그리고 바다 위에는 무슨 시커먼 물체 하나가 아주 몽환적인 분위기를 자아내며 떠 있었다.

왕눈은 언젠가 떠돌이 화공 하나가 길거리에서 사람들을 불러 세워놓고 팔고 있던 그림이 떠올랐다. 그것은 크고 하얀 화선지의 아래 절반 부분을 온통 시커먼 먹물로 칠하고 그 위에 아주 조그맣게 희끄무레한 나비 형상을 그린 것이었는데, 지금 보이는 광경이 그 그림과 대단히 유사해 보였다. 하지만 그 시커먼 물체가 나비일 리는 없다고 생각하며 한참 응시하다가 놀라 속으로 외쳤다.

'아, 배다, 배!'

왕눈은 거기 유령선처럼 소리 없이 떠 있는 배를 알아보고 마른침을 꼴깍 삼켰다. 먹물 같은 바닷물이 무슨 마술이라도 부려 나비를 배로 둔갑시켜놓은 게 아닌가 싶을 정도로 정신이 혼미해졌다.

'우찌 여게 배가 있노?'

여자는 다시 한번 주위를 둘러보았다. 근처에 누가 있는지 마지막으로 확인하는 듯했다. 왕눈도 그 큰 눈으로 사방을 살펴보았다.

'천리안이 있다 캐도 아모 소용없것다.'

그랬다. 보이는 건 오직 짙은 어둠뿐, 어디에도 사람은 물론 고양이 그림자 하나 눈에 띄지 않았다. 파도 소리도 공범처럼 어둠 너머로 잔잔했다.

"어서……."

여자가 왕눈에게 빨리 따라오라고 손짓한 후 배 쪽으로 다가갔다. 어둠을 밀치며 그곳으로 가고 있는 여자는 더는 여우로 보이지 않았다.

왕눈은 더할 수 없이 후들거리는 다리로 그녀 뒤를 따랐다. 그러던 왕눈이 흠칫 그 자리에 멈춰 선 것은 다음 순간이었다.

'저, 저거는!'

심장이 멎는 듯했다. 머리카락이 쭈뼛 곤두서고, 입에서 침이 말랐다.

'사, 사람 아이가?'

뱃전에 어른거리는 것은 분명히 사람 그림자였다. 그것도 하나가 아니라 둘, 셋이었다. 어쩌면 더 있는지도 알 수 없다.

여자가 무슨 말인가를 하면서 그들에게 접근하고 있었다. 그 소리가 하도 낮고 약하여 왕눈은 무슨 말인지 알 수가 없었다. 그로서는 전혀 알아들을 수 없는 일본말이었던 것 같기도 했다.

어쨌든 그러자 저쪽에서도 무슨 말인가를 했다. 얼핏 남자 목소리였다. 그렇지만 그 소리 또한 너무나 작고 조심스러워 왕눈 귀에는 간신히 들릴 정도였다. 양쪽 모두 극도의 경계와 조심을 하는 모습들이었다. 그만큼 왕눈 가슴도 제멋대로 뛰었다.

여자는 그들과 계속해서 몇 마디를 더 나누었다. 이번에는 분명히 일본말이라는 것을 알 수 있었다. 그러고 보면 배에 타고 있는 사람들은 모두가 일본인들 같았다. 왕눈 간담이 더한층 쪼그라들었다. 거기 조선인은 나 하나밖에 없다는 자각이 그를 한정 없이 두렵게 했다. 만약 그들이 합세하면 나 하나쯤 단숨에 없애버릴 수도 있다는 생각에 치가 떨렸다. 바다의 침묵에 숨이 막힐 것 같았다.

"이 봐요."

잠시 후 여자가 고개를 뒤로 돌려 왕눈에게 작은 소리로 말했다.

"어서 이리로 오세요."

"예? 예."

왕눈은 한없이 위축되는 몸과 마음과는 다르게 자꾸 커지려는 목소리를 억지로 낮추었다. 그러고는 조심조심 배 쪽을 향해 걸어갔다. 배 위에서 전해지는 날카로운 시선에 심신이 마비되는 느낌이었다. 여자는 왕눈이 배 바로 앞에 올 때까지 기다리고 섰다가 말했다. 왕눈 귀에는 거의 명령조에 가까웠다.

"먼저 타세요."

"아, 내가 먼첨……."

왕눈은 이제까지와는 비교도 할 수 없을 만큼 몹시 망설였다. 그야말로 올 데까지 와 있다는 깨달음이었다.

"여기까지 오셔서 왜 이러세요?"

여자는 한 번 더 매몰차게 독촉했다.

"어서요. 들키기 전에요."

그 소리가 큰 효과를 일으켰다.

"아, 알것……."

왕눈은 누가 등을 떠밀기라도 하듯 얼른 다리를 옮겨놓았다. 아까 그 사내들이 금방이라도 거기 서라고 고함을 지르며 나타날 것만 같았다. 그리고 그자들에게 들키면 당장 붙들려가서 엄청난 곤욕을 치르게 되리란 것은 자명해 보였다.

왕눈은 어떻게 배에 올랐는지 전혀 알지 못했다. 가까스로 약간 정신을 차리고 보니 배 위였다. 여자도 곧 배 위로 올라왔다. 매우 숙련되어 놀랍도록 민첩한 동작이었다. 그럴 때 보니 여우가 아니라 고향 비봉산에서 자주 발견하던 청설모를 연상케 했다.

배는 왕눈이 어둠 속에서 처음 보고 상상했던 것보다는 컸다. 남강에 떠 있는 고니 모양의 작은 유람선이나, 비화가 콩나물국밥을 파는 상촌나루터를 오가는 소형의 나룻배들만 보아온 왕눈이었다.

배에 있던 사내들은 왕눈을 한번 흘낏 바라보았을 뿐 누구도 말을 걸어오거나 관심을 보이지 않았다. 일본 여자가 그 사내들에게 왕눈을 어떻게 얘기했는지는 모르지만, 그들은 왕눈에게 각별한 경계나 의심을 품는 것 같지는 않았다. 그만큼 여자를 믿는다는 증거가 아닐까 싶기도 했다. 나아가 그것보다도 그들 모두의 최대 관심은 오로지 발각되지 않고 그곳을 무사히 빠져나가는 일에만 쏠려 있는 것으로 보였다.

'아, 인자사 쪼꼼 알것다.'

왕눈은 그제야 정황이 어느 정도 판단되었다. 지금 그가 타고 있는 그 배야말로 아까 일본 여자가 이야기했던 그 '밀선'이라는 것도 깨달았다. 그리고 부둣가에서 보았던 사내들은 밀선을 타려는 자들을 잡으러 다니는 사람들이 틀림없었다.

'저 여자가 보통이 아인 기라.'

왕눈은 그 여자를 다시 보지 않을 수 없었다. 밀선 단속반원들은 그녀의 재치 넘치는 연기에 감쪽같이 속아 넘어간 것이리라. 그네들 눈에는 젊은 연인들이 어둡고 바람 부는 바닷가에 서서 서로 포옹한 자세로 사랑을 나누고 있는 것처럼 비쳤을 것이다. 그렇게 난잡하게 노는 남녀와 위험한 밀항자와는 너무나 거리가 멀어 보였을 것이다.

'내가 밀항자가 되다이?'

밀선을 운행하는 뱃사람들은 선원실로 들어가고, 왕눈과 일본 여자는 승객들 방으로 들어갔다. 그곳 선실에는 조선인과 일본인으로 보이는 사람들이 몇 명 더 있었다. 후줄근한 옷매무새의 사십 대 아낙과 눈빛이 날카로운 이십 대 청년도 있고, 그 나이와 신분을 짚기 어려운 텁석부리 사내도 보였다. 밀짚모자로 연방 얼굴을 가리는 건장한 체격의 남자는 어쩐지 무슨 큰 임무를 띠고 나선 것 같았다. 그들이 왜 밀선을 탔는지 알 수 없지만 하나같이 밀항자들임이 확실했다.

"……."

그들은 새로 들어온 왕눈과 일본 여자를 아무 말 없이 한 번 보고는 대부분 눈을 감아버렸다. 일본 여자는 흡사 그들이 눈에 보이지 않는 것처럼 행동했다. 왕눈도 그렇게 했다. 잘은 모르겠지만 아마도 그게 밀선을 타는 자들의 공통된 행동이나 예의가 아닐까 싶었다. 서로가 상대방에게 주의나 관심을 보이지 않는, 일종의 불문율 같은 것이다.

그런데 왕눈이 본의 아니게 밀짚모자 남자의 얼굴을 보게 된 것은, 파도 더미에 배가 크게 기우뚱하면서 그의 모자가 그만 벗겨져 버린 탓이었다. 그리고 그 순간, 왕눈은 하마터면 비명을 지를 뻔했다.

그 남자의 얼굴, 그것은 한마디로 도깨비 얼굴이었다. 사람 몸통에 저 도깨비기와를 갖다 붙여놓은 게 아닌가 싶을 정도였다. 온통 주름살투성이였으며, 들창코에다 매섭게 부릅뜬 눈, 날카롭게 뻗은 송곳니, 혀가 나와 있는 쭉 찢어진 입, 굽은 뿔이 돋은 이마…….

그러자 지금 그가 타고 있는 배가 마치 폐허가 돼버린 사원이나 궁전처럼 느껴지기 시작했다. 발밑에 함부로 굴러다니는 도깨비기와의 잔해들. 여기저기서 불쑥불쑥 나타나 보이는 괴수의 얼굴들.

'시상에 저리 무섭거로 생긴 사람이 있다이?'

왕눈은 몸서리를 치면서 생각했다. 일본은 도깨비나라 같은 곳일 것이다. 그는 장차 그곳에서 도깨비놀음과도 같은 일을 무수히 겪어야 할지도 모르겠다.

배는 어느새 부두에서 한참 멀어져 있었다. 선실 한쪽 구석 자리에 꼭 끼이듯 앉은 일본 여자가 가만 한숨을 내쉬었다. 그 옆에 털썩 몸을 내려놓은 왕눈도 긴장감이 풀리면서 홀연 엄청난 졸음기를 느꼈다. 눈만 감으면 누가 잡아가도 모를 만큼 그대로 곯아떨어질 것 같았다. 바다

저 밑바닥으로 끝없이 잠수하는 사람처럼. 이런 상황에서 잠이 오다니?
왕눈 눈앞에 거미줄에 걸린 채 잠을 자는 나비 한 마리가 나타나 보였
다. 그건 바로 그 자신의 모습이었다.

밀선은 소리 없이 항해를 지속하고 있었다. 조선 땅은 점점 멀어져
갔다. 기억 저편으로 까마득히 사라지듯이.

천생연분에 보리 개떡

"머, 머라꼬? 매, 맹쭐!"

비화는 소스라치며 도무지 믿을 수 없다는 눈으로 얼이를 노려보듯
했다. 언제나 영리해 보이는 눈이 그 순간에는 속절없이 흔들려 보였다.

"쪼끔 더 자세히 이약해 봐라, 얼아."

원아도 몸을 웅송그리며 더없이 떨리는 목소리로 말했다. 평소 대가
세지 못한 그녀는 곧 비명이라도 지를 것 같았다.

"……."

우정 댁은 아예 입조차 떼지 못했다. 얼이에게서 맹쭐이란 이름을 듣
는 순간, 비화가 해 보이는 반응이 여간 예사롭지 않았기 때문이었다.
다른 사람도 아닌 비화가 저렇게 할 땐 문제가 얼마나 심각하고 무서운
것인지 실감이 났다.

"치목이라쿠는 그눔이 분맹히 맹쭐이라꼬 불렀심니더."

호롱 불빛에 비친 얼이 얼굴이 붉었다. 누군가가 신음을 토하듯 말
했다.

"치목이가……."

방구석 곳곳에 거미줄처럼 처져 있는 어둠을 몰아내는 호롱불도 화르르 몸을 떠는 듯했다. 지금 근동에서 민치목의 악명은 비봉산보다 높고 남강보다 깊었다.

"그날 지가예……."

얼이는 서당 훈장 권학을 모시고 문대, 남열, 철국 등의 문하생들과 함께 촉석루에 갔던 일을 소상히 들려주었다.

"으, 무서버라."

가슴에 손바닥을 갖다 대고 연방 숨을 몰아쉬고 있는 심약한 원아는 익사 직전의 여자 같아 보였다. 그녀는 믿기지 않는다기보다 너무나 그럴 개연성이 높다는 것에 더 경악을 금치 못했다.

"얼이 니를 강에 밀어 넣고 도망친 눔이 살인마 치목이 아들이라이?"

얼이는 원아더러 제발 이제 두려움과 무섬증에서 벗어나라는 듯 말했다.

"그래도 내는 안 죽고 살았심니더."

남강 물소리가 방 문짝에 붙여놓은 닥나무나 삼지닥나무 껍질로 만든 조선종이를 적시며 안으로 밀려들고 있었다.

"아바이하고 자슥이 똑겉이 살인마 아이가."

얼이가 공포에 떠는 자신을 못마땅해하는 줄 알고 있으면서도, 파랗게 질려버린 입술을 가까스로 달싹거려 그렇게 말하는 원아의 온몸에 경련이 일고 있었다.

"작은이모, 우리가 모돌띠리 물리칠 수 있으이 하나도 걱정하지 마이소. 이까짓 일 하나 갖고 머 그리쌌심니꺼?"

그러면서 두 손을 뻗어 원아를 껴안아 주듯 하는 비화가 사탄을 물리치는 심령술사 같았다.

"그래도 내사 겁이 나서 더 몬 살것다."

비화의 위로에도 불구하고 지독한 두려움의 포로가 돼버린 원아였다. 호롱불은 똑바로 피어오르지 못하고 계속해서 이쪽저쪽 옆으로 번갈아 가며 쏠리고 있었다.

"아, 얼이 아부지요."

우정 댁은 상두꾼들이 상엿소리 내듯 했다.

"우째 우리만 놔놓고오, 놔놓고오, 사람이 그리 매정하거로 혼자, 혼자만 먼첨 갔다쿠는 말이요오?"

그 소리에 얼이가 발끈했다.

"어머이! 인자 그런 말은 고마하이소! 운제꺼정 그랄 낍니꺼, 예? 옴마가 그란다꼬 도로 살아오실 꺼 겉애예?"

그러나 아들이야 뭐라고 하든 말든 우정댁 입에서는, 임술년 농민항쟁으로 죽어간 남편 천필구에 대한 원망과 한탄의 소리가 끝없이 흘러나왔다. 그리움의 감정은 퍼내고 또 퍼내도 없어지지 않고 저 밑바닥에 고여 있을 것이다.

"아이고, 아이고! 우리는 우찌 살라꼬?"

그렇게 쏟아놓는 통곡에 얼이가 또 무어라 하자 우정 댁은 한층 설움이 북받쳤다.

"여보! 흐흑."

원아 입술 사이에서는 지난날 저 무명탑의 연인 이름이 한없이 새 나왔다.

"화주, 화주 씨……."

공기가 이상해지기 시작했다. 그것은 누구도 원하지 않는 쪽으로 바뀌고 있었다. 그대로 두었다간 모두 발작 증세를 일으키고야 말 것 같았다.

"안 되것다."

비화가 두 손을 꽉 쥔 채 말했다.

"얼아, 니 우리 방에 가갖고 매행 일릉 좀 오시라 글 캐라. 애기는 내가 마악 재이 놓고 왔은께……."

비화 두 눈에서 강렬하게 뿜어져 나오는 불기운이 온 세상을 송두리째 태워버릴 것처럼 이글거렸다. 물보다 가벼운 석유가 담긴 호롱이 바윗덩이보다도 무겁게 느껴지는 냄새를 뿜어내고 있었다.

"우리가 그것들을 상대할라모……."

비상사태에 직면하여 급박하고 중요한 무슨 작전을 짜듯 하는 비화였다.

"이리로 오시라쿠모 되지예?"

그 답답한 분위기에서 벗어날 기회를 얻었다는 듯이 얼이가 물었다. 정말이지 아버지가 세상을 뜨면서 만들어 놓은 벽에서 빠져나오지 못하는 어머니의 저런 모습은 싫었다. 얼이 자신은 그렇게 하지 못하면서도 그랬다. 아무래도 아직은 얼이가 한참 어리다는 증거였다.

"하모, 그리 말씀드리라."

비화가 재촉하자 얼이는 얼른 일어나서 문밖으로 나갔다. 방문이 잠깐 열렸다가 닫히는 그 틈을 타서 들어온 강바람이 석유등 심지로 몰려가는 것 같았다. 매캐한 물이끼 비슷한 냄새가 났다.

"마이 들은 소리다 아입니꺼? 호래이한테 물리가도 증신만 채리모 산다 캤심니더."

열심히 힘을 북돋아주는 비화의 말도 소용이 없었다.

"으흐."

우정댁 얼굴에는 여전히 천필구 얼굴이 영정影幀처럼 그려져 있다.

"이런 때일수록 겁묵지 말고 멤을 단디 묵어야 됩니더."

상촌나루터의 밤은 강물 소리로 시작해서 강물 소리로 끝날 것 같았다.

"우, 우찌?"

원아 모습에는 한화주 모습이 그림자처럼 드리워져 있다.

"우리가 심만 합치모 몬 이겨낼 거도 없다 아입니꺼."

비화는 사시사철 노를 젓느라 근육질인 상촌나루터 뱃사공들이 팔뚝을 뽐내듯 두 팔을 들어 보이며 말했다. 하지만 그 두 사람의 침묵은 밤의 강보다 더 깊어 보였다.

"두 분 이모님이 오데 보통 여자들하고 겉애예?"

"……."

"아이다 아입니꺼? 와 말씀들이 없으시예?"

비화는 두 사람에게 용기를 심어주기 위해 안간힘을 다했다. 비화 자신도 무섭고 두렵지 않은 게 아니었다. 오히려 그들 부자에 대해 누구보다도 더 잘 알고 있기에 더할 수도 있었다.

'아모리 그래도 그렇제.'

치목이 인간말짜인 줄은 알았지만 이제 자식까지 살인하게 시키다니. 사람을 죽인 자의 자식이니 맹쭐 몸속에도 살인마의 피가 흐르고 있을 것이다. 미국이나 일본처럼 먼 나라가 아니라 같은 고을에 사는 자들이기에 우리가 받는 충격은 더 클 수밖에 없었다.

'앞으로 운산녀하고 치목이가 무신 짓꺼지 저지를랑고?'

턱이 뾰족한 운산녀와 덩치가 곰 같은 치목의 모습이 동시에 떠오르면서 비화는 그저 막막하기만 했다.

'아모리 소긍복 그 사람이 지들 비밀을 다 알고 있었다 쿠더라도, 그래도 사람이 우찌 사람을 쥑일 수 있노 말이다!'

아버지 호한의 죽마고우였던 소긍복 살해 사건에 대한 섬뜩한 기억이 되살아나면서 의식 밑바닥에 억눌러 놓은 두려움과 분노가 번갈아 가며 고개를 치켜들었다.

'인자 고것들 눈깔에는 사람이 사람으로 안 비이고, 푸줏간에 걸린 소나 돼지 겉은 짐승 살코기매이로 비일 끼라.'

비화는 그러잖아도 공포심에 떠는 우정 댁과 원아에게는 아무 내색을 하지 못하고 혼자 속으로만 바글바글 애를 끓였다. 내 마음이 호롱 심지 같으면 하룻밤 새 백 개 천 개도 넘게 타 없어져 버릴 것이라는 비애감도 들었다.

'맹쭐이가 점벡이 행재 꼬랑대이 쫄쫄 따라댕김서 노상 배왔다쿠는 기 머시것노?'

억호와 만호 상판대기도 나란히 나타나 보였다.

'빤하다 아이가. 사기 햅잡에다가 술 처묵고 기집질하는 거 말고 없을 끼다.'

그들 셋이서 온 동리가 좁다고 제멋대로 헤집고 쏘다니던 그 모습이 영원히 지울 수 없는 지문처럼 여겨지기도 했다. 지옥이 있다면 그런 광경일 것이다.

기침깨나 하는 노인도 고개를 돌리던 망나니 패거리였다. 세상이 이런 식으로 가다간 못된 것들을 나무라고 바로잡아줄 수 있는 '진짜 어른'은 완전히 사라져 버리지 싶었다.

'하지만도 살인꺼정 할라쿠다이?'

비화는 새삼스럽게 지금 그들이 앉아 있는 우정댁 방을 둘러보았다. 이쪽 옆방이 원아 방이고, 저쪽 옆방이 비화 식구 방이다. 굳이 우정댁 말이 아니더라도 장성해가는 얼이에게도 조만간 방 하나를 따로 마련해줄 계산을 하고 있었다. 그렇게 되면 얼이는 좀 더 일찍 장성할 수도 있지 않을까 하는 기대감과 함께였다.

'으, 와 이렇노?'

그런데 이건 또 무슨 불길한 조짐일까? 재영이 오기를 기다리고 있던 비화는 어느 순간부터인가 갑자기 등줄기에 찬물을 확 끼얹힌 느낌에 허우적거리기 시작한 것이다.

'잡살뱅이도 겁 안 내는 내가…….'

그녀는 이빨이 딱딱 부딪칠 만큼 무서운 기운을 가까스로 억누르며 생각했다.

'내가 시방꺼정 골백 분도 더 넘거로 들락거릿지만도, 이 방안 공기가 이러키나 이상한 줄 몰랐다 아이가. 우짠지 고마 몸이 으스스한 기라. 똑 죽은 천필구 아자씨 혼령이 이 방에 함께 있는 거 매이다.'

비화는 온몸에 소름이 오톨도톨 돋으면서 당장이라도 그 방에서 도망쳐 나와 버리고 싶은 강렬한 충동에 휩싸였다. 우정댁 남편이고 얼이 아버지라는 선입견 때문인지 몰라도 아직 한 번도 '귀신 천필구'가 무섭다는 감정을 가졌던 적이 없었는데. 그런데? 지금은 전혀 그게 아니었다.

'목 하나만 공중에 붕 떠 있는 거 매이다. 아이다. 목 없는 몸띠이만 따악 누우 있는 거 매이다. 목은 천장에 붙어 있고, 몸띠이는 방바닥에 떨어져 있는 거 매이다.'

그뿐이면 또 괜찮았다. 보이지 않게 눈만 감아버리면 되니까. 하지만 코끝에 와 닿는 이 섬뜩한 냄새.

'오덴가 피 내미도 섞이 있는 거 매이다.'

도대체 앞으로 우리에게 무슨 좋잖은 일이 벌어지려고 이런 불가해한 기분마저 달려드는 것일까? 환영을 보고 있어도 유분수지, 목 잘려 나간 시신을?

"똑똑."

바로 그때, 비화를 구원해주듯 방문 두드리는 소리가 났다.

"들가도 되것심니꺼?"

모두 모여 있는 장소를 찾은 재영 음성도 왠지 주눅이 든 듯했다. 바깥의 어두운 기운이 그대로 묻어나는 목소리였다.

"쌔이 들오이소."

원아가 얼른 대답했다. 오직 농사꾼 한화주 한 사람만을 깊게 사랑했으며, 이름 없는 환쟁이 아내로 살아가길 소원했던 그녀였다. 심약한 원아는 남자 목소리만 들어도 한결 마음 든든한 모양이었다.

재영이 먼저 들어오고 곧이어 얼이도 들어서자 방은 금방 꽉 차는 듯했으며 남자들이 그렇게 믿음직스러워 보일 수가 없었다. 비화는 아무도 모르게 마음의 손을 모아 소망의 기도를 했다.

'우리 애기도 퍼뜩 자랐으모 좋것다. 씩씩한 대장부가 돼서 김 장군의 후손이라쿠는 이름을 만천하에 떨칫으모 더 바랠 끼 없것다.'

그러고는 너무 얼토당토않은 착각이겠지만 비화는 느꼈다. 얼이 아버지 천필구 혼령이 방 한쪽 구석으로 물러나는 것 같았다.

'허개이 칼 맞고 비맹에 간 얼이 아부지 원혼이 아즉도 가족들 곁에 머물고 있었단 말가? 으, 에나 무서븐 일 아이가.'

비화는 지금 자신이 갈수록 어처구니없는 망상에 젖어 대사지 연못에 빠져들고 있다는 사실을 알면서도 그 수렁에서 헤어나지 못했다.

"조카사우 이 사람아! 함 들어봐라."

우정 댁은 막 들어온 재영에게 무엇을 고자질하는 사람처럼 굴었다.

"금쪽 겉은 우리 얼이를 남강 물에 빠뜨리서 쥑일라 캔 그, 그눔이, 소긍복이 그 사람을 쥑인 눔 자슥이라 안 쿠나, 으잉?"

"예에?"

재영이 깜짝 놀라 비화 얼굴부터 바라보며 크게 떨리는 목소리로 물었다.

"그, 그기 사실이요, 여보?"

그건 우정댁 말의 사실 여부를 알아보려는 것이 아니라 충격이 그만큼 큰 탓에 저절로 튀어나오는 반사적인 물음이었다. 비화는 손가락을 만지작거리면서 잠자코 고개를 끄덕였다.

"이, 이런 일이!"

재영의 몸도 눈에 띄게 떨렸다. 바깥 날씨가 갑작스러운 변화를 일으키려는지 강바람이 갈기 세운 맹수처럼 한바탕 문풍지를 거칠게 흔들고 지나갔다. 어디선가 밤 물새 울음소리가 들렸다. 자주 듣는 그 소리가 이날따라 한층 을씨년스러웠다. 이곳 분위기는 적잖게 괴기스러운 기운마저 띠고 있었다.

"시방 이 시점에서 우리가 할 일은……."

비화 두 눈에 대장간의 불덩이를 방불케 하는 강렬한 불길이 튀었다.

"잠시도 긴장을 풀어갖고는 안 된다쿠는 깁니더."

"……."

사람들은 나무나 돌로 빚은 조형물처럼 작은 움직임도 없었고 호롱 불꽃 혼자만이 쉴 새 없이 너울거렸다.

"우짜모 그눔들은 시방 이 순간에도 우리 집 바깥에 와 있는 줄 모립니더."

그렇게 말해놓고 비화는 이내 후회했다. 이 시점에서 모두를 더욱 공포로 몰아가는 그런 소리는 절대 금물이었다. 실제로 그렇다손 치더라도 발설할 일이 아니었다.

"아, 아입니더."

비화는 얼른 여러 말로 정정했다.

"그거는 아일 깁니더. 그럴 리는 없어예. 우리한테 그리는 몬 하고예."

몹시 혼란스러운 기색을 보이는 식구들이었다.

"지 말씀은, 우리가 그만치 조심 우에 또 조심해야 된다, 그런 뜻인

기라예."

그러자 재영이 여전히 딱딱하고 어두운 낯빛이긴 해도 힘이 실린 목소리로 말했다.

"다린 곳이라모 또 몰라도, 여게 상촌나루터서는 지까짓 눔들이 지들하고 싶은 대로 몬 할 끼라고 봅니더. 우리도 여러 사람입니더."

아직 어린 나이지만 천성적으로 재영보다 훨씬 강단 있게 생긴 얼이도, 제 딴에는 한창 기세 올랐던 때의 농민군처럼 자신감 넘치는 얼굴로 입을 열었다.

"지도 인자 한 눔 정도는 대적할 자신이 있심니더."

그게 사실이든 아니든 간에 사내다운 얼이었다. 중요한 것은 그런 정신 자세가 아니겠는가? 게다가 얼이는 건달패같이 어깨를 흔들어 보였다.

"그날은 맹쭐이라쿠는 그눔이 상구 비겁하거로 몰래 내 등 뒤에 와갖고 내를 강에 확 밀어 삐는 바람에 고마 우찌 몬 하고 당한 기지, 시방 그눔이 또 나타나모 요분에는 지가 그눔을 강에 빠뜨리서 쥑이삘 낍니더. 함 두고 보이소, 지가 헛말 했는고."

그때, 비화는 들었다. 그곳 방 한쪽 구석에서 들려오는 무슨 소리를. 바로 얼이 아버지 천필구 목소리와 농민군 지도자였던 유춘계 아저씨 음성도 섞여 있는 듯하다. 죽창과 몽둥이, 지겟작대기, 농기구 부딪는 소리도 난다. 〈이 걸이 저 걸이 갓 걸이〉 노래도 들려온다. 진주 망건 또 망건……

그런데 그중 가장 또렷한 소리는 천필구 목소리였다. 하지만 비화로서는 좀처럼 알아낼 방도가 없었다. 그게 얼이더러 잘한다고 격려하는 건지, 아니면 그따위 어리석고 위험한 짓은 그만두라고 나무라는 건지……

그런 잡다한 망상에 부대끼고 있던 비화는, 어느 순간 홀연 숨이 막히고 사지가 떨렸다.

'인자 내가 이런 환청꺼지 들어야 하는 것가?'

비화는 옆에 있는 사람이 보면 섬뜩하리만치 눈을 부릅뜨고 지금 소리가 들려오는 방향이라 여겨지는 구석을 쏘아보았다. 거기는 호롱 불빛이 미치지 못하는 곳인지라 그 방에서 가장 어둠침침한 공간이긴 해도 귀신이 붙어 있을 정도는 아니었다.

"성님, 그것 보이소. 역시나 집안에는 남자들이 있어야 하는 벱인 기라예. 방금 막 우리 조카사우하고 얼이가 핸 이약 들은께 무서븐 기분이 싹 안 가십니꺼?"

약간은 용기가 생긴 원아 말에 우정 댁도 한결 풀린 얼굴로 자랑스레 말했다.

"아, 조카사우야 다 큰 어른인께 그렇다 치고, 인자는 우리 얼이도 완전히 장골 한 사람 모가치(몫)를 안 할 꺼 겉다."

그러고 나서 비화에게 물었다.

"그렇제, 조카?"

비화는 배시시 웃었다.

"하모예, 맞심니더. 얼이 덩치가 오데 보통입니꺼? 우리 저 사람도 얼이한테는 몬 당할 끼라예."

원아가 재영 쪽을 보며 비화를 나무라듯 했다.

"조카, 와 그라노? 그리 벌로 말해쌌다가 난주 둘이만 있을 때 서방님한테 무신 안 좋은 소리 들을라꼬?"

그러자 재영도 손을 휘휘 내저으며 말했다.

"아입니더, 이모님. 집사람 말이 딱 맞심니더. 지는 처남한테 몬 이깁니더. 지만 그런 기 아이고 우떤 사내도 처남 심을 몬 당할 걸예?"

호롱 불꽃이 그렇다고 손을 들어 보이듯 좀 더 높이 활활 타올랐다. 심지에는 푸른 색깔이 강물의 푸른 기운을 담아내고 있는 것 같았다.

"에이, 매행도. 내 겉으모 죽었으모 죽었지 지 각시 앞에서 그런 소리 절대로 몬 합니더. 남자가 채맨이 있지……."

"그거는 맞네?"

남자 체면 운운하는 얼이 말에 한바탕 웃음보가 터졌다.

"우쨌거나 웃고 난께 멤이 쪼매 낫거마는."

우정 댁이 말했다. 원아가 고개를 끄덕였다.

"웃음 끝에는 낙만 오는 기 아이고, 기운도 따라서 오는 거 겉네예."

우정 댁은 박수까지 쳤다.

"하모, 하모."

그러나 비화는 모르지 않았다. 우리는 서서히 목을 죄어오는 저 죽음에의 지독한 공포를 조금이라도 떨쳐보려고 이런 허풍선이 소리를 늘어놓고 있다는 것이다. 아직도 우리가 그런 표적물이 되고 있다는 그 사실 자체를 충분히 이해할 수는 없지만, 어쨌든 지금, 이 순간에도 놈들은 우리를 노리고 있을 것이다.

그러다가 비화는 자신을 크게 꾸짖었다. 내가 이 무슨 못난 생각을? 그건 아닐 것이다. 우리가 합심하면 두려워할 일만도 아니다. 당당히 맞서 싸워야 한다. 돌아서면 안 된다. 등을 보여선 안 된다. 비화는 마음을 다잡았다.

"지는 안 있심니꺼."

얼이가 그동안 가슴에 꼭꼭 숨겨두었던 무슨 비밀을 들려주듯 했다.

"상구 겁이 나거나 무섭거나 하모 안 있어예? 꼭 그 노래를 큰소리로 부립니더. 〈이 걸이 저 걸이 갓 걸이〉 노래를 말이지예."

비화 눈이 반사적으로 우정댁 얼굴을 향했다. 역시 덩치만 컸지 아직도 한참 철이 덜 든 얼이였다. 하지만 다행히 우정 댁은 슬픔보다 기쁨의 빛을 드러내 보였다.

"역시나 천필구 새낀 기라. 아모나 될 수 없는 천필구 새끼."

무척 흡족한 투로 그렇게 혼잣말을 하고 나서 그녀는 아들을 보고 신신당부했다.

"하모, 우짜든지 그래야제. 그래야 죽은 니 아부지도 땅속에서 좋아하실 끼다."

얼이가 기대에 찬 낯빛으로 모두를 둘러보며 물었다.

"그라시것지예, 울 아부지가?"

아무도 선뜻 입을 열지 못했다. 우정 댁만 목이 잠긴 소리로 말했다.

"그라고 얼이 니 혼자만 그런 기 아이다."

"예에?"

그게 무슨 소리냔 듯 눈을 크게 뜨고 자기를 바라보는 아들에게 이런 말도 했다.

"이 에미도 가리방상하다."

그러고는 입속으로 잠시 무언가를 소리 내어 보이다가 실토하듯 했다.

"내도 멤이 쪼매 그렇다 싶으모 이리 그 노래 부린다."

"큰이모."

비화는 누가 자기 고개를 잡고 돌리듯 또 그 안을 둘러보았다. 조금 전까지의 그 두렵고 께름칙했던 기분이 언제 그랬나 싶게 사라졌다. 방 안 가득 안온한 분위기가 느껴졌다.

'에나 다행 아이가. 예로부텀 사람이, 지가 사는 집이 무서버모 안 좋다 캤는데. 무신 수를 써서라도 내는 이 집에서 돈 벌어야 하는 기라.'

비화 손이 여자 손치고는 큰 이유가 자주 주먹을 거머쥐어서인지도 모른다. 어머니 유전인자를 고스란히 물려받아서일까? 어린 준서 역시 깨어 있을 때나 자고 있을 때나 두 주먹을 꼭 쥔 모습을 보이곤 했다.

'이 가게가 우떤 가게고? 염 부인 마님께서 밑천을 대주신 가게 아이가.'

그런 생각과 함께 비화는 신체의 주먹뿐만 아니라 마음의 주먹까지 불끈 쥐면서 한층 더 단단히 각오를 다졌다.

'돈 마이 모아갖고 자꾸자꾸 땅을 사는 기다, 땅을.'

어릴 적 땅따먹기 놀이에서 그녀를 이길 아이는 없었다.

'내가 임배봉이 그눔 집구석을 이길 길은, 땅 부자가 되는 길밖에 안 없나? 비어사 진무 스님도, 돌아가신 염 부인도 장마당 그리 말씀하싯다.'

하지만 염 부인 생각이 떠오르자 비화는 언제나 그러하듯 가슴부터 꽉 막혀왔다. 털빛 하얀 진돗개 '보리'가 짖어 대는 소리가 어디선가 들려오는 듯했다.

비화 그녀를 빼고는 세상 누구도 모르는 학지암 가는 어두운 숲속 길의 천인공노할 만행과 염 부인의 비밀이었다.

그러나 비화도 몰랐다. 지금 집 밖에서 소리 없이 움직이고 있는 그림자들이 있었다.

그림자는 셋이었다. 남자 하나, 여자 둘.

"……."

그들은 너무나도 은밀하게 행동하고 있어, 상촌나루터 사람들은 말할 것도 없고 남강 속 용왕까지도 미처 알아차리지 못할 지경이었다. 그리고 그만큼 더 위험천만해 보이는 인물들이었다.

유령처럼 움직이고 있던 그림자들이 강마을의 어둠을 방음벽 삼아서 소리 죽여 속삭이기 시작했다.

"그, 그런께, 시방 저 집 아, 안에 그, 그 사람이?"

그것은 다름 아닌 허나연의 목소리였다.

"쉬이, 조용히 하쇼."

이번에는 길바닥에 깔릴 정도로 잔뜩 낮춘 사내 음성이 뒤를 이었다.

"잊아뻤소? 절대 말을 하모 안 된다 안 쿠디요?"

이빨을 뿌득뿌득 갈아대면서 하는 것처럼 듣기만 해도 오싹 소름이 돋게 만드는 목소리는 민치목이다. 나연보다 몸집이 두 배, 아니 세 배 가까이나 돼 보였다.

"아재 소리가 더 커요. 시방 저 색시 멤이 우뜧것소?"

운산녀 목소리가 그들 중에서 가장 침착하게 들렸다. 그 이름처럼 구름에 가려진 산답게 비밀스럽고 흔들림이 없어 보였다.

'역시나 운산녀.'

치목은 그런 운산녀에게서 또다시 강렬한 경각심과 두려움을 감지했다. 확실히 무서운 여자다. 같은 여자이면서도 나연이 몹시 흥분해 어쩔 줄 몰라 하는데, 운산녀는 철저한 냉혈녀의 면모를 보였다.

치목은 알고 있다. 허나연이 같은 여자가 가장 다루기 쉬운 여자이며, 운산녀 같은 여자가 가장 다루기 힘든 여자였다.

'우짜모 시상 남자들끼리 서로 다린 거보담도, 여자들끼리 서로 다린기 상구 더 차이가 클랑가도 모린다.'

밤이 이슥해질수록 강바람은 한층 날을 세우고 있다. 강변 나무들이 금방이라도 부러질 듯이 휘어졌다가 도로 몸을 펴기도 하는 게 그곳의 분위기를 한층 위태롭고 기분 나쁘게 했다.

'내가 남자라서 그렇는가는 모리것지만도, 남자는 모도 가리방상 안 하까이?'

강바람에 시달리는 나무들을 힐끗 쳐다보면서 그렇게 여기기도 해보는 치목이었다.

'씨~잉.'

강바람에 그중 몸무게가 가장 가벼울 나연이 휙 날아갈 듯싶었다. 어쨌거나 나연은 한 사내와 눈이 맞으면 일단은 그 사내에게 꼬빡 엎어질 그런 여자다. 적어도 싫증이 나서 다른 사내를 찾아 나서기 전까지는 그럴 것이다.

'하여튼 생긴 꼬라지 딱 보모, 일 나기 하거로 안 생깃나. 진짜로 남자 골 때리는 여자다.'

그런데 운산녀는 또 다르다. 여왕벌이나 암사마귀다. 저 계집의 마음은 언제나 사내 몸 위에서 빙글빙글 논다. 뿐만이 아니다. 교미가 끝나면 수사마귀를 죽여 버리는 암사마귀와도 같다. 운산녀는 한때 깊은 관계를 나눴던 소긍복을 강 속에다 처넣게 했다. 제 마음에 거슬리면 강물도 도끼로 내려찍을 악녀다.

"아, 저 안에, 저 안에 그 사람이……."

나연의 눈은 계속 나루터집 안을 향하고, 운산녀 눈은 계속 그런 나연을 향하고, 치목 눈은 계속 그런 운산녀를 향했다.

'하지만도 텍도 없다. 이 치목이가 수사마귀가 될 수는 없제. 운산녀 니가 아모리 잘난 척 해싸도 이 치목이한테는 안 통한다 고마.'

치목은 두꺼운 가슴팍을 쑤욱 내밀고 상촌나루터 밤공기를 죄다 들이켜듯 크게 심호흡을 했다.

'지 수컷을 쥑인 다린 수컷한테 꼬래이를 따악 사림시로 알랑대는 그런 암사자일 수밖에 없는 기라.'

처음에는 수사마귀 같던 그의 몸이 점차 수사자로 변하고 있다.

'온 시상이 다 알아주는 저 유맹한 동업직물이 내 손아귀에 들올 끼라 쿠는 상상만 해도 심장이 안 터질 거 겄나. 흐흐흐.'

치목이 그런 불순한 생각들을 굴리고 있는 중에도 나연은 여전히 격한 감정을 다스리지 못하는 모습이었다. 어쨌거나 한때는 서로가 죽고 못 사는 사이였던 데다가, 나중에는 어떻게 될지 몰라도 현재까지는 처음이자 마지막인 자식까지 둔 관계다.

'시상 천지를 다 돌아봐도 하나밖에 없는 내 아들의 아바이다.'

그런 사내가 지금 바로 눈앞에 보이는 저 집에 있다. 손만 내밀면 금방 닿을 지척에 있다. 그것도 혼례까지 치른 여자와 또 그들 사이에 태어난 아기와 함께 말이다. 여자는 다른 여자이고 아기도 다른 아기인데 남자는 다른 남자가 아니다.

'그런 저것들 셋이 저리 딱 모이서…….'

나연은 엄청난 질투심과 자기 설움에 겨운 나머지 당장이라도 나루터 집 대문을 쾅 열고 안으로 달려 들어갈 여자같이 위태위태해 보였다. 강바람은 그런 여자더러 어서 그렇게 하라고 재촉하기도 하고 그래서는 안 된다고 만류하기도 하듯 일정한 방향도 없이 이리저리 불고 있었다.

"색시!"

운산녀가 세상 다시없이 정다운 사람에게 하는 것처럼 나연의 등에 손을 갖다 대고 낮은 소리로 위로하듯 타이르듯 말했다.

"인자 고마 돌아가야제."

그 소리는 매캐한 물이끼 냄새가 묻어 있는 강바람을 타고 흩어져 갔다.

"쪼, 쪼꼼만 더 있다가예."

나연은 미련을 어찌하지 못해 좀처럼 돌아서지를 못했다.

"이라모 안 된다 캐도?"

"그, 그거는 아는데 그래도예."

치목은 아까부터 실랑이를 벌이는 두 여자에게서 눈길을 거두고 칠흑 같은 사위를 둘러보며 또 혼자 궁리했다.

'낮에는 그리카나 번잡하던 상촌나루터가 밤이 된께네 선학산 공동묘지 걸거마는. 남강도 시방은 시커먼 물구신이 튀어나올 거맹캐 비인다 아이가. 우쨌든 간에 우리 일을 하기에 딱 좋다 아인가베. 흐흐.'

"가자꼬."

마침내 운산녀가 가지 않으려는 나연을 억지로 잡아끌었다. 그러다가 뜻대로 되지 않자 으름장 놓듯 아니면 협조를 구하듯 했다.

"자꾸 이리싸모 앞으로 우리 같이 일 몬 한다."

나연은 남자만 골치 아프게 하는 여자가 아니라 여자도 골 때리게 하는 여자였다.

"지발예."

"지발이고 개발이고!"

급기야 운산녀 성깔이 확 불거져 나왔다. 약간 튀어나온 제 이마로 나연 이마를 칠 듯이 했다.

"시상 더 안 살고 싶은 기가, 그냥 콱!"

"아, 알것어예."

그러자 나연은 어쩔 수 없이 질질 끌려가듯 하면서도 눈은 내내 나루터집 담장 안 불이 켜져 있는 방에서 떨어질 줄 몰랐다. 밖으로 새 나오는 불빛을 보니 아랫목이 참 따뜻한 방일 것 같았다. 지금 바깥 날씨가 이런 판이라 그런 느낌이 더 강하게 드는 것인지는 모르지만 나연은 미쳐버릴 만했다.

"아재도 얼릉 가이시더."

"알것소."

잠시 후 그곳에서 약간 떨어진 어두운 강가에 그림자들이 다시 모습을 드러내었다. 강은 은둔자처럼 몸을 잔뜩 낮추고 있는 느낌을 주었다.

약간 노란 빛이 감도는 달은 엷은 구름장에 가려져 흐릿했다. 어쩐지 사람을 오싹하게 만드는 귀기 서린 밤이었다.

"보쇼! 아, 사람이 그리 중심을 몬 잡아갖고, 우찌 그 일을 할라쿠요?"

치목이 당장 집어삼킬 듯이 눈알을 부라리면서 심하게 나무라자 그러잖아도 좁은 나연의 어깨가 한층 더 심하게 움츠러들었다.

'아재, 고마하소.'

운산녀가 어둠 속에서 나연 모르게 치목을 눈으로 제지하고 나서 말했다.

"그 심정 이해하거마는."

치목의 윽박지름에 주눅이 들었던 나연은 그래도 제 편을 들어주는 사람이 있어 살았다 싶었다.

"고, 고마버예, 마님."

주인 발밑에서 꼬리 흔드는 강아지를 떠오르게 했다.

"아이라. 내가 모리는 거도 아이고 누보담도 잘 알제."

운산녀 목소리가 가물 때 달 주변에 둥글게 나타나는 붉은 달무리처럼 붉었다.

"내도 서방이라쿠는 기 낮밤도 모리고 기생 년들하고 벌로 놀아나쌌는 꼴 봄시로 피눈물 동이째 쏟았거마는."

강바람에 펄럭거리는 치맛자락을 두 손으로 감싸 쥐고 아래로 끌어내리며 말했다.

"시방도 안 그런 거는 아이지만도."

그러다 말고 뭔가 켕기는 게 있는지 치목 쪽을 훔쳐보고는 서둘러 입을 다물었다. 여느 때의 그녀와는 많이 달랐다.

"죄송해예, 마님."

나연이 찬비에 젖은 멧새처럼 슬픈 목소리로 말했다.

"진짜 지 서방도 아인데, 이리쌌는 꼴이 우습지예?"

"우습기는?"

운산녀는 아니라고 하는데, 치목이 무뚝뚝한 어투로 끼어들었다.

"맞소 고마. 내가 옆에서 객관적으로 쭉 판단해볼 거 겉으모, 진짜로 억울해하고 성낼 사람은 그짝이 아이고……."

무슨 소릴 하느냐 듯 자기를 바라보는 두 여자에게 툭 내뱉었다.

"비화거마는."

"비화?"

으스름 달빛 아래서도 운산녀 눈꼬리가 사납게 치켜세워지는 게 보였다. 그러다가 칼로 내리치는 것 같은 소리로 치목을 불렀다.

"아재!"

문득, 바람이 그 방향을 바꾸고 있었다. 근처에 서 있는 키 큰 플라타너스가 그만 몸을 뒤트는 것처럼 비쳤다.

"시방 무신 소리요?"

"아, 무신 소리는?"

운산녀는 주춤하는 치목을 옥죄었다.

"비화 고년 역성드는 기요, 머시요?"

"역성이라이?"

치목은 내심 울컥했지만 억지로 감정을 삭여야 했다. 낚시할 때도 물고기가 도망칠까 봐 소리를 죽이는데, 하물며 목적 달성에 필요한 사람을 엮으려는 일이니 참아내야지.

"저 색시가 저리 감정을 몬 추스리갖고 우찌 그 큰일을 할 낀고, 내사 그기 하도 걱정이 돼갖고 하는 소리 아이요?"

그 장소가 나룻배를 대는 나루턱과는 다소 거리가 떨어져 있어서인지 강가에 묶어 놓은 나룻배는 한 척도 보이지 않았다.

"죄, 죄송해예."

나연의 어깻죽지가 더욱 좁아졌다. 그녀는 이번 한 번만 더 봐 달라고 사정했다.

"아, 앞으로는 아까 전에 말씀하싯던, 그 주, 중심을 자, 잡으께예."

운산녀는 말없이 껌껌한 강만 바라보았다. 지금 강은 움직이지 않는 하나의 거대한 검은 구렁이를 연상케 했다. 바람이 극성을 부리고 있는 날씨인데도 이상하게 강은 건드리지 못하는 것 같은 밤이었다. 어쩌면 강이 바람을 송두리째 집어삼켜 버리고 있는지도 모를 일이었다.

"감정을 몬 이기모 안 되기는 안 되제."

잠시 후 그러던 운산녀가 고개를 돌려 나연을 보며 다짐받듯 했다.

"우짜든지 색시가 살라모 꼭 요분 일을 성공해야 안 하는가베. 알것제?"

"지가 살라모……."

나연이 고뿔 걸린 사람처럼 코를 훌쩍이며 대답했다.

"흑흑. 마님 말씀 잘 알아들었어예. 그라이 쪼꼼도 염려하시지 마이소. 지가 반다시 그 집 아를……."

"허어?"

일순, 치목이 황급히 손을 뻗어 나연의 입을 거칠게 틀어막았다. 산이 움직이는 것 같은 거구임에도 불구하고 번개가 지나간 듯 잽싼 동작이었다.

"캑캑."

나연은 숨이 막히는지 온몸을 버둥거렸다. 낚싯대 끝에 대롱대롱 매달려 있는 물고기를 떠올리게 했다. 치목이 목을 틀어쥐고 위로 들어 올리면 마치 뿌리 뽑힌 나무처럼 그대로 쑥 딸려 올라갈 것처럼 보였다.

"아재, 약한 여자한테 무신 짓이오?"

운산녀가 하늘과 땅 그리고 강과 나무들 같은 몇몇 개의 형체만 흐릿한 윤곽으로 드러나 보이는 주변을 둘러보며 명령조로 말했다.

"고마 그 손 놓으소."

그런데도 치목이 시키는 대로 하지 않자 좀 더 강경해진 목소리로 나왔다.

"사람 심통 맥히서 죽것소. 살인 칠라요?"

"젠장."

치목이 입속으로 무어라 구시렁거리며 나연의 입에서 손을 떼 냈다. 하지만 성난 맹수가 허연 이빨을 드러내고 무섭게 으르렁거리듯 계속 을러대었다.

"한 분만 더 그 소리 입 밖에 내모……."

나연을 향한 소린지 아니면 운산녀를 겨냥한 소린지 분간이 되지 않는 애매모호한 어감이 담긴 소리였다.

"그때는 이 손으로 심통을 꽉 끊어놓을 끼다."

"허억."

치목의 억센 손아귀에서 풀려나고도 나연은 한참 동안 더 헉헉거리고 나서 더없이 고분고분한 아이같이 했다.

"아, 알았어예. 다, 다시는 입 밖에 안 내께예."

운산녀가 아무도 없는 강가를 경계하듯 다시 둘러보며 나연에게 말했다.

"만약 이 일이 들통나쁘모 우리 세 사람 다 죽은 목심이다, 그리 생각하고 눈곱만한 실수도 있어서는 안 되제."

"시방 저 말씀 알아묵것나?"

치목이 다짐받자 나연은 잦아드는 강물 같은 소리를 냈다.

“예.”

그 대답을 마지막으로 침묵이 발아래 있는 모래알처럼 깔렸다. 남강도 갑자기 한층 숨을 죽이는 성싶었다. 강가 나무를 흔드는 바람 소리만 혼자 살아 설쳐대고 있는 것 같은 밤이었다.

‘휘~잉.’

말이 없는 두 사람을 바라보며 운산녀는 남모를 생각에 잠겼다.

‘후우. 내가 우짜다가 이 험한 단계꺼정 와삐릿이꼬? 내가 치목이 저 산적 겉은 인간을 시켜서 소궁복이를 쥑이거로 핸 기 잘한 짓이 맞는 것가? 배봉이 고 인간 땜새 암만 내 눈깔이 홰까닥 뒤집힛다 캐도 살인꺼지 저질다이? 이기 꿈은 아이까? 꿈이 아이고서야 우찌 이런 일이 생길 수 있노 말이다! 꿈을 꾸고 있는 거 매이다. 아, 꿈 겉으모 얼릉 깨삐라, 지발.’

치목은 치목대로 이런 상념에 젖어들었다.

‘내가 운산녀 사주를 받고 살인을 했다쿠는 기, 시방도 진짜로 안 믿기는 기라. 궁복이가 배봉이한테 모든 거를 폭로하것다꼬 운산녀를 햅박했다쿠지마는, 사실 궁복이 그 인간, 돗자리 깔아 놓고 그래라 하모 몬 할 작자 아이던가베. 내 꿈속에라도 나타나갖고 복수할 엄두도 몬 내는 모냥이제?’

한편 나연의 머릿속도 그들 못지않은 미로였다.

‘사람이 아이고 똑 괴물 겉은 저 두 인간이, 재영이 그 인간하고 비화라쿠는 여자가 논 자슥을 유괴해갖고 우짤라는 기꼬?’

비화가 낳은 자식은 어떻게 생겼을까? 재영을 안 닮았으면 좋겠다. 그러면 재영을 다른 여자에게 빼앗겼다는 억울함이 조금은 덜할 것 같았다. 여하튼 감쪽같이 유괴해서 저들 손에 넘겨야 한다. 그래야 내가 산다.

그때 어디선가 아기 울음소리가 들려오는 듯했다. 나연은 소스라쳐 얼른 귀를 기울였다. 강바람이 내는 소리만 사방으로 퍼져나가고 있었다.

분녀가 거처하는 안방은 근동 최고의 대갓집 맏며느리 처소답게 더없이 화려하고 커다란 자개장과 함롱이 눈길을 잡아끈다.

'소곰을 몬 뭇나, 저 인간이 와 싱겁거로 자꾸 이라지?'

분녀는 여자들을 검질기게 추근추근 따라다니는 치한처럼 자꾸만 자기 옆으로 다가앉는 억호를 물끄러미 바라보다가 성가셔하는 소리로 말했다.

"인자 고마 땡기(당겨) 앉으소. 사람 깔리 죽것소. 덩치나 작나?"

한데도 억호는 뒤로 물러앉을 기색은 조금도 없어 보였다.

"지난분에 내가 했던 이약……."

"오데서 약장사가 온 기가?"

분녀는 그야말로 호박씨 같은 눈을 꼬부장하게 뜨고 빈정거렸다.

"이약이고 저약이고!"

새로 깐 지 얼마 지나지도 않은 장판지를 또 바꾼 탓에 방바닥은 매끈한 정도가 아니라 미끄러울 지경이었다.

"해나 안 잊아삐고 있것제?"

억호는 주먹으로 애꿎은 노란 장판지만 찢어져라, 문질러대면서 평소 그답지 않게 계속 변죽만 울리고 있다.

"이약, 무신 이약 말이요?"

최상의 명품 가구라기보다 무늬만 혼란스러운 화장대 거울에 비친 분녀 얼굴이 너무나 보기 흉하게 잔뜩 일그러져 있다. 그냥 정나미가 뚝뚝 떨어질 판국이다.

"아, 그, 와 그……."

그 불같은 성깔은 어디로 보내고 말더듬이 같은 억호였다.

"동업이 아부지가 내한테 핸 말이 오데 한두 가지요?"

분녀는 벌써 눈치코치 다 긁고 속이 부글거렸지만, 일부러 모르는 척하면서 화를 삭였다. 그러자 답답한 놈이 먼저 샘 판다고, 억호는 어쩔 도리 없다는 듯 설단 이름을 입술에 문혔다.

"설단이를 꺽돌이한테 시집보냅시다."

남편더러 보란 듯이 그저 형식적으로 저만큼 내놓은 큰 반짇고리를 대단히 관심 깊게 바라보는 것처럼 하면서 말을 이어갔다.

"둘이 딱 맺어주고 같이 살 행랑채 하나 내주모 말이제."

입에 꿀 발린 소리였다.

"더 우리한테 충성 안 하것소."

시종 대꾸조차 없던 분녀 말꼬리가 한정 없이 올라갔다.

"충성요오?"

그 소리는 넓은 방에 메아리가 되어 크게 울려 퍼졌다.

"우리가 왕이나 왕비나 돼요? 충성 겉은 소리 다 하고 앉았거로."

다른 때 같으면 주먹이든 발이든 세간이든 간에 벌써 무엇이 날아가도 날아갔을 것이다. 하지만 분녀가 말 그대로 남편을 발가락 새 낀 때만큼도 대우를 해주지 않아도, 억호는 평소와는 완전 사람이 달라져서 동냥아치 구걸하는 모양새였다.

"하모, 하모요."

"흥!"

분녀는 씨알도 먹혀들지 않을 소리 말라는 듯 같잖다는 어조로 툭 내뱉었다.

"에나 꿈도 야무지요."

분녀는 애당초 꿈 깨라는 투였다.

"그것들도 사람인데 그리할 거 겉어예?"

그러나 억호는 포기하지 않고 거의 필사적인 모습을 보였다.

"우리 집안 쌔삐고 쌔삔 사내 기집 하인들 중에 설단이만치 쥔 위하는 종도 없고, 특히 우리 동업이한테 올매나 잘해주요. 그라이 그 공을 봐서라도……."

분녀는 둥글게 만 입술을 뾰족 내밀어 보였다.

"고용?"

억호는 그 입술이 보기 싫어 외면했다.

"하모, 공."

분녀는 또르르 공 굴러가는 소리로 물었다.

"무신 공 말이요?"

억호가 더 입을 열기도 전에 억지 부리듯 했다.

그리는 분녀 두 눈에 작두날 같은 위험한 빛이 번득였다. 하지만 무슨 계산속인지 곧장 나오는 소리는 좀 달랐다.

"사람이 입은 옆으로 쭈욱 째지도, 말은 똑바로 해라꼬 안 하요."

장식대 위에 놓인 광채 나는 나전 칠기들이 꼴겉잖은 주인 부부의 언쟁에 눈을 반짝거리는 것 같았다.

"이참에 솔직히 고백하모 내 멤을 배꿀 수도 있지만도……."

애호박에 손톱도 들어가지 않을 것같이 굴던 분녀가 드디어 한 발짝 뒤로 물러날 낌새를 내보인 것이다. 그 호기를 놓칠 억호가 아니었다.

'그라모 그렇제!'

억호는 겉으로는 그 소리를 귀담아듣지 않는 것처럼 하면서도 속으로는 회심의 미소를 흘렸다.

'지 혼자만 잘난 에핀네야, 니가 안 그라고 우짤 낀데?'

그는 큰 결심을 내릴 때면 언제나 하는 버릇대로 손등을 들어 오른쪽 눈 밑의 점을 쓰윽 문지르고 나서 실토했다. 아니, 대단한 선심이라도 쓰는 사람 같았다.

"임자가 짐작하고 있는 그대로요."

분녀 얼굴 근육이 파르르 경련을 일으켰다. 살이 덕지덕지 붙어 있는 터라 그 모양은 더 꼴불견으로 보이는 억호였다. 분녀는 잘근잘근 씹듯 말했다.

"그대로?"

억호는 느긋한 사람이 하는 것처럼 상체를 약간 뒤로 젖혔다.

"인자 됐소?"

일순, 분녀 입꼬리가 뱀 꼬리처럼 말려 올라갔다. 그러고는 치솟는 화뿔을 도저히 누르지 못하겠는 빛으로 말했다.

"우찌 그리 사람을 빙신 맨들 수 있노?"

설단이 눈앞에 있으면 동업이라도 집어 들어 던질 것 같은 험악한 기세였다.

"으, 내 설단이 요년을, 요년을!"

그러자 여유만만해 보이던 억호가 크게 당황한 얼굴로 더듬거렸다.

"서, 설단이는 아모 죄도 없소."

분녀는 벽면에 걸린 화초 그림 액자가 방바닥에 떨어져 내릴 정도로 고성을 버럭 내질렀다.

"머요? 죄가 없다꼬요?"

억호는 목구멍으로 기어드는 소리였다.

"내, 내가 억지로 범한 기고……."

"흥!"

분녀는 그깟 소리 들을 필요도 없다는 듯 단칼에 억호 말을 잘라버렸다.

"그기 말이라꼬 하요?"

성난 암퇘지가 씩씩거리는 형용이었다.

"말이모 오데 다 말인 줄 아는가베?"

저런 인간이 벗길 족두리 쓴 게 너무너무 후회스럽다는 투였다.

"내, 내가 하고 싶어서 핸 기 아이요."

상황이 다급해지니 상대방 속이 메스꺼울 만큼 유치하게 나오는 억호
였다.

"다, 당신이 고백해라 안 캤소? 입은 옆으로 쭈욱 째지도…….."

분녀는 그 자리서 혀를 콱 깨물어 죽고 싶은 상판이었다.

"에나 낯까죽에 철판 둘렀거마는. 인간이 아이라, 인간이!"

"시간이 없는 기라."

낯가죽에 철판 두른 소리가 나왔다.

"내 무신 벌이든지 모도 달거로 받을 낀께네, 쌔이 내 이약대로 둘이
혼래부텀 시킵시다. 넘들이 눈치채기 전에요."

"그래, 그리키나 넘 눈치는 보는 위인이?"

분녀는 치미는 화를 어쩌지 못해 갈수록 넓적한 낯바대기가 불판처럼
시뻘겋게 달아올랐다.

"하기사 넘 눈치 보는 인간이 그런 짓 하것나? 본디부텀 안 그랬으이
그라제."

분녀야 그러거나 말거나 억호는 계속해서 제 할 말만 했고, 분녀는
분녀대로 물고 늘어지는 소리만 했다.

"임자가 승낙해준 걸로 믿것소."

"내가 승낙한다쿠는 소리 안 했소."

"아, 그 소리가 그 소리 아인가베?"

"머시 그 소리가 그 소리라요?"

"허, 사람 말귀를⋯⋯."

"사람이모 사람귀제, 말귀는 무신⋯⋯."

흥부 부부 박 놓고 톱질하듯 밀고 당기는 그들 부부간 언쟁은 그 끝을 몰랐다. 지켜보고 있는 방안 세간들이 하품을 할 정도였다.

"그라고 내 요분 기회에 당신한테 맹서하것소."

비굴한 억호 음성이 떨려 나왔다.

"기회? 기회 좋아하요! 똥통에 빠지것다!"

더없이 토라진 분녀 목소리였다.

"똥통에 빠지라모 빠지것소."

절박한 사내 맹세가 억호 입에서 나왔다.

"핼서, 피로써 쓰라쿠모 그것도 내 마다 안 하것소."

"내는 안 들을라요. 맹서고 핼서고 머고 다 듣기 싫소 고마!"

억호 목청이 홀연 높아졌다.

"들어보소!"

그 방을 가득 채운 가구들이 소스라치는 것처럼 보였다.

"내 두 분 다시는 집안 기집 종들한테 손 안 대것다쿠는 맹서요."

손바닥이라도 비빌 것같이 하는 억호였다.

"그라고 또⋯⋯."

분녀는 끝내 울음을 터뜨렸다.

"부전자전, 그 옛말이 하나도 안 틀리거마는. 애비는 언네, 자슥은 설단이⋯⋯."

억호는 졸지에 급소를 가격당한 모양새였다.

"여보!"

무 같은 두 다리를 있는 대로 쭉 뻗고 분녀는 신세타령과 함께 저주를 퍼붓듯 했다.

"어이쿠우, 내사 원통하고 남사시러버서 더 본 살것다. 우짜다가 이런 쌍눔의 집구석에 시집와갖고……."

"머라?"

상눔의 집구석이란 그 소리를 들은 억호 두 눈에서 번쩍 불꽃이 튀었다. 저 말티고개에 있는 대장간 안에서 흘러나오는 불꽃을 연상케 했다. 다른 소리는 다 참아낼 수 있어도 그것만은 아니었다.

'에라이!'

솥뚜껑 같은 억호 손이 천장까지 닿을 듯 높이 들려졌다.

'아이다. 참자, 참아.'

하지만 지금은 기분대로 행동할 때가 아니라는 자각이 억호 성깔을 붙잡아 앉혔다. 우선 당장 급한 불길부터 꺼야 한다. 설단이 저것이 명색 처녀 몸으로 덜컥 아기를 낳기라도 하면 세상이 이 억호를 어떤 눈으로 보겠는가 말이다.

'아, 시상 눈이 문제 아이고…….'

그랬다. 무엇보다도 현재 억호 마음속에는 해랑밖에 없었다. 집안 계집종들은 아예 눈에 보이지도 않는다. 그래서 방금도 자신 있게 계집종들을 멀리하겠다고 분녀에게 큰소리친 것이다. 설단을 꺽돌한테 보내버리면 만사 해결이다.

그런가 하면, 분녀 또한 겉으로는 마구 강짜 부려도 속으로는 똥장군 마개 막듯이 설단의 주둥아리부터 콱 틀어막는 게 급선무라고 계산했다. 동업이가 업둥이라는 사실을 알고 있는 유일한 계집이다. 홧김에 그 사실을 내뱉기라도 하면 정말이지 지금과는 비교할 바 아니다. 남편 강요에 못 이기는 척하고 혼례 치러주는 게 상책이다.

'그란데 꺽돌이가 문제다.'

분녀는 꺽돌이 자꾸만 마음에 가시로 걸렸다.

'내 곁애도 안 그라고 싶을 낀데.'

제아무리 힘없고 천한 종놈 신세라지만, 설단이 주인 씨를 배고 있다는 걸 알고도 설단을 아내로 맞아들이려고 할는지.

'에라, 모리것다. 저 걸레 겉은 인간, 지가 저지른 일인께 지가 알아서 풀것제.'

분녀는 골치 아픈 일은 억호에게 떠맡기기로 작정해버렸다.

'내사 더 신갱도 쓰기 싫다 고마. 에나 징글징글하다.'

아직 어린 종년을 넘보아 임신시킨 사내의 아내라는 소리 또한 듣기 싫었다. 너무나도 자존심 구겨질 노릇이었다. 그러잖아도 시어머니라는 운산녀가 시아버지 임배봉이 한 짓거리에 질투심을 이기지 못한 나머지 집안에서 부리는 종년 언네 아랫도리를 어쨌느니 저쨌느니 하는, 실로 낯 부시고 섬쩍지근한 괴담이 사라지지 않고 있는 마당에…….

'오데 그거만 그런 기가? 더 큰 기 안 있나.'

그뿐만이 아니었다. 사실 설단을 몸종으로 거느리고 있으면서도 분녀는 언제나 가슴이 조마조마했다. 설단만 보면 동업이 업둥이로 들어왔던 날 새벽이 바로 어젠 양 뚜렷이 되살아나는 것이다. 게다가 돌아보면, 강보에 싸인 동업을 맨 먼저 발견한 쪽도 분녀 자신이 아니라 설단이었다. 비록 하찮은 종년일지라도 설단이 차지하고 있는 비중은 결코 무시할 수가 없고, 또 무시해서는 안 될 일인 것이다.

'그렇다모 내가 앞장을 서 갖고라도 해갤해야제.'

그 설단이 꺽돌에게 시집가서 자식을 낳으면 제 식구들 돌보는 데 정신이 팔려서 동업 일을 잊어버릴 수도 있다. 그러다가 언제 기회 봐서 따로 밭뙈기나 조금 안겨 집안에서 내보내 버리면 모든 건 끝이다. 그냥 발길에 걷어채는 게 남녀 종들이니 설단과 꺽돌 둘쯤 사라진들 없어진 줄도 모를 테니까. 그렇다면 더 무엇을 지지고 볶고 할 게 있겠는가?

118

"여보, 동업이 옴마!"

억호는 분녀 얼굴에서 약간 동의하는 빛이 엿보이자 그 기회를 놓치지 않고 고삐를 바싹 잡아당겼다.

"쇠뿔도 단숨에 빼라 캤소. 쇠는 달았을 때 쳐라 캤고."

꼴에 진부한 문자까지 동원시켰다.

"우리 퍼뜩 저 둘이를 혼례시키삡시다."

분녀는 속내를 깊이 감추고 짐짓 숙고하는 것같이 해 보였다.

"꺽돌이가 너모 놀랠 낀데?"

그 걱정하는 소리를 듣자, 그런 것까지 신경 쓴다는 게 비위가 뒤틀린다는 듯 억호가 말했다.

"아, 종눔 기분꺼정 볼 필요 있나?"

그러자 덩달아 능글능글하게 나오는 분녀였다.

"그라고 우찌 나올랑가도 안 모리요."

"우찌?"

"함 생각을 해보소."

"생각이고 생강이고."

그 말끝에 억호는 문득 기억해낸 얼굴로 말했다.

"참, 비화 고년 할배 이름이 생강이제, 김생강."

분녀는 뭔가 미심쩍다는 눈빛을 풀지 못했다.

"머 좋다꼬 고년 집구석은 또 들먹거리요?"

"좋아서 그런 기 아이고, 안 좋아서 이리쌌는 기제."

여기서도 부부 의견이 극명하게 엇갈렸다. 분녀가 애지중지하는 꽃살문 3층 조각장이 그런 그들을 무연히 바라보고 있었다.

"아, 꺽돌이 지야 좋아서 우짤 줄 모리것제."

"좋아서 우짤 줄 모릴랑가, 아이모 싫어서 우짤 줄 모릴랑가……."

몸이 비대한 분녀는 몸처럼 마음도 움직이기 싫다는 기색을 내보였다.

"내사 모리겄소. 당신이 알아서 해삐리소."

억호는 그 말꼬투리를 놓칠세라 잽싸게 나왔다.

"방금 당신 입으로 내가 알아서 해라는 소리 했소?"

분녀는 게으른 소가 하품하듯 했다.

"야."

"난주 무신 딴소리 또 하모 안 되는 기요?"

"야."

억호는 변덕꾸러기 분녀 입에서 행여 다른 말이 나올까 급하게 안방에서 빠져나와 사랑채로 갔다. 어찌나 빨리 내달았던지 얼굴이 불귀신처럼 뻘겋고 턱밑까지 숨이 차올랐다.

그에게는 그 두 곳 사이의 거리가 그 고을에서 한양까지의 거리처럼 무려 천릿길은 되는 것같이 느껴졌다. 그 정도로 지금 그의 마음은 초조하고 다급한 것이다.

"내한테 감사해라이."

잠시 후, 억호는 설단을 불러서 앞에 앉혀 놓고 큰 은혜 베풀 듯했다.

"설단이 니한테 기회가 온 기라."

"기, 기회예?"

생뚱맞은 그 소리에 불안과 의혹의 빛이 얼굴 가득 퍼지는 설단이었다.

"하모, 기회도 그런 기회는 니 팽생을 두고 두 분 다시는 없을 끼다."

그날따라 사랑방 소란小欄 반자로 한 우물천장이 더 높아 보이는 설단은 아찔한 현기증까지 느꼈다.

"그기 무신 말씀이라예, 서방님?"

"무신 말씀이고 간에!"

억호는 거두절미하고 단도직입적으로 치고 나갔다. 이런 일일수록 잔
가지 탁 잘라버리고 후닥닥 처리하는 게 훨씬 낫다. 속전속결 말이다.

"꺽돌이는 에나 괜안은 신랑감 아인가베."

일순, 그야말로 낮도깨비에 홀린 표정이 되는 설단이었다.

"꺼, 꺽돌이예?"

"흠."

아랫것들 제압용으로 곧잘 쓰이는 상전의 기침 소리였다.

"시, 신랑감예?"

"그렇제."

억호 입언저리에 해괴하고 음흉한 미소가 감돌았다. 목소리를 방바닥
까지 착 깔았다.

"와? 그만 한 신랑감도 없을 낀데?"

그러고 나서, '천생연분에 보리 개떡'이 어떻고 하면서, 둘이 함께 살
게 되면 누구보다도 의좋게 살 거라는 소리도 덧붙이는 걸 잊지 않았다.

"그, 그런께 지, 지를 꺼, 꺽돌이한테 말입니꺼?"

"하모."

설단은 있는 대로 열린 동공을 제대로 깜빡거리지도 못했다. 무슨 둔
탁한 물체에 정면으로 얻어맞은 느낌이 그러할까? 딱 고정된 눈동자는
영락없이 얼음판에 미끄러진 토끼 눈알 꼴이었다.

"나이사 니보담 일곱 살 우지만도, 그 정도모 마츰맞다 고마."

"……."

일곱 살배기보다도 더 상황 판단이 되지 않는 설단이었다. 하지만 억
호는 세상에서 제일 뛰어난 중매쟁이라도 된 것처럼 행세했다.

"천생배필이 같은 집안에 있었던 기라. 에나 몰랐거마는."

설단의 치맛자락을 슬쩍 내려다보았다.

"지 에핀네 치매 밑하고 등잔 밑이 머 우떻다더이."

설단은 '천생 바보' 같은 얼굴이었다.

"처, 천생……."

사랑채 앞마당에서 '삐리릭' 하고 피리 불 때 나는 소리와 비슷한 새 울음소리가 들려오고 있었다. 억호는 신물이 날 정도로 한 번 더 말했다.

"그거도 몰라갖고. 흐~음."

"…….'

억호가 마지막에 내는 기침 소리는 엄한 경고처럼 들렸다. 하찮은 종년 주제에 상전 말을 거절하면 어떤 큰 벌이 내려질지 단단히 각오하라는.

"아!"

그 기침 소리에 설단은 움찔했다. 그러고는 깜냥에도 한참 동안 고개를 숙이고 깊은 생각에 잠기는 눈치였다.

'조 종년 함 봐라?'

언제나 익숙하지 않은 양반다리가 또 저려왔다.

'에나 우습도 안 하네? 새 뒤집어 날라가는 거 겉거마.'

억호는 내심 참 같잖다는 생각이 들었다.

'생각은 상전이나 하는 기지, 오데서 천한 것들이?'

이윽고 설단 입에서 말이 나왔다. 그런데 그건 억호 입장에서는 귀가 열 개라도 절대로 들어서는 안 될 소리였다.

"그래도 시방 지 뱃속에는 서방님 씨가 자라고 있는데……."

"쉬, 쉬잇!"

순간, 억호는 곧바로 달려들어 설단의 입을 사정없이 틀어막을 것같이 했다. 아니, 쫙 찢어버릴 기세였다.

"내, 내가 전번에 했던 말 잊아삣나?"

금방이라도 뛰어나올 것 같은 시뻘건 눈알이 차마 보기 끔찍했다. 억호가 항상 자랑삼은 겹귀뇌문 먹감나무 사방탁자 문갑이 겁을 집어먹고 기우뚱하는 듯했다.

"니 그런 소리 해싸모……."

그는 설단의 아랫배를 콱 뚫어버릴 것처럼 사납게 쏘아보았다.

"니도 뱃속 아아도, 쥐도 새도 모리거로 쥑이삔다꼬."

정원수에 앉아 울던 새는 어디로 날아가 버렸는지 조용하고, 그 대신 지붕에서 까마귀가 '카옥, 카오옥' 하고 더없이 불길한 소리로 울부짖었다.

"서방님!"

억호 표정이 하도 무서워 설단은 정신이 아뜩해지고 심장이 얼어붙는 것 같았다.

"뒤지고 싶나, 살고 싶나?"

설단 귀에 저승사자가 내는 듯한 말이 떨어져 내렸다.

"아아."

아직 어린 종년 설단이 감당하기엔 너무나 버거운 일이었다. 지금 설단은 세상을 통틀어 분녀를 가장 두려워하고 있다. 운산녀가 언네 신체 부위를 칼로 도려냈다는 섬뜩한 괴담 때문이었다. 그게 남의 일 같지가 않았다.

"이러니 저러니 다린 소리 구시렁거리지 말고 그냥 좋거로 이약할 때 따라 해라, 엉? 알것나?"

억호는 꽝꽝 마지막 대못 박듯 단단히 다짐을 받아두려는 눈치였다.

"흐."

설단은 슬펐다. 너무나 서러웠다. 아무리 내가 사람대접도 받지 못하는 종년 신세라지만 그래도 제 씨를 뱄는데 이리 내치려 하다니.

두 눈에서 폭포수처럼 쏟아지려는 눈물을 막기 위해 고개를 위로 치켜들었다. 그곳에는 천장이 머리를 짓누를 듯이 아래를 내려다보고 있었다. 어쩌다 그 방에 들어올 때면 그녀의 눈길이 먼저 가 닿을 만큼 멋진 천장이었다.

방이나 마루의 천장을 평평하게 만드는 시설인 반자를 井 자 여럿을 모은 것처럼 소란(문지방이나 소반 따위에 나무를 가늘게 오려 붙이거나 제 바탕을 파서 턱이 지게 만든)을 맞추어 짜고, 그 구멍마다 네모진 개판蓋板 조각을 얹은 그 우물천장은, 설단 같은 종년의 눈에는 웅장하고 화려하고 정교하기가 '천상天上의 천장' 그 자체였다.

그런데 지금은 그 천장에서 밧줄이 내려와 목을 옭아매어 교수형에 처할 것 같은 섬뜩한 기분에 사로잡혔다. 심지어 올가미 씌워진 채 위로 딸려 올라가면 그곳에는 말로만 듣던 지옥이 있어 죽지도 못한 채 영원한 고통과 절망에 시달려야 할 것만 같았다. 그리고 그 지옥 끝에서 들려오는 소리가 있었다.

"꺽돌이한테는 내가 알아묵거로 모도 이약할 낀께네……."

억호, 아니 저승사자는 입가에 징그러운 웃음기를 띠었다.

"니는 그냥 암말 말고 따라만 오모 되는 기라."

"……."

물이나 불 위에 앉아 있는 느낌의 설단 눈에 꺽돌 모습이 어른거렸다. 이름 그대로 기골이 억센 떠꺼머리총각이다. 간간이 마당 같은 데서 마주치면 저 혼자 낯을 붉히는 순진한 머슴이었다. 집안 남녀 종들 중에 그를 싫어하는 사람은 하나도 없었다.

그렇지만 내가 그에게 시집을 가야 하다니. 설단은 뱃속에 든 아기가 몹시 저주스러웠다. 차라리 높은 언덕 같은 데 올라가서 탁 굴러떨어지면 아기도 떨어지지 않을까? 그러면 상전이 저렇게 서둘러 강제 혼례를 시키려 들지 않을 것이다.

그때 다시 들려오는 까마귀 울음소리가 설단 귀에는 마치 자기 뱃속에서 나는 것 같았다. 설단은 진저리를 치며 생각했다.

'내가 설마 시커먼 까마구 새끼를 놓는 거는 아이것제.'

강제 혼례

그날 이후로 모든 일은 설단의 신념과 의지와는 전혀 달리 일사천리로 진행되었다. 지구 돌아가는 속도가 열 배는 더 빨라진 것 같았다.

"히……."

평상시 종놈답지 않게 의젓하고 과묵한 꺽돌이지만 지금은 그냥 좋아서 엎어질 것 같은 얼굴이었다. 다른 사람이 된 것 같았다. 얼마 지나지 않아 곧 알게 되었지만, 그때까지만 해도 아무것도 모르고 있었던 것이다.

이게 웬 횡재냐? 저 예쁜 설단이를 아내로 맞아들이게 되다니.

한평생 총각 딱지도 떼지 못한 채 혼자 늙어 죽을 줄 알았다. 죽어서도 몽달귀신 신세를 면하지 못하리라 체념하며 살아왔다. 그런 가운데 슬프다거나 화가 난다거나 하는 감정 따윈 사치에 불과하다고 보았다. 물론 그도 사람인지라 살고 싶지 않다는 마음이 전혀 없었던 것은 아니었다.

"운제 때가 되모, 아, 그 때라는 기 그리 안 멀 끼고, 하여튼 간에 한 살림 따로 내줄 낀께."

억호는 꿀단지 뚜껑을 열어 보이듯 했다.

"우짜든지 설단이하고 잘살아야 한다. 알아묵것나?"

억호 다짐에 꺽돌은 그저 허리를 굽실거렸다.

"예, 예, 서방님."

주워들은 풍월도 읊조렸다.

"검은 머리 파 뿌리 될 때꺼정……."

"하모, 그래야제."

축담 밑에서 덕석같이 커다란 머리통을 조아리고 서 있는 꺽돌을 내려다보는 억호 눈에 야릇한 기운이 흘렀다. 그는 속으로 셈법 구르기에 바빴다.

'저눔 겉으모 믿어도 안 되것나.'

꺽돌은 뼈대는 꿩의 뼈처럼 억세도 마음은 어린 풀잎같이 한없이 여린 머슴이란 걸 잘 알고 있다. 나중에 혹 무슨 불상사가 생기더라도 가장 쉽게 휘어잡을 수 있는 종놈이란 계산 아래 설단을 그에게 보내려는 것이다.

'마, 인자 그거는 됐는데, 문제는…….'

억호 마음에 최고 신경 쓰이는 것은 따로 있었다. 다른 남녀 종들이었다. 설단과 꺽돌이 백년가약을 맺게 되었다는 놀라운 소식을 전해 들은 그날부터, 솟을대문 양쪽으로 자리 잡은 행랑채는 그야말로 온갖 유언비어가 떠돌고 있었다. 마치 이 세상에 있는 소리 소문들은 죄다 모여든 것 같았다.

– 안방마님이 서두르신 일이람서?

– 안방마님이 와?

– 이 빙신아, 그래도 잘 모리것나?

– 빙신? 그래, 내 빙신이다, 우짤래?

– 빙신 육갑 떠는소리 고만하고. 억호 서방님이 설단이한테 눈독 딱
들이는 거 보고 안 되것다 싶어갖고 선수를 치신 기제.

– 내 듣기로는 그기 아이라쿠던데?

– 아이모?

– 설단이하고 꺽돌이가 하매 둘이 눈이 맞아갖고 아꺼지 뺐다 안
쿠나.

– 머라꼬? 아꺼지? 하이고! 우째 이런 일이?

– 그라고 본께, 설단이 몸이 쪼매 이상한 거 겉기도 하네?

– 니 눈에도 그리 비이더나?

– 하모, 맞다. 아를 배서 우짤 수 없이 짝지어 줄라쿠는 기다.

– 그 아가 태어나기도 전에 효자 노릇 잘 하거마는.

– 효잔지 효년지 그거를 우찌 알아서?

– 모린다이, 시상일이라쿠는 거는. 불효가 될랑가 말이제.

– 무신 악담을 그리 해쌌노?

억호는 우물에 가서 숭늉 찾듯이 서둘렀음에도 불구하고 이미 설단이
잉태한 몸이란 게 알려진 사실이 내내 켕기었다. 꺽돌이 귀라고 해서 솜
뭉치로 틀어막아 놓았을 리는 없는 것이다.

'하지만도 지눔이 우짤 낀데? 사람도 아인 종눔 주제에 말이다.'

억호는 마음을 편하게 가지려고 상전과 종 관계에 억지 부리듯이 큰
의미를 부여하면서 자신감을 키워갔다. 고을 최고 권력자인 목사와도
술자리를 같이했던 신분이라며 세상을 가랑이 사이로 집어넣고 잔뜩 얕
잡아봤다.

그런 와중이었다. 하루는 행랑채에서 가장 연장자인 행랑 할배가 꺽
돌을 한밤중에 아무도 모르게 밖으로 불러내었다. 전에 없던 일이었다.

"장개들거로 돼서 축하하거마. 그란데……."

팔은 긴 편인데 하지下肢는 기형적으로 짧은 행랑 할배의 지극히 조심스러운 나중 말에, 꺽돌은 억센 어깨에 잔뜩 힘을 실으며 흡사 껄렁이 시비 걸듯 물었다.

"그란데, 그란데 와예?"

꺽돌이 깍듯이 모셔왔던 행랑 할배로서 그건 일찍이 보이지 않았던 처사였다. 아니, 아직 누구에게도 꺽돌이 그러는 걸 보지 못했다.

"그, 그기 안 있나."

행랑 할배는 야윈 등짝에 식은땀이 배었다. 땀이 아니라 차가운 핏물 같이 느껴졌다. 꺽돌이 다짜고짜 입을 열었다.

"설단이가 아 밴 거 겉다는 그 소문예?"

졸지에 기습을 당한 것처럼 크게 당황한 행랑 할배는 몹시 더듬거리기 시작했다.

"아, 알고 이, 있었거마는. 그, 그란데 와 아, 암 말도 안 하고?"

"……."

으스름 달빛 아래 장승같이 서 있는 꺽돌 얼굴이 더없이 어두웠다. 잠시 후 나오는 그의 목소리는 더 침침했다. 깊고 어두운 우물 속에서 울리는 느낌을 자아냈다.

"그라모 우짤 낀데예?"

그만 말이 막히는 행랑 할배였다. 꺽돌은 컴컴한 허공 어딘가로 눈길을 보냈다.

"할배한테 무신 좋은 방도 있으모 좀 알리주소."

"하, 하기사……."

행랑 할배 가슴이 예리한 낫 끝에 대인 듯 서늘해졌다. 그는 위로도 아니고 푸념도 아닌 어정쩡한 목소리로 말했다.

"종늠 신세가 이래서 서럽다쿠는 기라."

일순, 그 말을 들은 꺽돌이 미치광이처럼 갑자기 옆에 있는 아름드리 오동나무 둥치에 머리통이 박살 나도록 쾅쾅 찧어대면서 마구 울부짖기 시작했다.

"으ㅎㅎㅎ. 으ㅎㅎㅎ."

"꺼, 꺽돌아."

그 소리가 한 맺힌 귀신의 통곡 소리 같아 행랑 할배는 듬성듬성한 허연 머리털 끝이 쭈뼛 거꾸로 곤두서고 말았다.

'이 일을 우짜노? 우짜모 좋노?'

그는 세상 오래 살아온 경험으로 어렵지 않게 깨달았다.

'설단이와 꺽돌이 가정이 순탄치 몬하것구나! 애고, 불쌍한 것들.'

행랑 할배의 합죽한 입에서는 끌끌 혀 차는 소리만 끝없이 흘러나왔다. 꺽돌은 귀머거리나 벙어리 같았다.

달은 얼추 서산마루에 기울었다.

그야말로 번갯불에 콩 구워 먹듯 단번에 후딱 치러진 의식儀式이지만 참으로 말도 많은 행사였다. 남녀 종들 찧어대는 입방아에 신랑 신부 귀가 간지럽다 못 해 숫제 저 멀리 떨어져 나갈 판이었다. 하지만 그 모든 것들은 신방이 어떻고 잔치 음식이 어떻고 하는 것과는 너무 거리가 동떨어진 성질의 것이었다.

"오데든지 가고 싶은 데 가보고 오이라. 노잣돈은 넉넉하거로 주것다."

억호는 신혼부부에게 나흘간의 바깥나들이를 허락해주었다. 아마도 그가 지금까지 종들에게 해준 가장 큰 선심이었을 것이다.

"내하고 같이 가볼 데가 있거마는."

꺽돌은 얼핏 듣기에는 아무 감정도 실려 있지 않은 말투였다. 하지만 설단은 몸도 마음도 우물물 가득 길어 올린 두레박같이 무겁기만 했다. 무엇보다 자신이 홑몸이 아니라는 소리 소문이 그녀를 영원히 풀 수 없는 오라처럼 옭아매었다.

'깍깍.'

그래도 두 사람의 신혼여행을 축하하듯 솟을대문 위에 올라앉은 까치가 소리를 내었다.

"가자꼬."

"……."

설단은 어떤 말도 내비치지 못하고 그냥 따라나서야 했다. 잘못이야 있든 없든 자신은 하늘같이 떠받들어야 할 지아비 앞에 중죄인이었다. 비록 자유가 없는 종 신세이지만 혼자였을 때와는 또 달랐다.

'그란데 시방 오데로 가는 기고?'

설단은 의심스러웠다. 꺽돌은 이상한 길을 재촉하고 있었다. 그냥 강만 따라서 올라가는 길. 애당초 이정표里程標 같은 푯말이나 표석 따윈 안중에도 없는 듯했다.

설단은 기분이 매우 께름칙했다. 어쩐지 납치당하는 것 같다는 느낌을 좀처럼 지울 수 없었다. 그렇지만 설단은 감히 물을 용기가 나질 않아 그저 그의 그림자같이 뒤따르기만 했다. 아니, 꺽돌 또한 사람 형상을 하고 있는 음영처럼 느껴졌다.

'설마 안 돌아올라쿠는 거는 아이것제?'

꺽돌은 계속해서 남강을 거슬러 오르는 여정旅程만 짜놓은 듯싶었다. 상류로 회귀하는 물고기처럼, 갈수록 지리산 쪽에 가까워진다는 것은 분명했다.

남강 5백 리.

설단이 간혹 들어온 말이었다. 수많은 사람에게 삶의 터전이 돼주는 강. 하지만 물길의 길이가 5백 리나 된다는 것에 모두가 주눅이 드는 표정이었다.

어쨌거나 설단은 저 봉곡리 타작마당만큼이나 넓은 꺽돌 등판과 찰랑거리는 남강 물결만 번갈아 바라보며 발을 옮겨놓았다. 신혼부부의 정겨움이라든지 애정 따윈 깡그리 물살에 씻겨버린 듯했으며 내내 냉랭한 기류만 둘 사이에 감돌았다. 그녀는 멀리로 귀양 가는 죄인이고 꺽돌은 죄인을 호송하는 군사 같았다.

'시방 내가 누하고 함께 있는 것고?'

설단은 기가 꽉 찼다. 한숨마저도 제대로 나오지를 못했다. 그 초행길이 낯설고 힘들다 해도 차라리 나 혼자였으면 했다.

'사람이 우짜모 저러키 차가블 수가 있노? 진짜 살얼음판이 따로 없다. 신방에 들어서도 버부리매이로 하더마는.'

하도 심하니 심지어는 해서는 안 될 이런 생각까지도 들었다.

'억호 서방님보담도 도로 더하다 아이가. 앞으로 진진(긴긴) 세월을 저런 사람 얼골 봄서 한팽생 붙어 살아갈 일이 꿈만 겉다.'

설단은 다리도 아파오고 무료하기도 하여, 강가에 노니는 물새들이며 간혹 수면 위로 튀어 오르는 물고기들을 벗 삼아 가까스로 버텨내었다. 남강이 긴 강이라는 소리는 예전부터 들어왔지만 이렇게 끝도 없이 이어진 강일 줄 몰랐다. 이 강 끝에는 이 세상과는 완전히 다른 새로운 세계가 펼쳐져 있지 싶을 지경이었다.

"시방 우리는······."

입이 얼어붙었던 것 같던 꺽돌이 말문을 연 것은 이틀째 되는 날 점심나절을 막 지나면서부터였다. 그리고 그마저도 설단에게 말을 하고 싶어서가 아니라 솟구치는 자기감정을 스스로 주체하지 못해서 하는 행동으로 보였다.

"이 강이 끝나는 데꺼정 올라가고 있는 기요."

설단이 신혼길 떠난 후에 꺽돌에게서 처음으로 들은 소리였다. 한데, 그 말이 실로 기이했다. 그렇게 어처구니없고 무책임하기 그지없는 소리도 다시없었다. 무작정 강이 끝나는 곳이라니.

'강이 끝나는 데꺼정예?'

그러나 무슨 연유인지 묻지 못했다. 그만큼 꺽돌 표정은 강가에 구르는 돌멩이보다 딱딱했다. 지난밤에 묵었던 허름한 민박집에서도 그는 한결같은 표정이었다. 신혼의 밤과는 너무나 거리가 멀었다.

강은 바다처럼 폭이 넓어졌다가 거짓말같이 좁아지기도 하고 곧게 흐르다가 별안간 빙 에두르기도 했다. 그렇지만 신기하게도 끊어지는 곳은 단 한 곳도 없었다. 그게 물의 힘인지도 몰랐다.

"……."

얼마나 또 말없이 더 걸었을까?

"내가……."

한참 만에 꺽돌은 다시 침묵을 깼다.

"여게 이 강을 따라서 이리 걸어본 거는, 상구 에린 시절이었던 걸로 기억이 나요."

"예."

설단의 가슴 밑바닥이 저렸다. 설움과 한이 뒤엉킨 목소리였다. 그러자 부부가 된 후로 약간 궁금하기도 했던 그의 과거가 알고 싶지 않았다. 과거는 그냥 과거로서 덮어버리고 사는 게 훨씬 더 낫지 싶었다.

"그때는 시방하고는 반대로……."

그런데 과거를 더듬는 꺽돌의 말은 다시 이어졌다.

"강을 따라 쭉 내리오는 길을 걸었던 거 겉지마는."

"예."

설단은 그저 '예' 라는 말만 했다. 꺽돌은 강바람에 흔들거리는 수초들이 자라는 곳에서는 잠깐 서서 그것을 바라보다간 다시 걸음을 옮기곤 했다. 물새가 날고 있으면 좀 더 오랫동안 눈길을 주기도 했다.

"인자는 얼골이고 머고 하나도 안 기억나지만도, 행랑 할배맹커로 늙은 할배가 쪼꼬만 내 손을 꼬옥 잡고 걸었제."

갈수록 알 수 없는 소리만 나왔다. 갑갑할 지경이었다. 마치 수수께끼 속의 인물을 줄곧 이야기하는 듯했다.

"그라고 우째서 그라는지는 몰라도, 내를 보고 울기도 해쌌고."

어쩌면 꺽돌이 평생 종살이를 할 집으로 데리고 가던 길이었는지 모른다고 설단은 나름 추측해보았다. 설단 자신은 어느 날 문득 주위를 둘러보니 임배봉 집 여종이었는데. 그런데 잠시 후였다.

"저짝에서 쪼꼼 쉬잇다 가자꼬. 몸도 좀 그랄……."

그러다가 꺽돌은 제풀에 놀란 듯 퍼뜩 말을 끊었다. 설단의 고개가 더욱 깊이 수그러들었다. 한순간 크고 검은 점 하나가 그녀 앞으로 굴렁쇠나 수레바퀴같이 굴러왔다간 사라졌다. 앞으로 꺽돌과 살아가면서도 억호 생각을 벗어나기가 쉽지 않을 것 같다는 초조와 불안이 엄습했다. 홀연 숨이 차올랐다.

"그날, 저런 돌을 본 거도 겉고……."

꺽돌이 눈을 들어 가리키는 그곳에는 은은한 청자 같은 푸른빛이 감도는 커다란 청석이, 머무는 듯 흘러가는 강물 속에 반쯤 아랫도리를 담그고 있었다.

"우리 겉은 종들한테는 천금겉이 귀한 자유 시간을 우째서 이런 식으로 내삐리는고 궁금 안 하요?"

눈부시도록 새하얀 반석 위에 나란히 엉덩이를 내려놓자 꺽돌이 설단에게 고개를 돌리며 물었다. 설단은 자신도 모르게 아랫배를 집어넣으며 수줍게 대답했다.

"행랑 할매가 질로 보고, 니는 인자부텀 서방 있는 몸이다, 설단이라 쿠는 인간은 더 이상 시상에 없다, 그라이 우짜든지 서방님이 시키시는 대로 안 하모 안 되는 기다, 알것나, 그리하시서……."

그 말을 들은 꺽돌 얼굴에 처음으로 그때까지와는 약간 다른 빛들이 얼키설키 서렸다가 사라졌다. 목소리도 조금은 부드러워졌다.

"그렇다꼬 궁금한 거를 물어보지도 안 한단 말이오?"

복잡한 감정이 서린 눈으로 설단을 가만히 응시했다.

"그라고 사람이 여게 있는데……."

갈색 등 산토끼 한 마리가 저만큼 서 있는 큰 상수리나무 밑에 와서 그들을 한참이나 보고 있다가 갑자기 어디론가 휑하니 달려갔다.

"하기사 내도 아까 전에 말한 그 옛날에 그 할배 손잡고 강 따라 걸음서 안 물어본 거 겉거마."

꺽돌의 얼굴은 그날로 돌아가 있는 것처럼 보였으며 설단이 조그만 소리로 입을 열었다.

"그만치 그 영감님을 믿으싯다쿠는 거 아이것심니꺼. 지도 그거매이로……."

하지만 말끝을 잇지 못하고 탐스러운 귓불을 붉혔다.

꺽돌도 그 소리를 듣고서 희미하나마 감격스럽다는 표정을 지었다. 하지만 그것은 잠시였고 꺽돌 얼굴은 또다시 침울해졌다. 그는 가슴팍에 차오르는 무언가를 떨쳐버리고 싶은지 일어설 자세를 취하며 말했다.

"인자 고마 쉬고 갑시다."

그러다가 꺽돌은 금방 이렇게 덧붙였다.

"더 쉬고 싶으모, 더 쉬고."

설단은 서둘러 몸을 일으켰다.

"아, 아이라예. 한거석 쉬잇다 아입니꺼."

꺽돌이 조금 전 그 산토끼가 사라진 숲속을 바라보았다.

"그라모 그라든지."

다시 길고 긴 침묵의 여행이 이어졌다. 바람이 하류 쪽에서 불어올 때는 강물도 거꾸로 흐르며 그들과 동행해주는 것 같았다. 다리는 아파도 외롭지는 않은 길이었다. 둘이란 게 참 좋다는 생각을 설단은 했다.

'장 내 혼자라쿠는 기 올매나 서러벗노.'

걷고 또 걸었다. 가면 갈수록 골짜기는 더 깊어지고 물은 더 맑아 보였다. 계곡을 타고 산을 오르는 동안 청설모며 꿩, 노루, 산토끼 같은 산짐승들도 심심찮게 만났다. 가끔 골짝 바람이 옷자락을 날리게 하고 지대는 한층 높아지기만 했다. 한겨울에는 낙엽이 꽁꽁 얼어붙은 얼음 위를 뒹굴고 있을 것이었다.

"헉!"

"옴마야!"

어쩌다 이빨이 사납게 생겨 먹은 멧돼지 무리와도 마주쳤는데, 그럴 때면 꺽돌이 황급히 몸을 날려 설단 앞을 막아서 주었다. 설단이 조심하라는 말을 해주면서 뒤에서 바라보는 꺽돌의 등짝이 세상에서 가장 크고 튼튼한 방패처럼 비쳤다.

"인자 거진 다 왔는갑소."

이윽고 꺽돌이 주변을 돌아보면서 말했다. 설단은 가쁜 숨을 몰아쉬며 근처를 둘러보았다. 거기 하늘을 찌를 듯이 치솟아 있는 산은 설단 눈에도 무척 신령스러워 보였다.

"저 산이 바로 덕유산의 남쪽 준봉인 남덕유산이라쿠는 산이요. 지리산 남쪽에서 그중 높고 험한 산봉우린데……."

그러나 꺽돌은 말끝을 맺기도 전에 먼저 바삐 걸음을 옮기며 무언가를 매우 열심히 찾는 눈치였다. 남덕유산 정상 바로 밑인 그곳에서는 그들이 허위단심으로 올라온 계곡이 저 아래로 펼쳐져 보였다.

설단은 호기심이 강하게 일었지만, 잠자코 꺽돌이 하는 행동만 지켜보았다. 그는 계속 혼자서 중얼거렸다.

"요기 오데쯤에 있을 낀데? 하도 옛날이 돼놔서 몬 찾으모 우짜노?"

"……."

"해나 없어지삔 기까? 그랄 리는 없는데……."

꺽돌은 갈수록 조바심이 이는 모양이었다. 그 모습을 지켜보는 설단 또한 상세한 영문도 모르면서 덩달아 초조해졌다.

'해나 몬 찾으모 우짜노?'

그런데 얼마나 지났을까? 마침내 찾았는지 아주 기쁜 소리가 꺽돌의 두툼한 입술 사이로 새 나왔다.

"아, 찾았소."

설단도 무척 반가운 목소리로 물었다.

"차, 찾았다꼬예?"

꺽돌은 사뭇 떨리는 목소리로 말했다.

"함 보시오, 저거를."

"예."

설단이 그가 가리키는 손가락 끝을 좇아 얼른 보니 뜻밖에도 옹달샘이 하나 있다. 돌을 쌓은 틈 사이로 물이 솟고 가로 걸쳐놓은 통나무 안에 물이 고여 있는 것이다. 한눈에 봐도 참 맑고 깨끗한 물이다.

'아, 이런 데 우찌 저런 새미가?'

위쪽을 보면 계곡도 없고 물이 흐를 것 같은 곳도 보이지를 않는데 어떻게 샘터가 있을 수 있다는 것인가?

그때 꺽돌 입에서 선비가 시를 읊조리는 것 같은 소리가 흘러나오기 시작했다. 설단으로서는 눈을 비비고 바라볼 변신이 아닐 수 없었다.

"온 천지가 눈 얼음에 덮여도, 여서는 새파란 풀들이 파릇파릇 나오요."

설단 마음에도 새로운 움 하나가 돋아나고 있었다.

"한겨울에도 따뜻한 김이 모락모락 올라오는 물이 나오고……."

어느새 꺽돌은 미천한 종놈이 아니라 고고한 선비로 바뀌어 있었다. 신기해하는 눈으로 꺽돌과 옹달샘을 번갈아 바라보는 설단 귀에 한층 놀랄 소리가 들렸다.

"저 5백 리 남강 물길이 이 옹달샘에서부텀 시작된다 안 쿠요."

그러고 나서 꺽돌은 품 안에서 하얀 사기그릇 두 개를 꺼냈다. 설단은 내심 매우 놀랐다. 언제 저런 걸 준비했을까? 그는 겉보기보다 세심한 구석이 있는 성싶었다.

꺽돌은 그 사기그릇에다 굉장히 정성스레 옹달샘 물을 담았다. 그런데 물이 하도 희맑은 까닭인지 물을 담아도 그릇은 여전히 비어 있는 듯했다. 설단 눈에는 그게 그릇과 물이 한 몸이 돼 있는 것같이 비쳤다. 마치 혼례를 치른 부부처럼 보였다.

"자, 이짝으로 오시오."

그러면서 꺽돌이 한다는 소리가 또 한 번 설단을 경악케 했다.

"여 새미물 떠놓고 우리 진짜로 혼래 치릅시다."

"예? 예."

설단은 엉겁결에 꺽돌이 시키는 대로 그와 나란히 섰다. 그러자 서로가 서로의 그림자 같았다.

"신령님, 신령님."

이윽고 꺽돌이 두 손 모아 빌기 시작했다. 그의 손바닥 사이에서는 마른 잎사귀를 비빌 때 나는 것 같은 소리가 나왔다.

"오늘 여게 있는 저희 두 사람, 부부의 연을 맺고 팽생 동안 서로를 내 몸매이로 애끼며 살아갈 것을……."

꺽돌의 목소리는 옹달샘 위를 맴돌다가 주변의 나무들과 조우하다 높고 푸른 하늘가로 흩어져 가는 것이었다.

"사람이 살아가다 보모, 에렵고 심든 일이 짜다라 있것지만도, 그랄 때마당 서로가 울이 되고 담이 될 수 있거로 해주이소."

설단은 그만 코끝이 찡하니 시려오고 두 눈에 눈물이 핑 감돌았다. 꺽돌의 말이 눈 덮인 겨울 골짝에 울려 퍼지는 메아리처럼 들려왔다.

"내는 부모행재 얼골도 모리고 살았지만도, 여게 이 옹달새미가 내 멤에 영원한 고향으로 남아 있는 기요."

나는 안다

　그날 얼이가 상촌나루터 남강에 빠져 어떻게 되었으리라고 철석같이 믿고 있던 맹쭐은, 아버지 치목에게서 그놈이 아직도 팔팔한 몸으로 싸다닌다는 소리를 듣자 어쩔 줄 몰라 했다.

　"에나예? 아부지, 그기 진짜라예? 분맹히 물에 빠지갖고 상구 허우적거리샀는 거를 보고 토낏는데예?"

　치목 또한 무척 아쉽고 억울하여 이빨 갈리는 소리로 말했다.

　"철사줄만치나 목심이 질긴 눔인 기라."

　그러다가 자식인 맹쭐이 보기에도 으스스한 웃음을 지었다.

　"너모 크기 실망 마라. 기회사 운제든지 맹글모 된께네."

　그 위로의 말에 어느 정도 마음이 가라앉은 맹쭐은 아버지가 말려도 이것 하나만큼은 꼭 묻지 않을 수 없다는 표정이었다.

　"그란데 아부지! 운산녀 그 여자가 와 그리 사람을 자꾸 우짤라쿱니꺼?"

　자못 두렵다는 빛을 감추지 못했다.

　"지가 머리가 나빠서 그런 줄은 몰라도, 이거는……."

솔직히 털어놓자면 지금 맹쭐은 자신이 꿈을 꾸고 있는 게 아닌가 싶었다. 비록 점박이 형제와 함께 어울려 다니면서 온갖 짓을 자행하고 있기는 해도, 괜히 사내들에게 시비를 걸어 흠씬 두들겨 팬다거나 여자들에게 치근덕거리는 그 정도가 전부였지, 사람 목숨을 해치는 일까지는 하지 않았다. 살인자, 그게 어디 동네 개 이름인가?

그런데 아버지가 시키는 바람에 막상 얼이란 놈을 남강 물에 밀어 넣긴 했지만, 처음엔 그게 살인을 하는 끔찍한 짓이라고까지는 전혀 생각지 않았다. 아버지 눈에 들지 않는 '나쁜 새끼' 하나를 그냥 혼쭐만 조금 내주는 행위라는 그 정도로만 받아들였다. 그리고 결과적으로는 그렇게 되고 말았지만, 강마을에 사는 아직 머리에 쇠똥도 벗겨지지 않은 사내 자식이 물은 좀 마셔도 헤엄은 쳐서 나올 수 있을 거라고 제멋대로 판단을 내렸다.

그건 아버지 치목도 마찬가지인 것처럼 보였다. 맹쭐은 여전히 모르고 있었다. 아버지가 소긍복이라는 사내를 살해하게 된 깊은 내막까지는. 또한, 인간이란 맨 처음에 시작할 때가 문제지 일단 한 번 무슨 일을 저지르고 나면, 그다음부터는 죄책감이라든지 두려움 따위의 사치스러운 감각은 깡그리 없어져 버렸다. 종내는 거의 무의식적으로 계속해서 똑같은 행위를 하게 되는 지극히 단순한 동물이라는 것이다. 하지만 언제부터인가 그는 초범이 아니라 재범, 삼범까지도 저지를 수 있는 전과자로 변신해가고 있는 것이었다.

"쉬, 큰일 날라꼬?"

어쨌든 맹쭐이 묻는 말을 들은 치목은 깜짝 놀라 아들 입술에 손가락을 갖다 대며 다급하게 주의를 주었다.

"넘이 들으모 우리는 죽은 목심인 기라."

분위기는 더욱 오싹해졌다. 공기 속에 망자의 혼들이 둥둥 떠돌다니는 것 같았다.

"알것심니더. 그란데 안 있심니꺼."

맹쭐은 애써 목청을 낮추었지만 좀처럼 흥분과 의문을 거두지 못하는 빛이었다. 그건 누구라도 마찬가지일 것이다.

"솔직히 아부지가 시키서 지가 그런 짓을 했지만도, 지는 아즉꺼정도 지가 핸 짓을 믿을 수가 없심니더. 내가 사람을 강에 빠뜨리서 쥑일라 캤다이."

"음."

치목은 신음 같은 소리를 낼 뿐 가타부타 말이 없었다. 아버지도 나와 어슷비슷한 생각을 하는 거라고 맹쭐은 짐작할 수 있었다. 그러자 그는 한층 긴장되고 궁금해졌다. 도저히 그냥 넘어갈 수가 없었다.

"아모리 생각해도 이해가 안 됩니더."

치목이 억지로 마음의 여유와 안정을 가지기 위해서인지 약간 졸리는 눈빛을 했다.

"머가 말이고?"

쥐 눈 같은 맹쭐의 눈은 상대적으로 더 빛을 발했다.

"살인이라쿠는 기 오데 아모나 하는 짓입니꺼?"

치목은 빤한 소리 뭣 때문에 하느냔 듯 툭 내뱉었다.

"그거는 그렇제."

약간은 다혈질에 가까운 맹쭐이었다.

"사람 목심이 달구새끼나 포리 목심도 아이고예."

치목은 또 심경이 복잡하고 착잡해 보였다.

"음."

"사람이 같은 사람을 쥑인다쿠는 그기 올매나 무섭고, 또오, 머보담도 해서는 안 될 일 아입니꺼?"

맹쭐은 극히 상식적인 이야기를 했고, 치목이 한숨을 폭 내쉬며 수긍
했다.

"그거도 틀린 소리는 아이다."

맹쭐은 이참에 모든 것을 알아야겠다는 작정을 했다. 쥐뿔도 모르는
이런 멍한 상태로 있다가는 엉뚱한 데서 또 무슨 사고가 터질 것 같다는
불안감에서 벗어날 수 없었다.

"소긍복이라쿠는 사람 일만 해도 그렇고예."

그러자 치목은 영원히 열리지 않을 것처럼 굳게 닫혀 있는 방문 쪽을
날카로운 시선으로 살피고 나서 말했다.

"긍복이 일은 애비가 백 분 생각해봐도 그랄 수밖에 없었던 기라."

맹쭐은 아직도 강 속에서 빠져나오지 못하고 있을지도 모를 긍복의
혼백을 떠올리자 오싹 소름이 돋는 것을 어쩌지 못했다.

"와예?"

공포에 떠는 것 같은 아들을 흘낏 바라보며 치목이 말했다.

"그눔이, 지하고 운산녀하고가 서로 정을 통하고 사업도 같이 했다쿠
는 거를 배봉이한테 알리것다꼬 협박했으이, 그눔을 안 쥑이모 운산녀
가 죽거로 안 돼 있나."

별로 바람기도 느껴지지 않는데 문풍지가 파르르 떨리고 있었다. 읍
내 장에 간 몽녀는 돌아올 낌새가 없었다. 또 이 물건 저 물건 뒤적거리
느라 시간을 잊었을 것이다.

"운산녀가 죽거로……."

맹쭐은 오싹한 표정으로 알았다는 듯 고개를 끄덕이면서도 이번에는
사뭇 원망하는 투로 나왔다.

"그라모 운산녀 지가 알아서 우찌할 일이지, 와 택도 없거로 아부지
한테 그 무서운 일을 맽긴다는 깁니꺼? 안 그렇심니꺼?"

"와 안 그래. 다 맞는 이약이다."

그렇게 수긍하는 치목 얼굴도 몹시 침통했다. 걸핏하면 바가지를 긁어대는 몽녀가 그만 입을 다무는 것도 남편이 그런 반응을 보일 때였다.

"내도 겉으로 포티는 안 내지만도 장 불안타 아이가."

문풍지가 흔들리고 있는 방문 쪽을 경계하는 눈빛으로 바라보았다.

"운제 각중애 포승줄을 쥔 관아 포졸들이 저 방문을 확 열어젖히고 우 들이닥칠 낀고, 멤이 조마조마해갖고 사는 기 사는 기 아인 기라."

그러자 맹쭐이 그동안 가장 궁금했던 말을 조심스럽게 꺼냈다.

"그란데 아부지는 와 그리 무서븐 일을 하싯심니꺼?"

그 소리에 방안 세간들도 그게 너무나 알고 싶었다는 듯 일제히 치목을 바라보는 것 같았다. 뱀처럼 실눈을 가느다랗게 뜨며 치목이 되물었다.

"내가 와 그리 무서븐 일을 했냐꼬?"

맹쭐은 보면 볼수록 더 쥐 눈 같은 눈에 잔뜩 힘을 넣고 반드시 알아야겠다는 빛을 내보였다.

"예, 그거를 젤 알 수 없어예. 암만 혼자 생각해 보고 또 생각해 봐도예."

그래도 치목은 평소의 그답지 않게 소심하게 굴었다.

"그거는 안 있나, 안 있나."

맹쭐은 자꾸 언저리만 도는 아버지를 독촉했다.

"예, 아부지."

"그 까닭을 밝히자모……."

거기서 또 말끝을 흐린 치목은 아주 가늘게 떠 보였던 눈마저 완전히 감아버렸다. 맹쭐이 보기에도 무척 감정을 추스르기 힘들어하는 기색이 역력했다.

"하기사 이왕 알 거, 알아야 될 거, 니도 알아야제."

이윽고 치목은 눈을 감은 채로 천천히, 그러나 대단히 세세하게 연유를 털어놓기 시작했다.

"만약시 운산녀가 우리한테서 등을 돌리모, 우리 세 식구는 꼼짝없이 쪽박 차고 질거리에 나앉아야 할 그거만 생각했더라."

맹쭐은 얼른 하고 싶은 얘기가 있었지만 참고 다음 말을 기다렸다. 힘이 들어 있지 못한 치목의 목소리는 딴 사람 말같이 들렸다.

"탁 털어놓고 이약해서, 그때는 다린 생각을 할 여유가 없었는 기라."

우리 집 지붕이나 담벼락에는 왜 동네 다른 집들처럼 새들이 잘 날아와 앉지 않는 것일까? 맹쭐은 지금 부자간에 나누는 이야기 내용과는 전혀 아무런 상관도 없을 그런 생뚱맞은 생각을 했다.

"시방은 우리도 그런 대로 쪼매 살 만하지만도……."

치목은 말할 기운도 없는 사람 같아 보였다.

"니도 잘 알다시피 그때 당시만 해도 우리한테 머가 있었노?"

맹쭐 눈에는 그 방이 아무 세간도 없는 것처럼 텅 비어 보였다. 그의 마음 귀퉁이에도 쏴아 하고 찬바람이 끼쳐 들었다.

"아부지."

맹쭐은 아버지가 난생처음으로 너무 약하고 불쌍해 보였다. 자식 눈에도 늘 지나칠 정도로 강하고 몰인정해 보이는 그였다.

"살인이 아이라……."

다리가 저려오는지 손으로 주무르고 나서 치목이 말했다.

"그보담 더한 짓도 해야 할 그런 행핀이었제."

"예."

맹쭐 가슴이 답답해져 왔다. 또다시 직접 그들에게 피해를 주었던 적도 없는 애꿎은 세상 사람들을 겨냥한 위험한 분노와 반감이 치밀었다.

"운산녀 말고는 아는 사람 단 하나도 없는 이런 객지에 와갖고, 입에 풀칠이라도 하고 몸에 누더기라도 걸칠라쿠모 다린 방도가 있었것나."

치목은 숨을 몰아쉬고 나서 말을 이었다. 한데 그 말이 이제까지와는 달랐다.

"애비도 후회 막심타."

맹쭐은 처음에는 의외라는 표정이다가 이내 그 심정 이해한다는 쪽으로 바뀌었다. 방의 벽지 무늬가 너무 좁고 초라하다는 느낌이 드는 그였다.

"하지만도 쇠똥겉이 흔해빠진 말로, 엎질러진 물 아인가베. 머해삔 화살이고."

치목은 자포자기 하는 것으로 보였다.

"싫든 좋든 운산녀하고 우리는 한 배를 타고 만 기다."

그 말을 듣고서 한동안 생각에 잠기던 맹쭐이 그의 성질과는 너무나도 판이하게 그토록 조심스러울 수 없는 어조로 물었다.

"이쯤서 고마 발을 빼모 안 되까예?"

하지만 치목은 잠자코 고개를 내저었다.

"그라기에는 너모 늦어삤다."

"그래도예."

한 번만 더 고려해보자는 맹쭐 권유에 치목은 쐐기를 박았다.

"머보담도 직접 긍복이를 살해한 사람은 내다. 이 애빈 기라."

그 엄연한 진실 앞에서는 맹쭐도 더 이상 다른 소리는 하지 못하고 끙끙 앓듯 했다.

"직접 살해한 사람은……."

천천히 눈을 뜨며 치목이 단언했다.

"하모, 그기 젤 중요하다 아인가베."

맹쭐은 한쪽 손바닥으로 장판지를 눌러 몸의 균형을 잡으려는 사람같이 했다.

"듣고 보이 그렇심니더."

치목은 겁도 나고 고통스럽다는 듯 고개를 세차게 흔들었다.

"빼도 박도 몬 하거로 돼뿟다."

그러는 그의 얼굴 근육이 보기 흉할 만큼 함부로 씰룩거리고 있었다. 홀연 방안 가득 질식할 듯한 침묵이 흘렀다.

"시방 와갖고 이런저런 소리 해봤자 아모 씰데없지만도, 내는 긍복이 그 인간이 그리 쉽거로 죽을 끼라고는 상상도 몬 했다. 상상이 머꼬?"

치목은 아들에게 솔직히 털어놓았다.

"죽을 끼라고 눈꼽만치라도 예상했으모, 내가 그런 짓 안 했제. 몬 했제."

맹쭐 귀에 긍복이 남강 물에 빠져 익사하면서 고통스럽게 내지르는 비명이 들려오는 것 같아 기분이 께름칙했다.

"그냥 겁만 멕이서 다시는 운산녀를 협박 몬 하거로 할라캤는데 갤가가 달랐다."

"그랬을 낍니더, 아부지 멤은예."

맹쭐은 자초지종 들을수록 아버지가 십분 이해되었다. 얼이란 놈에게 그런 짓을 한 자기 스스로도 똑같은 감정이었으니까.

"참말로 사람 목심이라쿠는 기……."

치목은 어이가 없기도 하고 무섭기도 하다는 기색이었다. 맹쭐은 이번에도 한참 동안 아버지 말을 되새겨보다가 또 이렇게 물었다.

"그거는 그렇다 칩시더. 그란데 아즉 대갈빼이 쇠똥도 안 마린 얼이라쿠는 그눔은 와 해칠라는데예?"

"그거?"

"예."

"그거는……."

치목이 또 한숨을 폭폭 내쉬었다. 그는 떴던 눈을 도로 감아버렸다. 차라리 모든 걸 안 보는 게 훨씬 더 속 편하고 덜 두렵다고 생각하는 것 같았다.

"내 안 기시고 이약할 꺼마."

잠시 후 그가 말했다. 그들 부자간 대화가 그렇게 길게 간 경우는 흔치 않았다.

"내라꼬 운산녀 조 야시겉은 여자 속을 우찌 다 알것노?"

치목 눈앞에 운산녀가 나타나 보였다. 낮에 보는 모습과 밤에 보는 모습이 그렇게 다른 여자도 없었다. 한 여자 몸속에 두 여자가 들어가 있는 것 같았다. 남들이 있는 앞에서는 말을 붙이기도 어려울 만큼 새침하고 심지어는 석녀같이 굴면서도 잠자리에서는 여우 꼬리가 천 개는 넘게 달린 색녀였다. 그 천 개도 더 되는 꼬리에 휘감겨 그 자신은 몸도 마음도 거미줄에 친친 감긴 포획물에 지나지 않았다.

"우짜모 안 있나, 낼로 시험해볼라꼬 자꾸자꾸 그런 짓을 시키는 기 아인가 시푸다. 안 그라고서야 그랄 수 있것노."

치목 그 말에 맹쭐은 또다시 강한 전율에 싸였다.

"아부지를 시험해볼 끼라꼬 살인을예?"

그건 아닐 거라는 생각과 어쩌면 그럴 수도 있겠다는 생각이 칡뿌리처럼 뒤엉키는 맹쭐이었다.

"하모, 애비 짐작이 크기 안 틀릴 끼다."

그렇게 말하는 치목에게 그런 기분이 든 게 한두 번이 아니었다. 또한, 그런 느낌이 들면 들수록 운산녀는 참으로 위험천만한 여자라는 확신이 굳어지곤 했다. 사내를 실에 매단 인형처럼 뒤에서 조종하며 그 충성심까지 계산을 해보는 요물이었다.

"우쨌든 시방 운산녀는 지 증신이 아인 거는 확실타."

광녀가 따로 있겠는가 싶어지는 치목도 조금 전 맹쭐과 마찬가지로 몸을 떨었다.

"사람이 악이 받치모 무신 짓을 몬 할 끼고?"

맹쭐이 그 방 문풍지같이 흔들리는 목소리로 또 물었다.

"지는 암만캐도 이해가 잘 안 가서 하는 소린데예, 운산녀가 악이 받칠 만한 무신 일이 있었어예? 마구재비 사람을 쥑일라쿨 정도로 말입니더."

그때까지도 방바닥을 짚고 있는 맹쭐의 오른손을 물끄러미 내려다보고 있던 치목이 고개를 끄덕였다.

"하모, 있었제."

맹쭐은 자신도 모르게 마른침을 꿀꺽 삼켰다.

"우떤 일예?"

치목은 맹쭐보다 더 흔들리는 음성으로 바뀌어갔다.

"운산녀가 뒷구녕으로 돈을 빼돌리는 거를 눈치채삔 배봉이가, 하로 아츰에 가산을 모도 정리해삔 기라."

"우째서예?"

멀뚱한 표정을 짓는 맹쭐 귀에 들리는 말이 이랬다.

"운산녀가 더 돈을 몬 빼돌리거로."

"아, 그래서 그런 짓을?"

맹쭐 눈앞에 점박이 형제가 떠올랐다. 그들은 자기들 아버지가 세상 천지에서 최고로 철저하고 무서운 인간이라고 서슴없이 말하곤 했다. 피도 눈물도 없는 사람이라고 치를 떨었다. 맹쭐이 지켜보기에 그들 형제는 아버지를 애정과 존경으로 섬기는 게 아니었다. 그저 조금이라도 돈을 더 타내기 위한 수단과 방편으로만 여기는 것 같았다. 곳간이나 금고로밖에 보지 않는 듯했다.

"배봉이 수완에는 구신도 쎄를 휘휘 내두를 끼거마는."

아버지 치목도 점박이 형제만큼이나 배봉을 공포와 증오의 대상으로 대하고 있다는 느낌을 맹쭐은 확고하게 받았다. 그리고 그와 동시에 자기들 부자가 이 세상에서 가장 힘없고 못난 사람들같이 여겨지는 것이었다.

"그런께네 운산녀만 낙동강 오리알 신세가 돼뻔 기라."

이제 치목은 눈을 감았다가 떴다가 하고 있었다. 그런 아버지가 맹쭐 눈에는 저 나무로 만든 꼭두각시인 망석중이처럼 보였다. 하지만 그 망석중이의 팔다리에 줄을 매어 그 줄을 당겨 춤을 추게 하는 사람이 운산녀라는 사실은 인정하기 싫었다. 또한, 세상을 향한 증오와 반발심이 잡초같이 고개를 치켜드는 것이었다.

"그렇것네예."

알겠다고 고개를 끄덕이는 맹쭐에게 치목이 가슴을 쓸어내리듯 말했다.

"그래도 운산녀가 미리 빼돌리논 기 있어서 우리한테는 그나마 다행이다."

그러자 이해하는 얼굴이던 맹쭐이 또다시 머리가 헷갈린다는 표정을 지었다.

"지 말씀은예, 안 할 말로 우리가 운산녀 시키는 대로 비화하고 그짝 사람들을 모돌띠리 우찌해뻔다 칩시더."

그러자 치목은 맹쭐과는 달리 머릿속이 말끔히 정리된 사람처럼 말했다.

"안 할 말이 아이고, 할 말이 맞다."

감정이 격해져 있는 맹쭐은 말장난 하는 것 같은 아버지가 좀 미덥지 못했다.

"그라모 우리한테 돌아오는 기 머신데예?"

"우리한테 돌아오는 거?"

어느 틈에 치목은 두 눈을 크게 치뜨고 있었을 뿐만 아니라 깜빡거리지도 않았다.

"설마 그짝 사람들을 싹 다 쥑일라쿠겄나."

이제 방바닥을 짚었던 손을 들어 무릎 위에 올려놓고 있는 맹쭐을 힐끔 보았다.

"그거는 불가능한 일이기도 할 끼고."

"그라모예?"

맹쭐 눈도 울보로 소문난 왕눈이 재팔이 눈처럼 크게 열려 있었다. 그 재팔이가 일본으로 가는 밀선을 탔다는 사실을 알면 그들은 어떤 반응을 보일까?

"내가 지키볼 적에는 비화를 시껍 묵어서 돈을 울겨내갖고 배봉이를 망하거로 할 속셈이 아인가 그리 시푸다."

비화를 입에 올리는 치목의 낯빛이 약간 묘했지만 맹쭐은 미처 알아차리지 못했다. 아버지가 비화에게 하려고 한 짓을 알게 되면 아들은 발작 증세를 일으킬지도 모른다.

"배봉이를 망하거로, 망하거로."

그렇게 혼자 곱씹던 맹쭐은 여전히 아버지 말귀를 알아듣지 못하겠다는 어투였다.

"그라모 우리한테 돌아오는 기 머신고 안 묻심니꺼?"

그러는 품이 아버지라도 어서 대답하지 않으면 주먹이라도 휘두르겠다는 기세였다. 그는 그만큼 흥분하고 불안해한다는 증거일 것이다.

그러자 치목이 느닷없이 '흐흐' 하고 음흉한 웃음을 날렸다. 그러고는 지금까지와는 딴판으로 아주 자신감 넘치는 얼굴로 말했다.

"운산녀가 우리한테 우떤 대가를 줄랑가는 몰라도, 그런 거를 떠나서 애비 셈법은 따로 있다."

"아부지 셈법예?"

몹시 안달 나 하는 맹쭐과는 달리 치목은 무척 느긋한 얼굴이었다.

"하모."

"그기 머신데요?"

"음."

"머시냐꼬예?"

맹쭐은 궁금해 미치겠는 빛이었다. 그걸 본 치목은 다시 한번 방문 쪽을 확인하고 나서 느릿느릿 입을 열었다.

"동업직물을 우리가 차지하는 기다."

"예에?"

맹쭐은 천장이 내려앉을 정도로 큰소리를 내질렀다. 그때까지 그들이 꽤 오랫동안 나누던 이야기는 아무것도 아닌 것처럼 보였다.

"도, 동업직물을 우, 우리 꺼로예?"

"니도 함 생각해 봐라."

치목은 믿기지 않을 만큼 침착성을 되찾은 모습이 되었다. 하긴 사람을 죽이기까지 한 살인자가 두려워할 일은 세상에 그다지 흔치 않을 것이다.

"동업직물이 우떤 점포고?"

"……."

맹쭐은 생각이고 뭐고 머릿속이 하얗게 텅 비는 듯 아무 말도 할 수 없어 그대로 가만히 듣고 있기만 했다.

"만약에……."

치목은 사뭇 꿈꾸는 목소리였다. 맹쭐은 더욱 꿈속을 헤매는 모습이었다. 한참 이어지던 대화의 끝이 '꿈'이라면 그것은 무엇을 의미하는 걸까?

"그거만 우리 끼 되모 안 있나."

손으로 위에서 아래를 향해 길게 선을 그어 내리는 동작을 취했다.

"자자손손 떵떵거림서 살 수 있는 기라. 맹쭐이 니 자슥들, 손주들, 또 그 밑에 그 밑에 있을 손주들꺼정 모돌띠리 말이다."

"헤."

맹쭐은 그냥 듣기만 해도 너무 좋아 헤벌쭉 웃으면서도 여전히 완벽하게 믿지 못하는 기색이었다.

"그렇기사 합니더만, 운산녀가 그리해주까예?"

"운산녀가?"

"예, 아부지."

"안 그라모……."

치목 눈이 노랗게 번득였다. 그것은 어느 누가 보더라도 오싹 소름 끼치는 무서운 눈빛이었다. 맹쭐이 아직 어렸을 때 옴짝달싹하지 못하게 하던 바로 그 공포의 눈빛, 그런 눈빛으로 치목이 말을 계속했다.

"내라꼬 오데 한 개밖에 없는 목심이 안 아깝것나?"

맹쭐은 뇌리에 어떤 불길하고 무서운 그림이 그려져 저절로 말을 더듬거렸다.

"그, 그거는 맞심니더, 아부지. 까, 까딱 잘몬하모……."

치목은 매우 위협조였다. 평소의 그 냉혈한다운 면모가 엿보였다.

"그리 귀한 목심을 걸고 하는데, 운산녀 지가 당연히 그리는 해줘야제."

그러고는 다짐하는 목소리가 뒤를 이었다.

"우쨌거나 우리 팽생에 이런 기회가 또 오것나."

"아, 예에."

맹쭐은 그제야 지금까지 쌓여 있던 모든 의문들이 풀린다는 표정이었다.

"아부지 말씀 듣고 보이, 인자 아부지가 쪼매 이해가 되네예. 아, 쪼매가 아이고 마이예. 동업직물 주인……."

당장 팔짝 뛸 듯이 했다.

"상상만 해도 돌아삐것심더."

치목은 그것 보란 듯 물었다.

"그렇제? 이 애비가 아이고 누라도 운산녀가 시키는 대로 했것제?"

맹쭐은 이제 완전히 이해가 된다는 빛이었다.

"예, 아부지. 지라도 그리했것심더. 팔자를 곤치는 일인데 와 안 할 낍니꺼. 빙신 쪼다라도 다 합니더."

오른손을 허공으로 뻗어 무엇인가를 꽉 움켜쥐는 동작을 취했다.

"시상에, 동업직물이 통째로 굴러 들어오는데 안 그라것심니꺼?"

방안 가득 또다시 침묵이 깔렸다. 부자가 똑같이 몽롱해진 눈빛으로 부지런히 셈을 해보는 모습들이었다.

"니가 이해가 다 됐다이, 인자는 됐다."

이윽고 치목이 자리에서 일어서려다 말고 선심 쓰듯 말했다.

"또 궁금한 기 있으므 모도 말해라. 내 이참에 모돌띠리 알리줄 낀께네."

그러자 맹쭐은 제 딴에는 매우 깊이 헤아려본 끝에 얻어낸 대단한 질문이란 듯 엄숙한 낯빛으로 물었다.

"그리 호락호락 당할 비화는 아이것지만 안 있심니꺼?"

치목이 옳은 소리라고 고개를 주억거렸다.

"그야 그렇제. 비화 고년이 오데 예사 년이가?"

"아부지도 잘 아시거마예."

맹쭐은 혀로 입술을 축인 다음 다시 입을 열었다.

"그래도 시상 일은 우떤 누도 잘 모린께네, 비화가 운산녀 술수에 넘어가갖고 우짤 수 없이 상촌나루터서 콩나물국밥 팔아서 모은 돈을 모도 운산녀한테 갖다 바친다 글 쿱시더. 그라모 운산녀가 우째갖고 배봉이를 망하거로 할 낀데예?"

치목은 벌써부터 추측하고 있었는지 이내 대답했다.

"배봉이하고 똑겉이 비단 장사를 할 작정일 끼거마는."

"예?"

"와? 비단도 모리나?"

"비단 장사예?"

"하모."

"시상에!"

맹쭐로서는 상상도 할 수 없었던 이야기가 아닐 수 없었다. 지지든 볶든 그래도 부부지간인데 같은 사업으로 경쟁을 한다니 놀랄 일이었다.

"더 함 들어봐라."

하지만 치목은 충분히 이해가 간다는 말투였다.

"동업직물보담 훨씬 더 싼값으로 비단을 팔기 되모 당연히 동업직물 손님은 끊어질 끼고, 갤국 동업직물은 망하고 말 끼라."

맹쭐은 아직도 믿기 어렵다는 빛이었다.

"그기 가능하까예?"

치목이 맹쭐 말을 낚아챘다.

"가능 안 하모?"

맹쭐은 운산녀가 자충수를 두는 실수일 수도 있다는 걸 상기시켰다.

"도로 운산녀가 망하지는 안 하까예?"

치목이 습관처럼 눈을 뱀눈 모양으로 가느스름하게 뜨면서 말했다.

"내도 그기 걱정 안 되는 거는 아이다."

맹쭐은 그것 보라고 얼른 말했다.

"그렇지예?"

그런데 치목은 징그러울 만큼 느긋한 목소리를 유지했다.

"하지만도 우리사 굿이나 보고 떡이나 묵으모 되는 기다."

"굿이나 보고 떡이나 묵으모……."

치목은 떡판에 놓인 떡 자르듯 맹쭐 말끝을 잘랐다.

"하모, 그렇제. 배봉이가 망하든지 운산녀가 망하든지 간에 우리사 떵떠쿵인 기라."

맹쭐이 모르는 소리를 한다며 목청을 높였다.

"그거는 절대 아이지예, 아부지."

"아이라?"

아비가 하는 말에 시건방지게 반대 의사를 표시하는 아들이 못마땅한지 치목 눈이 꼬부랑해졌다. 그래도 맹쭐은 아랑곳하지 않았다.

"하모예."

치목은 억지로 화를 삭였다.

"우째서?"

"만약에 운산녀가 망하기 되모예, 우리가 시방꺼정 해왔던 모든 일이모도 말짱 도루묵 아입니꺼?"

제 하고 싶은 소리 다 쏟아내는 맹쭐이었다. 그러자 치목은 뱀이 먹잇감을 노리듯 허공 어딘가를 매섭게 째려보며 입을 열었다.

"운산녀가 진다 쿠더라도 배봉이 쪽도 타격이 엄청시리 클 끼다. 그

틈새를 타서 우리가 간단히 낼름 집어삼키모 되는 기라."

맹쭐은 탐색하듯 치목 얼굴을 자세히 살펴가며 물었다.

"아부지한테 그런 돈이 오데 있어서예?"

치목은 전혀 가망 없는 일은 아니라는 걸 내비쳤다.

"긁어 모울 수 있는 데꺼지는 긁어 모아야제."

그러고 나서 협조를 구한다는 투로 말했다.

"니도 같이 심을 쓰는 거는 당연한 일이고."

맹쭐은 더없이 아쉽다는 얼굴이었다.

"이럴 때 내가 강목발이만 돼도……."

치목이 눈을 치뜨며 반문했다.

"강목발이?"

맹쭐은 별안간 활기 넘쳐 보였다.

"아부지도 아시지예, 저 말티고개 강목발이?"

"이약이사 들었다만도, 하도 전설 겉은 인물 아이가."

치목은 그가 늘 구박하는 아내 몽녀의 눈빛 못지않게 흐릿한 눈빛으로 물었다.

"강목발이라쿠는 사람이 진짜로 있기는 있는 것가?"

맹쭐 표정이 시무룩해졌다.

"아부지 앞인께 솔직하거로 싹 다 이약하는데예, 지도 에릴 적부텀 도독질 하나는 쥑이줬다 아입니꺼."

그러고는 떠올리기 싫어도 어쩔 수 없는 과거사를 들먹였다.

"천주학재이 전창무한테 잽힌 적도 있고예."

"아, 전창무?"

치목 역시 그동안 깜빡 잊고 살았다는 기색이었다.

"하모, 맞다. 서양구신 든 그눔이 그때 당시 지 에핀네 우 씨하고 둘이서 우리 집에 찾아와갖고는 올매나 챙피를 줬던 기고?"

맹쭐도 화가 치솟는지 벌겋게 달아오른 얼굴로 말했다.

"그눔, 잘 죽었다."

치목은 불곰처럼 큰 몸을 떨어 보였다.

"남강 백사장에 모가지 없는 시체만 썩은 통나모맹캐 나뒹굴던 기억이 아즉꺼지도 생생하다."

"시방도 섬뜩하지예. 참말로 믿는다쿠는 기 머신고."

그러면서 혀를 날름 내보이는 맹쭐에게 치목도 잘 이해가 되지 않는다는 식으로 말했다.

"홰까닥 핸 사람들인께네 그리 안 했으까이?"

혈화血花, 비신자들로서는 절대 불가능한 그들의 희생을 하느님에 대한 강한 신앙심이라고 믿고서 죽어간 그 날의 천주학 신자들이었다.

"친척들이 모가지 없는, 그런께 머라쿠노?"

치목이 묻는 말에 맹쭐이 가다렸다는 듯이 대답했다.

"무두묘예?"

"하모, 하모. 무두묘!"

치목은 비명이라도 지르는 것같이 하더니 확인했다.

"그 무두묜가 하는 거를 맨들어 줬담서?"

"그거를 보지는 몬했지만도 사람들이 그리쌌데예."

치목은 주먹으로 황소를 방불케 하는 자기의 굵은 목 뒤를 탁탁 쳤다.

"참, 시상에 벨눔의 무덤도 다 있다."

"무두묘, 무두묘."

맹쭐은 오싹 진저리를 쳤다.

"상상만 해도 가슴이 상구 떨리쌌네예."

치목이 두 손을 갈고리처럼 만들어 무엇을 파는 시늉을 했다.

"그눔 무덤 싹 파헤치보모……."

"하이고, 아부지. 그런 말씀은 하지 마이소. 꿈자리 사납거심니더."

맹쭐이 말렸다. 그런데도 치목은 묘지를 파헤쳐 시신을 파먹는다는, 뒤벼리 선학산 공동묘지에 자주 출몰한다는 여귀같은 모습으로 말했다.

"시방도 대갈빼이 없이 몸띠이만 있것제?"

"그런 기 머가 신기하다꼬 자꾸?"

"아이제. 몸띠이도 싹 다 삭아삐고 허연 뼈가지만 남았것제."

"아부지! 우리 밥맛 떨어지는 소리는 인자 고마하이시더."

맹쭐은 한층 부르르 몸서리를 쳤다.

"지가 운젠가 관아 뇌옥에 들갔을 때 말입니더."

"뇌옥?"

그 말이 나오자 그들 부자 마음에는 지금 그 방이 꼭 뇌옥처럼 비쳤다.

"그 이약은 머할라꼬 하노? 재수 옴붙거로."

치목은 듣기 싫다는 듯 큰 손을 내저었다.

"더 들어보이소."

맹쭐은 그 이야기를 멈추지 않았다.

"거게서 지하고 같은 감방에 갇히 있던 우떤 도독 하나가 강목발이를 만내본 적이 있다 쿠데예. 실제로 있기는 있는갑데예."

다리가 저려오는지 두 손으로 문지르면서 일어나려던 치목이 도로 자리에 퍼질러 앉았다. 그러고는 긴가민가하는 얼굴로 눈을 반짝이며 물었다.

"아, 그 유맹한 강목발이를 만냈다꼬?"

"예, 아부지."

"허, 그랬다꼬?"

"거짓말은 아인 거 겉데예."

"그래 만내본께 우떻더라 쿠데?"

의적 강목발이.

그 당시 맹쭐같이 손버릇이 나쁜, '도둑놈'이라고 일컬어지는 무리들 사이에서 강목발이라는 자는 신화적인 존재였다. 그들의 우상이었다.

도둑이 아닌 일반 사람들도 강목발이 하면 자다가도 벌떡 일어나서 그의 신출귀몰한 활약상을 듣고 싶어 했다. 치목이라고 예외는 아닌 것이다.

"지가 감방에 있을 동안 그 죄수한테서 들은 이약인데예."

"얼릉 쌔이 말을 해봐라."

치목이 재촉했고 맹쭐은 대단한 비밀이라도 알려주는 품새였다.

"강목발이가 시상에 막 태어났을 적에는 몸이 안 그랬다데예."

"머라꼬? 아, 그라모 첨에는 목발을 안 짚었다, 그 말이가?"

치목은 점점 그 이야기에 빠져드는 모습이었다. 어떻게 생각하면 어이없는 노릇일 수도 있지만 지금 그들 부자는 강목발이 같은 재주가 절실히 필요한 때이기도 했다.

"예, 그랬답니더. 아부지도 몰랐지예?"

"하모, 몰랐다."

언제부터인가 맹쭐은 흐릿한 눈빛이 되어 있다. 그럴 때 옆에서 보면 어김없는 제 어미 몽녀였다. 늘 무방비 상태로 게슴츠레 풀려 있는 몽녀의 눈이었다.

'해나…….'

치목은 맹쭐이 저놈이 또 고 몹쓸 도벽이 도지는가 싶어 적잖게 께름칙했지만, 이왕지사 도둑이 되려면 강목발이 같은 대도大盜가 되면 좋겠다 싶기도 했다. 한두 사람을 죽이면 살인자지만 많은 사람을 죽이면 영웅이라는 말도 있지 않은가 말이다.

'비화 고것은 치매 두린 여자라도 온 고을을 들썩거리거로 안 하는가 베.'

어쨌든 그렇게 되어 맹쭐이 많은 것을 도둑질해 오면, 굳이 더럽고 아니꼽게 운산녀의 하수인이 되어 청부살인 같은 위험한 짓을 하지 않아도 될 것이다. 아니, 이 민치목이가 운산녀를 종년처럼 부려 먹을 수 있을 것이다.

'아이제. 운산녀 하나 갖고는 성에 안 찬다.'

치목이 아들을 앞에 앉혀 놓고 그따위 형편없는 잡생각을 굴리고 있는데, 맹쭐은 어느새 제 감정에 겨워 무슨 신이라도 지핀 무당처럼 끝없이 지껄이기 시작했다.

"강목발이는 아부지가 일쯕 죽고 삼춘 밑에서 자랐는데예, 하라쿠는 공부는 죽어라 안 하고 틈만 나모 넘의 물건 째비는 기 취미라예. 그래갖고 하로는 삼춘이 시험해 볼라꼬, 방바닥에 엽전 한 닢을 놓고는 자기 모리거로 가지갈 수 있나꼬 했더이, 강목발이가, 아, 그때꺼지는 아즉 목발을 안 짚었지만도, 하여튼 간에 강목발이가 말입니더. 잠깐 밖에 나갔다 들오더이만 자리에 앉지도 안 하고 그냥 나감서, 엽전 갖고 갑니더, 그라더래예. 그란데 삼춘이 본께 증말 엽전이 없어졌다쿠는 기라예."

치목은 말하는 너보다도 듣는 내가 더 숨이 찬다는 모습을 해 보였다.

"허, 심이나 돌리감서 이약해라."

그래도 맹쭐은 이제 목청까지 더 높여 가기 시작했다.

"그래갖고 말입니더."

"오데서 오랑캐가 쳐들어오나?"

"오랑캐를 겁낼 강목발이가 아이고예."

"니 심도 안 가뿌나?"

맹쭐은 철저히 강목발이 신봉자가 돼버린 듯했다. 그야말로 광신자였다. 강목발이에 관한 것들을 처음부터 끝까지 줄줄이 꿰차고 있었다. 부전자전, 그것은 치목도 똑같았다. 천천히 말하라고 하던 그도 나중에는 궁금증을 못 이겨 재촉했다.

"우찌 그랄 수 있는 기고?"

제가 이야기 속의 주인공이 된 것처럼 눈을 부릅뜨기까지 했다.

"이리 두 눈 딱 뜨고 지키보고 있었담서?"

말도 안 되는 소리였다. 하지만 말도 되지 않는 그 소리를 더 듣고 싶었다.

"답답타. 퍼뜩 이약해라."

"지는 미칠 거 겉심더."

맹쭐은 강목발이 솜씨가 정말 부럽고 샘이 나서 어쩔 줄 몰라 하는 표정이었다.

"강목발이가 밖에 잠깐 나갔다가 들왔다 글 캤지예?"

"글 캤제."

"그때 보선(버선) 밑에다가 우쨌는고 압니꺼?"

"각중애 보선은? 하여튼 우쨌는데?"

"밥풀을 붙이온 깁니더."

"밥풀?"

"예, 보리밥알을 이겨갖고 붙잇다쿠는 말도 있고예."

"머라꼬?"

"우쨌든 그래갖고 삼춘이 잠깐 한눈 판 새에 발바닥에 엽전을 묻히서……."

"하! 쥑인다, 쥑이!"

치목이 연방 감탄의 소리를 내질렀다. 하지만 맹쭐 얼굴은 부러움과 시샘에서 원망하는 쪽으로 바뀌었다.

"그기 고마 화를 불러온 기라예."

"화?"

"삼춘은 그냥 놔두모 조카가 엄청난 도둑늠이 될 끼라 생각하고……."

"생각하고?"

몽녀는 아직도 오지 않았고, 지붕 위에서는 까치가 아니라 까마귀가 울고 있었다.

"목침 알지예, 목침?"

"나모토막 갖고 맹근 베개 말가?"

"그 목침을 갖고 조카 발목아지를 고마 탁 내리쳤다 안 쿱니꺼."

치목은 누가 제 발목을 그렇게 한 것처럼 소스라쳤다.

"헉! 그, 그래서?"

"몸이 정상이 아이모 지가 아모리 하고 싶어도 도둑질을 우찌하것노, 그냥 그리 단순하거로만 생각했던 기지예, 삼춘이."

"단순한 기 아이고 맞다 아이가?"

맹쭐은 한숨까지 폭 내쉬었다.

"아입니더. 그 생각이 잘몬됐지예."

치목은 기분 나쁘다는 낯빛이었다.

"시방 뭔 소리 씨부리고 있노?"

맹쭐은 말터고개가 있는 방향을 바라보았다.

"강목발이는 목발을 짚고 댕김서도 비상한 솜씨로 도둑질을 하고 있거든예."

"목발을 짚고 댕김서도?"

믿기지 않아 하는 아버지를 힐끔 보며 맹쭐이 투덜거렸다.

"삼춘이 무담시 조카를 다리 빙신만 맨든 기지예."

치목은 끙, 하고 앓는 소릴 냈다. 맹쭐의 마지막 말은, 아부지도 내를 도독질하거로 그냥 놔놨으모 내도 어중재비가 아이고 강목발이매이로 뛰어난 도독이 됐을 낀데, 하는 원망 소리로 들렸던 것이다.

"강목발이는 활동 영역도 에나 넓어갖고예, 대곡마을 설매실에서 태어났지만도예, 말티고개를 넘어서 우리 고을에도 자조 왔다갔다 한다쿠데예."

그러면서 꼭 한번 대곡마을 설매실이라는 곳에 가봐야겠다고 다짐하는 맹쭐이었다.

"말티고개? 소장수가 우시장에 소를 팔고 돌아가다가 쉬이가는 큰 정자나모가 섰는 그 말티고개 말이가?"

"우리 고을에 그 말티고개 말고 또 다린 말티고개가 더 있심니꺼? 말띠고개라쿠는 말도 있지만도, 잘몬된 기고예."

"그기사……."

그렇게 얼버무리는 치목 머릿속에 말티고개와 뒤벼리 사이에 있는 오래된 주막집 주모가 떠올랐다. 제법 예쁘장한데다가 성질도 아주 사근사근하여 많은 술꾼들이 넘겨다보는 술어미였다. 그런데 맹쭐 입에서 바로 그 주막집 이야기가 나올 줄은 몰랐다.

"지가 감옥살이 함시로 만낸 우떤 과부 하나를 넘봤다가 잽히온 그 죄수가예, 강목발이를 본 데가 그 말티고개에 있는 주막이라데예."

"죄도 더러븐 죄를 지잇거마."

'그라모 안 더럽고 깔끗한 죄도 있는 긴가?'

그런 생각과 함께, 필요 이상으로 욕을 퍼붓는 아버지를 물끄러미 바라보며 맹쭐이 계속 들려주었다.

"거서 술을 파는 여자 보고 누야, 누야, 함서 친하거로 지내는 거 겉더래예."

"됐다. 인자 강목발이 이약 고마하자."

치목이 맹쭐의 말을 잘랐다. 하고 싶을 때까지 떠들도록 놔두었다간 날밤을 새울 것 같고, 더욱이 가까스로 좀 뜸해진 도벽이 염병처럼 도져 또 감옥살이할지도 모른다는 우려 때문이었다. 그리고 무엇보다 여자를 넘봤다는 이야기가 흘러나오자 그만 찔리는 구석이 많아서였다.

그러나 그날 이후로도 맹쭐은 강목발이에 대한 환상에서 좀처럼 헤어나지 못했다.

그 죄수가 관아 뇌옥에 감금되어 있다 보니 하도 답답하여 시간도 죽일 겸해서 그따위 허무맹랑한 가짜 이야기를 지어냈다고 여기면서도, 강목발이의 전설적인 활약상은 줄곧 맹쭐 마음을 사로잡고 놓아주지를 않았다.

맹쭐은 강목발이를 반드시 만나보고 싶었다. 도둑질보다도 그의 신출귀몰한 무예를 더 전수받고 싶었다. 맹쭐이 얼이를 해치려고 한 그 이면에는 물론 아버지 치목의 명령도 있었지만, 얼이 아버지 천필구에 대한 원한도 무시할 수 없는 한몫을 했다.

지난날 농민군이 한창 관군을 쳐부술 때 맹쭐은 얼마나 간담을 졸였던가? 운산녀가 맹쭐 자신의 집에 잠시 은신해 있을 때의 기억이 아직도 뇌리에 생생했다. 그때는 그가 어린 나이였지만 저 임술년 농민반란은 일찍이 그 유례를 찾아보기 어려웠다.

그 당시 들은 이야기가, 몰락 양반 출신인 유춘계의 지휘 아래 농사꾼 천필구와 한화주 등이 맨 앞장서서 지역 토호 세력이나 부패 관리를 혼을 내주고 있다는 거였다. 배봉과 운산녀 같은 악덕 부자를 숨겨준 사람은 그 이유를 불문하고 다 때려죽인다는 풍문도 나돌았다. 하루하루 큰 불안에 떨면서 나에게 농민군을 이길 힘이 있으면 얼마나 좋을까 했었다.

엄청난 괴력과 단걸음에 높은 밤나무 위로 훌쩍 날아 올라가는 등 외다리로도 축지법을 쓴다는 강목발이. 그의 수제자가 되어 무예를 익히기만 하면 비화 아버지 김호한과 옥진 아버지 강용삼부터 먼저 혼을 내리라 단단히 벼르던 참이었다. 완력과 쌈질로 둘째가라면 통곡할 점박이 형제를 혼자서 단숨에 제압한 호한이 아니던가?

'내라꼬 운제꺼정 점벡이 고것들한테 장마당 성님, 새이, 함시로 굽실거릴 끼고? 고것들이 호래이라모 내는 담보(담비)가 되모 되는 기라.'

놀랍게도 그런 정도까지 발전하기 시작했다. 그것은 맹쭐이 이제 조금씩 남의 그늘에서 벗어나 독자적인 힘을 과시할 수 있는 존재로 성장해가고 있다는 그런 증거였다. 그리고 그것은 확실히 좋지 못한 조짐이 아닐 수 없었다.

'아부지 말매이로 동업직물을 우리가 빼앗아삐고 또 내 무예 솜씨도 강목발이만치 뛰어나거로 되모, 그것들이 낼로 상전매이로 떡 안 뫼시고 우짤 낀데?'

맹쭐은 우선 점박이 형제보다 담력부터 더 크게 키워야겠다고 결심했다. 아슬아슬한 발상은 다름 아닌 그런 데서부터 비롯되었다. 그러기 위해서는 단 한줌도 되지 않는 얼이뿐만 아니라 다른 어른도 해치는 훈련을 쌓아야 한다고 다짐했다.

'그래, 머리로만 백날 천날 집 지이봤자 아모 소용없다. 실전實戰이 중요하제.'

실로 위험천만하고 어처구니없는 망상의 포로가 돼버린 것이다.

지금부터는 세상 무슨 일이 있더라도 먼젓번에 이루지 못했던 일을 기어코 해낸다고, 이빨이 다 나가도록 뿌드득 갈아대면서 기회를 잡기 위해 상촌나루터로 내닫곤 하는 맹쭐이었다. 비화가 운영하는 나루터집이 있는 그곳은 맹쭐에게는 절망과 희망이 교차되는 공간이기도 했던 것이다.

'어머이 말매이로, 농민군들이 여러 부잣집들을 불태워삐고 또 많은 토호 세력하고 관리를 안 쥑잇나. 그래도 우떤 사람들은 그런 농민군이 훌륭하다꼬 쑥떡거리고 안 있나. 아부지도, 한 사람을 쥑이모 살인이지 만도 백 사람을 쥑이모 영웅이라 쿠데?'

맹쭐은 떡하니 동업직물 쥔으로 변신해 있는 자기 모습을 필사적으로 그려보았다. 어쩌다가 동업직물에 가서 폭삭 늙어가는 배봉이 비단 사러 온 선녀 같은 기생들과 노닥거리는 걸 보며 얼마나 부러워하고 자신이 못난 놈이라고 자조했던가.

'내가 요런 식으로 살다가 죽지는 안 할 끼다 고마.'

맹쭐 머릿속에 또 아버지 치목 말이 되살아났다.

"비화 가차이 있는 연눔들 가온데서 우떤 누라도 하나 처치해주모, 운산녀가 당장 읍내장터 최고로 목 좋은 곳에 가게 낼 밑천을 장만해준다 캤다."

정말 운산녀가 그렇게 할 것인지 안 할 것인지를 떠나, 그런 소리는 도저히 뿌리칠 수 없는 악마의 달콤하고 강렬한 유혹이 되어, 맹쭐의 눈을 멀게 만들고 양심을 좀먹게 하는 등 마음을 걷잡을 수 없게 뒤흔들어 놓았다.

"맹쭐이 니도 인자는 머신가 해야 안 하나. 죽으모 썩어질 몸, 아끼놨다가 거름 쓸 꺼도 아이고."

어머니와 아버지는 번갈아가며 자식을 달달 들볶았다. 그런 불쏘시개도 없었다.

"운제꺼지 그리 백수건달로 살 수만은 없다 아이가. 애비 이약 알아 묵것나?"

상촌나루터를 오가는 무수한 인파 속에 섞여 나루터집 쪽을 힐끔힐끔 훔쳐보면서 맹쭐은 독기를 품고 마음을 다잡았다. 그래, 이왕 버린 몸이다. 니기미, 까짓 거.

그런데 등짝에 눈이 없는 맹쭐은 미처 알아차리지 못했다. 저쪽 길에서 무심코 걸어오던 누군가가 맹쭐을 발견하자 소스라치게 놀라며 급히 걸음을 떼놓고 있는 것이었다.

손 서방이었다. 꼽추 영감에게 황급히 알려 하마터면 남강에 빠져 죽을 뻔했던 얼이를 구해주었던 그는 나루터집 안으로 뛰어들며 소리쳤다.

"얼이 총각! 얼이 어머이!"

이날도 여느 때와 다름없이 가게 입구 계산대 앞에 앉아 있던 재영이 의자에서 벌떡 일어서며 큰 소리로 말했다.

"째이 오이소. 우짠 일입니꺼?"

"헉헉."

손 서방은 허둥지둥 밥집 안을 둘러보며 숨이 턱에 닿아 물었다.

"얼이 총각이나 얼이 어머이 오데 있심니꺼?"

재영도 지금 뭔가 심상치 않은 일이 벌어지고 있다는 느낌에 가슴이 뜨끔해지고 잔뜩 긴장한 얼굴이 되었다. 말이 자꾸 떨려 나왔다.

"얼이는 시방 서당에 갔고, 큰이모님은 작은이모님하고 음식 재료가 모지라서 시장 보로 가서 안 계시는데, 와 그라십니꺼?"

그러자 손 서방은 거기 방이며 평상마다 가득 차 있는 손님들이 들을세라 재영에게 가까이 다가가서 더없이 흔들리는 귀엣말로 일러주었다.

"큰일 났심니더! 얼이 총각을 쥑일라 캔 그눔이 시방 요 근방에 와서 얼쩡거리고 있는 거를 봤심니더."

"예에?"

기절이라도 할 것 같은 재영은 아내가 아기에게 젖을 물리고 있을 방

쪽으로 부리나케 고개를 돌렸다. 주방 안에서 요리를 하거나 평상으로 음식을 나르는 여자 종업원들은 아무것도 모르고 자기들 일에만 빠져 있었다. 마당가 대추나무도 제 가지에 앉아 '짹짹' 노래하고 있는 참새들과 어울려 한가로이 몸을 건들거리고 있었다.

"맹쭐이가 또 나타났다, 그 말이지예?"

비화는 조금도 동요하거나 놀라지 않는 목소리로 천천히 물었다. 그 차분한 모습에 그저 어쩔 줄 몰라 하던 남편 재영이 질릴 판이었다.

'역시나 내 아내는 보통 여자가 아이다. 그에 비하모 내는 머꼬?'

재영은 심한 부끄러움 속에서도 어느 정도 안정을 되찾았다. 비화는 꿈쩍도 하지 않고 앉아 계속해서 아기에게 젖만 물렸다. 준서는 젖을 빨았다가 쉬고 쉬었다가 다시 빨고 했다. 엄마나 아기나 천하태평으로 보였다. 재영은 속으로 중얼거렸다.

'우리 집안에서 박재영이가 젤 행핀없는 눔이거마.'

얼마나 지났을까? 이윽고 하루하루가 다르게 커가는 준서는 배가 부른지 물고 있던 엄마 젖꼭지를 놓고 금방 스르르 잠이 들었다. 비화는 아기를 자리에 눕히고는 역시 차분한 모습으로 포대기를 다독거려주었다. 그리고 나서야 비화는 눈을 들어 다시 재영을 바라보았는데, 그녀 입에서 나오는 소리가 참으로 엉뚱했다.

"옛날 에릴 적에 맹쭐이하고 땅따묵기 놀이를 짜다라 했지예."

재영이 눈을 둥그렇게 떴다.

"여보?"

비화는 심상한 얼굴로 말했다.

"더 들어보시소. 그란데 한 분도 지가 맹쭐이한테 땅을 잃은 적이 없심니더."

손님들 드나드는 소리가 방문에 와 부딪고 있었다.

"앞으로도 절대로 지는 일이 없을 깁니더."

재영은 붉고 푸른 작은 꽃잎 무늬가 수놓아진 포대기만 내려다보았다.

"지 말이 무신 뜻인지 아시것지예?"

"아, 알것소."

재영은 자신도 모르게 고개를 크게 끄덕이고 있었다. 준서가 배냇짓을 하는지 문득 소리 내어 웃기 시작했다. 가만히 아기 웃음소리를 듣고 있던 비화가 말했다.

"당신도 기운을 내시소. 맹쭐이보담도 몇 배나 더 악독한 치목이도 잘 물리치신 당신이 아입니꺼."

하지만 재영은 쑥스러운 중에도 또다시 공포에 사로잡히는 모습을 보였다.

"그, 그거는 우, 우짜다가⋯⋯."

비화가 고개를 흔들었다.

"아이라예. 참말이지 만약 그날 당신하고 얼이가 지를 안 구해줬으모, 지는 저게 남강 물에 풍덩 빠지서 죽을라 캤심니더."

"여보."

"당신은 안 하실라 캐서 그렇제, 하실라만 쿠모 머시든지 다 할 수 있는 분입니더."

비화는 남편을 강한 가장이 되게 만들 양으로 안간힘을 다했다. 그렇지만 재영은 더한층 몸을 심하게 떨어댈 뿐이었다.

'아이다. 내는, 내는⋯⋯.'

그날 나무숲이 우거진 강가에서 아내를 해하려던 거구의 치목의 모습이 되살아나 소름이 돋았다. 치목 같은 독종의 새끼이니 맹쭐이라는 그놈도 보통 무서운 놈이 아닐 거라는 자각에 두렵기만 했다. 엄습하는 불길함에 소리라도 막지르고 싶었다.

비화는 세상모르게 잠들어 있는 아기를 묵묵히 내려다보면서 깊은 상념에 잠겨 있었다. 돌부처 같았다.

살얼음판을 딛는 것 같은 날들이 지나갔다.

그런 속에서 비화는 모르고 있었다. 맹쭐이 나타났다고 알려준 손 서방도 몰랐다. 누구도 모를 수밖에 없었다.

병아리를 노리는 매처럼 나루터집 주변을 계속 맴돌면서 오로지 기회만을 엿보는 또 한 여자가 있었다. 바로 허나연이었다. 억호와 분녀의 업둥이로 들어간 아기와 재영을 버리고 달아났던 여자.

나루터집 가족들 가운데 나연의 얼굴을 아는 사람은 재영 하나밖에 없었다. 그 나연이 운산녀와 민치목의 가공할 사주를 받고 비화 아들 준서를 유괴하기 위해 날마다 호시탐탐 노리고 있었다. 이미 눈이 뒤집힐 대로 뒤집힌 나머지 정상적인 사람이라고는 할 수 없는 그녀였다.

비화나 우정 댁이나 원아, 얼이 그리고 밤골 댁과 한돌재, 꼽추 영감 달보나 언청이 할멈 중에 적어도 누구 한두 사람 정도는, 계속 나루터집 근처를 서성거리는 나연과 마주쳤을지도 모른다. 아니, 그랬을 것이다. 하지만 워낙 넘치는 인파가 오가는 데다가 특히 나연이란 여자는 모두가 전혀 알지 못하는 사람이기에 그냥 지나치고 말았을 것이다.

나연은 그런 측면에서 볼 때 활동하기가 편하고 안전했다. 재영의 눈만 피하면 되는 것이다. 그리고 그동안 남들 몰래 살펴보니, 완전히 다른 사람으로 바뀌어 있는 재영은, 거의 모든 시간을 가게 계산대 앞에 앉아 있거나, 어쩌다 바람 쐬러 강가에 나가는 게 하루 일과였다.

'사정이 그렇다모…….'

나연이 노리는 순간이 바로 재영이 지루함을 느껴 일하는 여자에게 밥값 계산을 맡기고 강가에 나가서 가게 안에 없을 때였다. 얼이는 서당에 가고 비화를 비롯한 여자들은 정신없이 들이닥치는 손님들 치다꺼리에 그야말로 바로 옆자리에 벼락이 떨어져도 모를 것 같아 보였다. 나루터집이야말로 이른바 사람들이 일컫는 '장사의 신神'이었다.

나연이 도둑고양이처럼 숨어서 쭉 훔쳐본 바에 의하면, 드물기는 해도 아기를 혼자 방에 눕혀 놓을 경우도 없지는 않았다. 그것은 주로 비화가 아기에게 젖을 먹이고 잠을 재운 직후였다.

'재영이 조 인간이 없을 때 들어가서 손님인 척하고 팽상에 앉아 있다가, 기회 딱 봐서 얼릉 애기를 안고 나오모 되는 기라.'

나연이 유심히 관찰해보니 나루터집에는 어린아이를 걸리거나 젖먹이 애기를 안고 오는 여자 손님도 많았다. 그러니 최악의 경우 어느 누군가가 아기를 안고 있는 나연 자신을 보더라도, 그저 저 여자 아기거니 하고 예사로 보아 넘길 것이다. 세상 사람들이란 원래 남의 일에는 별로 관심이 없고 등한시하기 마련이었다.

'이만하모 내 머리도. 호홋.'

그런데 좀처럼 기회는 나연이 기대하는 바대로 쉽게 와주지를 않았다. 비화는 짬만 나면 아기를 재워 놓은 방으로 들어갔다. 비화뿐만 아니라 다른 여자들도 문지방이 빤질빤질 닳을 정도로 연신 그 방을 들락거렸다. 꿀이 담긴 단지에도 개미떼가 저렇게 몰려들지는 않을 거라는 생각이 들 지경이었다.

'머리만 좋으모 머하노? 황토밭 여시가 도와도 도와야제.'

안달이 나서 견딜 수 없었다. 무엇보다 아기를 혼자 방안에 두는 일은 전혀 없지는 않아도 극히 드물었다. 그건 아기 있는 다른 집도 거의 비슷할 것이었다.

비화와 원아가 번갈아가며 아기를 등에 업었다. 손님들 보기에 썩 좋지 않은 모습이기에 아기를 업고 음식을 만들거나 손님을 맞이하는 짓

따윈 하지 않았다.

 그뿐만이 아니었다. 얼이라는 그놈은 정말 너무나 얄밉게도 서당에서 돌아오자마자 책 보따리를 휙 내던지고 아기 방문부터 열었다. 그 집에서 가장 나이 차이가 적게 나는 사내아이들인지라 더 가까이하고 싶은지도 모른다. 어쨌거나 그놈부터 어떻게 해버리지 않으면 설사 황토밭 여우가 도와준다고 할지라도 일이 성사되지 않을 것 같았다.

 '아, 이라모 안 되는데.'

 급기야 나연은 서서히 지쳐가기 시작했다. 몸도 마음도 풀 먹은 종이처럼 축 처져버렸다. 오만 가지 생각들이 엇갈리면서 골이 지끈거렸다.

 '고마 포기해야 하까?'

 하지만 금방 떠오르는 걱정이 있었다.

 '그라모 운산녀하고 치목이가 내를 그냥 안 둘 끼다.'

 이번에는 반항기가 불쑥 치밀어 올랐다.

 '누는 아 새끼 안 놔봤나? 더러버서.'

 그러다가 내 손에 피를 묻힐 짓을 하려는 사람은 결국 나라는 자각이 생겨났다.

 '하기사 누가 아즉 에린 아를 혼자 놔두것노?'

 그러자 나연의 콧잔등이 자꾸만 시큰거렸다. 또 다른 사내한테 마음이 쏠려 재영과 아이를 한꺼번에 내버리고 줄행랑을 놓았지만, 그래도 강한 미련처럼 줄기차게 떠오르는 얼굴이 아들이었다. 재영보다 아들 생각이 더 간절할 때도 없지 않았다.

 특히 나연은 비화와 재영 사이에서 태어난 아기 생각만 떠올리면 내 자식 모습이 먼저 어른거렸다. 그런 날은 밥은커녕 물 한 모금도 목으로 넘길 수 없었다. 때로는 미치기 직전까지 갔다. 도대체 언제부터 무엇 때문에 이런 심정이 되었는지 짚어 봐도 알 길이 없었다. 그리고 가장 중요한 건 시간이 없다는 사실이었다.

'우쨌든 저들 애기를 퍼뜩 훔치야 되는데 에나 큰일 났다. 운산녀하고 치목이가 눈깔에 불을 커갖고 기다리고 있을 낀데.'

나연은 후회 막급했다. 괜한 일에 끼어들었다. 좀 더 심사숙고했어야 했다. 그들 말대로 하겠다고 선뜻 약속해버린 자신이 너무나 어리석었고, 죽고 싶도록 원망스러웠다. 이번 일을 제대로 해내지 못하면 그들은 자신에게 무슨 짓을 가해올지 모른다. 그게 무엇일지 상상만 해도 온몸이 부들부들 떨리고 아찔했다.

"후우."

낮이고 밤이고 터져 나오느니 그저 한숨이었다. 그자들과 헤어져 버리고 싶어도 자기들의 비밀을 알고 있는 그녀를 순순히 풀어줄 턱도 없었다. 꼼짝없이 올가미에 걸려들고 만 꼴이었다.

'이라다가 내가 먼첨 저승사자한테 유괴당하것다.'

나연은 초조함에 쫓겨 머리털과 살이 쑥쑥 빠지는 느낌이었다. 너무 신경을 쓴 탓인지 입술이 부르트고 멀쩡하던 이빨은 금방이라도 빠져버릴 듯 흔들거리기까지 했다. 심지어 달거리를 건너뛰기도 했다.

그러던 어느 날이었다. 사람은 그냥 앉아 죽으란 법이 없다더니, 나연이 노리던 기회는 참으로 엉뚱한 데서 찾아왔다. 그 둘도 없을 호기의 제공자는 뜻밖에도 비화의 아버지, 그러니까 유괴하려는 아기의 외할아버지인 호한의 오랜 지기인 조언직이었다.

만약 누군가 지어낸 이야기라면 모두가 엉터리라고 고개를 흔들 일이지만, 아무튼 조언직이 나루터집을 찾아든 것은 하루 중 가장 바쁘기 시작할 때인 점심시간대로 막 접어든 그 어름이었다.

방에 앉아 준서에게 젖을 물리고 있던 비화는, 아버지 친구분이 왔다는 소리를 듣고 그대로 앉아 있을 수 없어 밖으로 나왔다. 마침 준서도 막 잠이 든 때여서 비화는 별걱정 없이 평상시처럼 준서를 혼자 방에 두고 나온 것이다. 준서의 평소 잠버릇으로 미뤄볼 때 지금부터 족히 두세 시간은 깨지 않을 것이다.

"아자씨가 우짠 일이심니꺼? 쌔이 오시소. 반갑심니더. 요 바로 올매 전에 한양 올라가싯다꼬 들었는데 운제 내리오싯심니꺼?"

비화는 아주 어릴 적부터 보아온 그를 친아버지 모시듯 맞아들였다. 그런데 언직은 정신없이 북적대는 가게 안을 둘러보며 실망한 얼굴을 지었다.

"호한이 이 친구, 여 안 왔는가베?"

비화는 사실대로 말했다.

"특밸한 일 아이모 잘 안 오심니더."

언직이 나라면 안 그럴 텐데, 하는 표정으로 물었다.

"와?"

비화는 조그맣게 웃었다.

"장사 방해 된다꼬예."

그러자 언직은 이해가 되는 모양이었다.

"하기사 그 친구 성질에……."

그러다가 다소 난감한 표정으로 말했다.

"집으로 찾아갔더이 부부가 다 없기에, 해나 딸네 집에 다니러 갔나 하고 이리로 온 긴데, 내가 헛걸음 했거마."

옆에 있던 원아가 손에 묻은 물기를 앞치마로 닦아내며 물었다.

"무신 급한 일이 있으신가베예?"

언직이 고개를 흔들었다.

"그 친구한테 개인적인 용무가 있는 거는 아이고, 시방 나라에 엄청시리 큰 사건이 벌어져서……."

"나라에예?"

그러잖아도 흰 원아 얼굴이 조선종이처럼 하얘졌다. 아니, 창백해졌다는 말이 좀 더 맞을 것이다.

"호한이 그 친구가, 나라 일이라모 누보담도 알고 싶어 안 하는가베."

혼잣말 같은 언직의 그 말에 비화도 적잖게 놀란 목소리로 물었다.

"나라에 안 좋은 일이 생긴 기라예?"

"하모, 그렇다 카이."

언직은 탈기하는 모습을 보였다. 비화가 애가 타는 목소리로 말했다.

"우짭니꺼?"

그때쯤 가까운 자리에 앉아 있던 손님들도 얼핏 이쪽 대화를 들었는지 호기심 가득 찬 눈길로 바라보았다. 언직은 꿩 대신 닭이라고, 호한 대신 지금 그 가게 안 사람들이라도 들으란 듯 큰 소리로 얘기하기 시작했다.

"지난해 8월에 몬된 왜늠들이 우리 조정에 외교적 압력을 넣을라꼬, 운요호라쿠는 군함을 강화도 부근에 파견해서 무력 도발한 사건이 안 있었는가베."

비화를 비롯한 여인들에게는 귀에 선 이야기였다. 그런 위험한 일이 발생했다는 소식은 대강 들었지만, 한양에서 천 리나 동떨어진 그곳 남방 고을 나루터에서 콩나물국밥집을 하는 여인들로서는 잊어버리고 있던 사건이었다.

"아, 그거요!"

그런데 남자 손님 중에는 아직도 그 사건에 관해서 호기심과 긴장의 끈을 놓치지 않고 있는 이가 꽤 많은 모양이었다.

"저……."

갓을 쓰고 의복을 점잖게 차려입은 선비풍의 사십 대 사내들 가운데 하나가 언직을 향해 입을 열었다.

"쪼꼼 더 상세하거로 이약해주실 수 없것심니꺼?"

그러자 평소 남들 앞에서 약간 떠벌리기 잘하는 성격의 언직은 물 만난 고기처럼 활기찬 목소리로 응했다.

"한분 들어들 보실랍니꺼?"

여러 손님이 공동 관심사라는 듯 동시에 대답했다.

"예."

마당가 대추나무가 고개를 이쪽으로 기우는 것 같았다. 물새도 가까이 오는지 소리가 좀 더 커졌다.

"그라모……."

언직은 그들 쪽으로 옮겨가며 입으로는 계속 말을 쏟아냈다.

"요분에 왜눔들이 그 운요호 사건을 꼬투리 삼아갖고 우리 조선을 햅박하고 있다꼬 안 합니꺼."

다른 평상에 앉아 있던 육순 늙은이가 다소 흥분한 목소리로 끼어들었다. 젊었던 시절에는 나름대로 한 가닥 하던 사람으로 보였다.

"우찌 햅박한다는 기요, 그 쪽바리 눔들이?"

조금 다혈적인 기질이 있는 언직이 씩씩거리며 대답했다.

"구로다라나? 하는 왜눔이, 우리 부산 관리한테 이런 글을 보냈답니더."

선비풍 사내들 자리에서 급한 물음들이 튀어나왔다. 술을 마신 얼굴들 같지는 않고 뭔가 서로 의논할 일이 있어서 모인 것 같았다.

"구로다요?"

"우리나라 관리한테요?"

"우떤 글을요?"

어느 틈엔가 그곳 마당 여러 평상에 앉아 있는 사람들의 시선이 일제히 언직 얼굴로 쏠렸다. 지금 시국이 심상치가 않으니 무언가 대단한 이야기가 나올 것 같다는 불안감과 새로운 사실을 들을 수 있을 것 같다는 기대감이 뒤엉킨 표정들이었다.

"그기 말입니더."

바로 그런 와중에서였다. 남녀 손님들 가운데 섞여 있던 어떤 젊은 여자 하나가, 그 어수선한 분위기를 틈타 비화 아이 준서가 혼자 잠들어 있는 방 쪽을 누구도 모르게 힐끔거리고 있었다.

그러나 수상쩍은 행동을 하는 그 정체불명의 여자를 눈여겨보는 이는 아무도 없었다. 찬 눈 위에 서리 내린 격이라고나 할까? 하필이면 그때 위장이 좀 약한 재영은 간밤에 먹은 음식물에 체해 한약방에 약을 지으러 가고 없었다. 바로 그 기회를 놓칠세라 가게 안으로 잠입한 나연이었다. 그런 속에서 언직의 걸쭉한 입담은 모든 사람들을 휘어잡기 시작했다.

"구로다라쿠는 그눔이 부산 관리한테 무신 글을 보냈는고 하모 말입니더."

그는 긴장감을 드러내듯 연방 마른침을 삼켰다.

"지눔들은 운요호 사건을 따지보기 위해서 강화도로 갈라꼬 왔다, 만약에 조선국 대신이 강화도로 안 나오모 곧바로 한양으로 들어갈 것이다, 그리함서로……."

그곳에 있는 사람들 입에서 분노와 탄식의 소리가 터져 나왔다.

"머시? 한양에 들온다꼬? 허, 그 섬나라 오랑캐 눔들이야?"

"간이 배 밖에꺼정 나온 기라. 우찌 그리 시건방진 글을!"

"요새 일본서 우리 조선을 다시 치자쿠는 소리가 심심찮거로 떠돌아댕긴다더이, 기어이 고것들이 행동을 개시하는 기 아인가 모리것다."

"그렇다모 우리가 손 맺고 있을 때가 아이지 않심니꺼."

맨 처음에 언직에게 말을 걸었던 선비풍 사내가 좌중을 제지했다. 어딘가 글깨나 읽은 풍모를 지닌 사람이었다.

"아, 아, 조용히들 하이시더. 저분 이약 더 들어보이시더."

모두 입을 다물었다. 대추나무 가지도 간당거림을 멈추는 듯했고, 물새 울음소리도 뚝 그쳤다. 언직이 약간 어깨를 으쓱한 후 말을 이었다.

"또 머라꼬 썼는고 하모, 있지예?"

"……."

"시방은 겨울철이라 바람하고 파도가 심해서 강화도꺼정 갈라모 한 일주일 정도 걸릴 낀께, 그리 알고 준비해라. 시상에, 이런 글을 말입니더."

또 한바탕 분노와 탄식의 소리가 흘러나왔다. 비화를 비롯한 나루터집 여자들도 흥분을 참지 못하는 얼굴로 바뀌었다. 조선 백성이면 모두가 그렇지 않겠는가?

그때 거기 모든 사람의 관심은 오로지 언직 입에서 나오는 소리에만 쏠려 있는 판이었다. 마침내 수상한 젊은 여자는 남들 눈치를 살피며 조심조심 준서가 누워 있는 방 앞 마루까지 접근했다. 잽싼 도둑고양이를 연상시켰다.

"그래서 우리 조정에서는……."

언직은 구로다 일행이 보낸 글을 받은 우리 조정에서 어떻게 하고 있는가를 열심히 전해주기 시작했다. 그가 하는 말이 어디까지 사실인지는 지금 그다지 중요해 보이지 않았다. 모두는 그저 일본의 오만방자함에 분노를 느끼며 치를 떨고 있을 뿐이었다.

비화도 다르지 않았다. 비록 여자 몸이지만 무관 출신인 아버지의 피를 물려받아 남달리 의협심이 강하고 통이 큰 여인이다. 그래 지금 그 자리에 모인 어떤 사내들 못지않게 왜놈들 횡포에 울분을 참지 못했다.

하지만 그러는 사이에 그 수상쩍은 젊은 여자는 급기야 준서가 혼자 깊이 잠들어 있는 방으로의 잠입에 성공했다. 침입자가 소리 없이 방문을 열고 들어간 그곳에는 역시 예상대로 아기밖에 없었다. 여자는 가쁜 숨을 애써 죽이며 기뻐 어쩔 줄 몰라 했다.

'드디어 이 나연이 팔자 곤칠 때가 왔는갑다.'

나연은 지금 바깥세상이야 뒤집히든 말든 나와는 아무런 상관도 없는 일이란 듯, 더없이 평화로운 표정으로 쌔근쌔근 자고 있는 천진난만한 아기 얼굴을 들여다보며 회심의 미소를 흘렸다.

'인자 요 애기 하나만 운산녀하고 치묵이한테 갖다 주모, 내 할 일은 모도 다 끝난 기다 아이가. 호호.'

나연은 촌각을 다투는 경황없는 중에도 아기 얼굴이 궁금했다. 어떻게 생겼을까? 아직까지 핏덩이인지라 쉬 판단하기는 어렵지만 재영보다는 비화를 좀 더 닮은 것 같았다.

'아, 머하노? 내가 증신을 오데다가 쏙 빼놓고 있는 기고? 시방 이리 쌌고 있을 시간이 없거마는.'

금방 그런 자각이 든 나연은 방바닥에서 아기를 들어 올리기 전에 다시 한번 아주 조금 열린 방문 틈새로 바깥을 내다보았다. 여전히 사람들은 너나없이 언직을 보고 있느라 이쪽으로 등을 보이고 있었다.

'악아, 내하고 같이 가자. 에린 니한테는 에나 미안한 짓이지만도 우짜겄노. 내도 살라모 우찌할 수가 없는 기라.'

이것은 말해주어야겠다고 생각했다.

'앞으로 니 운맹은 운산녀하고 치묵이 그 사람들 손에 달리 있다 아이가.'

나연은 아주 조심조심 작은 담요째로 준서를 들어 품에 안았다. 준서는 매우 깊은 잠이 들었는지 꼼짝도 하지 않고 그대로 있다. 그게 아니다. 지금도 배냇짓을 하는지 빙그레 웃기까지 한다. 그 순수한 모습에 나연 가슴이 그만 뭉클했다.

그러나 그깟 어쭙잖은 감상에 빠져 있을 여유가 없었다. 나연은 방문을 열고 마루로 나왔다. 여전히 사람들은 아무것도 모른 채 갈수록 열띤 목소리로 변해가는 언직의 이야기에만 흠뻑 빠져 있었다.

준서를 감추듯 껴안은 나연은 드디어 마당을 가로질러 대문간까지 달아나는 데 성공했다. 이제는 문간만 벗어나면 된다. 집 밖으로 한 발짝만 내밀면 모든 건 끝이다. 나연은 하도 기쁜 나머지 가슴이 터져 나갈 것만 같았다. 어린 아기는 바깥 공기가 상쾌한지 변함없이 쌔근쌔근 잘도 잔다.

이윽고 나연은 가게 대문 바깥으로 한쪽 발을 내놓았다. 그러고는 나머지 한쪽 발마저 막 밖으로 내놓으려는 바로 그 순간이었다.

"누, 누고?"

느닷없이 들려오는 소리가 있었다.

"헉!"

일순, 나연은 혼이 그대로 몸에서 쑥 빠져나가는 것 같았다. 더할 나위 없이 놀라고 다급한 여자 목소리가 나연 귀를 잡아 흔들었다.

"니, 니, 눈데 너, 넘 아, 아를……."

나연은 숨이 딱 멎어버렸다. 몸도 마음도 그대로 돌처럼 굳어버렸다. 상대방 여자 또한 마찬가지인 듯했다. 아니, 나연보다도 더 충격적으로 비쳤다.

"이, 이?"

그다음 찰나, 나연은 꿈결에서처럼 느꼈다. 상대방 여자가 자신이 품에 안고 있는 아기를 낚아채듯 빼앗아 가고 있었다. 그것은 솔개가 어린 짐승 새끼를 채가듯 날랜 동작이었다. 나연은 이내 품 안이 텅 비어버렸음을 깨달았다. 지금 제 손에 쥐여진 것은 아무것도 없었다.

그런 자각과 동시에 나연은 반사적으로 몸을 움직였다. 그러고는 어떤 보이지 않는 힘에 떠밀리듯 무작정 달아나기 시작했다. 그 자신의 다리로 도망치는 게 아니었다. 무슨 다른 다리가 달라붙어 그녀 몸뚱어리를 옮겨가고 있는 양상이었다. 그런 가운데 나연은 마구 굴러 내리는 벼랑 끝에서처럼 아뜩하게 들었다.

"주, 준서 오, 옴마아!"

비화가 웅성거리는 사람 무리들 속에서 금방이라도 숨넘어갈 듯한 그 소리를 들은 것은, 나연에게서 아이를 빼앗은 여자가 몇 번을 불러서였다.

"옴마야!"

비화는 보았다. 눈에 집어넣어도 아프지 않을 내 자식 준서를 품에 안고 서서 어쩔 줄 몰라 하고 있는 여자는 밤골 댁이다.

"이, 이 사람들아, 이 사람들아!"

그녀가 목에 핏줄을 세우고 고래고래 소리 질렀다.

"시방 모도 증신이 있는 것가, 없는 것가, 엉? 얼라를 우찌해 놓고?"

밤골 댁은 말을 하다 말고 울음을 터뜨리고 말았다.

"아, 아주머이! 그, 그기 늡니꺼? 그기 늡니꺼?"

비화가 그야말로 득달같이 달려들어 밤골 댁에게서 준서를 받아들었을 때도 거기 모두는 아직 사태를 제대로 파악하지 못하고 있었다. 그러다가 그래도 그중 먼저 상황을 알아챈 사람은 우정 댁과 원아였다.

"밤골 댁이 와 주, 준서를 아, 안고 있는 기고?"

"아주머이, 우찌 된 일입니꺼?"

그들은 비화 옆으로 달려오며 놀란 목소리로 물었다.

"그, 그기 말이요. 시, 시상에……."

밤골 댁은 제대로 말을 잇지 못했다. 비화도 준서를 안고 서서 울기만 했다. 사람들 눈이 일제히 이쪽을 향했다. 이웃한 밤골집 지붕 위에 올라앉은 잿빛 비둘기 한 쌍이 무어라 조잘거리며 나루터집 안을 내려다보고 있었다.

"이, 일단은 방에 들가자. 소, 손님들이 모도 쳐다보고 안 있나."

우정 댁이 말했고, 원아가 비화 몸을 잡아끌었다.

"그라자, 준서 옴마."

밤골 댁도 손등으로 눈물을 닦으며 고개를 끄덕였다.

"으흐흐흑."

이윽고 방으로 들어서자마자 비화는 미친 사람처럼 준서 뺨에 자기 얼굴을 연신 비비대며 대성통곡하기 시작했다.

"으~앙!"

잘 자다가 졸지에 잠에서 깨어난 준서가 크게 놀라 온 세상이 떠나가라 울음을 터뜨리기 시작했다. 어쩌면 경기를 일으킨 것인지도 모른다. 하긴 온 상촌나루터가 마구 들썩거릴 큰 사건이라고 할 수도 있는 것이다.

"하이고! 이, 이……."

밤골 댁이 아직도 충격에서 벗어나지 못한 채 흥분을 가라앉히지 못한 목소리로 부들부들 떨면서 입을 열었다.

"이 사람들아! 우짤 뿐했노? 우짤 뿐했노, 으잉?"

"……."

하나같이 입을 다문 채 고개를 푹 수그렸다. 모두가 아이에게 죄인이었다.

"내가 옆에서 들은께 이 집이 하도 시끌시끌해싸서, 무신 일인고 하고 함 와 봤던 기라. 내가 쪼끔만 늦거로 왔으모……."

밤골 댁은 안도의 한숨을 길게 내쉬었다. 우정 댁이 고개를 들면서 격분을 이기지 못하겠는 얼굴로 외쳤다.

"대체 누가 넘의 집 아를 훔치갈라캤단 말고, 누가?"

원아도 전신을 있는 대로 떨며 간신히 밤골 댁에게 물었다.

"그, 그 몬된 인간 어, 얼골은 봤어예?"

그러자 밤골 댁이 너무나 분하다는 목소리로 대답했다.

"내가 고마 미처 고년 꼬라지를 몬 본 기라. 우짜든지 우리 준서가 유괴되모 안 된다쿠는 고 생각만 했지……."

우정 댁과 원아가 한층 놀란 얼굴을 했다.

"그, 그라모 여, 여자였어예?"

"아, 우떤 년이 그런 짓을!"

비화가 울음을 그쳤다. 그러고는 품에 안은 준서를 내려다보며 눈물 섞인 목소리로 입을 열었다.

"악아, 에미를 용서해라이. 이 에미가 미친 기라. 닐로 방에 혼자 놔 놓고 다린 데 증신이 팔릿다이."

온몸을 함부로 뒤흔들면서 오열하는 비화였다. 그 방 어느 누구도 비화의 그런 모습은 본 적이 없었다. 어쩌면 그녀의 부모도 마찬가지일 것이다.

"내가 죽을 년이다, 죽을 년."

그 소리에는 너무나 회한이 깊이 서려 있어 심약한 원아가 와락 울음보를 터뜨리고 말았다.

"인자 둘 다 고만들 울어라."

우정 댁이 두 손으로 비화와 원아 등을 동시에 가만가만 토닥거려가며 타일렀다.

"그래도 준서가 무사한께 올매나 다행이고?"

그러고 나서 그녀는 밤골 댁에게 고개를 돌렸다.

"밤골댁, 참말로 참말로 고맙소이. 밤골댁 아이었으모 우리 비화 조카는 고마 죽은 사람 아인가베."

"아이요."

그러면서 밤골 댁은 못내 아쉬운지 자꾸 되뇌었다.

"내가 꼭 고년 얼골을 봤어야 하는데……."

가게 문간 쪽을 바라보면서 씨근거렸다.

"고년을 꼭 잡아야 안 했소."

비화가 눈물 그렁그렁한 얼굴로 밤골 댁에게 말했다.

"이 고마움은 두고두고 몬 잊을 깁니더. 아주머이는 우리 준서 생맹의 은인입니더. 그라고 누 소행인고는 대강 짐작이 됩니더."

비화의 나중 말에 모두 깜짝 놀라 비화를 바라보며 저마다 큰소리로 물었다.

"주, 준서 옴마! 그, 그기 무신 소리고?"

"누 소, 소행인고 지, 짐작이 된다꼬오?"

"화, 확실하거로 알것나?"

비화는 단호한 낯빛으로 대답했다.

"지 짐작이 맞을 기라예."

그때 방문이 벌컥 열리며 어쩔 줄 몰라 하는 재영 얼굴이 나타났다.

"누, 누가 우리 주, 준서를 유, 유괴해 갈라 캐, 캤다고예?"

함부로 흔들리는 재영의 몸 뒤쪽으로 언직을 비롯한 사람들 모습이 띄었다. 언직이 방안을 들여다보며 큰소리로 물었다.

"와 그랍니꺼? 무신 일이 있은 깁니꺼?"

우정 댁이 일어나 마루로 나오며 심상한 어조로 말했다.

"벨일 아입니더. 애기가 쪼매 놀랬어예. 하지만도 인자는 괘안아졌심니더."

그러고 나서 우정 댁은 방에 있는 사람들에게도 말했다.

"애기가 놀랜 거 겉은께 모도 방에서 나가이시더. 애기 부모만 있거로 하고."

언직과 손님들이 평상 있는 쪽으로 돌아섰다. 원아와 밤골 댁도 그 방에서 나왔다. 먼저 나와 서 있던 우정 댁이 방문을 닫아주었다.

방에는 비화 세 식구만 남았다. 끝없는 정적이 가로놓였다. 그 어둡고도 무거운 공기를 견디지 못한 재영이 먼저 입을 열었다.

"누가 우리 준서를 유괴할라캤는지 모리것다 아이요."

순간, 비화 두 눈에 시퍼런 불똥이 튀었다. 그녀는 소리 높여 말했다.

"내는 압니더! 누 소행인고 내는 압니더!"

그러자 재영은 지금 내가 무슨 말을 들었는가 하는 표정이 되었다. 그는 생전 처음 보는 사람처럼 비화를 보았다.

"여, 여보?"

그때다. 준서가 손을 위로 치켜들고 허공에서 무언가를 움켜쥐는 시늉을 했다. 그 꼬막 같은 손을 꼭 잡아주며 비화가 말했다.

"준서야이. 니도 안다, 그 말이제?"

그 물음에 대한 대답이기라도 하듯 준서는 계속해서 같은 동작을 했다. 그런 준서 얼굴 위로 비화의 굵고 뜨거운 눈물방울이 연방 뚝뚝 굴러 내렸다.

재영은 들었다, 어디선가 아련히 들려오는 업둥이 아들의 울음소리를. 그는 심신이 다 녹아 없어질 것 같은 심정이 되어 속으로 피를 토하듯 절규했다.

'아아, 내 아들들아이! 내가 니들을 우짤꼬?'

여러 마리가 동시에 내는 물새 울음소리가 방문을 크게 흔들어대고 있었다. 재영은 그 방을 향해 무수히 날아드는 비수를 보았다. 시퍼런 칼날이었다.

'앞으로 니들이 우떤 운맹의 길을 걸어갈 낀고 상상만 해도 무섭다. 에나 무서버 죽것다. 내 자슥들아이!'

시간과 공간의 반란

해랑은 외로웠다. 벽 속의 여자.

그런데 문제는, 그녀 스스로 벽을 쌓아가고 있다는 사실이었다. 자신이 밤낮으로 만든 견고한 벽 속에서 혼자 고독을 즐기려는 여자 같았다. 심지어 타인이 미워져 거울 속의 사람을 들여다보는 일조차 거부했다.

해랑은 그럴 시간만 주어지면 교방으로부터 벗어나려고 했다. 효원도 이제는 새끼 기생이 아니었다. 그런 효원에게서도 왠지 모르게 큰 거리감이 느껴졌다. 예전 같지가 않았다. 효원 마음은 다른 사람에게 가 있는 듯했다.

얼이. 촉석문 밖 사주 관상쟁이 노인이 예언한 천 씨 성을 가진 사내, 천얼이.

해랑은 까닭 없이 효원이 싫어졌다. 아니다. 효원뿐만 아니라 사내를 가까이하려는 세상 모든 여자에게 짙은 혐오와 반감을 품었다. 그런 면에서는 비화도 예외는 아니었다. 서방과 자식을 믿고 의지하는 여인네의 안일과 무력감에 크나큰 부아가 치밀었다.

참으로 알 수 없는 감정이었다. 그리고 무서운 감정이었다. 해랑은 모르지 않았다. 그런 감정 이면에 도사리고 있는 얼굴, 하판도 목사였다.

이날도 해랑은 혼자 아무도 모르게 교방을 빠져나온 것이다. 진지를 벗어난 탈영병처럼. 그러고는 정신없이 헤매다가 어느 순간 문득 주위를 둘러보니, 거기는 뜻밖에도 그 고을 관문인 새벼리였다. 선학산 자락을 떠받치고 있는 뒤벼리와 쌍벽을 이루는 벼랑. 저 밑 남강은 지금도 변함없이 서에서 동으로 흘러갔다.

'몬 참것다. 미치삐것다.'

해랑은 그리운 얼굴 하나를 떠올렸다.

정석현 목사. 그가 김해 부사로 이임하기 직전에 해랑 자신만을 데리고 찾아왔던 새벼리. 그곳에 얽힌 이야기를 들려주던 정석현 목사.

'내 멤 깊은 곳에 그가 자리 잡고 있었단 말가?'

해랑은 한밤중에 일어나 거울에 비친 제 모습을 보고 비명을 지르며 놀라는 사람처럼 경악했다.

'아아, 그만치 시방 내가 사람을 그리버하고 있다쿠는 이약 아이것나.'

짝을 잃은 철새의 둥지는 어디쯤 나뒹굴어져 있을까? 아니, 애당초부터 없었던 것이다.

'홍 목사라모 또 모리것다.'

처절하리만치 무서운 고적감. 고성孤城에 울려 퍼지는 까마귀 소리. 피를 철철 떨구는 그 울음소리.

'와 각중애 온 시상에서 내 혼자뿐이라는 생각만 드는 기꼬?'

우거진 나무들 사이로 북쪽 저 멀리 교방이 있는 감영 쪽을 바라보았다.

'사람이 싫어갖고 이리 혼자 밖으로 나온 긴데.'

해랑은 혼자 소리 내어 말해보았다.

"내 멤도 에나 얄궂다. 혼자가 좋았다가 혼자가 안 좋았다가."

그 소리는 때마침 불어온 바람을 타고 꽃씨같이 허공으로 흩어져 갔다. 그처럼 내 몸도 마음도 산산이 부서져 버렸으면 좋겠다. 쫙쫙 찢겨 버려라, 상 위에 오른 마른 명태처럼.

오늘따라 새벼리는 무척이나 인적이 드물었다. 왠지 무서운 생각이 부쩍 든 해랑은, 야트막한 산지로 둘러싸인 평평한 분지盆地로 형성돼 있는 고을을 내려다보았다.

'다 씰데없는 짓이다.'

여기서 보면 저렇게 비좁아 터진 공간인데 저곳에서 벌어지고 있는 인간사는 또 얼마나 많고 복잡한지.

'누고?'

해랑이 나무숲 사이로 사람 하나를 발견한 것은 그때였다. 이쪽에 등을 보인 채로 혼자 앉아 하염없이 고을 바깥쪽 멀리 소촌역 방향으로 눈길을 보내고 있는 그 사람은, 얼핏 봐도 체구가 보통이 아닌 사내였다.

'덩치가 산매이로 큰 남자가 쪼그리고 앉은 모습은 와 저리 청승맞노? 도로 몸이 쪼꼬만 여자라쿠모 또 모리것다.'

그 사내 뒷모습에서는 어쩐지 크나큰 고통과 설움이 전해졌다. 어쩌면 지금 해랑 자신의 마음이 그러해서 그렇게 비치는지도 모르겠다.

키 낮은 대밭 머리를 배경으로 하여 앉아 있는 사내는 줄곧 역참驛站 업무를 맡아 보는 찰방察訪이 있는 소촌역 쪽에만 눈을 주고 있었다. 이따금 나무숲에서 우는 새소리도 전혀 귀에 들리지 않는 듯했다. 그래선지 어떻게 보면 나무나 돌을 깎아 만든 사람 형상이 아닌가 싶어질 정도였다.

'저 사람은 또 무신 넘들 모릴 깊은 한이 서려 있어갖고, 이런 시각에 혼자 저리 멍하이 시름에 잠기 있을꼬.'

이상하게 곰실곰실 피어오르는 상념이었다. 그건 여태 겪어보지 못했던 기이하고 독특한 감정의 결이었다.

'상처한 홀애빌까, 여자한테 버림받은 처질까?'

해랑은 알지도 못할 그에게서 고개를 돌릴 수가 없었다. 그녀 자신의 모습을 보는 것 같았다. 또 다른 그녀가 거기 있는 듯싶었다.

'나모에 가리서 자세히는 안 비이지만도, 입고 있는 옷도 상구 고급시러버 비이는 기, 큰 부잣집 사람걸이 여기지거마는.'

해랑이 막 거기까지 생각했을 때였다. 바위처럼 꿈쩍도 하지 않고 앉았던 사내가 마침내 몸을 일으켰다. 그러다가 다리가 저려오는지 허리를 구부리더니 두 손으로 자꾸 그 부위를 문질렀다. 주먹을 쥐고 장딴지를 탕탕 때리기도 하였다. 구부정하게 일어선 덩치는 아까 웅크리고 앉았을 때보다 훨씬 커 보였다. 위압감마저 느껴질 지경이었다.

'인자 갈랑갑다. 우떤 동네에 살고 있는 기까?'

그런데 묘하다. 그 뒷모습이 어쩐지 낯설지가 않다.

"……."

해랑이 뭔가 야릇하고 이상하다는 느낌에 빠져든 그 직후였다. 갑자기 사내가 무슨 인기척을 느꼈는지 허리를 쭉 펴면서 고개를 이쪽으로 돌린 것도 거의 동시였다.

"아!"

일순, 해랑 입에서 비명과도 같은 짧은소리가 터져 나왔다. 그녀는 눈을 의심했다.

"헉!"

사내도 깜짝 놀라 온몸이 그대로 굳어버리는 것처럼 보였다. 해랑 눈에 세상이 빙글빙글 돌았다. 번개가 관통한 듯 머리가 아찔했다. 이럴 수가?

그는, 그는…… 억호였다!

"오, 옥진이!"

맨 먼저 억호 입에서 신음처럼 흘러나온 소리였다. 아니, 두 사람 거리가 얼마간 떨어져 있는 탓에 해랑이 들을 수 있을 그 정도의 소리는 아니었다. 단지 해랑이 그렇게 들었을 뿐이다. 어쩌면 '해, 해랑이!' 라고 했는지도 알 수 없었다.

그러나 '해랑' 보다는 '옥진' 이라고 했을 것이라고 받아들여졌다. 왜였을까? 해랑은 엄청난 착각에 빠져들고 있었다.

세월이 역류하고 있다. 지금 새벼리는 대사지다. 해랑은 물론 억호도 아직 상투를 쪼지 않은 어린 총각이다. 그의 오른쪽 눈 아래 박혀 있는 검은 점도 조그맣게 보인다.

어쩌면 해랑의 혼란은 극히 당연한 것인지도 모른다. 해랑 아닌 다른 여인일지라도 마찬가지일 것이다.

영원히, 아니 저승에 가더라도 결코 잊을 수 없는, 그날의 악몽. 여자의 모든 걸 철저히 뒤바꿔놓은 그 사내와의 단둘만의 재회. 숙명이라기에는 너무 짓궂은 신의 장난이었다. 어쩌면 신마저도 내다보지 못했을……

해랑은 억호보다 더 몸이 굳었다. 한참 동안 눈앞에 벌어진 사태에 넋 나간 것 같던 억호가 잠시 후 비틀걸음으로 이쪽을 향해 다가오고 있는 것을 지켜보았다. 해랑은 발을 옮기기는 고사하고 손끝 하나 꼼짝달싹하지 못했다. 어디선가 날짐승 하나가 날개를 치며 갑자기 날아오르는 소리가 났다.

'호로록!'

억호도 곧장 해랑에게 접근하지 못했다. 마치 해랑 쪽에서 끌어당기는 보이지 않는 어떤 힘에 의해 끌려오는 사람 같았다. 하지만 입술이 계속해서 달싹거리는 것으로 보아 억호는 무슨 말인가를 하고 있었다. 그리고 그것 또한 자신의 의지라기보다도 거의 무의식적인 상태에서 행해지는 게 아닌가 싶었다. 그들은 누가 더 오랫동안 침묵을 지키나 내기라도 하는 것처럼 보였다.

또다시 새가 제 존재를 알리고 사람들에게 정신 좀 차리라는 듯 소리를 냈다.

'호로록!'

억호가 점점 가까이 다가올수록 해랑 머릿속은 한층 하얗게 비어갔다. 도대체 이게 무슨 조화 속이란 말인가? 참으로 이상하게도 일말의 두려움도 증오심도 또 다른 감정도 없었다. 그건 꿈속에서 말하고 행동하는 남의 모습을 지켜보는 것과 유사한 느낌이었으며, 일찍이 그런 경험은 한 적이 없었다.

'호로록!'

여전히 새는 어디에 있는지 보이지 않고 날개 치는 소리만 한 번 더 들렸다. 억호 표정은 그야말로 복잡하기 그지없었다. 어떻게 보면 너무나도 단순하여 백치와도 같은 얼굴이었다. 가면을 둘러쓴 것처럼 무표정하다고나 할까? 하지만 그것은 억호 스스로도 자기감정을 조절하지 못하고 있다는 증거이기도 했다.

드디어 억호는 해랑의 바로 앞에까지 와서 섰다. 시간이 멈추고 공간이 사라졌다. 두 사람 눈길이 서로 마주치고 있는지, 아니면 전혀 다른 곳을 향하고 있는지 당사자들은 몰랐다. 그야말로 모든 게 백지상태였다.

그렇지만 해랑은 길고도 긴 악몽의 가위눌림에서 몸이 풀려나듯이 어느 순간부터 비로소 점차 깨닫기 시작했다. 지금 그 자신은 '옥진'이 아니라 '해랑'이며 또한 이곳은 대사지가 아니라 새벼리라는 것이다. 하지만 억호는 부르고 있었다.

"옥진이."

해랑은 또다시 혼란스러웠다. 엄청난 어지럼증이 한꺼번에 세찬 파도처럼 우 밀려들었다. 억호 입에서 나오는 '옥진이'라는 말은 가까스로 현재로 돌아오려는 해랑을 다시 과거로 되돌려놓고 있었다. 막 흩어지려던 하늘가 구름장이 뭉치는가 싶더니 홀연 바람에 불리듯 북쪽으로 빠르게 움직이고 있었다.

그런데 어인 영문인가? 웬 조화속인가? 해랑의 입술 사이로 새 나오는 소리였다.

"언가야. 비화 언가야."

그 소리에 억호가 흠칫, 놀라는 표정을 지었다. 하지만 그것은 순간적인 일이었다. 억호는 다시 한번 아직은 단지 그 한 가지 말만을 배운 어린아이같이 끝없이 '옥진이'라는 소리만 되풀이했다.

그러자 해랑 귀에는 바로 옆에 서 있는 떡갈나무에서 우는 새소리도 옥진이라는 소리로 들렸다. 세상은 온통 '옥진이, 옥진이'라는 소리로만 가득 찼다. 그 소리는 넘치는 대사지 연못물이 되어 해랑의 몸과 마음을 한없이 허우적거리게 만들었다.

세상 모든 것들이 둥둥 떠다니는 것처럼 보였다. 해랑은 그대로 미쳐버릴 것만 같았다. 깊고 컴컴한 동굴 속에서 왕왕 울리는 듯싶은 그 소리, 옥진이.

해랑의 바싹 마른 꽃잎 같은 입술 사이로 신음에 가까운 소리가 새 나왔다.

"아……."

해랑은 끝내 그 자리에 무너지듯 쓰러지려고 했다. 그때다. 놀란 억호가 급히 팔을 뻗어 해랑의 몸을 부축했다. 살과 살의 감촉. 참을 수가 없다. 그 살이 어떤 살인가? 내 살이 타버릴 것 같다. 녹아내릴 것 같다.

해랑은 그의 손길을 뿌리치기 위해 몸과 마음을 한꺼번에 흔들었다. 어서 빨리 그 돼지 발모가지보다도 더러운 손 거두라고 외쳤다. 어디서 내 몸을 건드리느냐고 막 호통쳤다. 그러나 생각뿐이었다. 해랑은 너무나도 지독한 마취제에 마비돼버린 여자를 방불케 했다. 조금도 움직이지 못했다.

조금 전 해랑만큼이나 위태롭게 비틀거리는 억호가 돌덩이같이 굳은 해랑 몸을 붙들고 거기 약간 경사진 언덕바지에 앉혔다. 그러고는 그 자신도 해랑 옆에 털썩 주저앉았다. 억호는 한동안 제 다리 사이에 고개를 처박고 가쁜 숨을 헉헉거렸다. 어쩌면 해랑보다도 훨씬 탈진해버린 사람 같았다.

새벼리 나무숲이 이렇게 우거지고 인적 드문 곳인 줄 몰랐다. 고을의 입구이면서도 고을과는 철저히 격리된, 드넓은 바다 위에 외따로 떠 있는 '섬' 같기도 했다. 하긴 해랑도 억호도 남의 눈을 피해 거기 새벼리 일대에서 가장 후미진 장소에 와 있긴 했다.

해랑은 멍하니 앉아 있었다. 혼자 있는 여자 같았다. 억호 또한 여전히 움직이지 않았다.

그때 저만큼 보이는 허리 굽어진 소나무 가지 위에 까치 한 쌍이 나란히 날아와 앉아 노래하기 시작했다. 그 소리에 억호는 비로소 깊은 잠에서 깨어나는 사람처럼 비쳤다. 그는 대단히 힘겨운 듯 고개를 아주 조금 돌려 해랑을 바라보았다.

억호는 해랑의 오른쪽에 앉아 있어 얼굴의 점이 잘 보이지 않았다. 아니다. 설혹 왼쪽에 있더라도 해랑은 그의 눈 밑에 박힌 점이 눈에 들어오지 않았을 것이다. 점은 고사하고 그의 커다란 몸뚱어리 전체도 보이지 않았다. 거짓말 같지만, 사실이 그러했다. 도저히 진짜라고는 할 수 없는 일들이 또다시 뒤를 이었다.

"내, 내를 용서해주……."

억호의 갈라진 까칠한 입술 사이로 불쑥 그런 소리가 흘러나왔다. 용서, 용서. 그것은 참으로 경악할 얘기였다.

그러나 해랑은 억호가 이제 막 무슨 소리를 했었는지 알아듣지 못했다. 상대가 그 어떤 소리를 한다 해도 지금 해랑 귀에는 제대로 들리지 못할 것이다.

"옥진……."

억호가 다시 말했다. 북쪽으로 날아간 구름장은 어쩌면 지금쯤 지리산 천왕봉에 걸려 있을지도 모른다.

"내가 죄인인 기요."

이번에는 해랑도 들었다. 똑똑히 들었다.

죄인.

억호가 말했다. 자기가 죄인이라고. 하지만 해랑 얼굴에는 어떠한 표정도 나타나지 않았다. 몸은 미동조차 일으키지 않았다.

"옥진……."

억호 얼굴 가득 실망과 초조의 빛이 피어올랐다. 도저히 스스로를 주체할 수 없는 자의 엄청난 불안감과 고통이 엿보였다.

"헉!"

그런 소리와 함께 갑자기 억호는 무엇인가에 가격당한 사람처럼 두 손으로 자기 머리통을 감쌌다. 그러고는 머리칼을 함부로 쥐어뜯기 시작했다. 핏기라곤 전혀 없는 그의 입술 사이로 상한 짐승의 울부짖음을 방불케 하는 붉은 소리가 터져 나왔다.

"으아아, 으아아아."

까치들이 놀랐는지 푸드덕 높이 날아올랐다. 새 깃털 하나가 두 사람

발밑에 툭 떨어졌다. 새마저 날아가 버린 숲은 죽음의 늪처럼 고요했다. 조금 전에 들리던 그 '호로록' 소리도 그 속으로 침잠돼버린 듯하다.

문득, 억호가 그때 그 자리 분위기와는 전혀 어울리지 않는, 참으로 누구도 풀 수 없는 수수께끼 같은 말을 꺼내기 시작했다.

"멀리 저짝 마을에 남산이라쿠는 산이 하나 있소."

그는 미쳐버린 걸까? 해랑은 생각했다. 그러면 나는?

"내 이약 듣소?"

억호는 동산, 서산, 북산이 아니라는 것을 필사적으로 주장하는 사람 같이 했다.

"남산 말이오."

"……."

동에서 서로 흐르는 여느 강과는 달리 서에서 동으로 흐르는 남강이 저 아래에서 휘어진 채로 어딘가를 향해 바지런히 달려가고 있었다. 억호는 말이 없는 어른 앞에서 보채는 아이를 떠올리게 했다.

"그 산, 산……."

아직 단 한 번도 입을 열지 않았지만 해랑 얼굴에 처음으로 어떤 반응이 보일락 말락 나타났다. 너무나도 복잡다기하여 무슨 말로도 표현할 수 없지만, 그것은 지극히 잠시였다. 해랑은 또다시 백치 같은 표정으로 돌아갔다. 어찌 보면 자기 혼자만 있는 것 같은 아니, 그녀 자신도 없는 성싶었다.

"남산! 남산!"

억호는 제 주먹으로 제 복장을 탕탕 쳤다. 홀연 말투도 굉장히 거칠어졌다. 매우 흥분한 야수같이 숨을 헐떡거리기 시작했다. 새벼리 나무와 바위가 경악한 눈으로 그를 지켜보고 있었다.

"나암사안!"

하지만 해랑은 아무것도 두렵지 않았다. 심상함, 그 자체였다. 그렇다. 지금에 와서 무엇인들 무서우랴. 그러기에는 그녀의 몸도 마음도 너무 지쳐버렸다. 까칠한 억호 입에서는 갈수록 더 이상한 소리가 흘러나오기 시작했다. 흡사 말을 잘못 배운 아이나 다른 세계에서 온 외계인 같았다.

"그 산중턱에 있는 고개 이름이 머신고 아요?"

내륙 분지의 다소 건조한 기후를 일깨워주듯이, 산으로 에워싸인 고을 쪽으로부터 불어오는 바람 끝에는 물기가 인색한 것 같았다.

"머신고 모리요?"

세상이 다할 때까지 이어질 것 같은 해랑의 침묵이었다.

"으윽!"

억호는 스스로의 감정을 다스리지 못해 금방 픽 돌아버릴 사람처럼 비쳤다. 돌같이 굳어 있던 해랑 마음도 어쨌든 조금씩은 흔들리기 시작했다. 그러나 해랑은 여전히 한 번도 억호 쪽을 보지 않았다.

"내, 내……."

억호는 그의 가슴팍에 꼭꼭 맺혀 있는 응어리들을 다 털어내지 않으면 금방이라도 죽어버릴 것처럼 보였다. 해랑은 아직 보지 못했지만 사람 모습이 아니었다. 말소리도 사람 말소리가 아니었다.

"옥진이 듣거나 말거나 이 억호는 이약해야것소."

"……."

"이런 기회가 오기를 내가 올매나 애타거로 기다릿는고 하늘도 모리요."

이번에는 고을 바깥 방향에서 또 한차례 바람이 불어 닥쳤다. 그 바람 모서리에 무슨 냄새가 묻어 있는지는 알 수가 없었다. 어쩌면 약간 비릿한 갯내 같기도 했다.

"오누이가 살았다 하요. 오래비하고 여동상 말이요."

억호는 더는 견딜 수 없어 보였다. 한계에 달한 모습이었다. 귀머거리, 벙어리 같은 해랑을 보면서 말했다.

"듣고 있는 기요?"

그는 굵은 목을 빠져라 이리저리 내저었다.

"안 들어도 내사 말할 끼요."

해랑은 그 경황 중에도 억호가 그동안 지독한 갈등과 고통을 겪고 있었다는 직감이 왔다. 그건 전혀 예상치 못한 일이 아닐 수 없었다. 해가 달이 되고, 달이 별로 되는 것보다도 더 믿을 수 없는 일이었다.

그날 하판도 목사와의 술자리가 파한 후에 눈물을 보이며 돌아서던 그의 모습에서, 예전과는 사람이 많이 달라졌구나! 하는 느낌이 들지 않은 건 아니지만, 다시없이 악랄한 그가 해랑 자신 때문에 저렇게 힘들어하고 있었을 줄은 정말 몰랐다.

'아이다, 아이다.'

그러나 해랑은 이내 마음속으로 고개를 세차게 가로저었다.

'저눔이 수작 부리고 있는 기다. 수작이다, 수작. 요분에는 또 무신 꿍꿍이속으로 저리 엉터리 짓을 하는 기고?'

바람 끝에서 너무나 불쾌하고 후텁지근한 기운이 전해졌다.

'이라다가 또 당한다.'

해랑은 서서히 제정신을 찾아갔다. 아마 그건 시간의 위력이었다. 어쩌면 관기라고 하는 특별한 신분에서 얻어낸 힘인지도 모른다.

'이 자리를 퍼뜩 벗어나야 할 낀데, 와 이리 한 발짝 옮길 심도 없노.'

그렇게 해랑이 심한 조바심과 더불어 곤혹스러워하고 있는 동안에도, 억호의 알 수 없는 이야기는 계속해서 이어졌다. 해랑 귀에는 그게 사람 마음을 현혹시키기 위한 간악한 술수로 들렸다. 그만큼 엉뚱스럽기 짝이 없는 소리였다.

"그들 오누이는 에나 사이좋거로 지냈다쿠요. 그란데 하로는 부모가 오데 멀리로 일하로 가고, 둘이서 남산 삐알 밭에 일하로 갔는데……."

해랑은 그제야 짙은 안개 속에서 아주 조금 형체가 드러나는 산봉우리를 지켜보듯, 억호가 무슨 이야기를 하고 있는가를 어렴풋 깨달았다.

'저 인간이?'

지금 억호는 남산 달래고개에 얽힌 옛이야기를 하는 것이다. 하지만 그것은 그들 사이에서 나올 만한 어떠한 명분도, 아무러한 이유도 없는 내용 일색이었다.

그러자 해랑 머릿속은 더욱 어지러워지기 시작했다. 억호가 달래고개 사연에 대해 굳이 들려주려는 까닭을 도무지 알 재간이 없었다. 게다가 그 이야기는 비록 오누이 얘기지만 전체적으로 인간 욕정에 얽힌 줄거리인 것이다.

욕정? 그렇다면?

언젠가 해랑은 교방 관기들이 달래고개 이야기를 나누면서 진정한 형제애와 남녀 사랑을 놓고 무척 열띤 언쟁을 벌이는 것을 보았었다. 그때 해랑은 그것에 대해 그다지 관심이 없었기에 한쪽 귀로 흘려듣고 있었다. 무엇보다 내용 자체가 강한 거부감을 불러일으키는 것이었다.

"오누이는 말이오."

어쨌든 간에 억호는 해랑이 이미 다 알고 있는 이야기를 서둘러 펼쳐나갔다. 그게 해랑 마음에는 해괴하기 짝이 없는 귀신이 장난을 치고 있는 것으로 받아들여졌다.

"바구니하고 호미를 들고 재미난 이약을 함시로, 둘이 인적 드문 고갯길을 마악 올라가는데 각중애 하늘에서……."

해랑 마음속에도 소나기가 쏟아졌다.

여름날인지라 얇은 베옷을 입은 몸이 빗물에 젖자 그만 몸이 훤히 드러나 보인 여동생의 그 뒷모습을 보고 순간적으로 욕정의 포로가 돼버린 오빠. 그렇다면 모든 죄는 소나기가 고스란히 둘러써야 마땅할 터. 그야말로 자다가 봉창 두드리는 것 같은 억호 이야기는 절정을 향해 치닫고 있었다.

"앞서서 고갯길을 내리가던 여동상은, 우짠 셈인지 몰라도 오래비가 뒤에서 안 따라오는 거를 알고 얼릉 돌아와 본게……."

오라비는 너무나 착해빠진, 그렇지만 결과만을 놓고 볼 때는 바보 같은 사람이었다. 결국 그는 엄청난 죄책감을 이기지 못하고 끝내…….

그런데 해랑이 그야말로 혼쭐이 빠져나가 버릴 정도로 경악한 것은, 그다음 순간 눈앞에서 벌어진 억호의 놀라운 행동 때문이었다. 그는 마치 기합이라도 넣듯 했다.

"에잇!"

해랑은 벌린 입을 다물지 못했다. 속에서 엄청난 비명이 터져 나왔다.

'악!'

언제부터 손에 쥐고 있었던 것일까? 억호는 제 얼굴에 나 있는 점과는 비교가 되지 않을 정도로 큰 돌 하나를 들고 있었다. 그런데 해랑이 숨넘어갈 만큼 기겁을 한 건 그 돌 때문이 아니었다.

억호는 해랑이 느끼기에 번개보다도 빠르게 돌을 가지고 자기 아랫도리를 찍으려는 게 아닌가? 아니다. 벌써 여러 차례나 찍었는지도 모르겠다. 그는 폐부 깊은 곳에서 우러나오는 혼잣말처럼 이랬다.

"내, 내는 죽어야, 죽어야……."

남산 달래고개 이야기와 다르지 않았다. 오빠는 돌로 자기 그 부위를 찍어 벌겋게 피로 물들어 죽었다. 한데 억호가 그와 똑같은 행동을 하려고 하다니.

해랑은 땅바닥에서 벌떡 일어났다. 온몸을 친친 동여매고 있던 보이지 않는 굵은 밧줄을 비로소 끊고 자유의 몸이 된 사람처럼 보였다.

"헉헉."

해랑은 달아나기 시작했다. 억호는 쫓아오지 않았다. 하지만 해랑 귀에는 똑똑히 들렸다. 억호가 돌로 제 신체 일부를 찍어대고 있는 듯한 소리가.

해랑은 그러는 억호가 해랑 자신에게서 무슨 말을 듣고 싶어 하고 있는가를 잘 알았다. 여동생이 죽은 오빠 시신을 껴안고 울부짖었다는 그 소리를 해주길 바라고 있다.

─오빠야! 니 와 죽었노? 내 보고 달래나 해보지.

그래서 달래고개란다. 진달래가 많이 피는 고개라서가 아니고. 억호는 이 해랑과 더불어 그 비극의 주인공이 되기를 갈망하는 것인가?

'안 된다, 안 된다.'

해랑은 계속 도망쳤고 억호는 끝까지 잡으러 따라오지 않았다. 해랑 머릿속에는 두 가지 그림이 쉬지 않고 막 엇갈렸다. 아랫도리가 벌건 피로 물든 채 죽어 나자빠져 있는 억호와, 돌을 내던지고 너무너무 재미있다는 듯이 깔깔대고 있는 억호…….

두 개의 얼굴, 억호.

그 두 얼굴이 해랑을 바라보고 있다. 두 개의 크고 검고 둥근 점이 해랑을 향해 팽이나 굴렁쇠처럼 빙글빙글 돌면서 굴러왔다. 철퇴같이 날아왔다.

"헉헉."

그것들을 피해 무작정 달아나던 해랑은 비탈진 곳에서 그만 사정없이 나뒹굴어지고 말았다. 아마 신발이 치맛자락 끝을 밟아버렸나 보았다. 아니면 돌부리에 채이거나 나뭇등걸에 걸렸는지도 모른다. 아니다. 운명의 손이 낚아챈 것이리라.

'아······.'

해랑은 정신이 혼미해지는 가운데 느꼈다. 그녀 몸이 대사교에서 밑으로 추락하는 것이다. 대사지 연못 속으로 끝없이 빠져들고 있다는 것이다.

그런데? 무엇을 암시하기 위함인가? 해랑 자신이 뱃사람들에게 팔려가서 인당수에 몸을 던졌다가 연꽃을 통해 환생했다는 그 심청이로 변해 있다. 억호는 심 봉사로 변해 있다. 아니, 왕으로 변해 있다.

달래고개 이야기처럼 오누이 사이가 아니라 부녀 사이다. 아니, 왕과 왕비 사이다.

심청이가 된 강해랑은 심 봉사가 된 임억호를 올려다보고 있다. 심 봉사가 된 임억호는 심청이가 된 강해랑을 내려다보고 있다. 봉사인데도 보고 있다. 심 봉사 두 눈에서 뚝뚝 굴러떨어지는 눈물방울이 심청이 얼굴을 적신다.

그게 아니다. 왕비가 된 강해랑이 왕이 된 임억호를 올려다보고 있다. 왕이 된 임억호가 왕비가 된 강해랑을 내려다보고 있다. 왕이 왕비를 포옹한다. 둘 다 비단옷을 입었다. 저 동업직물 비단으로 만든 옷이다.

해랑은 퍼뜩 정신이 났다. 해랑은 소스라치며 몸을 일으켰다. 억호가 쓰러져 누워 있는 해랑 자신을 들여다보면서 눈물을 철철 흘리고 있다. 손을 뻗으려다가 그만둔다. 그의 큰 음영이 해랑의 작은 몸을 아주 촘촘한 그물망처럼 덮고 있다. 어쩌면 이제 시나브로 기울기 시작하는 산 그림자인지도 알 수 없다.

'안 된다.'

해랑은 다시 일어나 마구 도망치기 시작했다. 이를 꾹 악다물고 주먹을 꽉 쥐고 내달렸다. 억호는 여전히 뒤따라 붙지는 않는다. 거기 서라는 고함도 내지르지 않는다. 그러나 해랑 자신이 또 쓰러지면 그는 다시 가까이 와 있을 것이다. 분명 그럴 것이다. 어쩌면 지옥 끝까지라도 포기하지 않을지 모른다.

두 번 다시는 안 된다. 해랑은 무서운 속도로 달아났다. '호로록' 하고 날개 치는 날짐승 같았다.

임배봉과 점박이 형제가 동업직물 밀실에 모였다.

건물 가장 안쪽에 있는 그곳은 그들 부자가 은밀한 일을 꾸미는 장소다. 그들과는 썩 잘 어울렸다.

억호와 만호는 오늘은 아버지가 또 무슨 일로 우리 둘을 한꺼번에 불렀을까 하고 자못 긴장된 표정으로 앉아 있었다. 그곳 분위기가 그들을 더 그렇게 몰아가고 있는지도 모른다.

"이것들아!"

그런 자식들을 향해 배봉이 평소와는 달리 웃음 띤 얼굴로 입을 열었다.

"오데 몬 올 데 와 있는 기가? 죽을상 하지 말고 얼굴들 좀 펴라."

"……."

"멤 졸일 필요 하나도 없다. 허어, 그래도야?"

비단 장수 아니랄까 봐 말도 매끄럽게 나왔다.

"아모라도 누가 보모, 내가 사람 잡아묵는 구신인 줄 알것다."

그러나 형제는 더욱더 경직되는 기색이었다. 심상찮다. 동쪽을 향해 소리치고 나서 서쪽으로 가는 배봉이다. 하지만 무슨 쪽에서 어떤 바람이 불었을까? 이날 배봉은 오랜만에 자상한 아버지로 돌아가 있다.

"부자가 함께 좋은 공기나 쐬로 가자꼬 불렀다. 우리가 사업한다꼬 나들이를 안 한 것도 한거석 됐다 아이가."

억호와 만호는 서로의 얼굴을 마주 보았다. 하나같이 바보처럼 비쳤다. 뜬금없이 부자간 나들이라니. 배봉은 자기 몸을 휘감고 있는 최고급 비단옷을 뭉툭한 손가락으로 가리켰다.

"요런 비단 짜고 있는 묵곡리 마을에 한분 가보자 카이."

그러자 만호가 언제 그러고 있었느냔 듯 입이 얼간이 모양으로 헤벌어지면서 더할 수 없이 반가운 목소리로 말했다.

"아, 지리산 쪽에 있는 묵곡리예?"

억호 안색도 대번에 환해졌다.

"말이사 바린 말이제, 거 비단 아이모 우리 동업직물도 장사 제대로 몬 할 낍니더. 안 그렇심니꺼, 아부지?"

배봉은 투박한 두 손으로 번갈아 가며 이제 검은빛보다 흰빛이 더 많이 섞인 수염을 쓸어내렸다.

"하모, 맞다."

산청군 단성면 묵곡리.

훗날 일제 초기 그곳 진주에 본격적인 대규모 비단산업이 시작되기 전인 그 당시만 하더라도, 거의 모든 비단은 묵곡리 마을에서 생산되고 있는 실정이었다.

"요새 가매꾼들 동작 하나 빨라서 좋다. 내 멤에 콱 드는 기라."

무슨 이야기 끝이든 그들 사이에서 단골처럼 나오는 말은 돈이었다.

"돈이 된께 안 그러까예."

어느새 커다란 가마 세 대가 도심지에 있는 동업직물 점포 앞에 대령하고 있었다.

"퍼뜩 올라타자."

"예."

배봉이 탄 가마를 선두로 억호와 만호를 태운 가마가 뒤를 따라갔다.

그 고을에서 묵곡리까지는 만만찮은 거리였지만 그들은 가마 밖으로 휙
휙 스쳐가는 풍광을 마음껏 즐기며 한껏 느긋한 기분에 젖어들었다. 오
늘의 그들을 있게 만든 비단은 그처럼 언제나 행복과 희망의 날줄과 씨
줄로 짜져 있기 마련이었다.

'후우.'

억호는 앞뒤 꽉 막혔던 숨통이 트이는 성싶었다. 그날 새벼리에서의
일이 악몽같이 되살아나 그를 괴롭혔다. 그것은 세상에 다시없는 달콤
한 밀회로 받아들여질 수도 있는 기억이었지만, 해랑의 그 곱고 아름다
운 자태가 다 잡았다가 마지막에 그만 놓쳐버린 파랑새처럼 안타깝게
어른거렸다.

'이 내 멤을 그 누가 알아줄꼬?'

적어도 새벼리에서 그는 진심이었다. 옥진을 관기의 길로 들어서게 한
장본인들이 자기 형제라는 걸 모르지 않았다. 게다가 사실 대사지에서의
그날, 옥진을 대상으로 삼자고 먼저 제안한 사람도 억호 자신이었다.

그러나 억호는 동생 만호가 두려웠다. 날이 갈수록 몸이 더욱 불어나
이제 덩치가 억호 자신을 능가하고 있는 만호는, 조금도 해랑에게 어떤
양심의 가책을 느끼는 것 같지가 않았다. 그뿐만이 아니었다. 도리어 간
간이 그날 같은 기회가 또 오면 정말로 좋겠다는 소리를 서슴없이 늘어
놓기도 하였다. 그럴 때면 억호는 스스로도 깨닫지 못하는 사이에 이렇
게 버럭 소리치곤 했다.

"자꾸 그런 소리나 할라모, 우리 둘이 대사지에 가서 콱 빠지 죽자 고
마!"

"성?"

만호는 갑자기 변해버린 억호가 도저히 이해가 되지 않은 탓에 멀뚱
멀뚱한 얼굴로 바라보았다. 그것은 당연한 일이었다. 지금까지는 해랑

이야기가 나왔다 하면 만호 자신보다 몇 배로 열을 올리며 당장 해랑에게 달려갈 것처럼 하던 억호였다.

한편 억호도 그 자신의 심경 변화에 매우 놀라지 않을 수 없었다. 그는 그 원인을 곰곰 되새겨보았다. 그러다가 눈앞에 떠오르는 얼굴 하나를 보았다.

그랬다. 억호는 자신이 부모가 되면서부터 부쩍 호강 한 번 제대로 해보지 못하고 죽은 어머니가 생각났다. 어떨 땐 하도 보고 싶어 학처럼 목을 빼고서 꺼이꺼이 울기도 했다. 만호는 기억나지 않겠지만 억호는 어머니 얼굴을 생생히 떠올릴 수 있었다.

장가들기 전 만호와 둘이서 아버지 방으로 몰래 숨어 들어가 장롱 밑에 감춰둔 춘화를 끄집어내어 히히거리며 훔쳐보던 그때도, 그 그림책 속에서 어머니를 닮은 여인을 보고 슬퍼하던 억호였다. 심지어 여자에 대한 흥미조차 잃곤 했었다.

그런데 이상한 일이 있었다. 어머니에 대한 그리움 뒤에는 반드시 한 여인이 꼭꼭 숨어 있었다. 죽은 어머니 그림자 같았다. 그게 누구인가?

바로 해랑이었다. 억호 판단에도 어머니와 해랑은 조금도 닮은 데가 없었다. 한데도 두 여인은 늘 쌍둥이 같은 모습으로 나란히 다가오곤 했다. 세상 모든 사내들은 나이와는 상관없이 사랑하는 여인에게서 모성애를 느낀다더니 과연 그런가 싶었다.

그런 억호는 미처 깨닫지 못했다. 해랑이라는 관기를 향한 자신의 비이성적이고도 맹목적인 애착과 열망이 얼마나 위험천만한 행위이며, 그로 인해 어쩌면 자신의 인생이 완전히 반전될 수도 있다는 것이다.

"서라!"

그들은 가는 도중 어떤 정자 앞에서 잠시 가마를 멈추게 했다. 얼핏 남강 높직한 벼랑 위에 서 있는 촉석루를 떠올리게 하는 누각이었다.

"물 좋고 정자 좋은 데는 없다쿠는 옛날 말이 거짓말 아인가베?"

그곳 정자의 층 마루에 올라앉은 배봉은 주위들은 풍월을 읊조리듯 했다.

"여 함 봐라. 정자도 멋지고 물도 에나 안 줴이주나."

배봉은 운치 있는 정자와 주위를 감아 흐르는 맑은 물을 보며 말했다. 만호가 정자 아래 저만큼 모여 앉아 휴식을 취하고 있는 가마꾼들을 내려다보면서 부럽다는 투로 말했다.

"저것들이 미천한 신분이지만도, 다리 하나는 무쇠다리 아입니꺼?"

배봉이 모르는 소리를 한다며 일러주었다.

"암만 튼튼해도 갤국은 사람 다린 기라. 한 분 원행遠行하모 저것들도 몇 날 며칠 몸살 할 때가 있다쿠던데?"

짧고 무딘 손가락으로 누각 기둥 같은 제 허벅지를 쓱쓱 문질러댔다.

"아, 그래예?"

만호는 아버지를 닮아 뭉뚝한 손가락으로 반반하지 못한 뒤통수를 긁적거렸다.

"그보담도 안 있나."

만호는 정자의 날렵하게 쭉 뻗어 올라간 추녀 끝에 눈길을 보내고 있다가 배봉을 보았다.

"예, 아부지."

"애비가 안타까븐 거는 말이다."

배봉은 굉장히 못마땅한지 오만상을 찡그렸다.

"와 해필이모 이러키나 우리 가게하고 멀리 있는 묵곡리에서 비단을 마이 짜는고 하는 기다."

그러자 그때까지 혼자 무슨 상념에 골똘히 잠겨 있던 억호가 그 말뜻을 모르겠다는 얼굴로 물었다.

"그거는 무신 말씀입니꺼? 우리로서는 좋은 일 아이라예?"

그러자 배봉은 제 깐에는 대단한 식견을 갖춘 사람인 것처럼 어깨를 으쓱한 다음에 이렇게 대답했다.

"내는 안 있나, 남강 물로 갖고 비단에 물감을 들이모, 에나 때깔이 곱고 색도 잘 안 변할 끼라고 보거등?"

여러 가지 빛깔로 정자의 기둥과 천장에 그려놓은 그림과 무늬는 약간 바래버린 상태였다.

"진짜로 그랄까예?"

만호의 의문에도 배봉은 자신 넘치는 어조였다.

"습도가 높아야 좋은 비단이 나오는 벱 아인가베."

점박이 형제는 똑같이 과장되게 감탄하는 얼굴로 따라 했다.

"습도!"

그 높은 소리에 가마꾼들이 고개를 들어 힐끔 이쪽을 올려다보았다. 가마꾼 하나는 마치 뒤집힌 풍뎅이처럼 아예 땅바닥에 벌렁 드러누워 있다. 땀방울이 밴 등짝으로 전해지는 찬 기운을 즐기려는 모양새였다.

"함 생각을 해봐라. 우리 고을은 우떻노?"

배봉은 제가 묻고 제가 답했다.

"남강이 흐르제, 또오, 분지도 있제, 에나 딱인 기라. 여하튼 비단산업을 하기에는 최고 지행(지형)일 끼거마는."

점박이 형제는 한층 놀라는 눈빛으로 아버지를 바라보았다. 그동안 비단과 관련된 사업을 하다 보니 비단에 대해 놀라운 상식까지 쌓은 것 같았다.

'아부지가 비단 사로 오는 기생들 보는 재미에만 폭 빠져 있는 줄로 알았더이 그런 기 아인갑다. 역시나 근동 최고의 포목점을 갱영할라쿠모, 저 정도 지식이나 수완은 갖차야 하는 기 맞다.'

그렇게 혼자서 풀이해보는 억호 눈앞에 교방 관기들 모습이 삼삼했다. 그 기녀들이 입은 울긋불긋 화려한 의상들은 대개 동업직물을 통해 구입한 것이었다. 실로 두 어깨에 잔뜩 힘이 들어갈 노릇이 아닐 수 없었다.

"전적으로 하판도 목사 덕분인 기라."

정자를 가리는 큰 갈참나무 그늘에 덮인 배봉의 둥글넓적한 얼굴이 어쩐지 음산해 보였다. 웃음소리와 목소리도 음흉하게 느껴졌다.

"흐흐. 그자가 관아에서 필요한 비단은 모돌띠리 우리 동업직물 꺼만 쓰거로 안 했다가."

아버지 그 말을 듣자 주색잡기라면 사족을 못 쓰는 하 목사 낯바대기가 떠오르면서 억호는 속이 울컥거렸다. 가마 멀미를 한 것도 아닌데 영 매스껍다. 정자가 높은 파도에 제멋대로 흔들리는 난파선 같았다.

'그런 기 목민관이라꼬.'

억호가 알기에도 아버지는 엄청난 뇌물을 하 목사에게 상납해왔다.

"이번에 본관이 주도하는……."

하 목사는 배봉이 갖다 바치는 상납금이 좀 뜸하다 싶으면, 무슨 잔치니 모임이니 하는 갖가지 명분들을 내세워 그 자리에 불러들였다.

"안 잊아삐시고 이리 불러주시서 그 언해 백골난망이옵니더."

"아니요, 아니요. 우리 임 사장을 안 부르고 누굴 부르겠소. 하하."

"그저 죽여……."

결국 배봉은 울며 겨자 먹기 식으로 하 목사 초대에 응할 도리밖에는 없었으며, 그때마다 바늘구멍에 황소바람이라고, 허리가 휘청할 정도로 막대한 자금이 몽땅 빠져나가야만 했다. 하지만 억호가 불만을 터뜨리면 배봉은 모르는 소리 말라고 했다.

"그래도 남는 장사다."

그러면서 꼭 만삭 여인의 아랫배 같은 자신의 배를 손바닥으로 쓱쓱 쓰다듬곤 했다.

"이 애비가 누고?"

먼저 그렇게 호기심의 미끼를 끼워 놓고 시작했다.

"김생강이 집에서 소작 부치 묵던 천한 눔이 오늘날 이만치 자수성가 안 했나."

김생강, 그 이름 석 자는 배봉에게 있어 지상 최고의 표적물과도 같았다. 분노와 저주와 울분의 화살을 한평생 쏘아야 할 과녁판이었다.

"하 목사한테 한 푼 나가모 내 주머이에는 두 푼 세 푼 들온께, 그기 사말로 신바람 나는 일 아인가베."

"그기 아이고예."

좀 더 찬찬히 따져보자는 억호 말을 배봉은 가차 없이 끊어버리기 일쑤였다.

"아이기는 머시 아이라?"

더 입씨름 해봤자 이득 날 게 전혀 없다는 것을 익히 알고 있는 억호였다.

"알것심니더 고마."

"안담시로 자꾸 고따우 씨잘데없는 헛소리 지꺼리?"

"후우."

"부모 앞에서 또 한숨 쉬기가, 엉?"

배봉은 자식이지만 억호 속내를 잘 꿰뚫어 보지 못했다. 하 목사를 겨냥한 불평과 저주 뒤편에는 해랑이 있으며, 그 해랑을 절대로 포기할 수 없다고 하루 열두 번도 더 벼르고 있다는 사실이다.

억호는 두 눈 빤히 뜨고 꽃 같은 해랑이 하 목사에게 농락당하는 것을 지켜볼 때면 당장 살인이라도 치고 싶었다. 하지만 그러지는 못하고 이렇게 자위하곤 했다.

'암만 그리해싸도 하 목사 니보담도 이 임억호가 남자로서 면첨이었다. 니는 그거 모릴 끼다.'

그러나 목으로 탁 털어 넣는 술맛이 그렇게 소태 같을 수 없었다. 술꾼들 사이에서 소위 백락지장百樂之長이라는 술이 사약死藥처럼 느껴졌다.

묵곡리는 얼핏 보기에는 전형적인 시골 마을 같았다. 하지만 그 속을 찬찬히 들여다보면 그렇게 활기 넘치는 곳일 수 없었다. 묵곡리가 한눈에 들어오는 길목에 멈추어 가마에서 내린 그들 귀에 비단 짜는 소리가 들리는 듯했다.

"에나 좋은 마을 겉심니더, 아부지."

눈을 가느다랗게 뜨고 마을을 바라보면서 하는 만호 말에 배봉이 더할 나위 없이 흡족한 표정을 지었다.

"겉은 기 아이고, 바로 기다."

"그래서 지가 드리는 말씀인데예."

해랑 생각에만 빠져 있는 억호보다 만호가 더 이번 길에 관심을 품고서 아버지에게 접근하고 있었다.

'까딱 잘몬되모 예사 일이 아이다.'

만호는 무자식이던 형 억호에게 동업이란 아들이 생긴 이후로, 딸 은실만 있는 자신의 입지立地가 시간이 갈수록 위태롭고 좁아지는 것만 같아 여간 신경 쓰이는 게 아니었다.

잘 자다가도 소리를 지르면서 벌떡벌떡 일어날 때도 있었다. 그래서 어떻게든 아버지 비위를 살살 맞추기 위해 안간힘을 썼다. 그게 효과가 있었다. 주는 대로 받는다고, 배봉도 점점 맏이보다 둘째를 더 마음에 들어 했다.

"우리한테 물품 대주는 사람이 이라더라."

배봉은 아주 큰 기밀을 알려주듯 했다.

"시방 저 묵곡리에는 말이다, 150여 가구가 수족기手足機를 딱 갖차 놓고 비단을 짠다 안 쿠는가베."

"야아, 150여 가구가예?"

만호는 덩치에 어울리지 않게 나날이 아부 아첨이 늘어갔다.

"하모, 그라고 또 있제."

"또예?"

"저 마을은 비단뿐만 아이고……."

"그라모예?"

"밤하고 대나모도 한거석 생산한다 글 쿠더라."

"하이고! 그래예?"

"니 그런 거 꿈에도 몰랐던 기제?"

"몰랐지예. 운제 그런 거는 또 아시십니꺼?"

"니 낼로 우찌 보는 기고?"

"아부지로 보지예, 머로 봐예?"

"앞으로는 그리 보지 마라꼬."

"예? 아부지로 안 보모……."

"머라꼬?"

"그런께 쪼꼼 더 잘 알아묵거로."

"장사 구신으로 봤으모 좋것다."

"장사 구신예?"

배봉과 만호 둘만의 대화가 계속되는 동안에도 억호는 그따위에는 아무런 관심도 없다는 빛이었다. 그저 초점 잃은 눈으로 바보처럼 멍해 있을 뿐이었다. 마을 저 안에서 수족기 소리를 실은 듯한 바람이 불어와 정신 차리라고 그의 뺨을 때리는 것 같았다.

'해랑이는 와 한 분도 우리 동업직물에 비단 사로 안 오꼬?'

하루 열두 번도 더 품어보는 의문이고 조바심이었다. 사실 그 고장에서 비단다운 비단을 구하려면 동업직물 말고는 거의 없는 실정이었다.

'인자 세월이 그리키나 짜다라 흘렀는데도, 해랑이 멤속에서 우리 행재를 향하는 원한이 쪼꼼도 안 없어졌는갑다.'

고을 기생들이 모두 동업직물 비단을 탐내어 점포 문턱이 닳을 정도로 뻔질나게 드나들었지만, 그림자도 얼씬거리지 않는 해랑이었다. 옷을 벗고 사는 것도 아닐 텐데.

"야, 야."

만호와 이야기를 나누는 배봉은 갈수록 흥분된 모습이었다.

"이런 말도 안 있나."

"우떤 말예?"

딱딱 맞아떨어지게 구색을 잘도 주워섬기는 만호였다.

"예로부텀 저게 묵곡리 마을에서는 비단 1천 냥, 밤 1천 냥, 대 1천 냥을 생산하고 있다는 기라."

"하! 그리 맨든 비단 대부분이 우리 동업직물로 쏙쏙 들어오고 있다쿠는 그 상상만 해도 가슴이 마구재비 떨립니더."

만호는 진짜 가슴이 떨린다는 표시로 괜히 얼굴 점이 튀어나올 만큼 상판까지 크게 찡그려 보였다.

"오데 가슴만 떨리?"

배봉은 갈수록 큰소리다.

"너거들 함 두고 봐라."

"보께예."

"운젠가는 우리 고을이 더 큰 비단 산지産地가 될 날이 올 낀께네."

"하! 우리 고을이예."

배봉은 그날을 훤히 내다본다는 얼굴이었다.

"그때가 되모, 우리가 시방매이로 이리 멀리꺼정 올 필요가 하나도 없을 끼다."

"운반비도 에나 장난이 아이다 아입니꺼?"

이번에도 만호였다. 배봉 입에서는 이런 소리도 나왔다.

"그래서 애비는 반다시 우리 고을에 큰 비단 공장을 세울 계획인 기라."

만호는 비단 필에 목이 졸린 사람 모양새였다.

"비, 비단 공장!"

배봉은 무엇이든 마음만 먹으면 다 만들어낼 수 있는 창조주인 것처럼 행세했다.

"하모, 기대해도 좋다."

"그날이 얼릉 오모 좋것심더, 아부지."

"올매 안 기다리도 된다 고마."

"저 소리개도 곧 먹이를 잡을 거 겉은데예."

"그 소리개를 또 우리가 잡는 기다."

그렇게 만호와 한참 동안 정신없이 이야기를 나누던 배봉이 문득 알 수 없다는 얼굴로 억호를 돌아보며 물었다.

"니 우째서 아까 전서부텀 끌어다논 보리짝매이로 아모 말이 없노?"

억호가 당황한 얼굴로 얼버무렸다.

"아, 아입니더, 아부지. 여 온께네 하도 가슴이 벅찼어예."

생뚱맞은 그 소리에 배봉은 쥐어박듯 했다.

"가슴이 벅차?"

억호는 심장을 앓는 사람같이 그 부위에 손을 갖다 댔다.

"그래갖고 말이 잘 안 나온다 아입니꺼?"

배봉은 한심하다는 빛을 노골적으로 드러냈다.

"에잉, 사내대장부가 그래갖고 우찌 사업을 할 끼고?"

"……."

마을 쪽에서 닭 울음소리가 게으르게 들려오더니 곧이어 개 짖는 소리가 크게 났다. 배봉은 개를 꾸짖듯 억호에게 말했다.

"동상보담도 더 소심해갖고. 만호 눈 좀 봐라."

사실과는 거리가 한참 먼 소리도 했다.

"올매나 초롱초롱 빛나노?"

아버지가 그 소리를 할 때까지만 해도 만호 기분이 쫙 째질 것 같았다. 그런데 그다음에 이어지는 말은 그게 아니었다.

"억호 니도 좀 그래 봐라. 누가 머라머라 캐싸도 억호 니는 우리 임씨 가문 기동, 기동 아이가."

그 기둥에 등을 기대고 서서 멀리 바라보는 사람처럼 말했다.

"니가 앞장서야 동업직물이 날로 달로 번창할 끼라."

옆에서 침이 턱을 지나 목까지 흘러내릴 만큼 입이 헤벌어진 채 듣고 있던 만호 눈이 한순간 그만 샐쭉해졌다. 입마저 삐죽거리는 게 너무나 마음에 들지 않는다는 눈치였다. 그는 속으로 뇌까렸다.

'임씨 가문 기동? 날로 달로? 눈깔 빠지것다.'

만호는 억호에게 아들 동업이 생기기 전에 품었던 꿈을 아직도 버리지 못하고 있다는 사실을 배봉과 억호는 예상도 못 했다. 그처럼 만호의 야심은 남의 눈에 쉬 띄지 않는 응달 독버섯처럼 자라나고 있었던 것이다.

그뿐만이 아니었다. 만호는 몰래 사람을 시켜서 형이 해랑을 못 잊어 모든 일을 팽개쳐두고 오로지 그녀 주변만 맴돌고 있다는 정보를 이미 입수해놓은 상태였다. 그는 내심 집터 다지듯 그렇게 경각심을 다지고 또 다졌다.

'성을 믿을 수가 없다 아이가. 까딱하모 우리 집안이 폭삭 내리앉아삐린다 고마. 자고로 사내가 기집한테 빠지모, 그 집구석 기둥뿌리가 흔들흔들 한다쿠는 말도 있다 아이가.'

그런데 배봉이나 억호, 만호 그 누구도 내다보지 못한 놀라운 사태가 벌어진 것은 그때였다.

'어? 뭔 여자들이?'

묵곡리 마을에서 길을 따라 이쪽으로 걸어오고 있는 여자들이 몇 명 있었다. 그런데 그 여인들 가운데 하나가 배봉 일행을 보자마자 마치 벼락 맞은 고목처럼 멈칫, 그 자리에 딱 멈춰 섰다. 얼굴도 백지장만큼이나 하얗게 변했다.

'아, 저것들이 누고? 배봉이하고 점벡이 자슥들 아이가?'

낮도깨비를 만난 것처럼 경악스러운 표정을 지우지 못하는 여자는 놀랍게도 비화였다. 그리고 그때 비화 옆에 같이 있는 여자들은 나루터집에서 일하는 송이 엄마와 묵곡리 본토박이 아주머니였다.

그건 참으로 공교로운 일이 아닐 수 없었다. 돈만 모이면 땅부터 사는 비화는 송이 엄마 주선으로 묵곡리에 사는 그 아주머니를 만나러 온 길이었다. 그런데 묵곡리 여자도 배봉을 아는 모양이었다.

"아, 동업직물의……."

그 소리에 비화를 집어삼킬 듯 노려보던 배봉 눈이 그 여인에게로 향했다.

"묵곡리 아주머이 아이요?"

그러고는 어떤 틈도 주지 않으려는 듯 재빠른 목소리로 물었다.

"우짠 일이요?"

그전에 여러 차례 묵곡리에 왔던 배봉은 그 여인이 짠 비단도 중간상인을 통해서 서너 번 구입했었다. 배봉은 뭉툭하게 보기 싫은 손가락으로 찌를 것처럼 비화를 가리키며 신문조로 묵곡리 여인에게 캐물었다.

"무신 일로 저 여자를 만낸 기요, 으잉?"

묵곡리 여인이 몹시 더듬거리며 간신히 대답했다. 배봉의 목소리가 여간 감사납게 들리지 않았던 것이다.

"우, 우리 전답을 파, 팔라꼬예."

그러자 배봉 눈꼬리가 당장 무섭게 치올라갔다. 바람도 숨을 죽이는 듯했다.

"전답을 팔아?"

한 번 더 비화를 매섭게 쏘아보면서 확인했다.

"저 여자한테 말이요?"

"예."

순진한 묵곡리 여인은 지은 죄도 없으면서 몸을 사렸다.

"그런께네 여게 땅을……."

배봉은 지금 그 사태를 확실히 파악했다는 얼굴이었다. 비화 옆에 서 있는 다른 여자가, 비화와 묵곡리 여인이 전답을 거래하도록 중간다리를 놓아 주었고, 그래 그 전답을 보기 위해 비화가 묵곡리에 왔다.

'흥! 비화 조 매구 겉은 년이 돈만 있으모 여게저게 땅을 쏙쏙 사들인다쿠는 소문이 온 고을에 자자하더이, 인자 요 먼데꺼정 와갖고 살라쿠는가베?'

배봉 두 눈에 시퍼런 도끼날이 서렸다.

'아즉 나이도 몇 살 안 홀친 기 에나 대단한 년이거마는.'

그의 심통이 뒤틀리기 시작했다. 자갈밭 한 뙈기도 없어 허기진 뱃가죽을 움켜쥐고 갖가지 수모를 당해가며, 근근이 김생강네 소작을 부쳐 먹던 참담했던 지난 시절이 악마의 혓바닥이 되어 날름날름 되살아났다. 그와 동시에 생강의 손녀 비화를 겨냥한 엄청난 적개심이 활활 타올랐다.

"내가 묻는 말에 똑바로 답하쇼."

배봉은 밑도 끝도 없이 묵곡리 여인에게 시비 거는 투로 나갔다.

"그 집 전답을 올매 받고 팔기로 한 기요?"

묵곡리 여인이 머뭇머뭇했다.

"그, 그기 그렇께네……."

배봉이 끝까지 듣지도 않고 칼로 무 자르듯 단언했다.

"내한테 넘기소, 그 전답."

검지와 중지를 세워 보이며 말했다.

"아주머이가 받기로 한 거보담 두 배로 쳐주것소."

"예에? 두, 두 배로예?"

묵곡리 여인의 눈이 꽈리처럼 휘둥그레졌다. 비록 햇볕에 많이 그을려 까무잡잡한 피부지만 맑고 큰 눈이 꽤 매혹적이었다. 하지만 의지나 자신감은 담겨 있지 못한 눈이었다.

배봉의 그 제의에 놀란 사람은 단지 묵곡리 여인만이 아니었다. 비화는 말할 것도 없고 점박이 형제, 송이 엄마, 그렇게 모두가 적잖은 충격에 휩싸이는 얼굴이었다.

"아주머이!"

배봉이 묵곡리 여인을 궁지에 몰아넣듯 다그쳤다.

"와 암 말이 없는 기요?"

"그, 그……."

말문을 제대로 열지 못하는 묵곡리 여인이었다.

"그라기 싫소?"

꽁지가 유난히 기다란 까치 한 마리가 숲에서 푸드덕 날았다. 느티나무에 둥지를 틀고 사는 그놈은 새끼들에게 줄 먹잇감을 사냥하고 있는

지도 모른다.

"싫으모 고만두소."

배봉이 최후의 통첩 보내듯 했고, 묵곡리 여인이 부리나케 입을 열었다.

"시, 싫다는 기 아, 아이고예."

"아이모?"

근처 나무들이 그 큰 키로 서서 사람들을 내려다보고 있었다.

"하, 하매 개약을……."

"ㅎㅎㅎ."

배봉 입언저리에 더없이 잔인한 미소가 번져났다.

"그라모 됐소. 개약이고 소약이고."

"……."

별안간 거짓말같이 바람이 불지 않는 시골 공기는 무척이나 답답했다. 계약 파기는 아무것도 아니라는 투로 배봉이 말했다.

"위약금도 내가 대신 물어주것소."

상대가 입을 열기도 전에 한 번 더 확인시켜주었다.

"위약금도 말이오."

묵곡리 여인은 비화를 보며 아쉬움과 애원이 섞인 목소리로 말했다.

"하, 하지만도 저, 저 사람이……."

비화에게 매달리듯 했다. 그러자 비화보다도 먼저 송이 엄마가 벌겋게 달아오른 낯으로 나섰다.

"아주머이예, 시방 무신 소리를 하고 있는 기라예?"

참으로 가당찮다는 목소리로 따졌다.

"팔기로 하매 개약서꺼정 다 써 놨다 아입니꺼?"

그때 습관처럼 손등으로 왼쪽 눈 아래 박혀 있는 크고 검은 점을 쓱쓱 문지르고 있던 만호가 건들거리며 앞으로 나섰다.

"그깟 개약서가 무신 소용 있노? 안 그런 기가? 개약서는 운제든지 다시 쓰모 되는 기지 머."

낯가죽 두꺼운 배봉도 자기 하는 짓에 조금은 켕기는 구석이 있었던지, 만호가 그렇게 나오자 응원군을 얻은 듯 얼른 말했다.

"하모, 하모. 찢어삐고 새로 맹글모 된다."

그러자 묵곡리 여인이 못 이기는 척 슬그머니 꼬리를 감추는 말투로 나왔다.

"그래도 되는 기라모······."

배봉과 만호가 입을 모아 말했다.

"우리가 안 되는 일이 오데 있노?"

"목사도 우리를 별로 몬 한다."

비화는 배봉과 만호 얼굴을 번갈아 보며 어쩔 줄 몰라 했다. 너무나 졸지에 당하는 상식 밖의 일이었다.

"사람이, 사람이 그라모 절대 안 되지예."

송이 엄마는 하나같이 험상궂게 생겨먹은 사내들에게는 어쩌지 못하고 그저 묵곡리 여인만 닦달했다.

"개약서 쓴 기 하로가 지냈심니꺼, 이틀이 지냈심니꺼?"

나무들이 고개를 돌리고 가까운 곳에 있는 큰 바위도 그만 돌아앉는 것 같았다. 땅바닥에 딱 붙어 자라고 있는 풀이 세도가에게 억눌려 지내는 민초를 닮았다.

"방금 막 쓰고 온 기 아이라예?"

평소 수더분한 송이 엄마가 그 순간에는 여간 당차 보이지 않았다. 역시 사람이란 그가 처해진 상황이나 형편에 따라서 변하기 마련인 모양이었다.

"중간에서 다리를 놔준 내 얼골 봐서라도 이런 식으로 하모 안 되지예."

바람은 여전히 그 흐름을 멈추었다. 송이 엄마 말만 계속되었다.

"아즉 개약서 글씨도 안 말랐을 낀데."

묵곡리 여인은 입속으로만 말을 굴렸다.

"송이 옴마도 함 생각해보소. 내 보고만 그리쌌지 말고."

하도 억장이 막혀 입을 다물지 못하고 있는 사람에게 또 말했다.

"당장 돈을 두 배로 받기 됐는데, 송이 옴마 겉으모 안 그라것소?"

송이 엄마는 몸을 부들부들 떨었다.

"흐, 이거, 이거는?"

가난으로 인해 착한 심성을 등질 수밖에 없는 인간 하나가 거기 있었다.

"빚에 쪼달려서 우짤 수 없이 대대로 물려받은 전답을 팔아야 되는 우리 식구한테 그만 한 돈이모……."

누가 더 입을 벙긋 못 하게 하려는 의도도 엿보였다.

"위약금도 물어준다 글 쿠고."

"암만 그래도 아인 거는 아이지예."

한참 묵곡리 여인을 바라보던 송이 엄마는, 벙어리가 된 듯 여전히 아무 말도 하지 않고 있는 비화에게 고개를 돌리며 안타까운 목소리로 말했다.

"준서 옴마! 준서 옴마도 머라꼬 말 좀 해봐라꼬. 와 그리 꿀 묵은 버부리맹캐 하고 있는 기고?"

억호가 비화 얼굴을 뚫어지게 바라보았다. 그 표정이 난삽했다.

"버부리고 귀머거리고 간에."

만호가 헤헤거렸다.

"지까짓 기 가마이 안 있으모 우짤 낀데? 히히히."

배봉이 묵곡리 여인에게 성큼 한발 다가서며 불쑥 말했다.

"이 자리서 당장 개약서 새로 씁시다."

한동안 고요하던 묵곡리 마을에서 또 홀연 개 짖는 소리가 들려왔다.

'컹! 컹컹!'

한 마리가 짖자 다른 것들도 덩달아 짖어 대기 시작했다.

"아, 이 자리서예?"

묵곡리 여인은 기뻐 어쩔 줄을 모르겠는 기색이었다. 가난함이 빚어 내는 또 하나의 슬픈 광대놀음이었다. 송이 엄마 입에서 기어이 울음이 터져 나왔다.

"시상에, 이런 뱁이 오데 있노? 흑흑."

그러다가 별안간 발악하는 모습을 보였다.

"이거는 날강도 짓인 기라, 날강도!"

순간, 만호가 냉큼 달려들어 후려치려는 동작을 취하며 소리 질렀다.

"머? 날강도? 이년이 뒤지고 싶어서 약 쓰나?"

만약 가마꾼들이 보고 있지 않았다면 만호는 성질대로 송이 엄마에게 손찌검해댔을 것이다. 아버지에게 점수 따기에 그럴 수 없이 좋은 기회였다.

그때다. 비화가 조용한 목소리로 송이 엄마에게 말했다.

"송이 어머이, 고마 우이소. 오데 누가 죽었심니꺼?"

그 말을 들은 송이 엄마는 더욱 큰 소리로 울면서 말했다.

"내사 억울해서, 너모 너모 억울해서 내가……."

그러나 비화는 얼굴에 웃음까지 띠며 도리어 그녀를 위로했다.

"억울할 거 하나도 없어예."

송이 엄마는 눈물 젖은 눈을 크게 떴다.

"준서 옴마?"

비화는 거기 자기 혼자밖에 없는 사람처럼 했다.

"당사자인 내가 괘안은께 머시 문제라예?"

바람이 숨통을 틔운 듯 다시 불기 시작했다. 나뭇잎이 살랑거리고 그제야 풋풋한 시골 냄새가 풍겨왔다.

"고마 돌아가이시더."

그렇게 짧게 말을 마친 비화는 등을 돌려세우더니 침착한 걸음걸이로 걸어가기 시작했다.

"저, 저……."

묵곡리 여인은 끝내 말은 더하지 못하고 고개만 푹 숙였다. 그 모습이 서글프고 안 돼 보였다. 살아가기 위해 천성적으로 하지 못할 짓을 저질러야만 하는 시골 아낙의 슬프고 아픈 자화상이었다.

"애고! 같이 가자꼬, 준서 옴마."

송이 엄마가 금방 엎어질 것처럼 하며 비화 뒤를 따랐다. 비화는 등 뒤에 느껴지는 배봉 일행의 눈을 의식하며 속으로 절규했다.

'운젠가는 여 다시 온다. 그래갖고 묵곡리 마을 전답을 하나도 안 냉기고 모돌띠리 사고 말 끼다.'

진짜 주인 가짜 주인

임배봉네 행랑채에 사건이 터졌다.

그것은 누구도 예상하지 못한 일로서 거의 변고에 가깝다고 할 수 있겠지만, 간혹 드물게나마 일어나는 경우가 없지는 않았다.

어느 날 새벽에 설단이 칠삭둥이를 낳은 것이다. 팔삭둥이도 아닌 칠삭둥이 출산은 하루 종일 남녀 종들 입에 오르내렸다. 닭들도 꼬꼬댁거리고 돼지도 꿀꿀거렸다.

"종눔 새끼로 태어나봤자 죽을 때꺼정 한 맺힌 인생살일 낀데, 머할라꼬 그리키나 째이 시상에 나왔는고?"

"그기 오데 얼라 지 멤대로 되는 기가?"

"하기사! 산모 뜻대로 되는 거도 아이기는 하제."

"이런 거를 놓고, 다 지끼미 지 타고난 운맹이라 글 안 쿠는가베."

"그나저나 산모하고 애기가 건강해야 할 낀데."

"정상적으로 몸을 푼 기 아인께네 이리 걱정해쌌는 거 아이가?"

"언청이 아이모 째보라 쿠나?"

"그, 그라모 애기가 해, 해나?"

"머? 하이고, 아모것도 모림서 무담시 넘기짚지 마라."

"아, 그런께 애기가 비정상은 아이고……."

혼례를 치른 지 일곱 달 만의 출산. 그 비밀을 아는 이는 많지 않았다. 아니다. 눈치 빠른 이는 알 것이다.

그러나 보다 심각한 사태가 벌어지기 시작한 것은 오래지 않아서였다. 산모 방에 들어가 설단이 낳은 아들을 한번 보고 나온 사람들은 하나같이 고개를 갸우뚱했다. 아주 노골적인 얘기들도 나왔다.

"판에 박았다 아이가, 판에. 우째 이런 일이?"

"그것도 몰랐다가?"

"눈치가 빨라야 절간에 가서도 새우젓 얻어묵는다 쿠더라마는."

"억호하고 분녀가 번갯불에 콩 구우묵듯기 설단이를 꺽돌이한테 시집보낸 이유가 완전히 드러나삔 기라."

"시상에 비밀은 없다쿤께?"

"설단이도 설단이지만도, 고마 꺽돌이가 더 불쌍키 돼삣다 아이가."

"불쌍키 된 정도모 괜안커로? 눈 뜬 당달이매이로 앞이 캄캄 안 하것나."

그것은 확실히 엄청 좋지 못한 조짐이 아닐 수 없었다. 세상에 갓 태어난 핏덩이 얼굴이 억호 얼굴을 빼박았다니. 아직 이목구비가 제대로 잡히지 않은 상태인지라 그건 얼핏 이해가 되지 않을 수도 있었지만, 사실이 그러하니 누구도 부인하지 못했다.

봉사가 앉은 자리에서 천 리를 내다본다고 했다. 설단은 이제 막 해산한 산모의 몸으로 방바닥에 자리보전을 하고 있으면서도 들을 소리는 모두 들었다.

'아, 싫다 고마.'

설단은 제 배로 낳은 제 새끼지만 꼴도 보기 싫었다. 젖도 물리기 싫었다. 방바닥에 거꾸로 콱 엎어놓거나 두 다리를 잡고 있는 대로 패대기를 치고 싶었다. 숨이 막혀 그냥 죽어버렸으면 했다. 미역국이고 팥밥이고 간에 목에 탁 걸려 넘어가질 않았다.

"운맹이다, 운맹. 애기 운맹이고, 어른 운맹이고."

약간 주책이지만 정은 넘치는 행랑 할매 걱정이 여간 아니었다.

"이것아! 물이라도 쪼매 마시라, 으응? 이라다가 산모하고 아하고 한꺼분에 줄초상 치기 생깄다."

세상 살 만큼 산 늙은이 눈에는 다 보인다는 식으로 말했다.

"시방 저승사자가 저 문 밖에꺼정 와갖고 기다리고 있는 기라. 얼굴이 분 바린 거매이로 허옇고, 시커먼 옷을 입은 그것들이 니하고 니 자슥을 데꼬 갈 끼라꼬 말이다."

그렇지만 설단은 죽음이 눈곱만큼도 두렵다거나 무섭지가 않았다. 오히려 쌍수를 치켜들고 맞이하고 싶은 심정이었다. 그녀가 가장 견디기 힘들고 괴로운 건 꺽돌의 반응이었다.

꺽돌은 시종 벙어리 같았다. 특별한 경우가 아니면 산모 방에도 들어오지 않았다. 간혹 어쩌다 들어와도 그저 고개를 방바닥에만 쿡 처박았다. 그의 눈길은 설단이나 핏덩이가 아닌 다른 것에만 꽂혔다. 그리고 그 다른 것이 무엇인지는 그 자신조차 몰랐다.

설단이 억호 씨를 배고 있다는 사실을 알고 혼례를 치렀지만, 모두 더럽고 서러운 종놈 팔자소관이라고 넘겨버리고 어떻게든 가정을 지키고자 했었다. 아직 어리고 연약한 아내 설단은 나보다 훨씬 더 힘들 거라고 보았다.

'남자가 모도 끼안아야제. 그래야 남자제.'

그러나 공염불이었다. 갓 태어난 아이 얼굴에서 억호를 발견한다는 것은 정녕 참기 힘든 고통이요, 엄청난 수치가 아닐 수 없었다. 설단이 아직 숫처녀 몸으로 상전 억호에게 몹쓸 짓을 당했다는 그 소문은, 이제 더 이상 소문으로만 그칠 수 있는 일시적이고 단순한 성질이 아니었다. 만천하에 외고 만 꼴이었다.

그런데 세상사 차라리 공평하다고 해야 할까. 설단이나 꺽돌 못지않게 가시방석에 앉은 사람들이 또 있었다. 바로 억호와 분녀였다. 세상은 우리가 짜낸 기찬 꾐수에 감쪽같이 속아 넘어가 주리라 맹신했다. 그런데 약은 개 밤눈 어둡다고, 설단을 혼례 시키면 모든 게 끝날 거라고 속단했다니. 하지만 정작 문제는 이제부터였다. 그들은 산모 방을 노려보면서 전율을 금치 못하기도 하고 이빨을 뿌득뿌득 갈기도 했다.

'고노무 새끼가 웬수 갚을라꼬 태어난 기가? 안 그리고서야 아즉 대갈빼이 피도 안 마린 기 눌로 빼닮아갖고 이런 분란을 일으키노.'

'동업이가 지 아바이나 내를 저리 닮았으모 올매나 좋것나. 시라쿠는 식초는 안 시고 병 마개부텀 신다쿠디이, 에나 천불이 나서 몬 살것다.'

그런 어수선한 와중에 억호는 배봉의 호출을 받았다. 그가 아버지 방으로 들어갔을 때 배봉은 비까번쩍한 열두 폭 병풍을 배경 삼아 수도승처럼 눈을 꼭 감은 채 무슨 골똘한 상념에 잠겨 있었다. 그런 그에게서는 누구도 쉽게 범접할 수 없는 기운 같은 게 풍기고 있었다.

"아부지."

억호가 기어들어가는 소리로 몇 번을 불러도 배봉은 들은 척 만 척 혼자서 뭔가를 깊이 계산하고 있는 눈치였다. 그 방 온갖 장식품들도 주인의 비위를 거스를세라 몸을 한껏 도사리고 있는 것처럼 비쳤다.

"지 왔심니더."

여느 때 같으면 무쇠라도 가를 그놈의 불칼 성질에 아버지고 나발이고 없이 방문을 쾅 닫고 나와 버렸을 억호지만, 지금은 지은 죄가 죄인지라 아버지가 다시 눈을 뜰 때까지 무작정 기다릴 수밖에 없었다.

'내 꼬라지가 처량타. 우짜다가 천하의 이 억호가 이리 돼뻿노?'

울고 싶었고, 살고 싶지 않았다.

'찬비 쫄딱 맞은 비루묵은 강새이 안 겉나.'

아무리 아버지 앞이지만 억호는 창피하기도 하고 난감하기도 했다. 화려한 보료에 앉아 네모진 큰 베개에 비스듬히 상체를 기대고 있는 아버지 모습이 억호 눈에는 왕좌에 앉은 임금처럼 비쳤다. 그렇다면 그는 궁녀와 문제를 일으킨 신하인가?

"니 요분 일을 우찌 생각하노?"

얼마나 그런 순간이 흘러갔을까? 이윽고 천천히 눈을 뜬 배봉이 처음으로 뜬금없이 던진 말이었다.

"예?"

억호는 더없이 멍청해지고 말았다. 이번 일을 어떻게 생각하느냐?

"그기 무신?"

솔직히 그로서는 이렇게도 저렇게도 생각할 계제나 형편이 못 되었다. 생각한다는 그 자체가 고역이었다. 생각해봤자 아무 대책도 없었다.

'일이 와 이리 빌빌 꼬이는 기고?'

처음에는 그깟 어린 계집종 하나 애를 배게 한 게 무어 대역죄를 지은 거라고 모두 이 야단법석이냐 했었다. 그럴 수도 있는 게지 뭐. 단지 태어난 아기가 너무너무 상전을 빼 박았다는 게 문제라면 문제라고 할까. 아니, 안 빼 박았으면 또 어때서?

그런데 세상은 얼핏 보면 난전亂廛처럼 한정 없이 어수선하고 바퀴 빠진 수레같이 제멋대로 굴러가는 성싶어도 그렇게 호락호락한 곳이 결코 아니었다. 그 속에는 분명한 질서와 엄연한 인과관계가 놓여 있었다.

"핑비매이로 뺑뺑 둘러댈 꺼도 없다."

"예."

방책 없는 저 급한 성깔 또 나온다 싶은 억호였다.

"내 단도직입적으로 묻겄다. 설단이가 논 아를 우짤 끼고?"

"……."

"귀 동냥 보낸 것가?"

억호는 얼굴에 박혀 있는 큰 점만 씰룩거렸다. 여전히 아버지 말뜻을 짚어낼 수 없었다. 종년 아기를 어떻게 할 거냐? 어떻게 하긴? 이제 그 새끼더러 제 어미 뱃속으로 도로 들어가라고 시키기라도 하란 말인가?

"이 축구 빙신아!"

배봉이 끌끌 혀를 찼다. 입 속에 쇠붙이라도 들어 있는 것 같았다.

"그래도 애비가 무신 이약을 하는고 모리것나?"

눈코입이 한층 중앙집중식이 되었다.

"니가 사람새끼가 맞기는 맞는 것가?"

명색 아비가 자식 낯바대기에 흙칠하고 있었다. 어쩌면 그것은 노망 들어 벽에 무얼 칠하는 것보다도 형편없는 짓이었다.

"고따우 돌대가리 쇠대갈삐이를 모가지 우에 얹어갖고 우찌 시방꺼정 살아왔는고, 이거는 완전 기적이다, 기적!"

아버지 독설을 묵묵히 듣고만 있는 억호더러 배봉은 단번에 물건을 칼로 탁 절단하듯 했다.

"저 아를 저대로 나 놀 수는 없다 아이가?"

억호는 계속 입을 다물고 있을 수만도 없었다. 그래서 아버지 말에서 제 나름대로 내린 판단을 이야기했다.

"그라모 아부지 말씀은, 저 아를 오데 딴 데로 보내삐자, 그런 뜻입니꺼?"

그러자 배봉은 큰 결단을 내리는 표시로 입술까지 꾹 깨물며 단숨에 말해버렸다.

"오데 딴 데로 보내삐자는 기 아이고, 도로 우리한테 더 가찹거로 데꼬 오자, 그런 소리 아인가베."

"대체 무신?"

억호는 머리통이 지끈거리고 무엇에 크게 홀려버린 기분이었다. 돌머리나 쇠머리가 아니라 황금 머리를 가진 사람이라도 이해가 되지 않을 말이었다.

"우리한테 더 가찹거로 데꼬 와예?"

확인하는 억호 말에 배봉은 '찍' 하고 침을 내뱉듯 말했다.

"하모."

사랑채 마당에서 거위들이 꽥꽥거리는 소리가 요란스러웠다. 헤엄은 잘도 치는데 날지는 못한다는 그놈들은, 밤눈이 밝고 사나워서 개보다도 더 도둑을 잘 지킨다고, 배봉이 즐겨 키워오고 있었다. 역시 배봉가는 대갓집답게 지켜야 할 게 많고 많은 모양이라고, 고을 사람들이 빈정거린다는 소문도 나돌게 하는 거위들이었다.

"아부지!"

억호가 거위 소리보다 큰소리로 아버지를 불렀다. 가슴속이 느긋거리면서 목구멍에 거위침이 났다. 갑자기 아버지가 도깨비 같아 보였다.

'무신 토째비 씨나락 까묵는 소리고?'

고을 바닥이 온통 억호 판박이라고 시끌벅적한 판국에, 그따위 소리를 잠식시키기 위해 그 아이를 주위 사람들이 모르는 먼 데로 보내버리자면 그건 또 모르겠는데, 도리어 더 가까이 두자니?

그런데 배봉 입에서는 갈수록 사람 낯 간질이는 소리가 나왔다.

"내사 채맨상 문제로 설단이가 논 아를 가서 보지 몬했지만도, 바람갤에 실리오는 말이 억호 니 판박이람서?"

억호 말소리가 목구멍 안으로 기어들어갔다.

"지도 아즉 안 봤지만도, 다, 닮았다고는 하데예."

그러자 배봉은, 왜 너하고는 전연 상관이 없다는 것처럼 얘기하느냐는 투로 말했다.

"봉사 지름 값 물어주나, 중이 회膾 값 물어주나 일반."

그 소리에 당장 그곳에서 돌아 나오고 싶어지는 억호인데, 배봉 입에서 또 한 번 뜬금없는 이야기가 흘러나왔다. 동에 번쩍, 서에 번쩍, 홍길동이가 따로 없었다.

"그 소문 듣고 애비가 맨 먼첨 눌로 떠올릿는고 아나?"

"모리지예."

시무룩하게 답하는 억호 귀를 예리한 송곳처럼 파고드는 소리가 있었다.

"동업인 기라, 동업이."

억호는 온몸에 찬물을 확 끼얹히고 머리털이 죄다 하늘로 치솟는 느낌을 받았다. 업둥이…….

"도, 동업이예?"

이번에는 배봉 대답이 시큰둥했다.

"하모, 동업이."

억호는 누가 동업을 탈취해가기라도 하는 것처럼 물었다.

"각중애 갸는 와예?"

방문객들에게 과시용으로 가져다 놓은 최고급 문갑 위의 문방사우가 그들 부자를 무연히 바라보고 있었다.

"애비 자슥 간에 밤톨 씨 까듯기 탁 까놓고 이약하자모 안 있나."

배봉은 아들 얼굴을 뜯어보듯이 했다.

"동업이는 니하고 너모 다리거로 생깃다 아이가."

어둠 속에서 사정없이 벽 모서리에 머리를 부딪친 느낌이 이러할까?

억호 눈앞에 번갯불이 일었다. '번갯불에 솜 구워 먹겠다'는 소리를 들을
만큼 거짓말을 푸슬푸슬 쉽게 잘하는 그였지만, 업둥이 동업에 관해서
만은 번개치기로 넘길 자신이 없었다.

"누라도 쪼꼼만 잘 보모 니 자슥이 아이라꼬 할 끼다."

아들 애간장이 전부 녹아내릴 때까지 퍼붓기로 작심이라도 했는지 나
중에는 그런 소리까지 서슴없이 해대는 배봉이었다.

"머라꼬예?"

급기야 억호 심장에서 '뚝' 하는 소리가 났다. 평소 그들 부부가 가장
두려워하고 있는 게 아버지 입을 통해 나오는 것이다.

"내는 시방도 종종 동업이 쟈가 안 있나, 증말 내 친손주가 맞나? 그
리 싫어지는 때가 있는 기라."

"아부지!"

억호는 자신도 모르게 발악하듯 냅다 소리 질렀다.

"시방 무신 이약하실라꼬 자꾸 그리 애호박에 손톱도 안 들갈 소리
해쌌고 있는 깁니꺼, 예에?"

아버지를 죽여 버리고 싶다는 충동까지 느꼈다.

"도로 낼로 쥑이삐이소 고마!"

그러나 배봉은 필요 이상으로 흥분하는 억호 낯짝을 뚫어지게 쳐다보
면서 갈수록 사람 미치고 팔딱 뛸 소리를 보탰다.

"우쨌든 간에, 동업이도 니 씨고, 그라고 설단이가 요분에 논 아도 니
씨고 한께네, 내 양심에 좇아 실상대로 털어놓을것다."

얼굴의 검은 점도 붉은색으로 변할 것같이 낯빛이 달아오르는 억호
였다.

"요런 소리 들으모 니 심정이 우떨는지 몰라도 말이다."

배봉은 내친 김에 몽땅 이야기해야겠다는 기색이었다.

"내사 동업이보담도 설단이 아가 더 멤에 끌린다 고마."

일순, 억호는 금방 뒤로 벌렁 넘어져 죽을 사람 같았다.

"아, 아, 아부지! 우찌 그, 그런?"

고급 장식장 위에 얹혀 있는 고가의 도자기들이 한꺼번에 와르르 방 바닥으로 굴러 내릴 것처럼 보였다. 하지만 배봉은 그 특유의 능글능글한 모습을 줄곧 유지했다.

"와?"

"아부지!"

부자가 똑같이 꼬부랑한 눈으로 서로를 째려보았다.

"내가 안 할 소리 한 것가?"

"그라모예?"

"니가 팽가(평가)하라모."

"지가 팽가하모……."

"음."

"할 소리 한 깁니꺼?"

배봉은 내 모가지 빼라, 하는 사람처럼 굴었다.

"내사 안 할 소리는 안 하는 사람이다. 해야 할 소리는 죽어도 하고."

방 벽에 걸려 있는 액자가 기우뚱하는 듯했다. 그 방 주인이 뜻은 고사하고 읽기조차 못하는 어려운 한자투성이로 채워져 있는 액자였다.

"아모리 그래도 그렇지예."

억호 얼굴은 그대로 불타버릴 것같이 시뻘겋다.

"지 본처가 논 아하고 여종이 논 아하고를 비교해예?"

배봉은 '흥' 하고 콧방귀를 뀌었다.

"비교할 만한께 비교했다, 와?"

억호는 칼을 휘두르듯 말을 내던졌다.

"더군다나 설단이 아가 더 멤에 끌린다꼬예?"

그러자 비로소 배봉도 약간 민망스러운지 한풀 꺾인 목소리가 되었다.

"너모 그리 흥분해쌌지 마라. 신상에 안 좋다."

자식에게 병 주고 약 주었다.

"말이 그렇다쿠는 기제, 오데 뜻이 그렇다쿠는 기가?"

억호는 부모 자식 인륜을 끊어버릴 사람으로 보였다. 여차하면 아버지 뺨이라도 올려붙일 태세였다.

"말이고 뜻이고 간에예!"

배봉은, 아니면 말고, 하는 식으로 나갔다.

"사람이 입은 쭉 찢어져도 말은 똑바로 하라꼬, 애비 이약은, 설단이 아가 그리도 닐로 닮았다쿤께……."

억호는 위험수위까지 차오른 감정을 가까스로 억눌렀다.

"그런 소리 듣고 젤 멤에 걸리는 사람이 눈고 압니꺼?"

배봉은 상대방 김을 빼놓으려는 일종의 전술처럼 상체를 뒤로 빼고 약간 졸리는 눈빛을 했다.

"눈데?"

"누예?"

좋은 말이 오가든 나쁜 말이 오가든, 그들 부자가 그렇게 길게 대화를 나눈 적은 몇 번 되지 않았다.

"아, 눈데에?"

"바로 지라예, 지!"

두 주먹으로 번갈아가며 제 복장을 꽝꽝 두드려 보이면서 아들이 말했다.

"이 억호 말입니더!"

"흠."

배봉이 얕은 기침 소리를 냈다. 그의 시선은 장식용 문방사우가 놓인 문갑을 향하고 있다. 어차피 사람은 마음도 장식에 불과하다고 믿는 그였다.

"시상 누도 이 억호만치 멤이 착잡하지는 안 할 낍니더."

세상에 다시없이 원망하는 말투였다.

"아부지도 자슥 그런 심정 내사 몰라라 하신께 이런 말씀꺼정 하시고예."

"음."

사실인즉 그러했다. 억호는 서둘러 설단을 꺽돌에게 시집보낸 후에도 설단 뱃속에 든 아이 생각에 너무나도 마음이 편하지 못했다. 태어난 아이가 자신을 빼 박았다는 말을 듣자 더더욱 힘들었다. 여기에는 인간들이 모를 뭔가가 감춰져 있다는 생각이 자꾸 덤벼들었다.

그때 배봉이 별안간 은근한 목소리로 바뀌더니만 그야말로 도깨비방망이 두드리는 소리를 꺼냈다.

"그래 하는 소린데, 니 이참에 자슥 한 개 더 얻을 욕심은 없는 기가?"

"예에?"

억호는 도깨비놀음 하는 것 같은 그 소리에 정신이 천 리 밖이나 나갔다 들어왔다 하는 모습을 보였다.

"자슥 한 개 더예?"

어디 자식이란 게 가게에 진열돼 있는 물건인가? 더 얻고 싶으면 가서 돈 주고 사고, 돈 없으면 훔쳐서라도 가져오고.

"요분에는 또 무신 이약을 하고 싶으신 깁니꺼?"

"그, 그기, 그런께네……."

배봉은 얼른 답을 하지 못하다가 이왕지사 내친걸음이란 듯 거의 명령조로 나왔다.

"설단이가 논 아를 니 양자로 삼았으모 한다."

억호는 들으면 죽을 소리를 들은 사람과 다르지 않았다.

"예에? 야, 야, 양자예에?"

다른 세상에서 들려오는 것 같은 소리였다.

"하모, 양자다."

이건 완전 칼 줄 테니 내 배 째라였다.

"으으."

억호는 배봉을 집어삼키는 눈으로 노려보며 열린 입을 다물지 못했다. 말이라고 다 말이더냐? 세상에, 종년 새끼를 상전이 양자로 삼으라니?

그러나 배봉은 억호가 드러낼 반응을 충분히 예견하고 있었다는 표정이었다. 그는 또다시 상체를 느긋하게 뒤로 빼며 말했다.

"우짜모 우리한테 동업이 말고 또 복디이 하나가 굴리 들오는 일인지도 모린다."

하지만 억호는 도대체 말도 되지 않는 소리 말라는 얼굴이었다.

"아, 암만 그래도 우찌 그런?"

급기야 주먹까지 불끈 쥐여 보이며 천하 제일가는 후레자식 소리를 했다.

"내 아부지만 아이모 그냥 콱!"

배봉은 부르르 떨리는 억호 주먹을 같잖다는 듯이 한번 흘깃 바라보고 나서 지그시 눈을 감아버렸다. 그러고는 자신은 꼭 성사되지 않아도 미련 남지 않고 손해 볼 거 없는 흥정을 하듯 했다.

"내도 니가 자슥만 아이모……."

억호는 끝까지 듣지도 않았다.

"자슥이라꼬 생각하모 그런 이약은 안 하지예. 몬 하······."

배봉도 억호가 말을 마칠 때까지 기다리지 않았다.

"우쨌든 니 일인께 니가 한분 생각해 봐라."

"싫심니더 고마."

그러면서 억호도 시위하듯 눈을 감아버렸다.

"잘만 하모······."

"잘만 할 일이, 오데 다 얼어 죽었심니꺼?"

"잘만 하모······."

배봉은 굳이 그 소리를 한 차례 더 하고 나서 말했다.

"우리도 좋고 설단이 부부한테도 좋은 일이 될 수도 안 있는가베."

억호는 거위처럼 꽥 소리 질렀다.

"그기 좋다꼬예? 좋은 기 씨가 말랐어예?"

배봉은 황소가 들판에서 한가로이 풀을 뜯으면서 내는 소리처럼 했다.

"그라모 안 좋고?"

둘 다 잠시 전열戰列을 다지듯 침묵의 시간을 가진 후에 다시 시작했다.

"하도 보기 좋아갖고 눈깔 빠지것심니더."

"눈깔이사 빠지모 도로 주우서 끼우모 되고."

그다지 필요하지도 않은 이야기들이 지나칠 정도로 자꾸만 불어나고 있다는 것은, 기실 암시하는 바가 크다는 것을 의미할 것이다.

"눈깔에 묻은 흙은 우짜고예?"

"흙?"

비록 말은 장난기 섞는 것 같지만 두 사람 속마음은 그렇질 못했다. 억호는 물론이고 배봉 또한 사안事案의 중요성과 심각성을 절감하고 있었기에 그랬다.

"흙도 모립니꺼?"

"흙 겉은 소리 하고 있네?"

마치 장님 부자가 둘 다 눈에 볼 수 없는 사물을 놓고 이러쿵저러쿵 논란을 펼치고 있는 형용이었다.

"애비한테 자꾸 그리 앵기드는(대드는) 소리 벌로 해쌌는 기 아이다."

부모에게 잘못하면 자식에게서 같은 꼴 당한다는 걸 알려주었다.

"니도 자슥이 있음시로."

배봉은 눈을 슬쩍 떠서 여전히 세상만사 보기 싫다는 듯 눈을 질끈 감고 있는 억호를 건너다보고 나서 다시 눈을 감았다. 그러다가 잠시 후에 협상조로 나갔다.

"내가 쪼꼼 더 구체적으로 이약해줄 낀께 잘 들어봐라."

"구체적이고 추상적이고 안 들을랍니더."

억호는 귀까지 막아버리고 싶다는 투였다. 배봉은 벽면에 걸려 있는, 그 의미도 모르는 한자투성이 액자를 깊이 음미하듯 한참 올려다보았다.

"애비가 자슥 잡아묵는 벱 시상에 없다."

"그래도 이거는 잡아묵는 거보담도 더합니더."

한숨까지 내쉬는 억호를 본 배봉이 학동들을 훈계하는 글방 훈장같이 나왔다.

"설단이 겉은 천한 종년 몸에서 태어났다 쿠지마는, 그래도 그 씨가 달라지는 거는 아인 기라."

아들 가슴팍에 씨를 꼭꼭 심어주듯 했다.

"니 씨다, 그 말이제. 니 씨! 니 씨!"

"……."

"밭이 중요하것나, 씨가 중요하것나?"

아비 말을 깔아뭉개는 아들이다.

"두 개 다 중요 안 합니더."

배봉 음성이 열 가지 스무 가지 빛깔로 바뀌는 듯했다.

"우리 가문에 아들이 귀하다."

배봉의 청승맞은 목소리였다.

"만호 처는 은실이 고년 하나 달랑 보이고는 그냥 깜깜무소식이제, 또오, 억호 니 처도 동업이 놓고는 더 임신을 못 하고 안 있나."

"……."

"내 볼 적에, 니 처가 또 아 배기는 글러뭇다."

억호는 슬그머니 눈을 떴다. 그제야 그의 눈에 병풍 그림이 제대로 들어왔다. 거기 노송 가지에 올라앉은 백로가 흰빛인지 검은빛인지 몰랐었다. 정자 앞쪽을 감돌아 흐르는 게 강인가 바다인가 싶었었다.

'가마이 있거라. 그렇다모?'

가만히 듣고 보니 아버지 하는 말도 영 깡다구가 아니다. 아버지 말마따나 어쩌면 이만한 전화위복도 없다. 다 된 죽에 내 코 빠뜨리면, 남들은 모두 더럽다고 먹지 않고 나 혼자만의 몫이 될 수도 있잖을까 말이다. 그래, 옳다. 그렇게만 되면 내게는 아들이 둘이 아닌가? 아들이 둘. 급기야 억호는 이런 진취적인 생각까지 품기에 이르렀다.

업둥이로 들어온 동업은 내 피 한 방울도 섞이지 않은 생판 남이고, 설단이 낳은 아들은 내 피를 고스란히 물려받은 친자식이다.

'이눔아, 우뗳노?'

배봉은 어느 틈엔가 다시 눈을 뜨고 다소곳이 앉아 아비가 했던 말을 되새겨보고 있는 아들을 보고 모든 게 내 의지대로 되었다는 회심의 미소를 지었다. 한바탕 언쟁을 벌인 효과가 있는 것이다. 사실 억호 입장에서는 더 그렇겠지만, 신기神技에 가까운 그 착상을 직접 한 배봉 자신

역시 여간 마음을 졸였던 게 아니었다.

'잘된 기라. 하모, 잘 안 되고?'

당장 벼루에 먹을 빡빡 갈아 지렁이 기어가는 것 같은 필체일지라도 일필휘지로 '천복'이라고 휘익 써 갈기고 싶어졌다.

'역시나 이 배봉이는 천복을 타고 난 기라.'

남강 건너 '섭천 쇠'가 웃을 생각도 했다.

'그기 아이모 전생에 착한 일을 짜다라 했고.'

하나뿐인 손자가 늘 아쉽고 조마조마했었다. 바람이 불어도 비가 내려도 날아갈까 젖을까 노심초사했었다. 특히 동업이 두 번이나 집 뒤뜰 우물에 빠져 죽을 뻔했던 일을 떠올리면 소름이 끼쳤다.

'후우. 안 좋은 그런 거는 기억도 하기 싫다 고마.'

고무적이고 기가 막힌 일이었다. 억호 씨가 세상에 하나 더 퍼뜨려졌으므로 이번 기회에 가문의 기둥 두 개를 단단히 세우고자 했다.

"시상일이라쿠는 거는, 다 사람이 하기에 안 달려 있나."

개똥철학이 우르르 쏟아져 나왔다.

"안 좋은 것도 좋거로 할 수 있고, 좋은 것도 안 좋거로 할 수 있고."

그렇게 배봉은 억호를 설득시키기 위해 끈덕지게 노력했다.

"첨에는 설단이하고 꺽돌이가 쪼매 문제가 될 수도 있것지만, 그것들도 잘 생각해 보모, 자숙을 상전 집에 양자로 보내는 기 좋다고 여기질 끼거마는."

"아부지가 넘들 속을 우찌 그리 잘 아심니꺼? 그 안에 들가 봤심니꺼?"

억호는 평상시에 아버지가 장성한 아들 문제까지 자기 고집대로 하려든다는 것에 반발을 보이듯 했다.

"아이라 캐도?"

"아이기는예?"

"허, 애비 말을 와 그리 몬 믿노?"

끔벅끔벅하는 배봉의 두 눈에 허연 물기 같은 것이 고여 있었다. 그도 점점 시력이 나빠지고 있다는 증거였다. 하지만 아직도 목소리는 젊은이 못지않게 우렁찼다.

"특히나 꺽돌이는 쌍수를 치키들고 대환영할지 모린다."

배봉은 자신만만한 모습이었다.

"꺽돌이가예?"

억호는 반신반의하는 빛이었다.

"하모, 하모."

배봉은 손가락 끝으로 자기 눈에 괸 물기를 쿡쿡 찍어내면서 말했다.

"지 자슥도 아인 넘 자슥을 곁에 두고 보는 거보담도, 도로 지 눈앞에 안 비이는 기 몇 배 좋을 끼다."

드디어 억호도 자신 있는 어투가 되었다.

"그거는 설단이도 가리방상 안 하까이예."

"어, 설단이도?"

그렇게 반문하는 배봉을 향해 억호는 뭔가 의미 있는 미소를 지었다.

"그 아를 볼 적마당 지 남핀한테 죄지은 심정 아이것심니꺼?"

"하기사 남자라도 여자 보기 쪼매 그랄 끼라."

배봉은 고개를 까딱까딱했다. 그 모습이 까치가 꽁지깃을 흔들듯 방정맞아 보였다.

"그 아를 양자로 보내삐고 진짜 자기들 두 사람 아를 놓고 살모 증말로 화목한 가정이 되것지예."

배봉은 대단히 흡족한지 볼품없는 수염을 두 손으로 번갈아 가며 쓰다듬었다.

"인자사 애비 말귀를 알아뭇는가베. 진즉 안 그라고?"

어깨가 결리는지 손으로 주물렀다.

"무담시 안 해도 될 거에 심만 허비했다 아이가."

배봉은 거기까지의 결론을 끌어내느라 이래저래 신경을 많이 기울인 탓에 몹시 피곤한지 입이 찢어지게 하품을 했다.

"으아함."

그러자 무방비로 드러나 보이는 시커먼 입안이 무척 흉물스러웠다. 그 입을 통해 얼마나 많은 죄악이 행해졌을까?

"됐다. 인자 고마 나가 봐라. 애비는 쪼매 쉬야것다."

배봉이 쫓아낼 것같이 말했다. 억호가 얼른 자리에서 일어서며 자신이 실천할 것에 대해 통보하듯 했다.

"쇠뿔을 단숨에 빼것심니더. 동업이 옴마하고 설단이 부부를 바로 만내보것심니더, 아부지."

"쇠뿔에 받히갖고 죽은 사람도 마이 있다 쿠더라."

배봉은 굵고 짧은 목을 뒤로 젖혀 억호를 올려다보며 출전하는 군사에게 명하는 장수처럼 말했다.

"잘 생각했다. 단칼에 갤딴(결딴) 내삐라."

"알것심니더, 아부지."

억호는 다리 두 개가 서로 엇갈릴 정도로 부랴부랴 자기 처소로 내달렸다. 이렇게 간편하게 좋은 결실을 얻어낼 수 있는 것을 다행으로 생각했다.

"여보, 내하고 긴밀한 이약 좀 하입시다."

분녀는 안방에서 어린 동업과 함께 즐거운 한때를 보내고 있었다. 설단도 떼버렸겠다, 남편도 바람을 잡았겠다, 요즘처럼 살맛 나는 때가 없었던 분녀였다. 그런데 억호가 불쑥 긴밀히 할 이야기가 있다고 하자 분녀는 좀 성가셔하는 빛을 드러냈다.

"새삼시럽거로 긴밀한 이약은 무신?"

말은 그렇게 하면서도 분녀는 어쩔 수 없다는 듯 언네를 불러 잠시 동업을 데리고 나가 돌보게 했다.

"되련님, 쇤네하고 나가서 노입시더."

"머하고 놀라꼬?"

"놀 꺼는 쌔삣심니더."

"에나?"

"하모예."

"알것다."

"호홋."

동업은 언네 하는 말에 순순히 응했다. 언제부터인가 동업은 설단의 보살핌을 떠나 언네 수중에 들어가 있었다. 그게 얼마나 위험천만한 일인가를 억호나 분녀는 상상조차 하지 못했다.

"내 말 잘 들으소."

억호는 앞뒤 재다가는 용기가 꺾일까 봐 방금 아버지와 의논했던 내용들을 서둘러 털어놓았다.

"예에? 그, 그기 뭔 소리라예?"

분녀 반응도 아까 억호가 보인 것과 다르지 않았다. 억호는 분녀가 혼란스러워하는 틈을 타서 얼른 일을 성사시켜야겠다고 작정했다.

"이런 이약, 듣기에 따라서는 쪼매 그렇것지만도……."

아무리 급하지만 일단 그렇게 초부터 친 연후에 얘기했다.

"내나 당신 피나 살은 요만치도 안 섞이 있는 동업이보담도, 우쨌든지 간에 억호 씨인 설단이 아들이 우리한테는 상구 더 가찹다 아인가베?"

"대, 대체 이기 무, 무신?"

분녀는 여전히 충격에서 벗어나지 못하는 기색이었다. 이제 아무 스스럼없이 '억호 씨'라고 내뱉는 남편 낯짝이 두꺼비나 철판보다도 두꺼워 보였다.

'흐, 저런 사람이 인간이라?'

뒤집히려는 눈알이었다. 물릴 수만 있다면 전부 다 물리고 싶었다. 부부고 자식이고 심지어 그녀 자신까지도 그렇게 하고 싶었다.

'개가 새끼를 낳아도…….'

그러나 어쩌겠는가? 세상을 엎을 것처럼 하던 분녀가 한참 만에 꺼낸 말이 이랬다.

"내가 한약방에서 아모리 약을 지이 묵어도 임신을 몬 하는 몸이라쿠는 거, 그거, 인자는 인정 안 하고 싶어도 할 수밖에 없지예."

제 설움에 받쳐 울먹울먹했다.

"그래 하는 소린데, 내사 동업이나 다린 아한테 멤 붙이고 살아가야 하는 팔자라모 벨수 있것어예?"

"헤."

만면에 희색이 그득한 억호는 바싹 고삐를 당겼다.

"그, 그라모 허락해주것다, 그런 말이요?"

분녀는 방구들이 꺼져라 푹푹 한숨을 내쉬면서 신세타령 늘어놓듯 했다.

"우리 조상 살던 마을 돌무데기 서낭당에 가갖고 그리키나 쎄가 빠지거로 빌어도, 내사 석녀를 몬 벗어나고…….."

억호는 잠자코 듣기만 했다. 그건 아내가 애잔하다는 생각에서가 아니라 효과를 극대화시키기 위한 전략이었다.

"흐, 돌기집 신세가 이러키나 불쌍코 처량할 줄 에나 몰랐거마는. 머

한다꼬 낼로 낳소, 아부지 어머이요!"

목이 메는 분녀더러 억호가 위로도 아니고 핀잔도 아닌 어중간한 투로 말했다.

"인자 청승맞은 소리 고만하소."

"우짜것심니꺼."

"그래서?"

"아도 몬 놓는 여자가 남편한테 무신 딴소리 더 할 수 있것어예."

"여, 여보!"

"모도 내 쥔 기라요."

"다, 당신?"

분녀는 뜻밖에도 예전에 비해 말씨며 태도까지 놀랍도록 고분고분해졌다. 분녀는 억호가 설단을 임신시킨 이후로 강짜를 부리는 척했어도 기가 팍 죽어버린 게 사실이었다. 한 가문의 대代를 끊어지게 하는 여자보다도 큰 죄인은 세상에 없을 것이다. 그런 분녀를 훔쳐보며 억호는 마음속으로 중얼거렸다.

'아부지 머리가……'

배봉의 간교한 머리에서 흘러나온, 도무지 얼토당토않은 것 같았던 일이, 예상보다 훨씬 빨리 진행되려 하고 있었다. 이건 횡재라고 할 수밖에 없었다.

'온냐, 이참이다.'

사실 분녀는 설단이 아이를 배기 전에는 제 배 속에 아이가 들어서지 않는 원인의 절반은 남편에게 씌워오고 있었다. 그렇지만 억호 몸은 아무 이상 없음이 명백히 밝혀졌다. 인정하고 싶지 않다고 인정하지 않을 일이 아니었다.

그리고 분녀 또한 이리저리 잣대를 재보니 억호 말이 일리가 있었다.

업둥이보다도 부부 중 한 사람의 피라도 물려받은 아이가 더 살붙이에 가깝다는 것은 두말할 필요가 없는 것이다. 피보다 진한 물이 꼭 없으란 법은 없겠지만.

"설단이하고 꺽돌이도 시방 막 바로 만내보겄소."

억호는 행여 분녀가 마음이 변해 딴소리라도 할까 봐 급히 안방에서 나갔다. 비록 뜻은 함께했지만, 그 모습이 분녀 눈에는 그렇게 매몰차 보일 수가 없었다.

"으흐흐흑, 으흐흐흑."

외딴 섬에 홀로 내던져진 여자처럼 혼자 남은 분녀는 기어이 손바닥으로 방바닥을 내리치면서 통곡했다. 아이를 가질 수 없는 돌계집 년 신세가 너무너무 더럽고 화가 나서 목이 붓도록 끝없이 울었다. 반대할 명분이 없는 분녀의 절망스러운 모습이었다.

'내 요담 시상에 태어나거로 되모, 절대로 여자로는 안 태어날 끼다. 여자야, 내는 니가 싫다. 에나 안 좋다.'

집안 여종들이 그토록 부러워하는 크고 화려한 화장대 거울을 깨버리고 반짇고리를 엎어버리고 싶은 충동에 부대꼈다.

'걸베이도 좋고, 빙신도 좋은께, 남자가 돼서…… 흑흑.'

분녀가 그렇게 한창 설움에 젖어 있을 즈음, 억호는 자기 사랑방에 설단과 꺽돌을 불러 앉혀 놓고 바야흐로 이야기를 끄집어내고 있었다.

"저 옛말에, 지가 뿌린 씨앗은 지가 거두어야 한다, 그런 소리가 있제."

그들에게 겁을 주기 위해 최대한 매서운 눈빛으로 쏘아보았다.

"두 사람도 그거를 들어들 봤것제?"

"……."

설단과 꺽돌은 대체 상전이 지금 무슨 소리를 하려고 저렇게 계속 변죽만 울리는가 싶은 표정들이었다. 평상시 저렇게 주저한다거나 망설이는 성깔이 아님을 그들은 누구보다 잘 안다. 여느 때 같으면 열 번도 더 넘게 이야기했을 시간이었다.

"내 그래서, 그래서 하는 말인데……."

억호는 그 순간 따라 어쩐지 뱀 혀처럼 보이는 혀를 쏙 내밀어 입술을 축인 다음 드디어 관졸들이 오라를 던지듯 본론을 획 내던졌다.

"넘의 일이라쿠모 그냥 마빡에 신짝 붙이갖고 덤비드는 사람들이, 요분에 설단이 니가 논 아를 놓고 요런조런 잡소리들이 짜다라 늘어졌다 쿠는 거 내도 모도 안다. 그 아가 이 억호를 빼박았다는 둥……."

일순, 설단 낯빛은 화로보다도 벌겋게 타올랐고 꺽돌 얼굴은 심하게 황달 앓는 병자처럼 노래졌다. 부끄러움과 분노의 표시였다. 아니었다. 사금파리보다 더욱 위험한 빛들이었다. 순간적이나마 억호는 그네들 얼굴에서 임술년의 농민군 얼굴을 발견하였다. 병인년의 천주학쟁이 얼굴을 보았다.

억호 가슴팍이 날카로운 칼이나 뜨거운 인두에 대인 듯 뜨끔했다. 그뿐만 아니라 위기감마저 달려들었다. 만약 지금 그곳이 그의 방이 아니었다면 급하게 일어나 빠져나가 버렸을지도 모른다.

'이거 까딱 잘몬하모 내가 도로 당하것다. 아모것도 없는 천한 것들이라꼬 벌로 볼 끼 아인 기라.'

그는 기선을 제압할 필요를 강렬하게 느꼈다. 줄을 느슨하게 하면 저쪽에 끌려갈 공산마저 있었다.

"곧바로 이약한다. 그 아를 내한테 양자로 조라."

그러자 아나나 다를까, 두 사람 입에서는 거의 동시에 단말마 같은 소리가 터져 나왔다.

"예에? 야, 양자예?"

"서, 서방님께 양자로예?"

억호는 하인들 앞에서 자신이 취할 수 있는 최대한의 위엄을 세워가면서 사뭇 위협조로 나갔다.

"상전으로서 또 한 분 맹넝한다."

상체를 꼿꼿이 세웠다.

"갸는 내가 양자로 취하것다."

그는 '명령'과 '양자'라는 말에 잔뜩 힘을 실었다. 그런데 이번에는 설단과 꺽돌의 반응이 정반대로 나타났다.

"아, 안 돼예!"

"시방 그 말씀이 진짭니꺼?"

설단은 금세 흐느끼기 시작하고 꺽돌은 어떤 기대감에 흔들리는 눈치를 엿보였다.

'그렇다모……'

억호는 설단보다 꺽돌을 설득시키는 편이 훨씬 더 수월할 것 같다는 판단이 섰다. 그는 자신이 지어낼 수 있는 최고의 근엄한 어조로 꺽돌에게 말했다.

"꺽돌이 니도 들어갖고 앞뒤 사정 모돌띠리 알 끼다. 알제?"

꺽돌 대답이 간명했다.

"예, 압니더."

억호는 한층 힘을 얻은 모습이었다.

"그라이 내도 더 이상 아모 소리 안 하것다."

싸움소처럼 고개를 한 번 숙였다가 들었다.

"우떻노? 그 아를 내한테 주는 기."

"지는……."

그런데 꺽돌이 막 입을 열려고 할 때였다.

"하이고오, 서방니임!"

설단이 억호에게 와락 달려들 것처럼 하며 통곡 소리를 냈다. 그런 설단을 꺽돌이 손으로 막았다. 입은 굳게 다문 채였다. 그런 모습으로 꺽돌은 억호를 말없이 노려보듯 했다. 그의 이글거리는 눈빛이 무쇠라도 녹여버릴 것 같았다. 하지만 억호는 두 눈에 힘을 주어 그 눈빛을 맞받았다.

"물건도 진짜 주인이 나타나모, 주인한테 돌리주는 기 바린 이치 아이것나?"

억호는 끝내 마지막 선까지 넘어서는 말을 서슴지 않았다. 냉혈한의 전형이 그곳에 있었다.

설단도 울음을 뚝 그쳤다. 꺽돌 얼굴이 붉어졌다 파래졌다를 되풀이했다. 그의 목소리가 한없이 떨렸다.

"방금 진짜 주인이라꼬 하싯심니꺼?"

그 소리는 그 방에 있는 가구들이며 장식품들에 부딪혀 큰 상처를 입고 있는 것처럼 전해졌다. 핏물이 뚝뚝 묻어나는 듯한 소리였다.

"진짜 주인이라꼬예, 서방님?"

"그, 그……."

그 물음에는 철면피 억호도 선뜻 아무런 대꾸를 하지 못했다. 꺽돌이 옥죄듯이 했다.

"와 말씀 안 하심니꺼?"

주객전도, 아니 상전과 종이 바뀐 듯했다.

"말씀하시도 괘안심니더."

억호는 말이 없는 가운데 꺽돌의 입언저리에 보기만 해도 몸서리가 쳐지는 기묘한 웃음기가 번지기 시작했다.

"흐흐, 흐흐흐."

곧이어 하늘도 땅도 진저리를 칠 것 같은 한恨 서린 소리가 흘러나왔다.

"하기사 저희들 겉은 일자무식꾼이야 서책 내미 심통 멕히거로 맡으신 서방님 겉은 분 입담을 우찌 당하것심니꺼?"

더는 뒤로 밀릴 공간이 없을 정도로 꺽돌의 집요함에 떠밀린 억호는 손사래까지 쳤다.

"허, 허, 그리 말하모 안 되제."

꺽돌은 금방 울음이 터지려는 목소리로 말을 계속했다.

"머보담도 우리는 서방님한테 목심이라도 바치야 하는 종들 신세 아입니꺼?"

억호는 수염발도 거의 없는 턱을 쥐어박듯이 쓰다듬으며 듣기에 따라서는 통사정을 하는 어조로 이랬다.

"이런 이약할 적에 그기 머 필요하노?"

"머 필요……."

꺽돌이 그 말을 뇌까리는데 억호는 또다시 바뀌어 이번에는 한껏 강요하는 어투가 되었다.

"안 그런 기가?"

그 순간, 목을 어깨 사이로 자라 모가지처럼 집어넣고 있던 꺽돌이, 갑자기 강한 용수철같이 자리에서 튕기듯 일어서며 내뱉었다.

"좋심니더, 서방님."

노상 싸움판에서 놀았던 억호는 혹시라도 꺽돌이 앉아 있는 자신에게 발길질이라도 하지 않을까 방어하는 자세를 취하며 반문했다.

"좋다꼬?"

"예."

"……."

"진짜 주인한테 돌리드리야지예."

그 말을 남긴 꺽돌은 다시는 뒤도 안 돌아보고 방에서 휑하니 나가버렸다. 설단도 놀란 듯 얼른 일어나 따라 나갔다.

그 밤에 설단과 꺽돌이 함께 들어 있는 행랑방에서는 갖가지 소리들이 희붐하게 날이 샐 무렵까지 끊임없이 흘러나왔다. 울음소리, 고함소리, 이상야릇한 웃음소리 그리고 무덤 속 같은 끝없는 침묵…….

산 자는 말이 없고, 죽은 자는 말이 있다

여기는 남강 최고의 나루터인 상촌나루터에 있는 운산녀의 은신처
였다.

배봉 눈을 피해 비밀스럽게 마련한 그곳을 알고 있는 사람은 몇 명 되
지 않았다. 남강 용왕도 모를 장소였다. 돈이 있으면 용왕이 아니라 하
느님과 부처님도 알지 못할 사건을 저지를 수 있는 게 인간이었다.

어스레한 땅거미가 서서히 내려앉을 무렵이었다. 운산녀 혼자 있는
그곳을 민치목과 허나연이 차례로 찾아들었다. 약간 어둡도록 등잔불을
밝힌 그곳에 마주 앉은 세 사람 표정이 그 불빛만큼이나 침침하고 좋지
못했다.

"나루터집 가게 문 앞에서 밤골집 여자한테 들키고 말았다꼬?"

"그, 그기 고만……."

"고만? 고만이 머꼬, 고만이?"

잔뜩 화가 돋친 험상궂은 얼굴로 매섭게 추궁해대는 치목 기세에 나
연의 고개는 땅바닥에 닿을 것처럼 숙여졌다.

"음."

운산녀는 얕은 신음 비슷한 소리를 낼 뿐 내내 말이 없었다. 하지만 나연은 즉각 때려죽일 것처럼 거칠게 닦달하는 치목보다도 그저 침묵으로 일관하는 운산녀가 훨씬 더 버겁고 무서웠다. 그녀는 새파랗게 질린 입술을 간신히 달싹거렸다.

"다, 담에는 저, 절대 실패 안 하고……."

말이 채 끝나기도 전에 치목이 목청을 돋우었다.

"담이고 나발이고!"

나연은 치목의 바짓가랑이라도 잡고 매달릴 여자로 보였다.

"꼬, 꼭 그 아를 데, 데꼬 오것심더."

등잔 불꽃이 금방이라도 꺼질 듯이 흔들거렸다. 그리고 그보다 더 심하게 흔들리는 것이 나연의 몸과 목소리였다.

"그라이 딱 요분 한 분만 용서해주이소."

나연이 애걸복걸했다.

"그 한 분이 올매나 중요한 줄 아즉 모리는가베? 하늘도 하나, 땅도 하나, 사람 목심도 하나……."

치목은 집게손가락을 들어 나연의 코앞에 대고 함부로 흔들어댔다. 나연은 심한 어지럼증을 타는 여자처럼 했다.

"지, 지발예."

"사람 목심이 하나라쿠는 말, 무신 소린고 알 낀데?"

그러던 치목이 생각할수록 한심하고 억울한지 또다시 벌컥 화를 냈다.

"인자 싹 다 글러뭇는 기라."

상촌나루터의 후미진 모래밭에서 비화를 어떻게 하려다가 재영과 얼이 그 두 놈 때문에 실패했던 기억이 되살아나서 더 견디기 힘든 그였다.

"비화 고년은 한 분 당하지 절대로 두 분 당할 년이 아이제."

씨근덕거리는 치목을 향해 나연은 손발을 모두 비빌 것같이 했다.

"죄, 죄송하, 하……."

등잔 불빛을 받은 치목 눈알이 소름이 끼칠 정도로 벌겋다. 사람이 아니라 괴수의 눈알을 방불케 했다.

"앞으로 아들 단속 단디 할 끼니 누가 손댈 수 있것노?"

다 된 죽에 코 빠뜨린 게 너무나도 원통해 치목은 급기야 나연에게 주먹질까지 해대려고 했다. 그러자 그때까지 가만히 있던 운산녀가 치목을 나무랐다.

"아재는 지발하고 거씬하모(걸핏하면) 여자한테 손댈라 쿠지 마소."

찬비 맞은 어린 사슴처럼 덜덜 떨고 있는 나연을 주걱턱으로 가리켰다.

"작고 연약한 여자 몸띠에 때릴 데가 오데 있다꼬?"

"내라꼬 오데 그라고 싶어서 그라나."

그러면서 치목이 슬그머니 주먹을 거둬들였다. 아내 몽녀를 동네북 치듯 하는 치목의 나쁜 손찌검 버릇은 맹쭐에게도 고스란히 전해져 있었다.

맹쭐 아내 경조가 지나친 남편의 가정폭력을 견디다 못 해 친정으로 피신하는 일이 비일비재했다. 그래도 경조의 친정아버지 목 씨가 참 대단했다. 당장 죽더라도 그 집 귀신이 되라고, 울며불며 보따리 싸들고 돌아온 딸을 번번이 내쳤다.

"소득은 없었지만도 우쨌든 고생 한거석 했는 기라."

잠시 후 운산녀가 나연을 위로해주기 시작했다.

"쇠털겉이 쌔삐고 쌔삔 날들인께 꼭 우리 일이 성사될 때가 올 끼거마는."

등잔 불꽃이 화르르 타올랐다.

"그라이 너모 그리 큰 죄 지은 얼골 할 필요는 없고."

그러면서도 운산녀는 두 사람 모르게 한숨을 내뿜었다. 그 자신이라고 어찌 아쉽고 화가 나지 않겠는가? 하지만 이제 나연을 달달 볶아본들 동상이몽으로 맺어진 동업자 정신에 금이 갈 뿐 이득 될 게 없었다.

"마, 마님. 흑, 고맙심니더."

나연이 또 눈물을 찔끔거리자 치목이 조금은 풀린 목소리로 꾸짖었다.

"앞으로는 좀 고마 찔찔 짜소. 머 잘했다꼬 넘이 무신 말만 하모 우요? 우는 기 무신 장기나 자랑인 줄 아는가베?"

나연이 움찔하더니 그치기는 고사하고 되레 더 크게 울었다. 치목은 솥뚜껑 같은 주먹으로 제 복장을 땅땅 쳐댔다.

"얼라도 아이고, 내 참말로 미치고 팔딱 뛰것거마."

운산녀가 또 나연의 역성을 들었다.

"아, 고마 참아라 안 쿠요?"

치목은 감정이 상했다.

"와 내 보고만 자꾸 그리쌌소."

"자꾸 그리쌌는 기 아이고, 시방 저 사람 심사가 우떨 낀고, 아재도 생각이 있는 사람 겉으모 함 생각을 해보소."

"그라모 내는 생각도 없는 사람……."

"그런 소리 안 듣고 싶으모 생각, 생각요. 눈물이 안 나오거로 생깃는가요."

그러던 운산녀 말투가 확 달라졌다. 얼굴에도 섬뜩한 악이 서렸다.

"그보담 더 큰 문제가 있소."

홀연 긴장감이 감돌았다. 치목과 나연이 눈을 빛내며 운산녀를 응시했다. 운산녀는 자못 경계하는 눈초리로 물었다.

"두 사람도 그 소문 들었지요?"

손가락으로 제 귀를 가리키고 나서 말했다.

"억호가 설단이 아를 양자로 받아들인 거 말이오."

"아, 그거요?"

치목이 끝까지 듣지도 않고 씨부렁댔다.

"억호 고 개노무 쌔끼, 피는 몬 기신다꼬, 저울에 갖다 달모 지 애비하고 눈금 하나 안 틀릴 끼거마."

등잔 불빛 아래 눈물이 번질거리는 나연 얼굴을 힐끔 보았다.

"그 나물에 그 비빔밥 아인가베. 배봉이 고 인간은 언네 년한테 우짜고, 그 자슥 눔은 또……."

"년이고 눔이고!"

운산녀가 치목 말을 중간에 탁 끊으면서 머리가 천장에 닿을 듯이 발끈했다.

"시방 누 가슴팍 시커멓거로 타는 꼴 볼라꼬 작심한 기요, 아재?"

치목이 꼬리를 샅에 사리는 개같이 했다.

"아, 그기 아이라……."

나연의 입꼬리가 슬쩍 말려 올라갔다. 그 큰 덩치를 가지고도 조그만 여자한테 꼼짝 못 하는 꼬락서니가 우습기도 하고 고소하기도 했다. 속으로 멋지게 한방 쏘아붙였다.

'그런께 낼로 고만 괴롭히라꼬. 호호호.'

그러나 나연은 일부러 한없이 처량하고 힘없는 목소리를 지어냈다.

"우리 착하신 마님 멤이 에나 몬 팬하시것심더. 인자 억호 그 사람은 아들이 둘이나 안 돼삐심니꺼."

운산녀는 밀실 바닥이 내려 꺼지라 한숨을 내쉬며 제대로 짚었다는 듯 말했다.

"내 말이 바로 그긴 기라, 그거."

암고양이를 방불케 하는 앙칼진 모습은 사라지고 눈비 맞은 비루먹은 개처럼 비실비실해 보이기까지 하는 운산녀였다.

"두 사람한테는 새삼시럽거로 머 기시고 자시고 할 것도 없은께 하는 소린데……."

그 안에 독한 향수를 뿌려 놓았는지 나연은 머리가 몹시 아파왔다. 하여튼 하는 짓거리마다 이상한 사람들이라는 생각이 또 고개를 치켜들었다. 이런 위험천만한 인간들과 언제까지 함께해야 하나 생각해 보니 그저 모든 게 깜깜하기만 했다.

"내는 억호가 양자 하나를 들였다쿠는 말을 듣는 순간부텀 고마 온몸에서 기운이 싹 빠지는 기라."

아닌 게 아니라, 운산녀는 무슨 연체동물같이 흐느적흐느적 해 보였다. 그것을 본 치목이 한껏 소리를 낮추어 말했다.

"그기 영 멤에 걸린다모 방법이 없는 거도 아이요."

운산녀와 나연이 동시에 치목 얼굴을 바라보았다. 치목은 벌레 한 마리 죽이려는 것처럼 전혀 아무렇지도 않은 얼굴로 말했다.

"억호가 양자로 받아들인 그 아도 유괴하모 될 거 아이것소."

나연 가슴이 바늘이나 가시에 찔린 것처럼 뜨끔했다. 나에게 그 아이도 유괴하라고 하면 어쩌나 해서였다. 그런데 운산녀 입에서는 나연이 우려했던 것보다도 몇 배나 더 무서운 소리가 흘러나왔다.

"도로 동업이 그 아를 유괴해삐는 기, 우리한테는 상구 더 큰 도움이 될 끼라쿠는 생각은 안 해봤소?"

치목이 환호 지르듯 했다.

"옳소! 맞소!"

나연 눈앞에서 등잔불이 깜빡하고 꺼져버리는 것 같았다.

동업과 양자를 앞에 두고서 억호와 분녀도 퍽 미묘한 분위기에 싸여 있었다. 뭔가 아주 어색하기도 하고 결의에 찬 공기 같기도 했다.

"참말로 우리 부부 팔자도 기구하요. 팔자 아이라 팔팔자라도 이랄 수는 없제."

분녀 말에 억호는 가타부타 대꾸가 없었다.

"우찌 넘이 논 아를 둘이나 거둬갖고 키워야 할 팔잔고 기도 안 차요."

분녀는 이번에 새로 생긴 동생을 정신없이 들여다보고 있는 동업 귀에 들리지 않게 계속 중얼거렸다.

"삼신할미가 에나 원망시럽소이."

"맞거마는."

억호도 마찬가지 심정이란 듯 낯을 크게 찡그렸다. 그 바람에 그의 오른쪽 눈 아래 박힌 크고 검은 점이 한층 씰룩거렸다.

"우리 두 사람 피하고 살을 한꺼분에 다 받은 아가 있다모 올매나 좋것소. 넘들은 다 쉽거로 그리하더마는. 후우."

분녀는 억울한 듯 원망하는 듯 이렇게도 말했다.

"그리싸도 두 개 중에 하나는 당신 씨가 맞은께, 당신이사 내보담은 상구 멤이 덜 싱숭생숭할 끼요."

"또 그런 소리 내한테 할라요?"

억호는 짐짓 매우 화난 표정을 만들었다. 분녀는 이 말을 할까 말까 한참 동안 망설이는 눈치더니 해야겠다는 쪽으로 마음을 굳힌 모양이었다.

"그래 그런지, 솔직히 내는 동업이가 저 아보담 더 좋거마예."

그러는 품이 송두리째 거짓은 아닌 성싶었다.

"그거는 당신이 동업이를 더 오래 데불고 있었기 땜에 그만치 정이 마이 들어갖고 그럴 끼거마는."

억호는 제법 무척 웅숭깊고 자상한 남편인 양 보이려 애쓰고 있었다.
분녀가 억호 얼굴을 똑바로 바라보며 궁금하다는 목소리로 물었다.

"당신은 우떻는데예?"

억호는 속일 필요가 없다는 듯 털어놓았다.

"당신도 솔직히 말해줬은께 내도 실상대로 이약하요."

잠시 뜸을 들인 후에 말했다.

"내는 당신하고는 다리요."

"다리다모? 우찌예?"

분녀가 왠지 울상을 지어 보였다. 억호는 한층 목소리를 낮추었다.

"내사 요분 아가 상구 더 이뿌요."

분녀의 실눈이 묻고 있었다.

'와 그렇지예?'

억호는 오랫동안 마음속에 꿍하고 있었다는 말투였다.

"동업이 저거는 누 피하고 누 살을 물리받았는고 아는 기 생판 한 개
도 없다 아인가베."

동업은 여전히 어른들이 무슨 소리를 하고 있는지 알지 못한 채 동생
만 내려다보고 있었다. 그 모습이 순진하다기보다도 멍청하게 느껴졌다.

"내는 아모래도 그런 기……."

억호가 말을 끝내기도 전에 분녀가 고개를 세게 저었다. 그러고는 그
건 어디까지나 당신 사정이라는 걸 알리려고 했다.

"하기사! 당신이 이약 안 해도, 내는 하매 그리 알고 있었지예."

두 개 먹고 하나 안 준 사람같이 시무룩해졌다.

"하지만도 내는 암만 노력해싸도, 우짠지 저 아한테는 토옹 정이 안
가이 앞으로 우째야 될랑가 모리것소."

억호도 그건 대책이 없다는 듯 짧게 내뱉었다.

"허어, 그거도 참 뱅이거마는, 불치뱅."

천성적으로 몸이 비대한 분녀는 아무 일도 하지 않고 그냥 가만히 앉아 있는데도 숨이 차는 모양이었다.

"뱅이 있으모 약도 있다 캤는데……."

억호는 지금과 같은 모습을 보이는 아내가 가장 짜증스럽고 싫증이 났지만 그런 티는 전혀 내지 않았다.

"그렇다모 함 찾아봐야제."

그러면서 또 해랑을 찾아 나설 궁리부터 해보는 억호였다.

"오데 가서요?"

억호가 얼른 대답이 없자 분녀는 시비 거는 모양새로 말했다.

"내 멤 속에 들가서요?"

억호는 동업과 양자를 번갈아 바라보았다.

"멤 속이든 멤 밖이든 아모 데나."

그러나 이야기가 길어질수록 그들은 점점 더 깊은 골을 느끼기 시작했다. 그것은 마치 맞보면서도 건널 수 없는 강과도 같은 것이었다. 그들 부부는 잘 의식하지 못할 때도 있었지만 언제나 그런 식이었다.

양자와 억호, 동업과 분녀.

많지도 않은 단 네 식구가 눈에 보이지 않는 선에 의해 두 편으로 갈라지고 있다는 께름칙한 기분. 콩가루 집구석이 따로 없다. 근동 최고의 갑부로서 떵떵거리며 사는 게 마냥 행복한 것만은 아니었다.

그것은 억호도 분녀도 미처 예상하지 못한 일이었다. 억호는 분녀를 이해 못 하는 것은 아니었다. 동성동본 중에서 데려다 기르는 조카뻘 되는 사내아이도 아니고, 서방과 어린 계집종 사이에 생겨난 원수 같은 아이. 그 꼴도 보기 싫을 아이를 양자로 삼아 키워야 하는 여자의 심정 말이다.

그런가 하면, 분녀 또한 억호를 이해하지 못하는 바는 아니었다. 구정물 한 방울 튀어가도 다르다고, 남편 처지나 입장에서야 어찌 족보도 모르는 업둥이와 혈연인 저 아이에게서 똑같은 부정父情을 느낄 수 있겠는가 말이다. 만약 그렇다고 하면 그것은 완전 허위요, 가식일 따름이었다. 그것은 인간이 아니라 다른 동물이라도 마찬가지일 것이다.

어쨌거나 누가 먼저고 누가 뒤랄 것도 없이 그들은 하나같이 말문을 닫아버렸다. 앞으로 제 신상에 무슨 변화가 올지 까마득히 모르는 동업은, 그때까지도 그저 자리에 눕혀 놓은 아기가 좋고 신기한지 아기 보는 일에만 빠져 있었다. 세상 모든 아이는 다 천사라는 말이 실감 나는 광경이었다.

'내가 그새 동업이한테 정이 들 대로 들었는갑다.'

분녀는 그런 동업이 왠지 모르게 불쌍하고 또 무척 불안했다. 그 어린것의 작고 연약한 어깨를 엄청난 무게의 돌덩이가 짓누르고 있는 것처럼 보였다.

'실상대로 따지자모, 그래도 남핀 씨인 저 아가 내한테도 더 안 가찹 것나. 그란데도 내가 이런 멤인 거 보이, 참말로 고눔의 정이라쿠는 기 머신고?'

분녀 눈앞에 아직은 잔털 보송보송한 아이 같은 설단의 모습이 나타났다.

'그거는 그렇고, 고년은 우찌하고 있는고?'

안 듣는 척 들으니, 설단은 제 새끼를 양자로 보낸 후로 아무것도 먹지 않고 하루 종일 울며 지낸다 했다. 그리고 꺽돌은 꺽돌대로 종놈 주제에 일은 하지 않고 술에 절인 채 미치광이처럼 사방팔방 쏘다닌다던가.

'하여간 그것들을 후딱 우리 집에서 내보내삐는 기 좋것다. 그대로 놔놔갖고 득이 될 기 한 개도 없다 아인가베.'

마침내 분녀는 그런 생각을 하기에 이르렀다.

'지가 논 자슥이 바로 지척에 있으이, 설단이도 에미 멤에 지 증신이 것나. 아모리 에리도 에미는 에미고 새끼는 새낀데.'

산 꿩처럼 뼈대가 굵고 튼튼한 꺽돌을 향한 동정심도 새록새록 살아났다. 얼굴도 잘생겨 천한 종놈만 아니라면 세상 모든 여자들이 좋아할 사내였다.

'꺽돌이도 그런 설단이를 안 보모 속이 있는 대로 팍팍 안 썩을 끼고.'

그들 둘 다 이해는 되었다. 결국, 용서받지 못할 종내기는 남편 억호다. 그럼 그의 처인 분녀는?

'그라고 종눔이든 머시든 간에 꺽돌이 지도 사낸데, 지 에핀네가 넘의 씨를 뱄던 일을 생각하모 간에 천불이 안 나까이.'

그러면서 또 스스로도 속에 천불이 나는 분녀였다.

종년 설단의 자식을 상전 억호가 양자로 가로챘느니 삼았느니 하는 풍문은, 배봉 집에서 부리는 남녀 종들뿐만 아니라 온 고을 백성들의 화제가 되었다. 그건 석 달 열흘은 입이 심심하지 않아도 될 일이었다.

"봐라, 봐라. 우떻노? 내 추측이 한 개도 안 틀리고 그대로 따악 들이맞았제? 본래 억호 자슥이었던 기라, 억호 자슥!"

"그기사 설단이 아가 억호를 상구 빼박았다쿠는 소리가 나올 그때부텀 짐작한 일이지만도, 억호가 그 아를 양자로 취할 끼라고는 구신도 내다봤것나 오데. 에나 오래 안 살아도 베라벨 꼬라지 다 본다 아인가베."

"억호 처 분녀가 대단타."

"와?"

"내 겉으모 쥑인다 캐도 그런 아를 양자로 몬 받아들인다. 그기 오데 말이 되는 소리가, 말이?"

"하모, 하모. 정 양자가 필요하모 집도 절도 모리는 그런 아를 택하지, 지 서방이 넘본 종년한테서 난 아를 택하지는 안 할 끼다."

"허, 한 개만 알고 두 개는 모리는 소리 막 하네?"

"머라? 그라모 두 개 아는 똑똑한 니가 함 이약해 봐라."

"우쨌든 그 아는 지 서방 피가 섞이신께 생판 상관없는 넘의 아보담은 안 낫것나, 이건 기라."

"그것도 말은 된다."

"말만 돼? 소도 된다."

"그나저나 앞으로 그 집구석도 문제것다."

"그런께 팽소에 넘한테 안 좋은 소리 듣고 살모 안 되는 기라. 내하고는 아모 상관없다 싶어도 그기 아이거등."

그 소식은 상촌나루터 넓은 바다에도 쫙 퍼졌다. 남모르게 엄청난 충격을 받은 사람은 당연히 재영이었다. 마른하늘에 천둥벼락을 맞으면 그러할까? 아니다. 이 정도까지는 아닐 것이다.

'아, 해필이모……'

그는 오만 가지 잡다한 상념들에 부대꼈다. 사람 미치고 팔딱 뛸 일이라더니, 그 자신이 그런 일에 부닥치고 말았다.

'그라모 인자 내 아들은 우찌 되는 기고?'

당장 떠오르는 게 그 생각이었다.

'내가 멤은 찢기듯기 아팠지만도, 그런 부잣집 장자로 들가서 한시름 놨다 아이가. 지는 잘묵고 잘살 끼라꼬 믿었은께.'

그러나 자칫하면 이제 모든 것이 판이하게 달라질 형편에 이르고 말았다. 뒤바뀌게 될 바다이 보이지 않았다.

'그란데 억호의 진짜 씨가 양자로 들갔다모 이기 오데 예삿일가? 안 그렇나? 그냥 말이 양자지 친자슥 아인가베.'

친 핏줄과 업둥이.

'시방부텀 내 아들은 그 양자한테 밀리서 찬밥 신세가 될지도 안 모리나. 우짜모 찬밥도 몬 얻어묵을지 모린다.'

한편 동업의 존재에 관해서는 아무것도 알지 못하는 비화는, 재영과는 또 다른 각도에서 만감이 엇갈렸다.

'억호한테 아들이 또 생깃다꼬?'

악마가 새끼를 더 얻은 셈이다. 하나도 버거운 악마 새끼가 둘이 되었다. 비화는 붙들 것 하나 없는 허공 속을 위태롭게 걸어가는 듯싶었다. 그 새끼들이 또 새끼를 치고 또 치고 하게 되면…….

'동업이라쿠는 큰아들도 내 상식이나 셈에 따르모 지들 친자슥이 아인데, 요분에는 또 여종 자슥을 양자로 삼았다꼬? 도대체 오데꺼지 가볼라꼬?'

천지신명도 그것들 속을 모르겠다. 아니다. 어쩌면 삼척동자라도 훤히 들여다볼 수 있는 처사라고 할 수도 있겠다.

'설단이라쿠는 아즉 에린 여종이 논 애기가 억호 씨라는 소리가 있더이, 진짜 지 핏줄을 자슥으로 맨들라꼬 한 짓이까? 하모, 그랄 공산도 크다.'

예전보다도 몸이 더한층 꼿꼿해진 비어사 진무 스님이 나루터집을 찾은 것은, 바로 그런 뒤숭숭한 분위기 속에서였다.

"그래, 그래. 흐음."

진무 스님은 여전히 빈자리가 없을 정도로 성업하는 나루터집을 둘러보며 대단히 흡족한 표정을 지었다. 아이같이 맑은 눈을 반짝였다.

"언젠가 내가 이런 말을 했더랬지?"

몸에서 '바스락' 하고 마른 나뭇잎 소리가 날 것 같은 분위기는 그대로였다. 그는 단단히 각인시켜주려는 어조였다.

"큰 부자가 되면 가난한 사람들을 구휼하라고."

"예, 스님."

비화는 잔잔한 미소를 지으며 대답했다. 그와 마주 대하니 소용돌이 치는 것 같던 마음이 잔잔한 호수처럼 바뀐 것이다.

"그 말씀 안 잊아삐고 있심니더."

두 사람이 말을 주고받는 사이에도 가게에는 손님들이 쉴 새 없이 들어오고 나갔다. 그야말로 문전성시 그것이었다.

"아암, 그래야지."

이윽고 진무 스님은 거기 온 용건을 꺼냈다.

"오늘 내가 여기 온 것은……."

"예."

비화는 좀 더 자세를 바로잡았다.

"이제부터 비화 네가, 허, 이것 보게? 아직도 내가 비화라고 부르고 있구먼. 애기 엄마가 된 사람한테……."

진무 스님이 말끝을 흐리며 좀 민망스럽다는 낯빛을 지었다.

"아입니더, 스님."

비화는 얼른 고개를 흔들면서 진심으로 말했다.

"지는 스님께서 시방꺼지 그리하싯던 거매이로 앞으로도 지를 보고 그냥 비화라꼬 이름을 불러주시모 더 좋것심니더."

진무 스님은 주위를 둘러보았다.

"그래도 누가 들으면 어쩌누."

"아모 상관없어예. 에납니더."

"그럼 그럴까? 허허."

가벼운 웃음 끝에 그의 말이 이어졌다.

"내가 여기 걸음 한 것은, 날이 갈수록 나라 형편이 어려워져서 헐벗고 굶주리는 기민饑民이 늘어나고 있기 때문인 게야."

비화 표정이 비장했다.

"지가 할 일을 말씀해주이소."

그러자 진무 스님이 가게 입구 쪽을 보며 말했다.

"마침 잘됐다. 저들을 보거라."

비화가 그쪽을 보니 한눈에도 걸인임이 분명한 무리가 막 가게로 들어오고 있다. 어떤 거지는 금방 픽 쓰러질 것같이 기진맥진한 상태였다.

"장삿집에 이리 우 몰리와서 죄송합니더."

그들 가운데 우두머리인 사내가 머리를 조아리려가며 말했다.

"우리가 몇 날 며칠을 굶었는지 모립니더."

입을 열 힘도 없어 보였다.

"지발 밥 좀 주이소."

제멋대로 자라난 머리칼이 이마를 덮고 눈을 찌를 것처럼 불안해 보였다. 한마디로 잡초 같은 인생이었다. 이만큼 떨어져 있어도 그들 몸에서 풍기는 악취에 속이 울렁거리고 머리가 어지러울 지경이었다. 하지만 그보다 더 견디기 힘든 게 더없이 아려오는 마음이었다.

"자, 이거를……."

언제 그들을 봤는지 주방에서 우정 댁과 원아가 그릇에 음식을 담아 들고 나왔다.

"퍼뜩 묵고……."

그런데 두 사람이 음식물을 막 걸인들 앞에다 내려놓으려고 할 때였다. 별안간 진무 스님이 몹시 당황한 목소리로 외쳤다.

"잠깐! 지금 저들에게 그 음식을 주면 안 돼요!"

"……."

비화를 비롯한 모두가 영문을 몰라 진무 스님 얼굴을 멀뚱멀뚱 바라보았다. 진무 스님은 음식 그릇을 눈여겨보면서 물었다.

"지금 들고 있는 그 음식이 좁쌀미음과 간장 물 아니오?"

우정 댁이 고개를 갸우뚱했다.

"예, 맞는데예, 스님. 그란데 와 그라십니꺼?"

진무 스님은 큰일 날 일이란 듯 다급하게 말했다.

"여러 날 굶어서 지쳐 쓰러지려고 하는 사람에게 그런 음식물을 먹이게 되면 즉시 죽고 맙니다. 즉사해요, 즉사!"

모두가 기겁을 했다.

"예?"

비화 또한 크게 놀란 얼굴로 말했다.

"그렇십니꺼, 스님? 저희는 그런 거 몰랐심니더."

그러나 평상에 앉으라고 해도 마당 땅바닥에 퍼질고 앉은 걸인들은 죽어도 좋으니 어서 먹을 것을 달라는 간곡한 얼굴로 가게 사람들을 쳐다보았다.

"내 말 잘 들으시오."

진무 스님이 모두 들으라는 듯 큰 소리로 말했다.

"저렇게 오랫동안 아무것도 못 먹은 사람들에게는, 우선 흰 죽물을 식혀서 천천히 먹여 허기를 면하게 한 연후에 밥을 주어야 하느니."

"아!"

"그래야……."

"후우, 하마터면……."

저마다 더할 나위 없이 감탄하는 얼굴들이 되었다. 거지 왕초도 아주 존경하는 눈빛으로 진무 스님을 쳐다보았다.

"모두들 또 들어보시오."

진무 스님은 담담한 표정으로 말을 이어갔다. 그에게서는 불심佛心이 깊은 사람에게서만 느낄 수 있는 묵직한 기운이 풍겨 나오고 있었다.

"빈승은 오래전, 아직 아이였던 저 비화 각시를 처음으로 보았을 때 예감했었소. 아, 저 아이는 장차 거부巨富가 될 상相을 가졌구나 하고……."

비화는 진무 스님이 난데없이 그런 이야기를 하자 몸 둘 곳을 몰라했다.

"스, 스님."

하지만 진무 스님은 뭔가 단단히 작심한 모양이었다. 온후한 그의 음성은 나루터집을 울리고 대문간을 빠져나가 온 상촌나루터로 퍼져 나가고 있었다.

"다행히 그 짐작은 틀리지 않았소."

"……."

아무도 말을 하지 않았다. 그 순간에는 물새 소리마저 잠시 끊어져 들리지 않았다. 진무 스님 이야기가 이어졌다.

"지금은 여기 상촌나루터에서 부자라고들 하지만, 세월이 더 흐르면 경상도 최고 갑부가 될 것이오."

하도 배가 고파 금방이라도 죽을 것같이 하던 걸인들이, 이제 허기도 잊은 듯 진무 스님 이야기에 열심히 귀를 기울이고 있었다.

"진무 스님……."

비화는 갈수록 당혹스러웠다. 그건 전혀 뜻밖의 일이었다. 강바람이 그런 비화에게 괜찮다고 귀밑머리를 만져주는 것처럼 하며 스쳐 가고 있었다.

"자, 우리는 얼릉 스님이 말씀하신 그 음식을……."

"아, 그라이시더."

우정 댁을 비롯한 가게 여자들이 흰 죽물을 만들기 위해 서둘러 주방으로 들어갔다. 진무 스님이 거지 왕초에게 말했다.

"조금만 기다리시오, 곧 음식이 나올 테니까."

산발한 머리카락이 이마에서 내려와 눈까지 덮은 얼굴이 텁수룩한 왕초는 허리를 굽혔다.

"예, 예."

비화는 진무 스님을 다시 보았다. 그가 대단한 고승임은 진작부터 알았지만 이렇게 모든 것에 조예가 깊은 줄은 몰랐다. 그는 혹시 부처님의 환생이 아닐까 여겨질 지경이었다. 그의 승복은 사바세계 옷이 아니라 부처님이 계시는 하늘나라 옷이 아닐까 싶었다.

'내가 장차 돈 한거석 벌모 가난한 이들을 구제하라꼬 하신 말씀이 그냥 해보신 기 아인 기라. 다 십 년 이십 년 밖을 내다보심서 가르침을 주시는 기라.'

그곳에도 남강 물이 흐르는 듯 더없이 맑고 깨끗한 하늘을 올려다보았다.

'우짜모 그리하는 기 낼로 이 시상에 나오거로 한 하늘의 깊은 뜻인지도 알 수 없다. 진무 스님이 아이모 내는 깨달을 수 없을랑가도 모리고.'

그 생각 끝에 비화는 심한 혼란과 부끄러움에 빠졌다.

'그란데? 내는 우쨌노?'

진노한 하늘에서 시퍼런 칼이 내려오는 듯했다.

'오로지 배봉이 집안에 복수할 일념으로 돈에 눈이 빨개왔다.'

마귀가 따로 없지 않을까?

'그것만이 내가 부자가 되는 유일한 목표라고 여깃다. 그리 보모 갤국 배봉이나 내나 다릴 끼 머가 있것노?'

비화는 음식물이 나오기를 기다리고 있는 걸인들에게 계속해서 무슨 이야기인가를 열심히 들려주고 있는 진무 스님을 보면서 생각했다.

'진무 스님이 그런 사실을 아시거로 되모 올매나 실망이 커실꼬? 그라고 또 내를 올매나 행핀없는 여자로 보시것나.'

그러나 그런 감정과는 달리 마음 한쪽 귀퉁이에서는 정반대의 소리도 쉴 새 없이 고개를 치켜들었다.

'아인 기라. 내가 구휼사업을 하기 전에 배봉이 집구석부텀 망하거로 맹글어뻬는 기 더 바린 순서다.'

비화 눈에 붉은 핏발이 곤두서고 있었다. 솔직히 이럴 때는 진무 스님 아니라 부처님이 와서 만류해도 마음을 잡기가 쉽지 않은 비화였다.

'그눔들 땜에 그리카나 행복했던 우리 집안은 쓰러졌다. 그 이쁘고 착했던 옥지이는 팽생 눈물로 살아가는 관기의 길로 들어섰다. 그란데 다린 거를 머 말할 끼고?'

두 번 다시는 되살리기도 싫은, 준서가 유괴되었던 마지막 장소인 대문간을 무섭게 노려보았다.

'또 우리 준서를 노린 기 누것노?'

살점이 한겨울 문풍지같이 파들파들 떨렸다. 부처님도 자비를 베풀지 못할 것이다.

'배봉이 그눔 쪽 족속들인 기라. 누가 그 여자를 시키서 우리 준서를 유괴해 오라꼬 했는지는 정확히 모리것지만, 우쨌든 배봉이 집안 누구다.'

쉽게 안정되지 않는 마음을 추스르려고 안간힘을 다했다. 심리전에서 지면 안 된다고 이를 악물었다.

'우짜든지 침착해야 안 하나. 때가 되모 모돌띠리 밝히지것지. 고것들이 와 우리 준서를 유괴할라 캤는가도 저절로 알기 될 끼고.'

이윽고 주방에서 여자들이 음식물을 내왔다. 그것을 허겁지겁 받아먹기 시작하는 동냥아치들을 한참 복잡한 눈빛으로 가만히 지켜보고 있던 진무 스님이 비화에게 낮은 소리로 말했다.

"어디 조용한 방에 들어가서 나하고 얘기 좀 나누자꾸나."

"예, 스님."

비화는 직감적으로 느꼈다. 진무 스님은 틀림없이 비어사 대웅전 뒤쪽 고목 가지에 명주 끈으로 목을 매달아 죽은 안골 백 부잣집 염 부인에 대해 말하고 싶어 한다는 것이다. 그런 자각이 일자 또 정신이 산란해지기 시작했다.

"스님, 저짝 방으로 뫼시것심니더."

비화는 재영이 잠깐 준서를 돌보아주고 있는 살림방으로 진무 스님을 모셨다.

"오시이소."

재영은 두 사람이 무슨 긴요하고 은밀한 이야기를 나누고자 한다는 것을 금방 알아챈 듯 서둘러 방을 나가며 말했다.

"준서가 막 잠이 들었심니더. 지는 강가에 나가 바람 좀 쐬우고 오것심니더, 스님."

진무 스님은 조용한 미소로 대답을 대신했다. 그가 재영을 대하는 태도는 언제나 그런 식이었다. 늘 무슨 말인가를 하려는 눈치다가도 그만두곤 했다. 비화는 진무 스님 입에서 나올 말을 알 것 같기도 하고 모를 것 같기도 했다.

방 한가운데에서 비화와 마주 앉은 진무 스님은 아랫목에서 잠든 준서를 유심히 내려다보더니 이렇게 말했다.

"아기가 엄마 닮아 퍽 영리하게 생겼구나. 내 벌써부터 기대가 크느니."

하지만 이내 약간 어두운 낯빛이 되었다.

"하나, 몸이 좀 약한 것 같다."

비화도 걱정스러운 얼굴이 되었다.

"스님 보시기에도 그렇지예?"

준서가 자다가 발로 차낸 이불을 바로 덮어주며 말했다.

"지 아부지 체질을 받아 그런지, 좀 건강하지 몬한 거 겉에서 근심이 커예. 사람은 아고 어른이고 간에 몸이 실한 기 최곤데……."

준서는 아주 약골은 아니지만, 화색이 돌지 못하는 얼굴은 창백해 보였고, 울음소리 또한 사내아이치고는 그다지 우렁차지 못했다.

"너무 염려하지 말거라."

"고맙심니더."

진무 스님은 강가 쪽에서 들려오는 물새 소리에 잠시 귀를 기울이는 모습이었다.

"아이는 열두 번 변한다는 말도 있지 않으냐."

"예."

"곧 튼튼해질 테지."

"그리 되거로 지가 더 신갱을 쓰것심니더."

"아암, 준서 엄마가 누구냐? 비화가 아니더냐?"

"장마당 스님은 한거석 모지래는 지를……."

진무 스님 말을 가슴에 깊이 새겨들은 비화가 눈치를 보아가며 조심스럽게 먼저 이야기를 꺼냈다.

"해나 염 부인 마님에 대해서 하실 말씀이 있으심꺼?"

진무 스님 답변이 짧았다.

"잘 보았다."

짐작한 대로지만 비화 마음이 천근이나 되는 듯 무거워졌다. 방 안이 갑갑하다는 생각이 들면서 갑자기 말이 나오질 않았다. 모든 게 꽉꽉 막혀버리는 느낌이었다.

"후우."

진무 스님이 평소의 그답지 않게 깊은 한숨을 내쉬었다. 인생이라는 막막한 바다 앞에서 셈도 할 줄 모르는 여느 속인들처럼 말했다.

"도대체 나로서는 무슨 사연인지도 모르겠거니와, 더군다나 앞으로 뭘 어떻게 해야 할지 하도 난감해 널 찾아왔느니라."

비화 가슴이 '쿵' 했다. 진무 스님은 내가 염 부인에 관해 뭔가를 알고 있다는 것을 눈치채고 계신 게 분명하다는 생각에서였다. 평소에 지켜보면 누구보다도 사람의 내면을 잘 꿰뚫어 보는 그가 아니던가?

'암만 그렇다 쿠더라도 안 된다.'

그러나 염 부인과 임배봉 사이에 일어났던 그 엄청난 비밀을 입 밖에 꺼낼 수는 없었다. 아무리 감추는 게 없는 진무 스님 앞이지만 그토록 깊은 원한을 품고 간 고인을 한 번 더 욕보이게 하는 짓은 절대 삼가야 했다. 하지만 역시 짐작한 대로 진무 스님 입에서는 비화를 매우 곤경에 빠뜨리는 소리가 나오기 시작했다.

"부처님께 귀의한 불제자가 한갓 꿈 따위에 흔들린다는 건, 너무나 큰 죄악이고 몽매한 처사라는 걸 내 모르는 바 아니지만……."

"스님."

그가 지금같이 흔들리는 모습을 보이는 것은 흔치 않은 일이었다. 표정도 모든 것을 달관한 고승보다 오욕칠정에 시달리는 속인의 그것에 한층 더 가까웠다. 그리고 그런 진무 스님을 눈앞에서 지켜보고 있어야 한다는 것보다도 고통스럽고 곤혹스러울 게 없는 비화였다.

"염 부인을 그렇게 비명에 보내드린 후로……."

'아.'

비화는 제 속에서 비명을 지르는 자신을 보았다.

"나는 단 하루도 악몽에 시달리지 않은 날이 없느니."

참으로 아귀가 맞지 않은 일이었다. 비화는 수긍하기 힘들었다. 진무 스님 같으신 분이 불길하고 무서운 꿈에 쫓기시다니.

'염 부인이 자살한 장소가 비어사가 아이었더라도 진무 스님이 저라실까?'

그런 회의와 더불어 비화는 묻지 않을 수 없었다.

"무신 꿈을 꾸시기에 그리하심니꺼?"

준서가 잠투정하는 아이처럼 칭얼거리는가 싶더니만 다행히 이내 쌔근쌔근 고른 숨을 내쉬며 잠이 들었다.

'우리 준서가 지 에미하고 진무 스님이 더 이약하라꼬 도로 잘 자 주는갑다. 고맙다이, 준서야.'

비화는 아직은 핏덩이인 아들이 듬직하고 고마웠다.

"아무리 내 불심이 얕은 탓이지만……."

계속 말끝을 맺지 못하는 혼잣말과 함께 진무 스님은 아무런 꿈도 꾸지 않고 아주 평온하게 자는 듯한 준서 얼굴을 다시 한번 들여다보았다. 그러고 나서 사뭇 떨리는 목소리로 입을 열었다. 그 음성 또한 비화가 평소 알고 있는 그의 음성이 아니었다.

"참으로 두렵고 알 수 없는 꿈이야."

"아, 그런?"

비화 뇌리에 강 속에서 불쑥 솟아 나와 남편 발목을 잡던 희고 작은 아기 손이 떠올랐다. 현실보다도 더 생생한 꿈이었다. 진무 스님 꿈 역시 그런가 싶었다.

"한밤중에 잠에서 깨면……."

'으으.'

비화는 진무 스님 모르게 진저리를 쳤다. 불손하고 어이없게도 그가 몽유병자처럼 비쳤다. 물론 세상 모든 것은 보는 사람의 마음이라고, 지금 비화 자신의 마음이 그만큼 여유가 없고 엉뚱한 방향으로 쏠리고 있다는 증거일 수도 있었다.

"나는 부처님 전에 달려가서 먼동이 터올 때까지 기도를 드리지만 좀처럼 마음을 다스릴 수가 없어."

"……."

"그래. 나는 이미 내가 아닌 게야."

그의 입에서는 실로 끔찍한 소리도 나왔다.

"진무는 사라지고 마귀만 남았어."

"스님!"

별안간 지붕 위에서 크게 들려오는 것은 까마귀 울음소리였다.

'카옥, 카오옥!'

'아아.'

비화는 울고 싶었다. 그렇다면 부처님의 가호로도 어쩔 수 없다는 얘기일까? 만약 그게 사실이라면 모든 것은 끝나버린 게 아닐까? 끝, 끝이라니? 아직은 시작도 하지 못하고 있는데…….

이가 부딪치고 심장이 오그라드는 느낌이었다. 이번에는 진무 스님이 몽유병자가 아니라 악귀에게 점령당한 속인으로 변해 보였다. 저 까마귀는 악령이 보낸 것은 아닐까 소름이 돋았다.

"방금도 말했거니와 내 불심이 너무나 약해서인가?"

이번에는 분명하게 진무 스님의 야윈 어깨가 가늘게 떨리는 것을, 비화는 놓치지 않았다. 급기야 그녀 입에서 울먹이는 소리가 흘러나왔다.

"아입니더, 스님. 스님이 올매나…….

지붕 위에서는 처음에 한 마리이던 까마귀가 적어도 너더댓 마리 이상은 더 불어난 것 같았다.

"음."

진무 스님은 마음을 다잡으려는 눈치가 역력해 보였다. 속으로 끊임없이 염불을 외는 듯했다. 하지만 이어지는 그의 이야기는 정녕 처절하고 섬뜩하기 그지없었다.

"꿈에 말이다, 그 고목 가지마다 염 부인 목이 주렁주렁 매달려 있는 거야."

비화는 준서가 놀라 잠에서 깨어날 정도로 큰소리를 냈다.

"예에?"

그는 참으로 엽기적, 황당무계한 괴기미怪奇美의 한 단면을 들려주듯 했다.

"그것도 하나둘이 아니고 수십, 아니 수백 개도 더 되는 목이……."

비화는 끝까지 듣지 못하고 외쳤다.

"우, 우찌 그, 그런 꿈을?"

그 광경을 머릿속에 그려보는 것만으로도 숨이 멎는 듯했다. 잎이나 열매가 아니라 사람의 목이 달려 있는 나무.

"한데, 더욱 두려운 건……."

진무 스님도 거기서는 더 입을 열지 못했다. 미물인 까마귀들도 겁을 집어먹었는지 잠시 조용했다.

비화는 제발 그만두시라고 말리고 싶었다. 진무 스님이, 그녀가 어린 시절에 무서운 옛날이야기를 들려주던 친척 노인들처럼 느껴졌다.

"말하는 나도, 듣는 너도, 지옥 같겠지만……."

진무 스님은 비화에게 반드시 들려주지 않으면 안 된다고 작심한 것 같았다. 그는 질린 모습이지만 전해줄 이야기는 빠짐없이 전해주고 있었다.

"몸뚱어리 없이 매달린 그 얼굴의 입들이 하나같이 무슨 소리들을 계속해대는데, 그럴 때마다 시뻘건 핏물이 하얀 턱을 타고 줄줄 흘러내리는 게야.”

“아!”

비화는 너무너무 무서워 또다시 그만하시라고 발악이라도 하고 싶었다. 상상만 해도 숨이 끊어지는 것 같았다. 머리는 없고 몸뚱이만 무두묘에 묻혀 있는 전창무도 같이 떠올랐다.

그렇지만 진무 스님은 악귀 들린 사람이 마지막 저주를 내뱉듯 했다. 그에게서 고승의 모습은 더 이상 찾기 어려웠다.

“더 무서운 일이 있다.”

“…….”

이제 비화는 귀신을 보고 혼이 완전히 빠져나가 버린 여자였다. 아니었다. 그녀가 귀신이었다. 지금 그 방이 사람 사는 곳이 아니라 묘지 속 같다는 느낌에서 헤어날 수 없었다. 그런 상태에서 비화는 진무 스님 말을 들었다.

“그 입들이 이렇게 말해. ‘비화, 비화를 불러주이소, 스님’ 하고…….”

비화는 두 손으로 끝내 귀를 틀어막고 말았다. 하지만 그런데도 끊임없이 들리는 그 소리.

—비화를 불러주이소.

일본 상인들

　언제나 가게 입구 계산대 앞에 앉아 이런저런 상념에 잠겨 있던 재영은, 막 문간으로 들어서는 젊은 여자를 보는 순간, 간이 떨어질 정도로 소스라치고 말았다.

　'아, 저 처녀가?'

　놀랍게도 그녀는 배봉의 대저택 솟을대문 앞에서 본 적이 있는 그 집 여종이었다. 바로 자신의 아들 동업을 보살피던 억호 처 분녀의 몸종이 나루터집을 찾아들다니 이게 꿈인가 현실인가?

　'그런데 저 사람은 또 누고?'

　제대로 숨도 쉬지 못할 만큼 경악하고 있는 재영 눈에 그녀와 함께 들어오고 있는 사내 모습도 비쳤다. 그러자 재영 머릿속에 그곳까지 들려온 소문이 되살아났다. 여종 설단이 낳은, 그 아기를 억호에게 양자로 주었다는 사내였다. 그건 인간 세상이 아니라 어느 먼 다른 별에서 벌어진 일 같다는 생각을 아직도 버리지 못하고 있는 판이었다.

　'옆에 있는 억세 뵈는 저 사내가 꺽돌이라쿠는 종인갑다.'

　재영은 어떻게든 마음을 추스르려고 갖은 애를 썼다. 그렇지만 지금 그 상황에서 그가 할 수 있는 일은 아무것도 없었다. 일어나서 달아나고 싶어도 그건 안 될 일이었다. 그의 몸이 연기나 바람이 되어 공기 속으로 흩어져 버린다면 또 모르겠다.

'그라고 본께, 설단이 저 여자는 인자 처녀가 아이고 시집간 여자네.'

그런 생각 끝에 좀 더 현실적인 의문이 솟았다. 비로소 손님들 모습이나 목소리도 제대로 보이고 들렸다.

'그거는 그렇고, 저들이 우리 밥집꺼지 오다이?'

그런데 도무지 믿어지지 않는 건 단지 재영만이 아니었다. 설단 역시 재영을 보자 너무나 놀라고 당황하는 빛이었다. 어쩌면 재영보다도 더했다.

'아, 저 남자가 여 살다이?'

내가 몸과 마음이 허약해지니 이제는 헛것까지 보이는가 했다. 그것은 도저히 있을 수 없는 일이었다.

'저 남자 땜에 까딱했으모 내가 분녀한테 맞아 죽을 뿐했제. 저 남자도 억호한테 혼쭐이 났지만도.'

주인집 대문 앞에 와서 서성거리던 재영을 설단은 용케 기억하고 있었다. 하지만 그로 인해 장차 벌어지게 될 사태에 대해서는 누가 알랴. 그리고 다른 것도 그렇지만, 지금도 재영이 동업 때문에 거기 나타났었다는 사실은 까마득히 모르는 설단이었다.

그런데 이건 또 무슨 일인가? 참으로 공교로운 일이 또 발생했다. 재영과 설단이 서로를 발견하고 깜짝 놀라는 기색을 짓는 것을, 마침 비화가 보았던 것이다.

'수상타. 와 저런 얼굴들이고?'

비화는 멈칫멈칫하며 마당가 평상에 가 앉는 그들을 곁눈질하면서 재영에게 다가가 낮은 소리로 물었다.

"눕니꺼? 당신하고 서로 아는 사이인 모냥인데예."

"아, 아이요."

재영은 선뜻 대답하지 못한 채 우물쭈물했다. 그저 우물거리면서 흐리멍덩하게 하는 그 정도를 넘어 혼겁을 한 사람 형용이었다. 그 태도가 비화 눈에 더욱 알 수 없어 보였다. 그 영리한 두뇌가 그 순간에는 완전 먹통으로 변해버리는 듯했다.

"여보?"

비화는 자신도 모르는 새 또 묻고 있었다.

"와 그라시는데예?"

신체가 아주 건장해 보이는 남자와 함께 있는 여자 쪽을 슬쩍 바라보았다.

"저 여자, 오데 사는 눈데예?"

비화의 끈질긴 채근에 재영은 별수 없이 솔직하게 답하기로 마음먹었다. 도둑이 제 발 저리다고, 나연과 놀아났던 재영은 그 때문에 비슷한 의심을 살까 봐서 있었던 그대로를 털어놓기 시작했다. 하지만 목소리가 더없이 흔들려 나오는 것은 어쩔 수 없었다.

"배봉 집 여종인 기요."

"……"

그러자 비화는 한순간 아무것도 듣지 못한 사람 같아 보였다. 그걸 본 재영은 입에 칼을 무는 심정이었다.

"억호하고 분녀가 부리는……."

비화는 끝까지 듣지도 못하고 소스라쳤다.

"어, 억호하고 부, 분녀가예?"

재영이 비틀거리며 의자에서 일어섰다. 그러고는 어느 누가 보기에도 간신히 몸을 지탱하면서 이렇게 말했다.

"우리 여서 이랄 끼 아이고 안에 들가서 이약합시다. 여게는 주방 아주머이 한 분한테 잠깐 맽기 놓고……."

남편 하는 품이 그 경황 중에도 비화 눈에 너무나 심상치 않아 보였다. 완전히 무언가에 쫓기는 것 같기도 하고, 그 반대로 무엇을 쫓는 것 같기도 하였다.

"방으로 가이시더."

비화가 말했다. 그런데 재영은 자신이 먼저 그렇게 하자고 제의를 해놓고도 심한 망각 증세에 걸려 있거나 싱겁기 짝이 없는 사람같이 했다.

"오데로? 아, 방으로……."

비화는 그런 남편을 멀거니 바라보았다. 어쨌든 그들은 서둘러 걸음을 옮겨 놓았다.

평상에 앉은 여자가 자꾸 이쪽을 힐끔거리는 게 비화 눈에 들어왔다. 그 눈초리가 이상할 정도로 비화 마음을 크게 긁었다. 아직은 젊다기보다도 앳돼 보이는 얼굴이지만 어딘지 모르게 숱한 비밀이 서려 있는 듯했다. 그것도 말도 많고 탈도 많은 배봉가家의 여종이라서 그런가?

"당신도 소문을 들었을 낀데……."

잠시 후 세간들이 있는 살림방에 들어가 자리에 앉자 재영이 먼저 입을 열었다.

"억호 아를 뱄다는 설단이라쿠는 여종이 저 여자요."

장롱 문짝이 아귀가 맞지 않는 것처럼 삐거덕 소리를 내는 듯했다.

"서, 설단이라꼬예?"

여간해선 침착성을 잃지 않는 비화지만 그 순간만은 달랐다. 달라도 너무나 다른 여자로 바뀌었다. 남편을 상대로 반문하는 어조가 공격적이면서도 불안정하기 이를 데 없었다.

"설단!"

그건 극히 당연했다. 억호가 누군가. 철천지원수 배봉의 장자다. 어디 그뿐인가? 옥진을 해랑이 되게 만든 장본인이다. 그 억호가 부리고 있는 여종이 우리 집으로 찾아들다니? 그것도 자기 서방으로 보이는 남자와 함께였다.

'저 사람이 우리 준서 옴마 맞나?'

경악과 진노의 빛을 누르지 못하는 아내를 훔쳐보며 재영의 가슴은 한층 덜컹거렸다. 엄청난 혼란과 난감함으로 머리카락이 뭉텅뭉텅 빠져나가는 기분이었다. 천장과 방바닥이 딱 들러붙고, 그사이에 꼭 끼여 육신이 쪼그라들 대로 쪼그라드는 느낌에서 벗어날 수 없었다.

'우째 이런 일이?'

나연이 낳은 아이와 설단이 낳은 아이가 형제가 되었다. 그렇다면? 그래, 박재영의 핏줄과 임억호의 핏줄이 한 형제가 되었구나.

그러면 박재영과 임억호는 서로 어떤 사이가 되는가? 박재영의 아내인 김비화와 임억호의 관계는 어떻게 맺어지게 되는가?

"그란데 이상하네예? 당신이 우떻게 저 여자를 알아봐예? 그라고 저 여자도 당신을 아는 거 겉던데예? 와예?"

그렇게 한꺼번에 정신없이 여러 가지를 물어오는 비화로 인해 재영은 또다시 할 말을 잃었다.

'에나 조심 안 하모 큰일 나것다.'

대답하지 않고 그대로 있을 수 없다는 초조감에 자칫 한마디 잘못 내뱉었다간 걷잡을 수 없는 일이 닥칠 것이다. 아내가 누구냐? 하나를 들으면 열 개가 아니라 백 개 천 개를 아는 여자다.

가게 안에서 손님들이 내는 소리들이 한데 뭉뚱그려져서 '웅웅' 하고 귀를 울렸다. 그것은 사람이 내는 소리가 아니라 거대한 괴물이 내는 소리를 떠올리게 했다. 그리고 재영은 괴수에게 잡아먹혀 그것의 몸속에 들어와 있는 착각마저 들게 했다.

"우째서 아모 말씀도 안 하시예?"

재영이 폐병 환자같이 창백한 얼굴로 계속 침묵을 지키는 것을 보고 비화가 흥분과 의문에 떨리는 목소리로 다그치듯 했다.

"저 여자가 설단이라모, 설단이라모 말입니더."

재영의 반응을 떠나 지금 비화는 무슨 말이든 하지 않으면 곧 미쳐날 기분이었다. 마음이 산산조각이 나서 방안 허공에 제멋대로 둥둥 떠다니는 것 같았다.

"같이 있는 남자는 꺽돌이가 틀림없어예."

비화는 재영에게라기보다 그녀 자신에게 주입시키듯 했다.

"그란께 저들은 억호 집안에 양자로 들간 애기의 친부몹니더."

문풍지가 경련을 일으키는 흰 동물의 깃털같이 파르르 떨리고 있었다. 친부모라는 소리가 재영 귀에는, 자신과 나연 사이에서 태어난 아들을 억호 집안에 업둥이로 준 사실을 아내가 알고 추궁하는 것처럼 받아들여졌다.

'안 되것다, 이리 가마이 있어갖고는.'

재영은 제 머리로 짜낼 수 있는 거짓말은 다 짜내기 시작했다.

"그기 우찌 된 일인고 하모 이렇소."

조금이라도 더 마음의 여유를 가지려고 방문 밖으로 눈길을 한 번 돌리고 나서 말했다.

"운젠가 길을 가다가, 저 여자가 데불고 있는 주인집 아들이 개한테 물릴 뿐하는 거를 보고, 내가 돌을 던지서 개를 쫓아준 적이 안 있소."

그런데 비화는 그 이야기의 진위보다도 내용에 더 큰 충격을 받은 듯했다. 그녀는 잘못을 추궁하는 사람같이 대뜸 물었다.

"그라모 당신이 억호 아들을 구해줬다, 그 말씀이라예?"

"아, 그, 그기……."

재영은 그만 속으로 아차! 싶었다. 큰 실수다. 다급하게 둘러대느라고 아내 집안과 억호 집안이 철천지원수라는 사실을 깜빡했던 것이다.

'아!'

재영은 망연자실했다. 잊을 게 따로 있지, 아무리 경황이 없더라도 그런 사실까지 기억 못 하고 주둥이를 나불거렸다.

"그랬다꼬예. 그랬다꼬예."

비화의 그 말에는 이 세상의 모든 그늘이 드리워져 있는 것 같았다. 재영은 아내만 불렀다.

"여, 여보."

북쪽 바람벽에 나 있는 작은 봉창이 점점 작아지더니 마침내 사라지고, 그 방은 빠져나갈 탈출구 하나 없는 뇌옥으로 변하고 있었다.

"그런 일이 있었다꼬예, 그런 일이?"

그 말을 끝으로 비화는 한동안 입을 열지 않았다. 그 와중에도 뭔가 아주 심각하고 골똘한 상념에 잠기는 표정이었다. 그러다가 어느 순간 자신에게 상기시키기라도 하려는지 혼잣말로 중얼거렸다.

"그런께네 시방 우리 집에 와 있는 저 여자의 아를 요분에 억호가 저거들 양자로 삼았다, 그런?"

궁지에 몰린 재영은 아내 관심을 그쪽으로 돌릴 필요를 느꼈다.

"사실은 억호 자슥이라 안 쿠디요."

억호 친자식은 아니라는 확신을 품고 있는 동업을 떠올리며 비화는 가슴에 새기듯 했다.

"억호 자슥, 억호 자슥."

비화는 머릿속이 하얗게 되었다가 까맣게 되었다가 했다.

"저 꺽돌이라쿠는 그 집안 종은 그냥 아모것도 아인 허깨비 아바이고……."

그런데 재영이 요령껏 주워섬기는 그 말이 떨어지기도 전이었다. 비화가 허둥지둥 설단과 꺽돌이 있는 마당으로 달려 나갔다. 영락없는 광녀였다.

"여, 여보!"

재영이 급하게 뒤따라 나와 보니 비화는 어느 겨를엔가 설단과 꺽돌이 앉아 있는 평상 앞에 가 있었다. 비화는 적잖게 당황하고 경계하는 눈빛으로 자신을 쳐다보는 그들에게 물었다.

"해나 내한테 무신 볼일이 있어갖고 온 기 아이라예?"

그런 다음 곧바로 신분을 밝혔다.

"내가 이집 여주인 비화라쿠는 사람입니더."

그러자 두 사람 모두 안색이 확 바뀌더니 남자가 먼저 입을 열었다.

"맞심더. 우리가 여게 여주인 되는 분한테 머 좀 여쭤볼라꼬 이리온 깁니더."

비화는 제 짐작이 제대로 들어맞았음을 깨달았다. 조만간 그들 부부는 억호 집에서 쫓겨나게 되고, 어쩌면 비화 자신에게 도움말을 얻으러 올지도 모른다는 생각을 했었다.

그랬다. 비화라는 여자가 아무것도 없는 맨손으로 콩나물국밥집을 하여 상촌나루터 바닥 돈을 갈퀴로 긁어모으듯 한다는 소문을 듣고, 지금까지 나루터집을 찾아온 사람은 그 수도 헤아릴 수 없을 정도였다. 사람들은 비화가 '돈 나와라, 뚝딱' 하는 도깨비방망이라도 가지고 있는 여자로 여겼다.

어쨌거나 모든 게 비화의 예상대로였다. 그즈음 설단과 꺽돌은 억호에게서 한 살림 차릴 만한 돈을 줄 테니 그 집에서 나가 독립하라는 독촉과 명령을 받고 있었다. 그리하여 이제 그 돈을 가지고 자립적으로 살아갈 방도를 찾지 않으면 안 될 두 사람은, 깊은 고민 끝에 진작부터 소문으로 듣고 있던 비화를 만나러 온 것이다.

그런 힘들고 급박한 사연이 있는 부부는 비화 쪽에서 먼저 말을 꺼내주니 서먹함도 덜할뿐더러 감지덕지하는 표정들이 되었다.

"인사드리예."

이번에는 여자가 몸을 일으키며 말했다.

"지는 설단이라꼬 합니더."

그러고 나서 눈짓으로 남자를 가리켰다.

"저 사람은 지 남핀이고예."

그러자 남편이라고 소개받은 남자가 말했다.

"우리만 앉아 있으이 쪼꼼 그렇네예. 같이 앉으시지예."

그러다가 최대한 예의를 차리려고 하는 사람처럼 물었다.

"안 그라모 우리가 일어나까예?"

비화는 손을 내저었다.

"아입니더. 그냥 앉아들 있으모 됩니더."

저만큼 마당가에 서 있는 대추나무를 한 번 보고 나서 입을 열었다.

"내는 나모들매이로 서 있는 기 더 좋고 팬합니더."

그렇게 사양한 후에 비화는 동정심 어린 눈빛으로 말했다.

"이런 소리를 당사자들 면전에 대고 하기는 쪼매 머하지만서도, 내한테 살아갈 방도를 물어볼라꼬 왔다쿤께, 내도 기심 없이 말하지예."

그때까지도 재영은 비화 몸 뒤쪽에 우두망찰 서 있었고, 비화는 맨손으로 호랑이굴에 들어가는 심정으로 말을 이어갔다.

"그 집 애기가 주인집 양자로 들갔다쿠는 소문을 내도 들어 압니더. 시상은 넓은 거 겉애도 좁지예."

강에서 물새들 우는 소리가 바로 옆에서 나는 것처럼 크게 들렸다.

"아, 그거를?"

그들 부부 안색이 똑같이 핼쑥해졌다. 비화는 이런 소리까지는 하지 말 걸 하는 후회도 됐지만, 왠지 솔직해지고 싶은 심정이었다. 그리고 너무 앞뒤 재어서는 안 되고 그렇게 해야만 작은 진척이라도 있었다.

"하지만도 우짜겄심니꺼."

비화는 조금 전에 꺽돌이 권한 대로 그들 옆자리에 앉을까 하다가 그대로 서서 대화를 나누기로 했다. 어쩐지 일정한 거리를 유지해야 할 사람들 같아서였다. 자신들이야 억울하고 아무 죄도 없는 사람들이지만 그들 몸에는 배봉 집안 냄새가 배여 있는 듯한 느낌이 든 때문이었는지도 몰랐다.

"내가 관상재이는 아이지만도, 시방 두 사람 얼골을 가마이 본께네……."

"…….."

몹시 긴장한 기색을 보이는 그들이었다.

"그리 될 팔자가 아일까 싶네예."

그러면서 비화가 올려다본 하늘가에는 한 쌍의 부부같이 하얀 구름 두 장이 나란히 걸려 있었다. 그리고 그 구름을 하나로 이어주는 실처럼 검은 새 한 마리가 비껴 날아가고 있었다.

"아, 저희 팔자가예?"

"증말 그런 깁니꺼?"

두 사람은 잠시 서로의 얼굴을 마주 보았다. 무수한 빛이 엇갈리는 표정들이었다. 믿지 못해서가 아니라 어떤 확인에서 오는 반응이 아닐까 싶었다.

그러나 사실 나중 이야기는 거짓이었다. 하지만 그들을 잘못되게 하거나 해치려고 하는 계산에서는 아니었다. 도리어 돕고 싶었다. 자칫 아들을 유괴당할 뻔했던 비화는, 그들이 자식을 양자로 보내고 얼마나 가슴이 아플까 하는 동정심을 품고 있었다.

"잘 알것심니더. 고맙심니더."

비화에게 고개를 숙여 보이고 나서 꺽돌이 진지한 얼굴로 물었다.

"그라모 앞으로 저희 두 사람, 머를 함서 살모 좋것심니꺼?"

"머를 함서……."

"예."

"잠깐만예."

비화는 한참 동안 설단과 꺽돌 얼굴을 번갈아 바라보다가 천천히 입을 열었다.

"내 보기에, 거 부부는 농사를 짓는 기 좋을 꺼 겉거마예."

그러자 설단이 기대 담은 눈길로 가게 안을 둘러보며 조심스럽게 물었다.

"이런 묵는 장사는 우떨꼬예?"

"장사를?"

비화는 시답지 않아 하는 빛을 보였다. 하지만 설단은 미련이 남은 모양이었다.

"뫼시는 상전이 돈을 쪼매 준다쿤께, 우짜모 쪼꼬만 가겟집 밑천은 될 끼라예. 안 되모 우짤 수 없것지만도예."

언제부터인가 그들이 있는 평상 아래에 몸빛이 새하얀 고양이 한 마리가 옹크리고 앉아 있었다. 얼마 전부터 밤골집에서 키우고 있는 놈인데, 그놈도 제 주인집인 밤골집과 나루터집 사람들이 대단히 가깝게 지낸다는 사실을 알고나 있는지, 곧잘 지금처럼 나루터집에 와서 놀기를 좋아했다. 어쩌면 생선보다도 콩나물국밥을 더 좋아하는 특이한 고양이인지도 모르겠다. 하긴 세상 고양이들 가운데 그런 고양이 한두 마리쯤 있는 것도 그다지 나쁘지는 않을 것이다.

"지 희망도 가리방상합니더."

꺽돌도 농사꾼 되라는 게 아쉬운지 아내 말에 덧붙였다.

"땅 파는 일은 인자 신물이 다 납니더. 쥔집 논밭에서 올매나 땀을 흘 릿는고 다 모우모 홍수가 날 낍니더."

다른 평상에 앉아 있는 손님들이 들을까 봐 꺼리는지 목소리를 좀 더 낮추었다.

"똥장군 지고 나르는 거도 딱 싫고예."

비화는 잔잔한 미소로 응했다.

"두 사람이 꼭 장사를 하것다쿠모, 제삼자인 내로서는 우찌할 수가 없지예."

그러고는 잠시 사이를 두었다가 한 번 더 말했다.

"하지만도 내가 볼 적에는 농사를 지이야 성공할 꺼 겉심니더."

"농사를 지이야……."

설단과 꺽돌은 장사를 포기하기는 그렇다는 듯 또 서로의 얼굴을 안 타깝게 바라보기만 했다. 아마 그들은 이미 장삿길로 나가기를 작심하 고 비화에게 장사 비법에 대해 듣고자 온 것 같았다. 무척 난감해하는 표정도 섞여 있었다.

'야옹.'

평상 밑에 옹크리고 앉아 눈을 감고 잠을 자는 줄 알았던 고양이가 한 번 울고는 다시 조용해졌다.

'사람이 산다쿠는 기…….'

더없이 실망한 빛을 띠는 젊은 부부를 보니 비화 마음이 천만 근 되는 것 같았다. 지금까지 쭉 남의 집 종살이만 해오다가, 이제 자식을 상전 에게 양자로 준 대가로 종의 신분을 면하여 양민이 되는 속량贖良을 맞

앉지만, 막상 자신들 능력만으로 살아가자니 그저 모든 게 생경하고 막막한 모양이었다.

'지 멤대로 훨훨 날라댕길 수 있는 새가 상전한테 속박돼 있는 종보담 더 낫다꼬 봤는데, 자유의 몸이 좋기만 한 것도 아인 모냥이구나!'

그런 턱없는 생각마저 들었다. 비화는 난생처음 만나는 그들에게 자신이 동정심 이상의 애정을 품는 이유가 무엇일까 곰곰 헤아려보다가 내심 고개를 끄덕였다.

'억호 그놈한테 하나뿐인 자슥을 뺏긴 사람들이라쿠는 거 땜에 이라는갑다, 내가. 우리가 배봉이 그놈한테 모든 거를 뺏긴 일이 떠올라서 말이제.'

설단이 문득 떠올랐는지 비화 뒤쪽에 꼭꼭 숨듯이 서 있는 재영에게 물어온 것은 그때였다. 그것은 재영이, 잠시 강에 바람 쐬러 갔다 온다고 말하고 그 자리를 피해야 하지 않을까, 아내가 저런 상태인데 어떻게 그럴 수 있을까, 하고 혼자서 갈등을 일으키며 망설이던 중이었다.

그리고 무엇보다도 그가 없는 자리에서 아내와 설단 사이에 무슨 말들이 오갈지도 모른다는 강박감이 그의 발목을 틀어잡고 있었다. 어차피 설단에게 들켜버린 마당이었다. 그가 없다고 하여 꼭 설단이 그의 이야기를 끄집어내지 말라는 법도 없었다. 그래서 아무래도 그곳에 있는 게 덜 불안하고 어떻게든 무마도 할 수 있을 거라고 생각했던 것이다.

그런데 그게 아니었다. 일어날 수 있는 여러 갈래의 사태들을 모두 감안하여 단단히 대비하였음에도 불구하고, 막상 설단이 말을 걸어오자 다 필요가 없었다.

"댁이 여기신가베예?"

그러면서 설단이 자기를 쳐다보는 순간, 재영은 그야말로 속수무책, 세상에서 가장 당황한 사람의 얼굴로 마구 더듬거렸다.

"예? 예. 우, 우리 지, 집이 여, 여깁니더."

그러자 설단은 더 이상 물어오지는 않았다. 현재 자기들 코가 석 자라서 그런지, 자식을 빼앗기고 나니 그 밖의 다른 것은 눈에 들어오지도 않아서인지는 알 수 없었다.

'후우.'

어쨌거나 재영은 가슴을 쓸어내렸다. 나중에는 어떻게 될지 모르지만 우선 당장은 위기를 넘겼구나 싶었다.

"마님."

꺽돌이 비화를 불렀다.

"예, 말해보이소."

비화가 편하게 대해주자 꺽돌은 좀 더 흉금을 털어놓았다.

"그라모 상전이 줄라쿠는 그 돈으로 논밭을 사야 하는데, 그짝에서 준다 쿠더라도 올매나 주것심니꺼?"

고양이가 평상 밑에서 나오더니 사람들을 경계하지 않고 대추나무가 있는 쪽으로 어슬렁어슬렁 기어갔다. 몇몇 손님들이 신기한 눈으로 그놈을 바라보고 있었다.

"그거는 그렇지예."

비화는 고개를 끄덕였다. 억호 그놈을 누구보다 잘 알고 있기 때문이었다.

"그 땅 갖고 농사지어서 묵고살 수 있을랑가 모리것심니더."

무척 회의적인 꺽돌의 말에 설단도 걱정이 가득한 얼굴이 되었다.

"그기 걱정입니더."

그런데 다음 순간이었다. 비화 입에서 모두가 놀랄 뜻밖의 말이 나왔다.

"우리 전답을 좀 내줄 낀께 농사지이 볼랍니꺼? 소작 부치 묵는다 생각하고요."

"예에?"

꺽돌과 설단은 얼굴을 마주 보았다가 일제히 비화에게 고개를 돌렸다. 강가 쪽에서 또 물새 우는 소리가 났다. 그게 무엇이라고 딱 말할 수는 없지만 언제 들어봐도 산새와는 다른 느낌을 주는 소리였다.

"소작도 부담이 간다모……."

비화에게서는 더욱 경악할 소리가 이어졌다.

"살림이 완전히 자리 잡을 때꺼지 소작료는 한 푼도 안 줘도 됩니더. 팽생 그래도 됩니더. 그러이 그냥 우리 땅이다, 그리 여기고 말이지예."

설단이 구세주를 만난 것처럼 기쁜 얼굴로 말했다.

"그, 그리해 주, 주시것어예?"

그러나 꺽돌은 달랐다. 비화의 속셈이 무엇인지 가늠해보기 위해서인 듯 탐색하는 기색이었다. 어쩌면 그런 게 남자와 여자의 차이점인지도 몰랐다.

'아, 저 사람이!'

재영도 몹시 놀란 눈으로 비화를 바라보았다. 도대체 아내를 이해할 수 없었다. 아무리 가난한 사람을 도우라는 진무 스님 말씀이 있었다 하더라도, 소작료도 받지 않고 농사를 지어먹게 하다니. 그것도 밤낮으로 철천지원수 집안이라는 말을 입에 달고 있는 임배봉 집 하인들이 아닌가?

'머시든 가볍거로 덜렁 말부텀 하는 사람이 아이다 아이가.'

비화의 저의를 재영은 알지 못했다. 억호 아들 동업을 돌보아주던 여종 설단이기에 그런 제의를 했다는 것이다.

비화에게는 남모를 깊은 뜻이 감춰져 있었다. 설단을 통해 동업의 비밀을 캐보고자 하는 게 그것이었다. 동업이란 아이는 큰 베일에 싸인 아이였다. 그 아이에 대한 수수께끼를 풀면 모든 것은 보다 확연히 드러날 것이었다.

그러나 그렇게 웅숭깊은 비화도 지금 바깥세상 돌아가는 실정에는 배봉보다 한참 어두울 수밖에 없었다.

그 시각, 배봉은 하판도 목사와 만나고 있었다.

비록 남강 최고의 나루터라곤 하나 고작 상촌나루터 바닥에서만 활동하는 비화 신분과 처지로는 상상도 할 수 없는 국제적인 큰 흐름에 관해 전해 듣는 중이었다.

"우리 조선국이 왜눔들한테 부산 말고도 항구 두 개를 더 개방하고, 왜눔들이 지들 멋대로 바다를 오감서 장사하거로 허가해준다꼬예?"

배봉은 제 깐에 적잖은 충격을 받았는지 막 입으로 가져가던 술잔을 상에 엎질러질 정도로 탁 내려놓으며 물었다.

"그뿐인 줄 아시오?"

하판도 목사의 목청이 갈라져 나왔다.

"그라모 또 다린 것도?"

보기에 흉하고 민망스러울 정도로 이리저리 굴리는 배봉의 눈알이 연기나 안개에 싸인 양 흐릿해 보였다. 어쩌면 노안老眼이 시작되고 있는지도 모를 일이었다.

"그렇소."

"시상에?"

"세상? 말 잘했소. 지금 우리는 그런 세상에 살고 있단 말이오."

"아, 아모리 그래도예."

하 목사 입에서는 상다리도 놀라 폭삭 내려앉을 소리도 나왔다.

"우리 조선국이 지정해준 항구에서 왜눔이 죄를 범할 경우에도……."

"왜눔이 우리 항구에서예."

으스스한 표정을 짓는 배봉이었다.

"일본국 관원이 재판하도록 조약을 맺었다는 거요."

"재, 재판을 그눔들 관원이?"

배봉이 어이없어 하자 하 목사는 술기운이 올라 벌건 얼굴을 한층 붉혔다.

"결국, 조선국과 일본국 관리는 양국 인민의 무역 활동을 일절 간섭하지 않겠다는 그러한 얘긴데……."

"핑개는 운제나 백성이고……."

그러면서 배봉은 내려놓았던 술잔을 낚아채듯 확 집어 들어 벌컥벌컥 들이켰다. 하 목사 뒤쪽에 세워져 있는 병풍 글씨가 마치 술에 취한 지렁이처럼 꼬불꼬불, 삐뚤삐뚤해 보이는 배봉이었다.

"흥선 대원군이 쫓기나고 난께, 시상이 천지개백을 할라쿠는 거 겉사옵니더."

천지개벽 운운하더니 그 향기 좋은 고급술이 쓴 듯 상을 찡그렸다.

"그거도 상구 안 좋은 쪽으로 말이옵니더."

"아, 임 사장!"

하 목사가 모르는 소리 말라는 듯 손을 휘휘 내저었다. 그러는 그의 소맷자락 속에서도 술 냄새가 폴폴 풍겨 나오는 것 같았다.

"조선국이 청나라 압력을 무시할 수 있겠소."

배봉은 하 목사의 말뜻을 잘 알지도 못하면서 입을 놀렸다.

"요분에는 청나라꺼정?"

"그러니까 하는 말이오."

하 목사는 술잔을 들어 이번에는 단숨에 들이켜지 않고 입술만 축였다.

"청국이 벌써부터 우리 조선국더러 미국이나 불란스와 국교를 맺으라고 강요하고, 또 우리나라의 소위 개화론자라는 부류들도 부국강병을 위해서 문호를 개방해 대외 통상을 해야 한다고 주장하는 분위기여서……."

수상한 소리를 듣고 놀라는 당나귀처럼 귀를 쫑긋 세운 채 하 목사 이야기를 듣고 있던 배봉이 별안간 눈을 빛내며 급히 물었다.

"그렇다모 우리는 인자부텀 일본하고 장사를 시작하거로 됐다는 긴데, 그런 식으로 되모 지 겉은 장사치들한테도 큰 밴화가 생기지 않것사옵니꺼?"

하 목사가 자못 감탄하는 표정을 지었다.

"역시 임자는 보통을 넘어. 대단하다니까?"

엉덩이에서 약간 옆으로 밀려난 꽃무늬 화려한 방석을 고쳐 앉았다.

"사장이 될 자격이 충분하다니까? 사장 그거, 되고 싶다고 해서 아무나 되는 게 절대로 아니거든."

배봉은 뭉툭한 손가락으로 뒤통수를 긁적였다.

"쇤네가 무신?"

하 목사는 건성으로 한 말이 아니라는 듯 말했다.

"아니요. 장사눈이 있구먼."

방문의 격자 창살무늬가 그 숫자만큼의 눈처럼 보였다. 배봉은 얼굴에 긴장한 빛을 띠며 또 물었다.

"그란데 우떤 밴화일 거 겉사옵니꺼?"

"변화, 변화라."

하 목사가 끝이 약간 밖으로 휘어 나온 긴 턱을 살찐 손으로 매만지며 대답했다.

"지금으로서는 누구도 무어라 단언할 수 없지만, 어쨌든 큰 산이 무너지고 넓은 바다가 갈라질 대변화가 아니겠소."

배봉과 독대할 때는 언제나 그러듯 이번에도 하 목사가 주위 사람들을 모조리 물리친 탓에 지금 그곳은 지나칠 정도로 조용하기만 했다. 목으로 술 넘어가는 소리, 웃어대는 소리, 주고받는 말소리마저 없다면 무인공산無人空山이 따로 없을 것이다.

"허~억!"

그런 가운데 배봉의 비위 맞추기가 또 시작되었다. 그는 필요 이상으로 상대 말에 민감한 반응을 보이기를 잊지 않았다.

"큰 산이?"

"그렇지!"

"넓은 바다가?"

"그렇지!"

하 목사는 자신이 큰 산과 넓은 바다 같은 배포를 가진 사람인 양 행세했다.

"그러니 이제부터 임자도 우물 안 개구리처럼 경상지방에서만 놀 것이 아니라, 저 바다 건너까지 사업을 확장해야 할 게 아니겠소이까?"

"아, 예. 그, 그러고말고예."

배봉은 아직 다 비우지도 않은 하 목사 잔에 그 비싼 술을 철철 흘러 넘치게 따라주며 아부와 아첨을 늘어놓았다.

"앞으로 더 마이 부탁드리것사옵니더."

하 목사는 자갈길에서 덜컹거리는 수레처럼 상체를 좌우로 흔들었다.

"뭐 부탁이랄 것도……."

배봉은 하 목사의 심한 몸놀림에 눈이 어질해지고 머리가 어지러웠다.

"아이옵니더. 목사 영감 겉으신 분이 안 도와주시모 지 겉은 사람은 장사 몬 해 묵는 때가 온 깁니더."

"음."

"그런 시상이 왔지 않사옵니꺼?"

"허허허."

하 목사가 너털웃음을 터뜨리며 아주 흡족한 표정을 지었다. 그리고는 상대방에게 깊이 각인시키듯 했다.

"남아일언 중천금이라고 했소."

말이 아니라 몸무게로 따지면 하 목사보다 배봉이 훨씬 무겁게 나갈 것이다. 물론 하 목사도 보통 체구는 아니지만, 워낙 배봉의 신체가 육중했다.

"내가 한입에 두말 하겠소이까?"

그러면서 술잔이라도 집어 들고 제 입을 쥐어박을 것같이 하는 하 목사에게 배봉은 큰일 날 소리 다 한다는 식으로 나갔다.

"아이옵니더, 아이옵니더."

그들 두 사람만 앉아 있기에는 지나치게 크고 넓은 방 안을 휘익 둘러보았다.

"그랄 사람이 따로 있지예."

한쪽 눈은 그대로 뜬 채 한쪽 눈을 떴다 감았다 하면서 배봉의 말을 듣고 있던 하 목사는 문득 배봉을 노려보듯 했다.

"그러니 그런 점은 조금도 걱정하지 마시구려."

배봉은 이마가 상에 부딪힐 정도로 허리를 한껏 굽실거리며 말했다.

"예, 예. 무신 말씸인고 알것사옵니더."

"알면 됐소."

하 목사가 눈에서 힘을 뺐다. 배봉은 그래도 한 번 더 그의 마음에 새겨주었다.

"하늘하고 바다가 두 짝이 난다 캐도, 목사 영감께서 서분해하시거로는 절대 안 할 낀께, 영감께서도 그 점만은……."

"알았소, 알았소. 하하하."

그 널찍한 방에 울려 퍼지는 호탕한 웃음소리. 그러자 배봉도 그 웃음에 감염되기라도 한 모양이었다.

"예, 히히히."

"에잉! 또……."

하 목사는 그 웃음이 마음에 썩 들지 않는다는 표정이면서도 말은 이랬다.

"임자는 솔직해서 내 마음에 쏙 든다니까?"

"아이고, 나리!"

배봉은 덕석 같은 머리통을 조아려가며 내심 의아해했다. 그건 사실 아까부터 품어오던 강한 의문이었다.

'이상커마는. 와 오늘은 저라제?'

하 목사는 평소와는 다르게 왠지 이날은 해랑을 술자리에 부를 생각이 전혀 없어 보였다. 배봉이 옆에서 지켜보기에, 지금 급박하게 돌아가고 있는 나라 안팎 정세가 여색에 빠진 그의 마음을 잠시 물러서게 하는 게 아닌가 싶었다.

"왜눔들도 비단을 좋아하는지 모리것사옵니더."

하 목사가 내놓은 최고급 술의 맛을 음미하듯이 홀짝거리고 있던 배봉이 느닷없이 그런 말을 끄집어냈다.

"왜놈들이 비단을 말이오?"

젓가락으로 상 위에 놓인 기름진 안주를 집어 들려다 말고 하 목사가 배봉 얼굴을 빤히 건너다보았다.

"예, 목사 영감."

새우처럼 구부리고 있던 등을 꼿꼿이 세우는 배봉이었다. 그러자 하 목사 같은 신분에 있는 사람도 위압감을 느낄 정도로 엄청난 덩치의 사내가 거기 있었다.

"그건 또 무슨 소리요?"

하 목사가 멀뚱멀뚱한 눈을 했다.

"지가 이름만 사업이라꼬 걸어놓고……."

배봉이 흐지부지 말끝을 흐렸고, 하 목사 또한 덩달아 그랬다.

"사업……."

"예."

배봉의 머릿속은 온통 장사로만 가득 들어차 있었다. 남자가 늙으면 여자보다도 돈을 더 좋아하게 된다더니, 이즈음 들어와서 배봉이 딱 그러했다. 더군다나 비화가 나루터집을 운영해서 하루가 다르게 땅이 불어나고 있다는 정보를 입수하고 있는 그였다.

'내가 왜눔들하고 장사해갖고 왜눔들 돈을 한거석 벌어들이기 되모, 상촌나루터가 암만 크다 캐도 내한테 비기모 비화는 코흘리개 돈을 만지는 거밖에 안 되는 기라.'

배봉은 처음에는 간악한 왜눔들과 가까이하는 일이 싫었지만, 가만히 계산해보니 오히려 잘됐다 싶었다. 하 목사 말처럼 동네 구멍가게 쥐으로만 만족할 게 아니라, 보다 넓고 큰 국제무대로 사업을 확장할 기회가 온 것이다.

'흐흐흐. 비화 고년은 이 배봉이 신발 벗어논 데도 몬 따라오거로 돼뻿다 아이가.'

그때 하 목사 말이 자아도취에 빠져 있는 배봉 정신을 돌려놓았다.

"임 사장이 사업 얘기를 하니, 내 하는 소린데……."

배봉은 끝까지 듣지도 않고 알랑거렸다.

"아, 예, 예. 말씀해보시이소."

하 목사는 매우 통이 큰 사람마냥 굴었다.

"내국인끼리 하는 사업과, 다른 나라 사람과 하는 사업은…….."

이번에도 배봉은 그 내용은 알지도 못하면서 그냥 무조건 말했다.

"그, 그렇사옵니더."

하 목사는 한 수 가르쳐준다는 투였다.

"사업이라고 해서 똑같은 사업이라고 생각하면 그건 큰 오산이오."

"그렇고 말고예."

하 목사는 비록 형편없는 목민관이기는 해도 역시 관직에 오랫동안 몸담아온 터라, 전혀 배우지 못한 천민 출신 장사치 배봉은 그의 말 상대가 되지 못했다.

"하, 하!"

갈수록 배봉의 입을 다물지 못하게 만드는 것이다. 배봉이 느끼기에 병풍도 감복하여 그냥 엎어지는 듯했다.

"우리가 섬나라 오랑캐라고 얕잡아보고 있지만, 그건 큰 착오요."

하 목사는 거기서 갑자기 목청을 아래로 착 내리깔았다.

"왜놈들은 보통 족속이 아니오."

"그, 그라모?"

필요 이상으로 몸을 떨어 보이는 배봉이었다.

"왜 그런고는, 본관 이야기를 더 들어보면 알게 될 것이오."

"예, 예."

배봉은 조금이라도 더 일본인을 알아야겠기에 하 목사 말에 온 신경을 기울였다.

"미국으로부터 강제로 개방 당한 것과 똑같은 수법을 써서 조선국에 접근해오고 있으니 말이오."

"아, 예에."

배봉은 무슨 의미인지도 상세히 모르면서 열심히 짧고 굵은 고개를 주억거리며 하 목사 비위를 맞추기에 급급했다. 두 사람 모두 술잔이 절반가량 채워진 상태였다.

"하여튼 왜놈들이 트집 잡을 빌미를 준 그 운요호 사건이 문제였소."

배봉은 방금 들은 그 사건의 이름도 제대로 머릿속에 넣지 못한 채로 더듬거렸다.

"우, 우, 운?"

하 목사는 그것도 모르는 배봉을 깔보듯 큰 소리로 말했다.

"운요호 사건!"

"아, 예. 운요호."

배봉은 속으로 운요호 사건이 문제든 또 다른 무엇이 문제든 그런 것은 깡그리 소용없고, 어서 왜놈들과 장사나 할 수 있었으면 좋겠다고 생각했다.

'마침 사업을 확장할라꼬 멤 묵고 있던 판국에, 이거는 증말이지 두 분 다시없는 기맥힌 기횐 기라.'

곧이어 일본 여자 모습을 상상해보았다.

'왜년들이 우리 동업직물 비단을 몸띠에 척척 걸치고 돌아댕기는 상상만 해봐도 고마 가슴이 터질 거 겉다 아이가.'

배봉은 동업도 그랬지만 이번에 새로 얻은 둘째 손자 놈 역시 복덩이가 틀림없다고 여겨졌다. 그러고 보니 집안에 복덩이가 두 개다.

'작맹소에서 재업이라 이름지이 줬다꼬?'

배봉 마음은 잠시 손주들에게로 향했다. 그 작명소가 꽤 똑똑하구나 싶기도 했다.

'동업과 재업이라. 흠, 행재지간 이름치고 딱 어울리거마는. 구색이 맞거등.'

302

그런데 배봉 귀에 다소 께름칙한 소리가 들려왔다. 그는 관아 고위직들이 하던 소리를 속으로 뇌까렸다.

'하여튼 우리나라 패거리 문화는 몬 말린단께네?'

억호는 재업이, 분녀는 동업이, 이렇게 제각각 하나씩을 편애하고 있다는 것이다. 그것도 그냥 예사 정도가 아니라 서로 상대가 좋아하는 아이를 그렇게 미워한다나 어쩐다나. 도대체 그것들이 정신이 있나 없나 싶다가도 이런 마음이 들기도 했다.

'솔직히 내도 재업이가 귀엽다쿠는 생각이 안 드는가베. 와 그러까? 아마 그거는 억호를 닮아서 그럴 끼거마는.'

그 생각 끝에 혼자 고개를 갸우뚱거렸다.

'탁 깨놓고 이약해서 우찌 된 판인고, 동업이 그거는 지 부모 누하고도 도통 가리방상한 구석이 안 없는가베. 우째서 그런고 에나 오데 가서 돈 놓고 함 물어볼 일인 기라.'

재업은 억호 판박이여서 누구 눈에도 귀염성 있는 얼굴은 아니지만 배봉 마음에는 그랬다. 동업은 재업보다 잘생겼지만, 이상하게 배봉은 거리감을 느낄 때가 많았다.

'똑 넘의 아 겉은 기분이 드이, 암만캐도 배봉이도 인자는 노망들 때가 됐는갑다. 후우, 세월 앞에 장사 없다더이.'

아직은 한참 남았다고 자위를 하면서도 갑자기 죽음이란 놈이 가까워졌다는 기분이 들어 한정 없이 허망해지면서 무섭기까지 했다. 지금까지 아득바득 벌어 놓은 돈이 아까워서 어떻게 눈을 감나, 죽어서도 못 감지.

'그나저나 우리 동업직물 비단이 일본 땅 전체를 휘감고 나서 내가 죽어도 죽어야 할 낀데.'

거기까지 몽개몽개 피어오르던 배봉의 상념은 적잖게 화난 듯한 하 목사 목소리에 의해 여지없이 꺼지고 말았다.

"허어, 사람이 말을 하고 있는데, 어찌 대꾸도 하지 않고?"

"어이쿠!"

번쩍 정신이 든 배봉은 권력 앞에서 항상 하는 버릇이 발동하여 커다란 머리통부터 조아렸다.

"아, 아이옵니다."

하지만 하 목사는 꼴도 보기 싫다는 듯 손까지 휘휘 내저었다.

"에잉, 임자하고는 다시 술자리 안 하고 싶구먼."

곧장 자리를 박차고 일어서버릴 사람처럼 했다.

"본관하고 술은 아니더라도 물이라도 한잔 함께 나눌 수 있기를 간절하게 바라는 사람들이 줄을 지어 서 있는데 말씀이야. 흐음!"

"헉!"

배봉에게 그보다 더 무서운 경고는 없었다. 하 목사는 토라진 듯 붉은 목소리로 말했다.

"해랑이나 불러야겠어."

배봉은 저승사자를 어쩌겠다는 소리를 들은 것같이 간담이 서늘했다.

"다, 다 듣고 있사옵니다."

하 목사는 세모눈을 했다.

"그래?"

배봉은 눈을 내리깔았다. 하 목사는 생트집을 잡으려는 사람처럼 굴었다.

"그런데 왜 들은 척도 하지 않는다는 말인가?"

"아, 그, 그거는 말이옵니다."

위기에 처할수록 더더욱 빛을 발하는 배봉의 기지와 재치가 이번에도 그 역할을 톡톡히 해냈다.

"너, 너모나 훌륭하시고 뛰어나신 식갠이시온지라……."

하 목사는 등에 병풍이 닿을 정도로 상체를 한껏 뒤로 젖혔다.

"식견?"

배봉은 손가락으로 제 머리통을 툭툭 쳤다.

"예, 예. 그래 이눔이 고만 지 중신을 놓치삐린 것이옵니더."

"그런가?"

"여, 여부가 있것사옵니꺼? 이눔 목심을 걸고 사실을 고하는 것이옵니더."

"에이, 목숨까지야……."

배봉은 정신 차리라고 마음의 손을 들어 제 뺨을 찰싹찰싹 때렸다. 하마터면 큰일 날 뻔했다. 자칫 하 목사 눈에서 벗어나게 되면 일본 진출은 고사하고, 지금 하는 사업마저 하루아침에 젓을 담그고 말 것이다.

"내 임자니까 각별히 더 정보를 주는 것이오. 아시오?"

정보? 눈깔 빠지겠다, 하고 속으로 욕설을 퍼붓는 배봉이었다.

"아, 알면 안다고 말을 해보시오. 모르면 모르겠다고 하고."

하 목사는 대책이 서지 않는 고집불통 늙은이처럼 했다.

"앞으로의 세상은 정보에 밝은 자가 지배할지도 모른다니까?"

특히 '정보'라는 말에 강한 어조를 주었다. 이번에는 배봉도 허위가 아니라 진실로 감탄했다.

"하! 정보에 밝은 자가 시상을 지배한다?"

"그렇지!"

하 목사는 마른안주 하나를 집어 입에 넣고 염소처럼 오물오물하다가 꿀꺽 삼켰다. 그러고는 거위같이 살찐 엉덩이를 품위 없이 들썩거리며 말했다.

"일본이 우리 조선에 엄청난 영향력을 행사하게 됨으로써……."

"일본이 영향력을 말이옵니꺼?"

상에 놓인 기름지고 향기로운 음식 냄새도 전혀 맡지 못하겠는 배봉이었다.

"그러니 이제부터는 임자 사업도……."

"백골난망……."

이날 하판도 목사로부터 비루먹은 개 아무거나 날름 삼키듯이 이것저것 얻어들은 이야기는 배봉을 한없이 들뜨게 만들었다.

일본 상인들과의 교역.

배봉은 벌써부터 조선 돈뿐만 아니라 일본 돈까지 몽땅 싹쓸이한 것 같은 기분에 도취해 술이 어떻게 목을 타고 넘어가는지도 몰랐다.

"임 사장! 본관도 일본 돈 냄새 좀 맡게 해주시구려."

하 목사는 고주망태가 돼가고 있었다.

비단과 봉황새

사랑방에 앉은 억호는 높직한 담장 너머 한길 가에서 들려오는 노랫소리를 들으며 만감이 엇갈렸다.

노들강변 버들가지
세월허리 친친 감고
공단치마 저고리는
기생허리 친친 감고
비단 친친 감은 영감
탕건마저 내동댕이
논도 팔고 밭도 팔고
비단장사 찾아간다

하루가 다르게 비단 인기는 치솟았다. 언제부터인가 양반이 논밭을 팔아 그 돈으로 비단 사러 간다는 내용의 노래가 유행가처럼 사방팔방 퍼져 나가고 있었다. 아니, 호열자 같은 돌림병이나 망국의 징후로 보였다.

제아무리 콧대 높은 여자라도 비단을 선물하는 남자에게는 마음을 열어준다는 소리가 나돌았다. 어떤 늙은 봉사 하나는 비단이라는 말을 듣고 눈을 번쩍 떴다는 풍문까지도 있었다. 동업직물도 그만큼 번창해 갔다.

'운제 들어도 좋거마는.'

억호가 비단 노래에 흠뻑 빠져 혼자 눈을 감고 상념에 잠겨 있을 때였다. 사랑채 밖에서 소리가 들렸다.

"서방님! 양득이 이눔, 서방님 부르심 받고 대령했심니더."

"어, 양득이?"

억호는 번쩍 눈을 뜨며 서둘러 맞이했다. 집안에서 부리고 있는 종놈이 아니라 임금이 보낸 사자使者를 대하는 품새였다.

"쌔이 들오이라."

혀로 마른 입술을 축이면서 말했다.

"하매 기다리고 있었는 기라."

"예."

방문이 감질날 정도로 조심스럽게 열리더니 양득이 사랑방 안으로 들어섰다. 설단의 남편 꺽돌과 엇비슷한 체구의 건장한 사내였다. 나이는 꺽돌보다 두어 살 아래로 보였다. 작고 날카로운 눈매가 매같이 매섭고 네모진 턱이 강인한 인상을 자아냈다. 한눈에 봐도 힘꼴이나 쓰게 생겼다.

"거 앉거라."

엉덩이를 갖다 붙이기는커녕 만져보기도 겁날 정도로 비싼 장판지가 깔린 방바닥을 턱짓으로 가리키며 억호가 말했다.

"예, 서방님."

양득이 평소 얼마나 상전 억호를 극진하게 잘 모시는가는 그의 공손

한 태도 한 가지만 가지고 미뤄보더라도 충분히 짐작할 만했다.

"이 물건이다."

그곳으로 드나드는 사랑문이 있는 쪽에서 무슨 인기척이 전해졌다. 아마도 종들 가운데 누군가가 내었을 그 소리에 잠시 귀를 기울이고 있던 억호가 시간이 없다는 듯 말했다.

"한 치 실수 없거로 그 관기한테 바로 전해야 할 것이야."

그렇게 단단히 이르면서 억호가 양득에게 건네는 것은 크고 화려한 보자기에 싸인 보퉁이였다. 양득은 상감께서 내리시는 하사품을 받듯 두 손으로 그것을 조심조심 받아들었다.

"그 관기 이름이 머라 캤제?"

억호가 가늘게 찢어진 작은 눈을 깜빡이며 물었다. 양득이 얼른 대답했다.

"효원이라 쿱니더, 서방님."

큰 덩치에 어울리지 않게 억호 목소리가 사뭇 흔들렸다.

"효원이라."

양득은 자세를 고쳐 앉았다.

"예, 효원."

억호는 한 번 더 확인했다.

"그 기녀가 해랑을 친언가맹캐 잘 뫼시고 댕긴담서?"

양득이 자신 있게 고했다.

"그림잡니더, 그림자."

"그라모 됐다."

억호는 부처님 오신 날에 불전에 가서 소망을 비는 것처럼 했다.

"그 기녀가 틀림없이 해랑이한테 전해줄 낀께네."

"예, 믿으시도 됩니더."

상전 말이 떨어지기 무섭게 바로바로 고하는 충복이었다. 그리고 보면 양득은 기막히게 머리가 잘 돌아가는 영리한 종이거나, 아니면 그야말로 아무것도 모르고 상전이 시키는 대로만 꼬박꼬박 따르는 멍청이 종이거나, 그 둘 중 하나임은 틀림없어 보였다.

"해랑이가 그거를 받아본다?"

억호는 무척이나 사려 깊은 선비라도 된 듯 잠시 눈을 감았다가 다시 뜨며 짧게 명했다.

"퍼뜩 가봐라."

"예, 서방님. 그라모 소인은 이만……."

"잘해야 한다."

양득이 보퉁이를 집어 들고 일어서는 것을 보고 억호가 재차 다짐받았다.

"무신 일이 있어도 내가 보낸 거를 눈치채거로 하모 안 되는 기다. 알 것나?"

그러자 양득은 보퉁이를 들지 않은 쪽 손으로 두껍고 탄탄한 자기 가슴팍을 한 번 소리 나게 '탁' 치며 말했다.

"이놈만 믿으시이소. 지가 이런 일이라모 구신도 쎗바닥을 찰 정돈께네예."

억호는 입가에 웃음을 빼물었다.

"그래, 니만 믿것다."

양득은 순식간에 방을 빠져나갔다. 큰 체구에 비해 굉장히 날렵한 사내였다. 어쩐지 큰일을 칠 것 같은 느낌을 주는 종이었다.

"음."

억호는 주인에 대한 양득의 충성심에 마음이 무척 흐뭇했다. 저놈은 하늘 두 쪽이 나도 주인을 배신할 놈이 아니다. 평소 아버지와 동생이 가장 부러워하는 것이 바로 그에게는 그런 충복이 있다는 사실이었다.

'그라모 그거는 됐고.'

다시 혼자가 된 억호 눈앞에 지난번 새벼리에서의 일이 꿈결같이 되살아났다. 그건 곰곰 헤아려볼수록 새벼리가 마술을 부렸던 게 아닐까 싶었다.

'내하고 옥지이하고는 전생에 무신 인연이 있는 기라. 그거도 그냥 보통 인연이 아이고 아조 큰 그런 인연 말이제.'

현생도 잘 모르는 주제에 전생까지 속으로 들먹였다.

'안 그라고서야 우찌 그런 기맥힌 만냄이 있을 끼고? 하모, 없다.'

그 위험한 망상은 갈수록 새끼를 쳤다.

'그라고 본께, 그 옛날 대사지 못가에서 만호하고 내가 옥지이한테 핸 일도 모도 미리 정해져 있던 운맹인갑다, 내가 몰라서 그렇제.'

그날 그들 형제가 저지른 그 못된 사건이 도리어 억호에게 자신감을 심어주었다. 가증스럽고 어쭙잖은 자기합리화였다.

'사람 운맹을 누가 우짤 낀데?'

갈수록 운명론자가 돼가는 억호는 계속 마음속으로 중얼거렸다. 누가 지켜보면 영락없이 얼빠진 인간이라고 할 수밖에 없는 모습이었다.

'누가 머라 캐싸도, 이 억호는 옥지이하고……'

전신이 뻐근해 오면서 입술 사이로 음흉한 웃음소리가 새 나왔다. 그는 자아도취에 빠지면서 어처구니없는 확신을 갖기 시작했다. 모든 것은 억호 뜻하는 대로 될 것이다. 하늘이 이미 결정해놓은 숙명의 길이다. 이제는 그 길로 갈 일만 남았다.

심장이 '펑' 터질 듯한 억호 머릿속에 다시 환상적인 그림이 그려지기 시작했다. 옥진이 억호 자신의 씨인 아기를 안고서 활짝 웃고 있는 모습이다. 그 아기는 누군가 집 앞에 아무도 모르게 갖다 놓고 간 업둥이도 아니고 여종이 낳은 아기도 아니다.

한마디로 귀태鬼胎가 아니었다. 월하노인이 청실과 홍실을 엮어서 맺어준 남녀가 만든 사랑의 열매였다. 그 전설의 노인을 만나면 동업직물에서 최고 좋은 비단을 꼭 선물하고 싶다.

'인자 옥지이가 내 자슥만 터억 놔 봐라. 동업이, 재업이 고것들이사 내 두 분 다시는 쳐다보지도 안 할 끼다.'

감영에 딸린 교방.

지금도 틈만 났다 하면 호기심 많은 강아지처럼 아무 데고 쏘다니는 효원이, 마침 해랑 혼자 있는 방에 급히 들어오며 어디 불이라도 난 듯 큰 소리로 말했다.

"언니! 이거, 이거……."

해랑이 놀라 바라보니 효원의 앙증맞은 손에 무슨 큰 보퉁이 하나가 들려 있다. 효원은 호기심과 두려움이 반반씩 섞인 얼굴이었다.

"언니! 이거 봐예."

해랑은 제대로 보지도 않고 물었다.

"그기 머꼬?"

그런데 효원이 한다는 소리가 묘했다.

"누가 언니한테 꼭 전해 달라꼬 함시로 주고 갔어예."

"머?"

해랑은 너무나 엉뚱한 소리에 눈을 크게 떴다.

"시방 무신 말이고?"

그제야 그 보퉁이를 바로 보았다.

"그기 머신데 누가 내한테 주고 가?"

효원이 보퉁이를 방바닥에 털썩 내려놓으며 대답했다.

"내도 몰라예."

"머라꼬?"

효원은 한 번 더 말했다.

"몰라예."

해랑은 어이없다는 표정을 지었다.

"니가 모리모 누가 알 끼고?"

효원은 아직도 멍한 얼굴이었지만 이번에는 꽤 소상하게 일러주었다.

"객사 바로 밖에서예, 덩치가 장난이 아인 우떤 남자가예, 해랑이라 쿠는 관기한테 갖다 주라쿰서 주데예."

해랑이 가볍게 나무랐다.

"그라모 그 사람이 눈 줄도 모림시로 물건부텀 쓱 받아온 기라?"

어쩐지 좀 께름칙한 기분도 든다는 기색이었다.

"또 보재기에 싸인 기 머신지도 모리고?"

"그, 그렇기는 한데예."

효원이 울상을 했다.

"하도 각중애 당한 일이라 놔서, 내도 증신이 없었어예."

내가 혹시 도깨비에게 홀려버린 게 아닐까, 그런 의혹을 품는 모습으로 비치기도 했다. 말을 들으니 그럴 만도 했다.

"증신을 채리본께……."

"그랬더이?"

"그 남자는 하매 사라져삐고 없는 기라예."

"없어?"

"예, 없어졌어예."

효원은 자기도 여전히 믿기지 않는다는 빛이었다.

"똑 연기매이로."

해랑은 잠시 말이 없다가 물었다.

"그라모 얼골은?"

효원이 낯을 크게 찡그리며 대답했다.

"얼골도 기억이 잘 안 나예."

"머?"

해랑이 거기 반원형의 창이 흔들릴 만큼 벌컥 화를 냈다. 그녀가 걸 핏하면 그렇게 성을 내는 게 언제부터인지 또, 그 까닭이 무엇인지 효원 은 알지 못했다. 처음에는 저 홍우병 목사 때문이라고 여겼는데 꼭 그것 만도 아닌 것 같았다.

"니 시방 그기 말이라꼬 하고 있는 기가, 말이라꼬?"

"내는, 내도, 흑⋯⋯."

끝내 효원은 참새같이 작은 어깨를 들썩이며 울먹이기 시작했다. 그 리고 철부지가 앙탈 부리듯 했다.

"그라모 우째예? 우째예?"

그 소리는 방에 있는 거울 유리에 부딪혀 빛같이 반사되면서 사방 벽 을 막 흔드는 느낌을 주었다.

"후~우."

해랑은 버릇인 양 또 한숨이 나왔다. 그 사유 또한 효원은 물론 다른 관기들도 모른다.

"됐다 고마."

그래도 울음을 그치지 않는 효원이었다.

"울모 만사가 다 풀리는 기가?"

해랑은 더 추궁할 수도 없었다. 그녀 자신이었다 하더라도 그랬을 것 이다. 그렇게 짧은 시간에 정신없이 이루어진 일이라면. 더구나 무엇을 잃은 게 아니고 생긴 셈이니 우선 당장은 뭐 크게 신경 쓸 일도 아닌 성싶었다.

"우쨌든 안에 머가 들었는고 보기는 함 보자."

그렇게 말하며 해랑은 방바닥에 놓인 보퉁이를 끌어당겼다. 그러고는 새하얀 손으로 대단히 값비싸 보이는 고급 보자기를 풀기 시작했다. 정성스럽게 싼 것으로 보아서는 아무래도 흔한 물건은 아니었다.

"언니! 언니!"

효원은 조금 전 해랑에게 야단맞았던 일은 금방 잊고 평소의 그 호기심 많은 얼굴로 물었다. 꽁하지 않는 그런 성품이기에 관기들이 다 좋아하는 효원이었다.

"머까예, 언니?"

옷자락 서걱거리는 소리가 유난히 크게 났다.

"글씨, 함 있어 봐라."

효원의 크고 둥근 눈동자가 해랑의 손길을 따라서 바지런히 움직였다. 긴장감이 감돌기 시작했다. 사람에게는 무슨 영감 같은 게 있다고 했다. 그들은 야릇한 기분에 휩싸였다. 뭔가 예감부터 비상했다.

이윽고 보자기가 풀어졌다. 바로 그 순간이었다. 두 사람 입에서 아주 깜짝 놀라는 소리가 동시에 터져 나왔다.

"이, 이기 머꼬?"

"옴마야! 어, 언니, 시상에?"

그들은 똑같이 눈을 휘둥그레 뜨고 열린 입을 다물지 못했다. 거울과 창문이 '쨍그랑' 소리를 내며 깨어져도 그렇게 경악하지는 않을 것이다.

"패, 패물이라예!"

효원이 자지러지듯 했다.

"우, 우찌 이, 이리 비싼 패물을?"

그랬다. 그건 어김없는 패물이었다. 목걸이, 귀고리, 팔찌……. 없는 게 없었다. 산호와 호박으로 만든 노리개도 있고, 수정과 대모玳瑁로 만든 장식물도 있다.

한밤중에 산길을 가다 여우에게 홀린 기분이 이러할까? 대관절 어느 누가 이렇게 값비싼 패물들을 주고 갔다는 말이냐?

"효, 효원아."

얼마나 넋을 빼고 있었을까? 한참 만에 해랑이 막힌 숨길 틔우듯 가까스로 물었다.

"분맹히 내한테 주라꼬 한 기가?"

"하모예, 틀림없어예."

효원이 가느다란 고개를 있는 대로 끄덕이며 이런 말도 했다.

"그 남자가 언니 이름을 말했어예."

"……."

"관기라쿠는 이약도 하던데예?"

해랑은 계속 말이 없고, 혼자 말하면서도 효원은 계속 패물에만 눈이 갔다. 눈이 부셨다. 태어나서 그렇게 값나가는 노리개는 첨 봤다. 아직 얼마 살지는 않았지만, 세상에 그런 게 있을 거라는 상상도 못 했다.

그러나 해랑의 시선은 언제부터인가 그 패물로부터 한참 멀어져 있었다. 초점 없는 눈으로 허공 어딘가를 멍하니 바라보는 모습이 영락없는 바보천치였다.

"하이고! 하이고!"

처음에 당황하고 겁먹었던 효원은 이제 그런 소리를 질러가며 패물들을 하나하나 손에 들어보기 시작했다. 대강 살펴봐도 하나같이 엄청 비싼 것들이었다. 그것들을 모두 가지면 왕비나 공주가 되기에 부족함이 없을 듯했다. 이게 꿈인가 현실인가?

그런데 혼이 나간 효원이 그 많은 패물을 거의 다 한 번씩은 만져보았을 때였다. 아무런 움직임이 없던 해랑이 별안간 발작을 일으키듯 꽥 소리를 질렀다.

"이것들 쌔이 몬 갖다 버리겄나?"

"아, 어, 언니?"

효원은 여태 그렇게 노한 해랑은 본 적이 없었다. 그녀도 사람이기에 때로는 성을 내기도 했지만, 워낙 아름다운 용모여서 보는 사람 눈에는 전혀 화난 것으로 보이지 않았다. 아니다. 오히려 그럴 때 해랑은 한층 더 기품 넘치고 누구도 범접할 수 없고 뇌쇄적일 정도로 매력적인 여자로 비치기도 했다.

그렇지만 지금은 아니다. 무엇이든 한 차례 쏘이기만 해도 깡그리 타버릴 것같이 무서운 여인의 눈빛이다. 저주와 원한의 화신인 악녀의 눈빛이었다.

효원으로서는 아무래도 이해가 되질 않았다. 패물 때문에 저렇게 노여워하다니? 세상 누구라도 싫어하지 않을 물건이 패물 아닌가?

'그란데 언니는 우째서 저라노?'

시간이 흐르면서 효원의 놀람은 조금씩 의문으로 바뀌기 시작했다. 또한, 그것은 강한 초조와 불안을 몰아왔다.

다른 사물들도 수상한 기운을 느끼고 있는 것일까? 바람도 별로 느껴지지 않는데 창이 저 혼자 '덜커덩' 소리를 내곤 했다. 얼핏 거울 속에 비친 방 안과 그들 두 사람 모습이 전혀 다른 세상에 들어가 있는 착각마저 자아내었다.

'그렇다모 해나?'

효원은 귀에서 윙윙 소리가 나고 머리가 지끈거렸다. 혹시 해랑 언니는 그 패물을 준 사람을 알고 있는 것은 아닐까? 어쩌면 그와는 한평생 지우지 못할 무슨 쓰라린 비밀을 품고 있는지도 모르겠다. 하지만 이렇게 귀한 패물을 주기까지 했는데…….

'아, 우짜지? 우짜모 좋노?'

이러지도 저러지도 못한 채 몹시 당혹스러워하고 있는 효원의 머리 위로 또 한 번의 다그침이 불같이 내리쳤다.

"니가 갖고 왔은께 니가 치아야(치워야) 할 끼 아이가?"

해랑은 손에 무엇이라도 들리면 효원을 향해 사정없이 던질 사람처럼 보였다.

"와 암 말이 없노?"

효원은 목구멍 안에 기어드는 소리로 간신히 말했다.

"이거를 준 사람이 오데 있는고도 모리는데…….

하지만 그 말을 끝까지 듣지도 않고 해랑은 막돼먹은 여자같이 다시 버럭 소리를 내질렀다.

"모리것으모 아모 데나 내다 버리삐모 되것제!"

패물을 구더기 들끓는 죽은 쥐새끼처럼 대하는 해랑이었다. 그래서 효원은 그것이 더욱 아깝다는 생각이 들었다.

"그, 그래도 이리 귀한 거를?"

그러자 해랑은 믿어지지 않을 만큼 강한 힘으로 효원의 몸을 거칠게 밀치며 패물에 팔을 뻗었다. 그러고는 이빨을 악다무는 소리로 말했다.

"니가 몬 하모 내가 하것다."

"언니, 지발예."

하지만 해랑은 빌듯 하는 효원은 거들떠보지도 않고 패물에만 눈길을 주었다.

"저리 몬 비키것나? 당장 이것들을…….

"아이라예! 아이라예!"

효원은 얼른 손을 놀려 패물을 주섬주섬 주워 모아 보자기로 다시 쌌다. 그리고는 보퉁이를 들고 도망치듯 황급히 밖으로 빠져나오고 말았다. 다른 사람이 그 광경을 보지 않은 게 얼마나 큰 다행인지 모른다.

"으으으윽. 흐흐흐흑."

효원의 등 뒤에서는 해랑이 피맺힌 듯 절규하는 소리가 아귀와도 같이 달라붙었다. 그 여린 손으로 방바닥을 함부로 내리치는 소리도 들렸다. 손에 멍이 들어도 예사로 들지 않을 것이다. 자칫하면 손이 병신이 되어 영원히 쓰지 못하는 불상사까지도 생길지 모르겠다.

'이거를 우짠다?'

효원은 한참 궁리한 끝에 일단 그것을 자기만이 아는 은밀한 장소에 숨겨두기로 했다. 현재로선 그 길밖에 없었다.

'난주 다시 이약하자.'

지금은 해랑이 너무나 흥분하고 과격한 상태여서 도무지 입을 섞어 무슨 말을 할 계제가 아니었다. 상황만 더욱 악화시킬 어리석음을 범할 수 없었다.

"우째 이런 일이, 이런 일이?"

효원이 나가고 혼자 남아 마구 울부짖고 있던 해랑은 선머슴같이 주먹으로 눈물을 쓱 훔치고는 자리에서 벌떡 일어섰다.

'몬 살 끼다……'

이대로 계속 앉아 있다간 심장이 산산조각으로 터져 죽어버릴 것 같았다. 해랑은 목젖에 시퍼런 비수가 닿아 있는 여자가 말도 하지 못하고 속으로 비명 지르듯 했다.

'억호가 보낸 기 확실타.'

그녀는 확신했다. 그것은 상상만으로도 견딜 수 없는 노릇이지만 분명했다. 세상에는 아무리 부정하고 싶어도 그럴 수 없는 일이 있는 것이다.

'우리 고을에서 억호 아이모 저리 비싼 패물을 마련할 사람이 없는 기라.'

그러다가 흡사 자기 눈앞에 그가 있기라도 하듯 두 눈을 부릅떴다.

'하지만도 니가 사람 잘몬 봤다.'

해랑은 오늘 관기들이 무슨 행사에 동원되는지 그런 것 따위에는 아예 신경도 쓰지 않고 무작정 교방을 빠져나왔다.

'될 대로 돼뻐라. 머가 겁나서? 죽기밖에 더 하까이.'

아니다. 오히려 누가 죽여준다면 그에게 큰절이라도 올리고 싶은 심정이었다. 언제까지 농락을 멈추지 않을 것인가?

'싫다, 싫어. 다, 다.'

해랑은 자신이 감영에 매인 몸이라는 것도 아랑곳하지 않고 혼자서 그 고을 북쪽에 솟아 있는 이곳 주산主山 비봉산으로 향했다.

'비봉산아! 잘 있었제?'

평소 해랑으로서는 참으로 알 수 없는 수수께끼가 있었다. 그 지역에는 비봉산보다 높은 망진산도 있고 비봉산보다 넓은 선학산도 있다. 한데도 사람들은 왜 비봉산을 이 고을의 상징적인 산으로 보고 있는 걸까? 비봉산 서쪽 자락에 있는 가마못에서 내뿜는 뜨거운 열기를 견디지 못해 그곳에서 홀쩍 날아가 버렸다는 봉황새에 대한 미련이나 기대감 때문인지도 모르겠다.

"헉헉."

해랑이 정신없이 치맛자락을 휘어잡고 세상 모든 것을 떨쳐버리기 위해서인 듯 숨 가쁘게 비봉산 중턱쯤 올랐을 때였다. 그녀는 눈을 크게 떴다. 아주 뜻밖이었다. 천년 고도古都 유서 깊은 고을이 한눈에 내려다보이는 큰 바윗돌 위에 걸터앉아 있는 낯익은 얼굴들이 보였던 것이다.

'아, 저분들이?'

의외에도 비화 아버지 김호한과 그의 오랜 벗 조언직이었다. 그들은 해랑 자신의 아버지 강용삼과도 절친한 사이라는 걸 잘 알고 있다.

'아부지! 울 아부지는…….'

해랑은 순간적이지만 아버지가 그들과 함께 계시지 않은 것에 실망했다가 오히려 다행으로 여겼다. 잠깐 사이에 감정의 빛깔이 정반대로 바뀐 것이다.

"이기 누고? 옥지이 아이가?"

"예."

"옥지이가 우짠 일로 여꺼정 왔제?"

호한은 친딸 비화를 만난 듯 옥진을 반겼다. 옥지이라는 말을 그렇게 자연스럽게 할 수 있는 사람은 몇 되지 않았다.

"그동안 잘 계싯어예?"

인사를 하면서도 해랑은 비화와의 일이 되살아나 마음이 편하지 못했다. 언직은 눈부신 듯 말없이 해랑을 바라보기만 했다.

"니도 여 함 앉아 봐라."

그곳 바위 옆에 선 아름드리 밤나무 둥치같이 굵직한 목소리였다.

"상구 공기도 좋고, 풍갱도 에나 좋다. 바람도 괘안코."

"예, 아자씨."

호한 권유에 해랑은 그들 옆에 가만히 가 앉았다. 혼자 다른 사람들 보기 청승맞게 산에 오르는 것보다는 그래도 아버지 친구분들이 있어 조금은 기분이 나아졌다. 역시 사람은 사람이 있어야 하는 걸까?

'아이다. 이전에는 그랬지만도 인자는 아인 기라.'

해랑은 콧마루가 시큰해질 정도로 와락 치미는 강한 설움을 어쩌지 못했다. 거기 밤나무 가까이 서 있는 늙은 참나무 밑동에 뚫려 있는 큰

구멍처럼, 그녀의 가슴 한복판에도 구멍이 생기면서 찬바람이 솔솔 끼쳐드는 듯했다.

"그것도 마, 그렇고……."

"하모, 그런께네……."

두 사람은 하던 이야기를 계속했다. 해랑은 패물 생각에서 벗어나려고 의식적으로 귀를 기울였다. 참나무 가지에 앉은 까치도 소리를 내지 않고 꼬리만 달랑거리고 있었다.

"언직이 자네 말매이로 여게 이 산 이름부팀 본래대로 대봉산大鳳山으로 부리모 더 안 좋것나."

"오늘부팀이라도 당장 그래삐자 고마."

해랑은 비봉산과 대봉산, 그 두 개의 산 이름을 가만히 마음으로 견주어보았다. 그러다가 옥진과 해랑, 그 두 개의 자기 이름에 생각이 미치자 그만 또 와락 울고 싶어졌다.

'산이나 내나 우짜다가 이리 됐노?'

호한의 그 말을 들은 언직이 손을 들어 그곳 비봉산과 저편 대룡골 사이에 있는 못 쪽을 가리켰다.

"저 못도 가매못이 아이고 도로 누봉지樓鳳池가 돼야것제."

해랑은 침울한 기분을 애써 떨쳐내며 그 의미를 새겨보았다.

"에나 좋은 이름이었는데 없어져삧다이."

"그렇제. 누봉지, 누봉지였디라."

호한은 한창 잘나가던 지난날의 명성과 가산家産을 떠올린 듯 회한에 찬 목소리로 말했다.

"운제나 옛날 이름을 도로 찾을랑고?"

해랑의 심정이 새 한 마리 날지 않는 망망대해에 혼자 표류하듯 더없이 막막했다. 흘러가 버린 물처럼 다시는 되돌릴 수 없는 과거였다.

대봉산이 비봉산이 되고 누봉지가 가마못이 돼버렸듯이, 이 옥진도 해랑이 돼버려 언제부터인가 해랑이라는 기명妓名이 죄악과 저주의 굴레처럼 다가오곤 했다. 같은 관기들 가운데에는 그 이름이 너무너무 좋다고 부러워하는 사람도 있었고, 어떤 목사도 좋은 이름이라고 말해준 적이 있지만, 할 수만 있다면 아무도 그녀의 이름을 부를 수 없게 그냥 무명無名으로 살아가고 싶었다.

그런데 더 기억조차 하기 싫은 게 '옥진'이란 본명이었다. 실로 이상한 노릇이지만 왜 그런지 그 까닭은 알 수가 없었다. 부모가 지어준 이름인데 그게 싫다면 불효도 그런 불효가 세상 어디에 또 있겠는가 싶으면서도 그랬다. 그렇다고 다른 이름을 갖고 싶은 게 결코 아니면서도 말이다.

"우리 고을이 당한 수모를 떠올리모 시상 살맛이 없다."

"맞다. 에나 몬 참것다."

두 어른 대화는 좀처럼 끊일 줄을 몰랐고, 해랑은 잡념을 몰아내기 위해 한층 귀를 세웠다. 그리고 듣다 보니 자신도 모르게 그들 이야기에 빨려들기도 했다.

"태조 이성계가 무학대사를 시키갖고, 여 지맥을 에나 한거석 안 끊어뻤나."

"예전에는 저 비봉루 옆에 향교도 있었담서?"

해랑은 처음 들어보는 소리였다.

"하모, 그랬다 쿠더마. 그리한 이유도 참 안 그런가베?"

"도로 손으로 하늘을 가리라 쿠제."

해랑이 올려다본 하늘에는 작은 조각구름 서너 장이 머무는 듯 흘러가고 있었다. 그리고 바로 머리 위에는 그 하늘을 가로지르면서 멧새 한 쌍이 날갯짓을 하는 게 손끝에 잡힐 듯이 똑똑하게 보였다.

"조선을 뒤엎을 역적이 나올 명당자리라꼬 딴 데로 옮깃다이."

"봉황새도 날라가삐고, 향교도 없어져삐고……."

어른들 탈기하는 목소리가 근처 나무둥치에 부딪혀 멀리 가지 못하고 그 자리에서 맴을 돌고 있는 느낌이었다. 그들 얼굴 위에는 사라져 가버린 것들에 대한 짙은 아쉬움과 그리움이 고스란히 묻어나고 있었다. 그러나 해랑은, 나도 그리 돼버렸으면 좋겠다고 생각했다.

"모돌띠리 그래봐라 캐라꼬."

"그라모 대체 우리 고을에 남아 있는 기 머꼬?"

"그래도 아즉꺼지는 괘안타 아인가베."

"무신 소리고?"

"이라다가 세월이 더 가모 더 사라져삘까 싶어갖고 핸 걱정이제."

잠시 사이를 두었다가 대화가 이어졌다.

"설마?"

"시방꺼지 해오는 거를 돌아보모, 낙관만 하고 앉았을 일이 아인 기라."

"자네, 시껍 주는 소리 고마하라꼬."

그때까지 잠자코 듣기만 하던 해랑이 끼어들었다.

"봉황새가 우떤 샌데, 사람들이 모도 그리 아쉬버하는지 모리것어예."

멀리 남강이 흐르고 있는 남쪽에 눈을 주고 있던 호한이 감회 어린 목소리로 말했다.

"에나 고상하고 칼끗한 새로 알려져 있제."

"예에."

서편 저 아래에 출렁이고 있는 누봉지, 아니 가마못, 아니 가매못으로부터 비봉산 자락을 거슬러 바람이 불어 올라왔다. 뜨거운 불기운으로 봉황을 쫓아버린 못에서 불어오는 바람이라는 선입견 탓인지 그 바람 끝에는 왠지 후끈한 기운이 묻어 있는 듯했다.

"봉황새는 아모리 배가 고파도 좁쌀은 절대 안 묵는다데?"

"우짜모!"

새 이야기가 아니라 사람, 그것도 호한 자신에 대해 하는 소리 같았다. 해랑은 다시 한번 효원이 가져왔던 패물이 떠올라 골이 울렁거릴 정도로 고개를 크게 내저으며 물었다.

"그라모 머 묵고 살아예?"

"짐승이나 사람이나 안 묵으모 몬 살제."

그러면서 이번에는 언직이 해랑의 의문을 풀어주었다.

"오즉 죽실 하나뿐인 기라."

"죽실예? 죽실이라모?"

언직의 목소리도 조금 전 호한의 목소리와 닮았다.

"그런께 대나모열매만 묵고 산다 쿠더마."

호한이 주변에 서 있는 소나무와 참나무, 밤나무 등 여러 종류의 나무를 둘러보며 덧붙였다.

"또 보통 나모에는 깃을 안 들이고, 오동나모에만 깃들인다꼬 하는 기라."

"아, 오동나모에만예!"

이야기를 들으면 들을수록 해랑은 부끄러웠다. 너무나 참담했다. 봉황새는 그토록 고고한데 인간으로 태어난 이 몸은 어찌 진구렁을 구르며 살아가는가?

'내는 날짐승만도 몬하다.'

또다시 떠오르는 패물 생각에 해랑은 입술을 깨물었다. 남들이 모두 탐내는 패물로 전신만신 주렁주렁 치장하고서 살아간다 한들, 질퍽거리는 진흙 구덩이에 구른다면 그건 더욱 비참할 따름이다.

"그라고 본께, 저게 인사마을 오죽전이 에나 대단한 곳 아인가베."

"하모, 하모. 거 대나모와 오동나모 숲이 오데 장난이가?"

그들 대화를 들으면서 해랑은 내 두 귀 빠진 이 고을에 유난히 대밭이 많은 까닭을 이제야 알았다. 봉황새가 먹을 것을 장만해주어 많이 서식하라는 뜻일 것이다.

'하지만도 봉황새는 오데꺼지나 상상의 새 아이가. 내는 우쨌든 간에 핸실 속에서 살아야 하고……..'

해랑은 너무나도 괴롭고 힘든 현실을 조금이라도 잊을 양으로 자신이 알고 있는 봉황새를 머릿속에 세세히 그려가기 시작했다. 모양이며 빛깔까지를.

머리는 뱀, 턱은 제비, 등은 거북, 꼬리는 물고기, 깃에는 오색 무늬…….

그러자 관아 연회 같은 때 다른 기녀들과 더불어 저 영산회상靈山會相에 맞추어 추던 봉황무鳳凰舞가 떠올랐다.

'그래, 내는 천한 관기 신분이지, 죽었다 깨나도 고고한 봉황새가 될 수는 없제.'

해랑은 그만 자신도 모르게 바위에서 벌떡 일어서고 말았다. 바위가 아주 강하게 밀어내버리는 것 같았다.

"하매 갈라꼬?"

"예."

발밑에 때아닌 낙엽이 졌다. 병든 잎사귀이리라.

"급한 일 없으모 더 있다가 가지, 와?"

"자조 몬 올 긴데."

두 사람이 아쉬운 표정을 지었다. 해랑이 말했다.

"급한 일이 좀 있어서예."

그러고는 인사도 하는 둥 마는 둥 하고 서둘러 내려오기 시작했다. 신발 끝이 자꾸 애먼 치맛자락을 밟았다.

'삐이, 삐이.'

'호로로록!'

무성한 숲에서 새들이 앞을 다퉈가며 울었다. 그 소리가 해랑 귀에는 붙들어두고 싶어 하는 것 같기도 하고 쫓아 보내려는 것 같기도 했다. 그 대상이 무엇이든 간에 무조건 반항하고 비난하고 저주하고 싶은 충동에 허우적거렸다. 구불구불한 산길을 넋을 놓고 걸었다. 그러다 문득 이런 생각도 해보았다. 그건 언젠가 비화도 했던 생각이었다.

'산길은 오르는 길인가, 내려가는 길인가?'

한 곳에 이르자 홀연 새소리가 귀를 찢을 듯이 시끄럽게 들려오기 시작했다. 그건 서로 사랑하는 소리가 아니라 기를 써대며 싸우는 소리로 전해졌다.

'새는 싫다. 봉황새도 안 좋다 고마.'

잠시 후 해랑은 비봉산 서쪽 자락 아래 가마못 가에 다다랐다. 본래 누봉지였다는 가매못. '가마'보다 '가매'라는 지역 방언이 더 좋다. 아니다. 이 순간에는 그것마저 싫다. 여기는 벗어나고 싶은 땅이 아니냐?

'여유가 있는 기까, 아이모 할 일이 없어서이까?'

사시사철 낚시꾼들로 붐비는 곳답게 지금도 그곳에는 수많은 강태공들이 눈에 띄었다.

'아, 여 온께…….'

지난 시절 비화와 함께 그곳에 와서 말밤(마름)을 꺾던 기억이 새록새록 되살아났다. 흙 속에 뿌리를 내리고 길게 자란 줄기는 물 위에 떠 있으며, 특히 여름에 피는 흰 꽃을 해랑은 좋아했다.

네모진 열매는 아마 약재용으로도 쓰는지 간혹 한약방 사람들이 와서 따가는 것도 보곤 했는데, 해랑은 비화와 함께 그것을 집으로 가져가 삶아서 둘이 나눠 먹곤 했었다. 밤과 비슷한 맛인데 비화가 해랑보다 더 잘 먹었다.

'그래서 장 머시든지 잘 묵는 비화 언가가 입이 짧은 내보담 더 건강 안 하까이.'

이런저런 예전 생각들에 젖어 멀거니 가매못을 바라보고 있는 해랑은 미처 눈치채지 못하고 있었다. 낚시를 하던 어떤 젊은 사내 하나가 깜짝 놀라 그녀 자신을 집어삼킬 듯이 노려보고 있었다.

먹잇감을 발견한 맹수처럼 해랑을 훔쳐보고 있는 사내, 그는 바로 맹쭐이었다. 장가를 들어도 여전히 백수건달인 그는 주색잡기나 마작, 낚시질 따위로 시간을 죽이고 있었다. 물론 그 뒤에는 아버지 민치목이 있기에 가능한 일이긴 했다.

'옥지이가 여 나타나다이?'

그는 흙먼지라도 들어간 사람처럼 손으로 연방 눈을 비벼댔다. 이게 웬 횡재인가 싶었다.

'이기 꿈이가 생시가?'

맹쭐은 마침 기다리던 물고기가 미끼를 건드리는 것도 상관하지 않고 계속해서 해랑만 지켜보았다. 얼이 빠져도 이만저만 빠진 모습이 아니었다.

'갈수록 상구 더 이뻐진다 아이가.'

눈이 부신다는 말은 이런 경우를 두고 쓰지 싶었다.

'소문을 들은게 하 목사가 홀딱 빠지 있다쿠디이 에나 그럴 만도 안 하나. 평양 기생하고 안 바꿀 기생 아인가베.'

그때쯤 해랑도 누군가의 눈길을 의식했다. 그래 이쪽으로 고개를 돌리던 그녀 얼굴에 경악과 당혹한 빛이 확 스쳐 갔다. 몸을 움찔하는 것이 이만큼 떨어져 서 있는 맹쫄의 눈에도 또렷이 잡혀 들었다.

"내다, 맹쫄이!"

맹쫄은 다른 낚시꾼들이 모두 탐내는 그 비싼 낚싯대도 망가질 정도로 휙 내던지고 해랑 쪽으로 걸음을 옮겨가며 소리쳤다.

"야, 에나 오랜만이다, 옥진아이!"

해랑이 서둘러 반대편으로 몸을 돌려세우는 품이 황급하게 그 자리를 피하려는 몸짓으로 비쳤다. 여차하면 '풍덩' 가매못 속으로 들어갈 사람처럼 보였다.

"사람을 보고 와 달아날라쿠노?"

그렇지만 노상 싸움판에서 놀았던 맹쫄의 동작이 훨씬 더 빨랐다. 어느새 맹쫄은 해랑 바로 앞을 가로막아 섰다.

갑자기 못가가 조용해지는 분위기가 되면서 긴장감이 몰려들었다. 바람도 그들 두 사람만 에워싸고 감도는 것 같았다.

"누가 잡아묵나?"

"……."

해랑의 시선이 구원을 요청하는 여자처럼 조금 전 그녀가 내려왔던 비봉산 쪽을 향했다. 하지만 호한과 언직은 아직도 그 바위에 앉아 이야기를 나누고 있을 것이다.

"니 사람이 그라모 안 된다이?"

맹쫄은 굉장히 친근한 사이처럼 굴었다. 말도 구역질이 치밀 정도로 제 딴에는 사근사근히 나오고 있었다.

"그래도 우리가 에릴 적에 한 동네서 같이 놀면서 자랐다 아이가. 그런 기 오데 보통 인연이가?"

그것은 거짓말이었다. 해랑은 어릴 적부터 점박이 형제는 물론이고 맹쭐도 아주 멀리했다. 비화하고만 같이 다녔다.

"부모님도 잘 계시것제?"

그 더러운 입으로 어디서 감히 우리 부모님을 들먹이느냐고 그의 주둥이를 콱 쥐어박고 싶은 해랑이었다.

"함 보고 싶다 아인가베."

듣자듣자 하니 나중에는 이런 소리까지 나불거렸다.

"니 아부지, 어머이가 곧 내 아부지, 어머이 아이것나?"

맹쭐은 기름을 쏟아부어 바른 듯한 낯짝에 유들유들한 웃음을 실실 뿌리며 그 주제넘은 소리에 이어 이런 추태도 보였다.

"니 기생이 되디이 더 이뻐졌다야."

해랑이 같잖다는 표정으로 시종일관 상대를 해주지 않자, 맹쭐은 드디어 본성이 드러나 사뭇 시비조로 나오기 시작했다.

"시방 내외하자쿠는 기가 머꼬?"

"……."

"진짜 간만에 만낸 옛 친군데 상구 섭섭타 고마."

가매못 주위에 빙 둘러앉아 낚시하고 있던 모든 이들 시선이 너나없이 해랑을 향했다. 갑자기 나타난 아름다운 여인의 자태에 저마다 넋이 나간 채 이렇게들 생각하는 듯했다. 하늘에서 내려왔나 못에서 나왔나?

그러나 막 나가는 맹쭐은 그깟 남들 눈이야 전혀 개의치 않는 것 같았다. 아니, 오히려 그렇게 고운 여인을 잘 아는 그 자신이 자랑스러운 듯 의도적으로 그들 존재를 알리면서 목소리를 높이는 게 아닌가 싶었다.

"우리 분위기 좋은 데 가갖고, 술 한잔 하모 우떻것노?"

어깨를 건들건들하는 모습이 위험해 보이기도 하고 또 한없이 역겹게도 느껴졌다. 그는 고장 나서 멈추지 못하는 무슨 기계처럼 한정 없이 나불댔다.

"니 노래도 잘하고, 춤도 그리 잘 춘담서?"

해랑의 몸매를 음흉한 눈빛으로 훑어 내리기도 했다.

"우리 해랑이가 키는(켜는) 악기 소리도 듣고 시푸다."

비봉산 쪽에서 산비둘기 우는 소리가 들려왔다.

"그라이 니 내 말뜻 알것제? 모린다쿠모 기생이 아이제."

마침내 해랑도 더 이상 참고만 있을 수 없다는 듯 톡 쏘아붙였다.

"사람이 사람값을 해야제."

"사, 사람값?"

못 속에 비친 수양버들의 가늘고 길게 늘어진 가지가 물결에 일렁거리고 있었다. 그것은 얼핏 여자의 풀어헤친 머리카락을 연상케 했다.

"쭉 찢어진 입이라꼬, 지 멋대로 내뱉으모 우짜자는 긴데?"

"어라?"

맹쭐은 졸지에 한방 호되게 얻어맞은 기분이 드는 모양이었다. 그렇지만 이내 한층 더 재미있다는 듯 징그러운 웃음소리를 냈다.

"히히히."

그러고 나서 허공에 대고 손가락으로 무엇을 찌르는 시늉을 해가며 찢어진 입을 나불거렸다.

"여자하고 쏘가리는 톡톡 쏘는 그 맛이 있어야 더 좋다 아인가베."

그것은 억호의 단골말이었다.

"그냥 밍밍하모 맛도 없는 기라. 히히히."

그런데 다음 순간이었다. 이번에는 해랑이 맹쭐에게 한 걸음 다가섰다. 그러더니 그녀 입에서는 누구도 예상하지 못할 말이 튀어나왔다.

"하 목사가 낼로 그리 좋아한다쿠는 소문도 몬 들은 기가?"

"……"

그 소리는 맹쭐 말고는 거기 누구도 알아들을 수 없을 정도로 아주 낮았지만 맹쭐 안색은 금방 파랗게 질려버렸다. 그것은 비봉산도 돌아앉고 가매못도 땅속으로 가라앉을 소리였다.

옥진이 스스로 저런 소리를 하다니? 해랑이 되더니 사람이 달라졌나? 하긴 기생이란 이름은 장식용으로 붙인 건 아닐 것이다.

그런데 그뿐만이 아니었다. 그들 두 사람이 처해 있는 경우와 형편이 완전히 자리바꿈을 하는 지경까지 이르는 상황이 벌어지고 있었다.

"방금 니가 핸 말마따나 우리 사이가 그런 사이라서 닐로 위해갖고 하는 소린께네 잘 들어봐라."

그만 멍해 있는 맹쭐 귀에 또다시 해랑의 말이 파고들었다. 맹쭐 귀는 날카로운 낚싯바늘에 꿰인 물고기 주둥이 꼴이 돼버렸다.

"누든지 이 해랑이한테 눈독 들이모……."

입귀를 말아 올리는 야릇한 웃음을 지으면서 이기죽거렸다.

"하 목사가 가마이 있을 거 겉나? 니도 생각이 있는 사람 겉으모 알끼 아이가."

입은 미소 짓고 있는데 두 눈에는 독이 오를 대로 올라 있는 해랑이었다.

"당장 잡아들이갖고 사지를 쫙쫙 찢고 모가지를 싹 베삐릴 끼다."

여전히 무어라고 한마디 대꾸도 하지 못한 채 맹쭐 얼굴은 사색으로 변해갔다. 정말이지 저렇게 독한 년은 난생처음이다. 여자가 창피한 줄도 모르고……

그런데 해랑 입에서는 맹쭐로서는 더더욱 알 수 없는 말들이 쏟아졌다.

"내사 굶어 죽었으모 죽었지, 좁쌀은 안 묵고 대나모열매만 묵고 살 끼다. 잡목에는 안 가고 오동나모에만 깃들고 살 끼다."

"……."

"내는 그리 그리 살란다."

그 소리를 끝으로 해랑은 치맛자락에 쌩 찬바람을 일으키며 휙 돌아섰다. 맹쭐이 아직도 꿈에서 깨어나지 못한 듯 몽롱한 눈빛으로 바라보고 있는 가운데 해랑의 고혹적인 뒷모습은 점점 멀어져갔다.

이자카야와 료칸

일본의 대중 선술집, 이자카야(居酒屋).

주로 주류를 제공하고 있는 점에서 일반 식당과 다르다는 일본 대폿집이다.

그렇지만 술보다도 흥청거리고 시끌시끌하고 북적거리는 손님들로 인해 더 취할 것 같은 분위기다.

재팔 왕눈은 천장에 무수하게 매달린 붉은 제등을 올려다보던 눈을 맞은편 의자에 앉아 있는 쓰나코에게로 옮겼다. 두 눈을 착 내리깔고 혼자 뭔가 골똘한 상념에 잠겨 있던 그녀는, 왕눈의 눈길을 의식하고는 얼굴 가득 미소를 지으며 한꺼번에 물어왔다.

"어때요? 괜찮죠? 아닌가요?"

간혹 사람들 가운데에는 웃을 때 입보다도 눈이 먼저 표가 나는 사람을 볼 수 있는데 쓰나코가 그런 유형이었다.

"대답을 해봐요."

주위에 있는 다른 손님들을 한번 둘러보고 나서 재촉했다.

"그래요, 안 그래요?"

왕눈이 미적거리듯 대답했다.

"예."

그러자 쓰나코가 짐짓 답답하고 짜증스럽다는 표정을 지었다.

"아이, 또."

하지만 이번에도 왕눈은 또다시 같은 소리였다.

"예."

왕눈은 아까부터 쓰나코가 무슨 말을 걸어와도 그저 '예'였다. 아니, 아까부터가 아니라 일본 땅에 발을 디디고 나서부터 그런 말버릇이 붙어버렸다. 어쩌면 밀선을 타고 바다를 건너오면서부터 그는 말뿐만 아니라 그가 가진 다른 모든 것들도, 그렇게 사라져버린 것인지도 모른다.

'내가 각중애 와 이라노?'

왕눈 스스로도 그런 자신이 더없이 한심하고 못나 보였지만 그밖에는 무슨 말도 할 수가 없었다. 솔직히 아직도 꿈속에서 헤매고 있는 기분이었다. 이 석재팔이가 일본에 와 있다니. 게다가 일본 여자와 함께하고 있다니. 부산포에서 밀선을 타고 일본으로 건너온 지 제법 많은 시간이 흘렀지만, 그의 머릿속에서는 모든 것이 그대로 정지돼버린 느낌이었다.

'이리키나 안 깨고 오래 꾸는 꿈도 있는 기까?'

그날 밤 부산포 부둣가에서 정말이지 이상하고도 묘한 인연으로 만났던 일본 여자, 쓰나코. 그녀는 왕눈에게 자기 생명의 은인이라고 했다. 처음에 그런 소리를 들었을 때 왕눈은 한참이나 정신이 멍했다. 자기 한 몸도 제대로 건사하지 못하는 처지에 놓여 있는데 어떻게 남을? 하기야 어떻게 보면 완전히 틀린 이야기는 아니었다.

만약 그녀와 그가 짙은 사랑 행위를 나누고 있는 연인들처럼 가장하지 않았다면, 그녀는 꼼짝없이 밀항 단속반원들에게 붙잡혀 갔을 것이다. 밀선을 타려다 체포된 범법자들을 곧바로 처형하는지 아니면 평생 뇌옥에 가둬두는지 왕눈으로선 전혀 알 수가 없었지만, 어쨌거나 그가 아니었다면 쓰나코의 운명은 완전히 달라졌을 거란 사실만은 확실했다. 그것은 쓰나코가 그를 대하는 태도를 통해서도 어느 정도 예측한 일이었다.

"여기가 마음에 안 드신다면……."

왕눈이 무어라 입을 열 틈도 주지 않았다.

"다음에는 더 좋은 곳으로 모실게요."

쓰나코는 여전히 웃음 띤 얼굴로 말했다. 그래도 왕눈이 머쓱한 표정으로 아무런 반응이 없자 그녀는 이래서는 안 되겠다 싶은 모양이었다.

"일본 술을 뭐라고 하는지 이제 그 정도는 아시죠?"

약간 술주정 부리는 여자처럼 굴었다.

"그거는……."

왕눈은 낯을 붉히며 '니혼쥬(日本酒)' 했다.

"또요?"

쓰나코가 또 물었고, 왕눈은 잠시 생각한 끝에 대답했다.

"사케(酒)요."

"벙어리는 아니시네요?"

그러고 나서 쓰나코는 뭐가 재미있는지 한참 소리 내어가며 웃었다. 옆자리에 앉은 일본 술꾼들이 일제히 이쪽을 돌아보았지만, 그녀는 조금도 개의치 않는 눈치였다. 허리에 '오비(대帶)'라고 하는 띠를 두른 일본 전통 옷 '나가기'와 '하카마'를 입은 그들은, 조선인 왕눈이 자기들과는 달라 보였는지 힐끔힐끔 훔쳐보기도 했는데, 그게 왕눈을 몹시 불편하게 만드는 것도 사실이었다.

'옥진아.'

문득, 왕눈은 쓰나코의 웃음 끝에서 옥진의 웃음소리를 들은 듯했다. 그리고 보니 두 여자는 서로 닮은 데가 적지 않았다. 우선 웃음소리부터가 그랬고, 갸름한 얼굴 윤곽, 여자치고는 거침없어 보이는 성격도 비슷했다.

그러나 결정적인 면에서 두 여자는 조선 여자와 일본 여자라는 것만큼이나 철저히 정반대였다. 한 여자는 그를 거들떠보지도 않고, 한 여자는 부담이 갈 정도로 관심을 보였다.

"또, 생각."

쓰나코 말에 왕눈은 천장에 매달린 붉은 제등이 툭 떨어져 머리를 내리치는 듯 번쩍 정신이 났다. 그런 제등은 그 술집 입구 쪽에도 줄줄이 내걸려 있었다는, 별것 아닌 사실을 왕눈은 잠깐 기억해냈다.

"고국 땅이 그리우시겠지만……."

쓰나코는 안됐다는 빛이 서려 있으면서도 조금은 뾰로통한 얼굴로 말을 이어갔다.

"그래도 그렇죠. 어떻게 숙녀를 앞에 앉혀 놓고 그러실 수 있나요."

왕눈은 몹시 당황하여 손까지 내저었다.

"아, 아입니더! 아이라예."

쓰나코는 금세 풀어진 얼굴이 되었다.

"아니면 됐어요."

"예."

기실 쓰나코가 아니면 그는 일본 땅에서 살 수가 없었다. 아니, 단 한 걸음도 옮길 수가 없을 것이었다. '조센진'이라고 멸시하는 '쪽발이들' 손에 언제 어디서 어떻게 당할지 모른다. 특히 일본 낭인들이 허리에 차고 다니는 '닛뽄도'라는 일본 칼은 보기만 해도 심장이 툭 멎는 성싶었다. 만일 쓰나코 눈에서 벗어나게 된다면 누구 한 사람 가까이해줄 사람이 없고, 가련한 객귀가 되어 구천을 떠돌 신세인 것이다.

그때 젊은 술집 종업원 하나가 그들이 앉아 있는 탁자로 다가오더니 쓰나코에게 무슨 말인가를 건넸다. 그러자 쓰나코는 왕눈을 잠깐 바라보고 나서 그 종업원에게 무어라고 했다. 둘 다 일본말인지라 왕눈은 전혀 알아들을 수 없었다. 여하튼 두어 마디 대화 끝에 종업원은 알았다는 듯 허리를 깊숙이 굽혀 보이고 돌아섰다. 그 동작이 왕눈 눈에는 사람이 아니라 꼭두각시 인형이 하는 것처럼 비쳤다.

"무슨 말을 했는지 궁금해요?"

쓰나코가 왕눈의 안색을 살피며 물었다.

'머 알고 싶도 안 한데…….'

왕눈은 속으로 그렇게 생각했다.

"무슨 종류의 술을 주문할지 물어본 거예요."

쓰나코는 왕눈에게 통역관처럼 일러주고 나서 말을 계속했다.

"사케에 몇 종류가 있는데요, 들어보시고 마시고 싶은 걸 말씀하세요."

"내, 내는……."

더듬거리는 왕눈을 빤히 건너다보며 쓰나코가 물었다.

"왜요?"

"아, 아입니더."

왕눈은 그냥 아무거나 좋다고 하려던 참이었다. 툭 털어놓고 말하자면, 조선인으로 태어난 내 사주팔자에 일본 술집에 앉아 일본 술을 마실 수 있겠는가 싶었다. 그것도 일본 여자와 둘이 말이다. 그뿐만 아니라 허기진 아귀같이 지겹게도 달라붙는 이런저런 잡동사니 생각들을 잠시라도 잊어버리게 취할 수만 있다면 양잿물이라도 어찌 마다하랴.

그러나 왕눈 속내를 아는지 모르는지 쓰나코는 쓰잘데없다 여겨지는 것들에 대해 길게 늘어놓기 시작했다. 그녀 쪽도 심경이 싱숭생숭하긴 마찬가지일까? 어쩌면, 아니 분명히 그럴 것이다. 우여곡절이야 어쨌든 간에 상대는 조선 남자가 아니냐?

"쌀알을 아주 조금 깎아 만든 술을 '혼조조슈'라고 하고요, 그보다는 조금 더 많이 깎아 만들면 '긴조슈'."

"······."

"그리고 절반 이상을 깎으면 '다이긴조슈'라고 해요."

왕눈은 내내 꿀 먹은 벙어리였다. 그럴 도리밖에 없는 것이, 암만 들어봐도 도무지 무슨 소리인지 알 재간이 없는 것이다. 이왕 일본에 왔으니 일본말을 배워봐야지 마음을 먹지 않은 바는 아니지만 그건 불가능할 것처럼 여겨졌다. 그리고 솔직히 얘기하자면, 그가 여기 일본 땅, 아니 이 세상에 얼마나 더 머물러 있을지 알 수 없었다.

한편, 쓰나코도 비록 열심히 설명을 했지만 왕눈이 알아듣고 선택하기는 좀 어려울 거라는 사실을 모르고 있지는 않은 눈치였다. 그녀는 두 손을 꼭 깍지 낀 채 왕눈 쪽으로 비스듬히 상체를 기울며 이렇게 말했다.

"다이긴조슈가 좋겠어요."

그 이유도 덧붙였다.

"일본 술은 쌀알을 많이 깎아 만들수록 고급이거든요."

그러자 왕눈이 생뚱맞은 소리를 내비쳤다.

"젤 적거로 깎아갖고 맹근 술을 묵고 싶심니더."

"네에?"

쓰나코 입에서 약간 놀라는 소리가 나왔지만, 왕눈은 그 특유의 무뚝뚝한 어조로 말했다.

"사 줄라모 그거를 사 주이소."

쓰나코 눈언저리며 입가에 시종 감돌던 미소가 순식간에 사라졌다.

다른 사람같이 바뀐 그녀는 탐색하듯 왕눈 표정을 유심히 살펴보았다.

왕눈은 고개를 약간 옆으로 돌려 그녀 눈길을 피했다. 하지만 그의 시선 속으로 들어오는 것은 아무래도 보고 싶지 않은 일본 사내들이었다.

"왜 또 자신을……."

잠시 말이 없던 쓰나코는 조심스레 입을 열었다.

"그렇게 학대하고 비하시키려는 거죠?"

제등을 잠깐 쳐다보고 나서 말했다.

"자꾸 그러시는 게 아니에요."

일본 사내들이 무슨 말인가를 주고받더니 킥킥거리기 시작했다.

"그게 조선 남자들의?"

그러다가 쓰나코는 말끝을 흐렸다. 왕눈은 그녀를 한번 보고는 다시 고개를 꺾었다. 지금 무슨 말을 하려다가 멈추는 걸까? 시종 심드렁하던 그의 마음속에서 강렬한 궁금증이 불같이 확 일어났다.

조선 남자들의 뭐가 어떻다는 얘기인가? 아니, 그 말 자체에 대한 것보다도 그렇게 하는 그녀에게는 분명히 감춰진 무엇이 있다는 예감, 그것이 왕눈을 한층 복잡하고 곤혹스럽게 만들었다.

한참 동안 둘 사이에 조선과 일본 간의 거리만큼이나 깊고 긴 침묵이 가로놓였다. 왕눈 머릿속에 그날 부산포를 떠날 때 함께 밀선에 타고 있던 밀항자들 모습이 떠올랐다. 모두가 지금 그들처럼 말들이 없었다. 마구 고함이라도 지르고 싶을 정도로 사람의 숨을 막히게 하였던 그 밀선은 살아 있는 사람들이 타고 있는 배가 아니라 너무나 으스스하고 섬뜩한 유령선 같았다.

빈자리가 없을 만큼 손님들로 가득 들어찬 이자카야 안에서 들려오는 숱한 일본말이 왕눈 귀를 왕왕 울렸다. 그로서는 처음부터 끝까지 전혀 알아들을 수 없는 소리뿐이었다. 또다시 아무런 이유 없이 누가 때리는 듯 슬프고 가슴이 한없이 먹먹해지면서 잊었던 오랜 습관처럼 자꾸 눈물이 솟아나려고 했다.

'울보……'

만약 그때 아까 그 종업원이 다시 그들 탁자 있는 데로 오지 않았다면 왕눈은 필시 펑펑 눈물을 내쏟고 말았을 것이다. 왕눈이 고개를 가로저으며 가까스로 마음을 가다듬고 있는 사이에 쓰나코가 종업원에게 무슨 말인가를 했고, 종업원은 활짝 웃으면서 철저히 몸에 밴 듯 자연스럽게 고개를 숙여 보이고 돌아섰다.

"여기서 제일 비싼 사케를 달라고 했어요."

쓰나코의 말에는 높낮이가 없었다. 하지만 마음은 요동치고 있다는 것을 충분히 짚어낼 수 있었다. 그런 면에서 그녀 또한 감정의 기복이 없이 행복한 것만은 아닐 터였다.

왕눈의 고개가 더욱 아래로 처져 내렸다. 그런 그의 이마에 일본 여자의 조선말이 날아와 부딪쳤다.

"그날 밤 저를 만난 것, 큰 불행이었다고 믿고 계신 줄 알아요."

"……"

요상한 웃음을 터뜨리던 일본 사내들이 어느 순간부터 홀연 물밑 세계처럼 고요한 분위기로 일관하고 있었다. 일본 민족의 기질을 종잡기 어려웠다.

"저를 따라오신 것도 후회하는 줄 모르지는 않아요."

'아입니더.'

하지만 그 부정의 말은 왕눈 입속에서만 맴을 돌았다. 일본 사람들은 술자리에서도 저렇게 혹시 누가 들을까 봐 흡사 소곤대듯이 이야기를 나누는 것일까? 우리 조선 사람들은 아무 거리낌 없이 큰소리로 서로 말을 주고받는데. 얼핏 그런 비교가 되기도 했다.

'쓰나코가 저런 소리는 안 했으모 좋겠다.'

불행이라고 믿은 적은 전혀 없다. 후회도 하지 않는다. 다만 일본이라는 섬나라와, 의복과 머리 모양 등이 생소한 일본 사람들에게 좀처럼 익숙해지지 못하는 게 제일 큰 문제일 뿐이다. 하루라도 더 빨리 그네들 속으로 녹아들어 가는 게 상책이라고 스스로를 다독거려도 그게 뜻같이 되지를 않았다.

'이런 거는 에나 안 좋은 천성天性인데 말이다.'

하긴 고국에 있을 때도 타국에 머물러 있는 지금이나 별반 차이가 없기는 했었다. 그 커다란 두 눈으로 이리저리 모두 둘러봐도 그의 위안이 될 만한 사람은 지극히 드물었다. 유일하게 마음을 두고 있던 옥진은 어느 날 갑자기 '해랑'이라는 기명妓名의 관기가 되어 교방으로 들어가 버렸으며, 그나마 조금은 속마음을 열어 보였던 비화마저 왕눈 자신과는 너무나 다른 세계에서 살고 있었다. 그는 바람이나 구름이 되어 정처 없이 떠도는 자신을 상상해보기도 했는데 그게 현실이 될 줄이야.

'모도 우찌들 지내고 계시는고?'

부모님과 동생 상팔을 떠올리면 골백번 지옥 구덩이에 굴러떨어져도 마땅하지만, 그러기 전에 먼저 성공한 모습으로 식구들 앞에 나타나리라 굳게 다짐했다. 그런 결심이 고통과 슬픔을 조금은 씻어주는 힘이 되기도 했다.

왕눈의 갖가지 상념들은 그때 막 도착한 사케와 안주로 인해 끊어졌다. 일본 글을 모르는 그로서는 그게 무슨 술인지, 또 술안주로 같이 나온 것들이 무엇인지, 단 하나도 알 수가 없었다. 한입 가득 쓴 나물을 씹은 느낌에서 헤어나지 못했다.

'그라모 내가 알 수 있는 기 머꼬?'

그렇지만 어떤 각도에서는 그런 게 더 마음 편하기도 했다. 모른다는 것이 오히려 사람을 자유롭게 풀어줄 수도 있다는 사실을 왕눈은 남의 나라에 와서 처음으로 깨달았다. 거의 속수무책으로 내던져진 이국땅에 서의 남다른 체험이랄까 방황과 갈등이, 그를 아주 다른 인간으로 변모시켜가고 있는 셈이었다.

"자, 우리 함께 들기로 해요."

쓰나코가 건배 제의를 해왔다.

"예."

왕눈은 얼른 잔으로 손을 가져갔다.

"마셔요."

"예."

"우리 다른 생각은 없기예요?"

"예."

술잔은 작았고, 술은 약간 미지근했다.

"이 맛은요……."

쓰나코는 왕눈에게 일본에 대해 하나라도 더 알게 해주려는 눈치였다.

"데우지 않아서 그래요."

"예."

또 한 무리의 일본 사람들이 들어왔다. 이번에는 남자들보다 여자들이 더 많이 섞여 있는 손님들이었다. 왕눈은 또 한 번 이국적인 기분을 맛보았다.

"데워 달라고 해요?"

쓰나코는 술 한 잔을 놓고도 거의 필사적인 것으로 비쳤다.

"아님, 차게 해 달라고 할까요?"

"예, 아, 아입니더."

종업원이 새로 들어온 손님들 좌석으로 가서 주문을 받고 있었다. 거의 기계적인 동작에 가까워 보였다.

"괜찮아요."

쓰나코는 당연한 권리는 포기하지 말라고 했다.

"돈 주고 사먹는 건데요."

왕눈이 술잔을 내려다보며 말했다.

"이기 좋심니더."

그건 진심이었다.

"또……."

쓰나코가 깊은 한숨을 폭 내쉬었다. 그러자 옥진의 이마처럼 하얗고 깨끗한 그녀 이마에 주름살이 약간 가면서 나이가 열 살은 더 들어 보였다. 그러자 왕눈도 자신이 잠깐 사이에 중늙은이로 바뀐 것같이 느껴졌다.

'내가 와 자꾸 이리쌌노?'

왕눈은 몇 모금 마시기도 전에 벌써 술이 취하는 기분이었다. 더 정확히 말하자면 머릿속이 바보 멍청이처럼 온통 하얗게 비어버리는 느낌이었다. 이럴 바엔 차라리 모두에게 놀림 받던 울보가 낫다.

그랬다. 지금 그곳에서 그가 아는 건 아무것도 없었다. 남들 보기에는 무척 정답게 마주 앉아 있는 젊고 매력적인 저 일본 여자 이름이 쓰나코라는 사실 하나밖에는. 그리고 그녀는 물론이고 그녀 부모가 무슨 일을 하는 사람들인지, 그들이 앞으로 그를 어떻게 대해줄 것인지, 그 자신 언제까지 이런 모습으로 있을 것인지…….

'석재팔이가 스스로 할 수 있는 거는 인자 하나도 없다.'

그런데 매우 놀라운 사실이 하나 있었다. 쓰나코 부모도 쓰나코와 똑같이 조선말을 구사할 줄 안다는 게 그것이었다. 쓰나코 부모는 그들의 딸을 위기에서 구해준 조선 젊은이를 친아들처럼 대해주었다. 왕눈은 쓰나코 부모를 딱 한 번 만났다. 그들 집이 아닌 딴 장소에서였다. 일본 특유의 숙소라고 하는 '료칸(여관旅館)'이란 곳이었다.

'사람이 사는 집도 에나 가지가지 거마는.'

왕눈은 거기 이자카야라는 곳과 마찬가지로 료칸이란 곳도 당연히 태어나서 처음 가 본 곳이었다. 그런 곳이 자신이 사는 세상에 있다는 사실조차도 몰랐다. 아마도 일본의 전통적인 목조 건물이 아닐까 했다. 어쩐지 조금은 옹졸하고 갑갑할 정도로 아기자기한 취향이 있는 듯한 일본인들과는 잘 어울릴 것 같았다.

멋진 정원이 잘 내다보이는 식당 탁자에 네 사람은 앉아 있었다. 왕눈을 대접하기 위해 각별히 찾은 곳 같았다. 음식이 대단히 고급이었다. 여러 종류의 해산물과 야채며 두부 등을 듬뿍 섞어 조리한 일본 전통 가이세키(회석會席) 요리라고 했다.

"온천욕을 한 후에 먹어야 진미를 느낄 수 있는데……."

쓰나코 아버지 고케시가 말했다. 그는 어딘가 사회활동을 많이 한 듯하고 넉넉함이 묻어나 보이는 남자였다. 그리고 왕눈의 눈에 그들 세 식구 중에서 가장 전형적인 일본인 모습을 하고 있었다.

"다음에 그럴 기회가 있을 거예요."

쓰나코 어머니 노요리에가 남편 말을 받았다. 그녀는 오로지 가족만을 생각하는 가정주부의 면모를 갖추고 있는 여자였다.

'어서 들어요, 눈치 보지 말고.'

부모의 양쪽 유전 인자를 물려받은 듯한 쓰나코가 부모 모르게 눈짓을 해 보였다. 왕눈도 눈으로 대답했다.

'예.'

왕눈은 이름도 생소한 그 온천욕이란 것의 후가 아니더라도 그렇게 맛난 음식은 사실 몇 번 먹어보지 못했다. 동시에 한꺼번에 나오는 게 아니라 계속해서 음식이 나왔는데, 그 바람에 나중에는 배가 불러 모두 먹지 못할 판이었다.

먼저 전채 요리가 나왔고, 다음으로 맑은국과 사시미(생선회), 구이, 조림, 튀김 등속이 나왔으며, 초무침, 식사, 후식……. 게다가 음식물을 담은 그릇의 색깔과 재질도 제각각이어서, 보기 좋은 떡이 먹기도 좋다는 조선 속담을 떠올리게 했다.

'아모리 여게가 다린 나라라 쿠지만도 에나 신기하거마는.'

왕눈에게 특히 인상적인 것은, 거기 종업원들이 손님들을 객실까지 안내해주었을 뿐만 아니라, 식사를 할 때는 옆에서 시중까지 들어주고, 심지어 잠자리까지도 모두 준비해준다는 사실이었다. 그래서 왕자나 고관대작의 귀한 자제라도 그렇게 극진한 대우는 받지 못하지 싶었다.

'재팔이, 증신 채리라이.'

왕눈은 자신이 나라님이 된 것 같은 착각마저 들 정도였다. 그러나 그런 한편으로 마음 한쪽에선, 일본 사람들의 저런 행동이 정말 진심에서 우러나온 것일까 얄팍한 장삿속에서 저러는 걸까 하는 의문도 지울 수 없었다.

"혹시 먹어서는 안 되는 음식이 있어요?"

노요리에가 딸을 한번 보고 나서 왕눈에게 물었다. 그러자 쓰나코도 그런 것까지는 미처 챙기지 못했다는 빛이었다.

"예? 묵으모 안 되는……."

왕눈은 그게 무슨 의미인지 알 수가 없었다. 솔직히 없어서 못 먹지, 있는데 먹지 못할 음식이 어디 있겠는가? 고향 땅의 최고 부자 임배봉이 경영하는 '동업직물' 출신이라면 또 모를까? 남강에서 제일 큰 나루터인 저 상촌나루터에 있는 비화의 '나루터집'도 돈을 많이 번다고 소문이 났더라마는.

"아, 방금 우리 집사람 말은 다른 뜻이 있는 건 아니지."

어리둥절한 표정을 짓고 있는 왕눈더러 이번에는 고케시가 말했다. 그는 굉장히 눈치가 빠르고 자상한 사람이라는 것을 왕눈은 또다시 깨달았다.

"먹으면 건강에 해롭다든지 해서……."

고케시는 사려 깊은 사람처럼 말을 멈추었다가 계속했다.

"금하는 음식을 말하는 거라네."

왕눈은 얼른 말했다.

"그런 거는 없심니더. 지는 다 묵어도 됩니더."

그러자 쓰나코 부모는 서로 얼굴을 마주 보면서 환하게 웃었다. 쓰나코도 손으로 입을 가리고 억지로 웃음을 참느라 얼굴이 빨개졌다.

"솔직하고 순수한 젊은이로군 그래. 마음에 들어."

고케시가 말했고, 노요리에도 고개를 끄덕였다.

'해나?'

그때 왕눈은 얼핏 이런 생각이 뇌리를 스쳤다. 혹시 쓰나코의 할아버지나 할머니 중 한 사람은 조선인이 아닐까 했다. 그러지 않고서야 조선말을 저렇게 잘할 수도 없고, 조선인인 자신을 이토록 거리감 없이 따뜻하게 대해줄 수도 없다는 판단에서였다.

그런데 그건 마음 편히 좋은 방향에서 보아서이고, 안 좋은 쪽에서 볼 것 같으면, 왕눈 가슴 모서리에 크게 걸리는 게 하나 있었다. 어쩌면 저들 집안은 불법적인 사업을 하는 집안일지도 모르겠다는 의구심이 그것이었다. 사람들이 손가락질하는 임배봉 같은 악덕 사업가일 수도 있었다.

'조심 안 하모 안 되것다.'

의심은 굴릴수록 커지는 눈사람처럼 불어나기 시작했다. 그것은 쓰나코가 밀선을 타고 조선과 일본을 오간다는 사실을 놓고 볼 때 더더욱 그랬다. 그렇다면 밀수품 장사를 하는 집안일 가능성도 있었다.

'헉! 그렇다모?'

그러나 일본 놈들을 속이는 거야 뭐 크게 나쁜 짓이 아니라는 마음도 갖고 있었다. 잘은 모르지만, 일본이 우리 조선을 집어삼키려고 잔뜩 노린다는, 너무 께름칙하고 무서운 이야기도 어디선가 들었던 왕눈이었다. 그 기억을 떠올리자 왕눈은 그만 온몸에 쫙 소름이 돋아났다. 그는 지금 바로 그런 일본에 와 있는 것이다. 호랑이 아가리 속에 머리를 들여놓고 있는 토끼가 보였다.

"생각은 그만하고 음식이나 들어요, 어서."

쓰나코가 손가락 끝으로 왕눈의 옆구리를 가볍게 찔렀다.

"아, 예."

당황한 왕눈은 급히 앞에 놓인 음식물에 손이 갔다. 그럴 리야 없겠지만 내가 방금 혼자 했던 생각을 알아차리지나 않았을까 싶기도 했다.

"이제 미술품이나 감상해보기로 할까?"

고케시가 그의 맞은편 자리에 나란히 앉은 왕눈과 쓰나코를 번갈아 보며 물었다.

"예, 좋아요, 아버지."

쓰나코가 아주 명랑한 목소리로 말했다. 그녀의 음성은 그곳 료칸의 공기를 바꾸는 힘을 가지고 있는 듯했다.

'시방 머라 캤제?'

왕눈은 속으로 반문했다. 미술품 감상. 왕눈은 또다시 먹먹해졌다. 미술품이라니? 도대체 이들의 정체는 무엇이란 말인가?

더한층 깊은 수렁에 빠져드는 느낌이었다. 솔직히 그렇게 할 정도의 그림이라면 여태 한 번도 본 적이 없었다. 땅바닥에 쪼그리고 앉아서 나무꼬챙이를 가지고 집이나 구름이나 나무, 동물을 그리는 게 그림이라고 여겨온 그였다.

"자, 여기가……."

미술품을 전시하는 화랑은 그 료칸 안에 있었다. 그런데 왕눈은 미술품을 감상하는 일이 도무지 재미가 없었다. 그것에 관해 아는 게 조금이라도 있어야 볼 텐데 대체 무엇을 그린 것인지조차도 알 수 없었다. 그런 걸 가지고 감탄해 마지않는 일본인들이 생경한 그 미술품이라는 것보다 오히려 더 신기하고 흥미로웠다. 대단하지도 않은 것을 가지고 대단한 것처럼 구는 게 여기 섬나라 사람들의 민족성인가도 싶었다.

그 반면에 정원에서 벌어지는 일본 전통예술 공연이라는 것은 그런대로 왕눈의 눈길을 끌었다. 노래하고 춤추고 무슨 연기인가를 하고…….

어려서부터 고향에서 보아왔던 광대패나 각설이패 공연과는 달랐다. 복장도 그렇고 탈도 특이했다. 그리고 어쩐지 음산하고 무섭게 느껴지는 공연이었다. 남자배우나 여자배우가 똑같이 무슨 귀신처럼 보였다. 때로는 애잔한 분위기도 자아냈는데, 그것도 뭔가 애환에 찬 원귀의 한풀이 같았다. 물론 기묘한 분장 탓에 그런 느낌이 들었다.

이윽고 시간이 지나, 쓰나코와 그녀 부모는 집으로 돌아가고 왕눈은 그곳 다다미방으로 들어갔다. 다다미방은 몹시 낯설었지만, 꽤 정갈해 보였다. 하지만 어쩐지 무슨 벌레들이 나올 것도 같아 기분이 썩 좋지만은 않았다. 이쪽과 저쪽 방 사이에 있는 미닫이문도 금세 열릴 듯해서 긴장이 되었다. 방 한가운데 놓여 있는 탁자 위에는 차와 과자가 보였지만 먹고 싶은 생각은 없었다. 배가 부른 탓도 있겠지만 왠지 거부감이 드는 것은 어쩔 수가 없었다. 그래봤자 결국 손해를 보는 쪽은 나라는 것을 모르지는 않았다.

'일본 사람들은 요런 데서 잠을 자는구마.'

왕눈은 눈을 붙이기 위해 자리에 드러누웠다. 하지만 온돌방에만 익숙한 그인지라 등짝에 와 닿는 다다미방의 감촉이 무척 부자연스러웠고 그래서 잠이 쉬 올 성싶지 않았다. 쓰나코 부모 앞에서 긴장도 하고, 평생 하지 않던 경험을 하느라고 몸도 마음도 한없이 피로하여, 자리에 눕자마자 곧장 깊은 잠에 곯아떨어질 줄 알았는데 아니었다. 아마도 온갖 감회에 젖은 탓에 더 그랬을 것이다.

누운 채 큰 눈만 말똥말똥 뜨고 천장을 올려다보았다. 그러자 거기에 너무나 보고 싶은 얼굴들이 죽 나타나 보였다. 부모님과 동생 그리고 옥진, 비화. 그들은 지금 그가 이렇게 하고 있는 것을 알면 놀라 기절초풍할 것이다. 돌아가서 말을 해도 누구 한 사람 믿으려 들지 않을 것이다.

'그리 될 거 겉으모 도로 아모 이약 안 하는 기 더 낫것다.'

하긴 왕눈 스스로 돌아봐도 그 모든 게 현실 같지가 않았다. 무엇에 홀려도 단단히 홀린 듯했다. 심지어 못된 일본 잡귀들의 장난질에 걸려든 게 아닐까 싶기도 했다. 쓰나코와 그 가족들은 일본 여우가 둔갑한 것이고, 거기 다다미방은 여우굴인지도 모른다. 여우가 아니라 인육을 먹는 괴물들일 수도 있다. 어린 시절 어른들에게서 들었던 이야기처럼, 금방이라도 사람을 잡아먹는 무언가가 밖에서 숫돌에다 '쓱쓱' 시퍼런 칼날을 갈아대는 소리가 들려올 것 같았다. 공동묘지가 있는 고향 선학산이 연신 눈앞에 어른어른하고, 그곳에 살고 있다는 처녀 귀신의 한 맺힌 울음소리가 들려오는 듯했다.

"으으."

입에서 절로 신음이 흘러나왔다. 오늘이 내 마지막 날이구나! 하는 섬뜩한 생각도 덤벼들었다. 머나먼 이국땅에서 지켜봐 주는 사람 하나 없는 가운데 이렇게 나 혼자서 외롭고 쓸쓸하게 죽어가는구나. 그래, 차라리 잘된 일이다, 어서 죽자.

왕눈은 이런저런 망상에 쫓기다 어느 순간에 깜빡 잠이 들었는지도 몰랐다. 문득 눈을 떠보니 창이 훤해져 있었다. 일어나 방문을 열고 밖으로 나왔다. 그러자 마치 기다리고 있었다는 듯이 종업원 하나가 얼른 오더니만 왕눈이 자고 일어난 그 이부자리까지 착착 정리해주기 시작했다. 간밤에 그를 그곳까지 친절하게 안내해준 홀쭉한 종업원이 아닌 뚱뚱한 종업원이었다. 그렇지만 하나같이 복사판으로 보였다. 흡사 사람이 아니라 살아 움직이는 기계 같았다.

"술이 마음에 안 들어요?"

그때였다. 문득 들려온 쓰나코의 음성이었다.

"아!"

왕눈은 료칸에서 이자카야로 돌아왔다.

"정말 혼조조슈 종류를 시켜요?"

쓰나코가 반발심을 담은 듯한 어투로 물었다.

"……."

왕눈은 그 큰 눈만 멀뚱거렸다.

"그새 잊었어요? 제일 값이 싼 술……."

쓰나코는 적잖게 화가 난 표정이었다. 그녀에게서 지금까지는 느낄 수 없던 싸늘한 기운까지 뻗쳐왔다. 그처럼 간혹 그녀가 해 보이는 변신은 실로 불가해한 것이었다.

"아, 아입니더."

왕눈은 가슴이 뜨끔할 정도로 당혹스러웠다. 정말이지 이제부터, 망상은 그만두어야 한다고 마음먹었다. 그보다도 앞으로 어떻게 하면 피붙이 하나 없이 산 설고 물선 이 일본 땅에 정착해 살 수 있을 것인가에 좀 더 관심을 쏟아야겠다고 다짐했다. 스스로 목숨을 끊어버리는 일이 자력으로 살아가는 것보다도, 훨씬 더 어렵고 힘든 일이라는 것을 이미 체득하고 있는 그였다.

'호강 받쳐 요강에 우짜는 짓 아인가베.'

물론 알아낸다는 것도 쉽지가 않겠지만, 쓰나코가 어떤 여자이며, 쓰나코 집안이 어떤 집안인가 하는 따위에는, 더 이상 신경 쓰지 않기로 작정했다. 밀수를 하는 사람들이면 어떻고, 여우와 귀신들이면 또 대수겠는가.

'내 보고도 밀수꾼 하라쿠모, 하모 되지 머.'

떼돈만 왕창 벌어들일 수 있다면 그보다 더한 짓도 기꺼이 할 용의가 있다. 비단 사업을 하는 임배봉과 점박이 형제의 동업직물이나, 비화가 콩나물국밥을 파는 나루터집보다도 더 큰 부자가 될 것이다. 그리고 보란 듯이 살아갈 것이다. 다시 고국으로 돌아갈 그날이 10년이 걸릴지 20년이 걸릴지 아니면 그보다 더 될지 모르지만, 여하튼 수단 방법 가리지 아니하고 돈을 벌 것이다. 쓰나코 집안을 보니 어마어마한 부잣집 같으니, 나도 그들 옆에서 잘하면 그런 팔자가 되지 말란 법은 없지 않겠는가 말이다.

'이 빙신아. 진즉 이리 멤을 묵을 거를.'

그러자 이자카야 안을 가득가득 메운 일본 술꾼들 웃음소리와 주고받는 말소리가, 생경하고 이국적이라기보다도 점점 흥미롭고 친근하게 다가오기 시작했다.

그렇다. 석재팔은 조선인이 아니라 일본인이 되어야 한다, 몸도 마음도. 그래야만 모든 게 의도하는 바대로 이뤄질 수 있을 것이다.

"맛이 좋네예."

그때부터 왕눈은 말이 헤픈 사람처럼 자꾸 그 소리를 반복하면서 비싼 술을 연거푸 들이켰다.

말없이 그것을 보고 있는 쓰나코 얼굴에 환한 미소가 되살아났다. 참

352

알 수 없는 여자였다. 모르는 게 너무 답답하고 두렵기도 했는데 이제는 그걸 초월해야 한다고 자신을 다독이는 왕눈이었다.

"맛이 좋다고요? 나도 그래요."

그녀 얼굴은 머리 위 천장에 숱하게 매달려 있는 붉은 제등처럼 붉게 변해가고 있었고, 왕눈 마음은 그보다도 더 빨갛게 바뀌어 가고 있었다. 이런 마음이면 이제는 여자를 안을 수도 있을 것 같았다.

희롱하는 자 누구냐

달을 희롱한다는 정자, 농월정弄月亭.

그 정자 앞에는 넓고 길게 이어진 희귀한 암반이 깔려있고 한가운데를 청결한 푸른 물이 흐른다. 정자 뒤편 산봉우리는 하늘로 치솟고 달 모양으로 둥그스름하게 깎인 바위벽이 사뭇 눈길을 잡아끈다. 한마디로 절경이다.

지금 반석 끄트머리에 자리 잡은 정자 위에는, 갓과 도포가 근사한 관리들과 온갖 화려한 의상으로 곱게 치장한 아름다운 관기들이 보인다. 그들은 진수성찬이 차려진 커다란 음식상 앞에 둘러앉아 저마다 담소 나누기에 바쁘다.

"예로부터 여기 이 영남지방 선비들 사이에서, '안삼동安三洞을 가 보셨는가?' 라는 말이 유행했다는 사실을 아시옵니까?"

한양에서 내려왔는지 그곳 말씨를 쓰는 관리 하나가 상좌에 앉아 있는 이에게 아부하듯 고하자 모두의 시선이 상좌를 향했다.

"안의 땅에 있는 명승지 세 곳을 이른다는 말임을 본관도 익히 알고 있네. 하하."

자못 거들먹거리는 자는 눈매가 찢겨 올라간 하판도 목사다. 관아에 있어야 당연할 그를 비롯한 목牧의 관리들과 교방 관기들이 유람을 나온 것이다.

하 목사 옆에는 관기들 중에 유난히 눈에 띄는 해랑이 붙어 앉아 술 시중을 들고 있다. 그리고 관리들 사이사이에 한결, 월소, 정선, 청라, 지선, 지홍, 영봉 등의 기녀들이 끼여 앉아 악기를 앞에 놓고 풍악 울릴 준비를 하고 있었다. 이제 처녀티가 완연한 효원도 보였다.

"목사 영감."

팔다리는 형편없이 가느다랗고 배는 볼록 튀어나온 관리가, 하늘 한 가운데 떠 있는 해를 손가락으로 가리키며 지역 말씨로 입을 열었다. 그는 가끔 한양 출장이라도 가는지 한양 발음이 섞여 있기도 했다.

"아즉 날이 저물라모 상구 멀었지만도, 저 해가 지고 달이 떠오르기 되모, 여게 경치는 말 그대로 별유천지가 될 것이옵니더."

그러자 하 목사가 얼핏 붓기가 있는 것 같은 살찐 흰 손으로 주걱턱을 매만지며 한다는 소리가 역시 그다웠다.

"내 진작부터 여기 와 볼 생각을 해온즉, 하도 업무에 바빴던지라……."

그 말이 채 떨어지기도 전에 아첨하는 소리들이 예서제서 터져 나왔다.

"아, 목사 영감의 백성을 위하시는 그 마음이라니!"

"상감께서 이러키 훌륭하신 목민관을 와 쪼꼼 더 가차이 부르지 않으시는지, 원."

"나리께서 우리 고을에 부임하신 이후로 항간에 칭송하는 소리가 자자하옵니다."

하 목사는 애써 표정 관리를 하며 묵묵히 듣고만 있다가 말했다.

"아아, 알겠소. 본관이 언젠가는……."

그러더니 홀연 관기들을 향해 큰소리로 명을 내렸다. 정자가 쩌렁쩌렁 울릴 정도로 호기로운 목청이었다.

"뭣들 하느냐? 기녀들은 어서 풍악을 울리도록 하라!"

"예."

곧 흥겹고 아름다운 풍악 소리가 농월정을 중심으로 크게 울려 퍼지기 시작하자, 관리들 호탕한 웃음소리 속에 넘치는 술잔이 정신없이 오갔다. 게걸스럽게 안주를 집어 먹는 손들도 먹기 내기를 하는 것 같았다.

'에나 한심한 기라.'

해랑은 어쩔 수 없이 그 자리를 지키고 앉아 있었지만 독한 술 냄새에 속이 마구 울컥거리고 풍악 소리에 귀가 따가웠다. 맑은 새소리와 바람 소리, 물소리는 저만큼 물러나고, 향긋한 나무숲 냄새도 자취를 감추는 듯했다.

'하판도 겉은 조런 몬된 인간이 목민관이 돼갖고 고을 백성 위할 생각은 하나도 안 하고, 날이모 날마당 이리 기경이나 돌아댕기고 잔치나 자꾸 열고 한께, 이 나라 앞날이 우찌 될랑고 모리것다.'

해랑은 미천한 관기 주제에 자기 몸 하나 간수조차 제대로 하지 못하면서 거창하게 나랏일까지 생각하는 자신이 너무 우습고 한심했다. 그러나 비화가 비어사 주지 진무 스님 뜻을 받들어 헐벗고 굶주린 이들을 구휼한다는 소문을 간혹 바람결에 전해 들으면서 그녀도 뭔가 의미 있는 일을 하고 싶었다. 비화가 하는데 나는 하지 못하겠는가 하는 경쟁의식 비슷한 것이 생겨났다.

해랑의 그런 소망 이면에는 임진왜란 당시 진주 남강에서 반지를 낀 열 손가락으로 왜장을 껴안고 의암에서 순국한 기생 논개가 숨 쉬고 있었다. 해랑은 관리들 옆에 앉아 이제 제법 익숙한 솜씨로 술을 따르고 있는 효원의 말이 기억났다.

"이 패물이 그리키 싫다모 모돌띠리 내다팔아갖고예, 비화 언니가 하는 거매이로 가난한 사람들 도와주모 우때예?"

"아이다, 그거는."

그때 해랑은 당장 고개를 흔들었다. 그러고는 머잖아 억호가 또다시 자기 앞에 모습을 드러낼 것임을 알고 있었기에 이렇게 말했다.

"내는 주인도 모리것는 패물을 팔아서꺼지 넘들을 도울 멤은 눈꼽만치도 없다."

그곳 교방의 창을 통해 하늘 먼 곳을 내다보았다.

"운젠가 그것을 주인한테 도로 돌리줄 끼다. 그라이 니가 잘 보관해 놔라."

"꼭 그리해야 되것어예?"

효원은 더 이상 제 주장을 펴지는 못하고 샐쭉해진 얼굴이 되었다.

"알았어예. 하지만도 누가 알아갖고 훔치가삐모 내도 몰라예."

그 말을 들으면서 해랑은 이런 생각을 했었다.

'누가 훔치가삐모 내가 우떻게든 다시 장만해갖고 돌리줄 끼다 고마.'

그때 문득 손 하나가 느껴졌다. 해랑은 흠칫하면서 작은 벌레같이 몸을 웅송그렸다. 마음은 더 졸아붙었다. 그새 만취한 하 목사가 또 여러 사람이 지켜보는 앞에서 추태를 부리기 시작한 것이다.

"해랑이, 우리 해랑이. 음, 으음."

'깍깍, 깍깍.'

관기들이 울리는 풍악 소리를 덮어버리려는 듯 운치 넘치는 정자 지붕 위에 앉아서 폭포 소리처럼 세차게 울어대는 것은 산까치들이었다.

"달을 희롱하는 정자에 와서 앉아 있노라니, 해랑이 네가 오늘따라 더욱 아름다워 보이는구나! 여기가 바로 너의 자리, 아니, 아니지. 이

하판도 목사 자리인 게야."

그따위 시답잖은 소리를 내쏟는 하 목사는 연거푸 술잔을 비워냈다.

"앞으로도 너를 데리고 이런 유람을 자주 해야겠다. 커~윽."

그러자 또다시 썩은 쥐 시체에 들끓는 구더기같이 빌붙는 소리가 뒤를 이었다.

"달도 기녀 해랑을 희롱하고 싶어 할 것 같사옵니다."

"이참에 농월정이 아이라 농해랑정이라꼬 이 정자 이름을 바꾸모 우떻것사옵니꺼?"

"목사 영감께서 여기 오신 기념으로 말인가요?"

"그렇지예, 그렇지예. 우리 목사 영감 정도 되시는 분이라모, 가시는 곳마다 그런 흔적 하나 정도는 냉기시는 기 당연지사 아이것심니꺼."

"하나 정도라뇨? 적어도 열 개는 되어야지요."

하 목사는 대단히 흡족한지 거나해진 얼굴에 자못 감탄하는 빛을 띠었다.

"농해랑정?"

"우떠시옵니꺼?"

"그게 좋겠어, 그게."

"지한테 큰 상이라도 내리주시야지예."

"으하하핫!"

해랑은 달도 정자도 그녀 자신도 모두 없어져 버렸으면 했다. 저놈의 새들은 무엇이 좋아 날아다니고 나무들은 무슨 낙이 있다고 잎사귀를 매달고 난리냐?

'내가 우짜다가 이런 목사를 뫼시거로 됐노.'

그런데 이날은 웬일인지 하 목사가 다른 때에 비하면 그나마 얌전한 편이었다. 더욱이 잠시 후 제법 유식한 척 흘러간 이야기를 꺼내기 시작했다. 흘러간 이야기든 흘러올 이야기든 간에 해랑의 입장에서는 그보다 다행스러운 일은 없었다.

"저 임진년에 섬나라 오랑캐들이 들어와 원숭이처럼 제멋대로 설쳐 댈 그때 당시에, 충청도 관찰사를 지낸 지족당知足堂이 이곳을 즐겨 찾다가, 절경에 반해서 초가로 정자를 지었다고 하는데……."

나이 든 관리가 연륜의 표적인 양 길게 기른 턱수염을 바람에 나부끼며 서둘러 하 목사의 그 말을 이어받았다.

"그렇사옵니다, 영감. 지족당은 대단한 충신이었는데, 요 근방에 종담서당이라쿠는 서당을 맨들어 후학을 가르치기도 했다고 하옵니더."

그러자 모두가 입을 모아 되뇌었다.

"종담서당?"

언제 훌쩍 날아가 버린 걸까, 정자 지붕 위에서는 산까치 소리가 들려오지 않았다. 그 미물조차도 역겨움을 느꼈는지도 모른다. 이번에는 태어나서 한 번도 험한 일을 하지 않은 듯 여자같이 하얀 피부를 가진 젊은 관리가 말했다.

"언젠가 제가 이 농월정에 왔을 때, 방금 영감께서 말씀하신 그 지족당을 추모하는 유림들이 모여 시회詩會를 여는 것을 본 적이 있사옵니다."

그러자 하 목사는 자신이 시인이거나 시의 애호가이기라도 한 것처럼 했다.

"이 장소가 그런 시회를 열기에는 더없이 좋을 것 같구먼 그래."

해랑은 그들 대화를 귓전으로 흘리며 저 아래 울퉁불퉁한 암반을 내려다보면서 생각했다.

'똑같은 물이라도 그 흐르는 곳에 따라서 그 모냥이 저리키나 달라지거마는.'

다시 고개를 돌려 그 자리에 있는 관리들과 관기들을 번갈아 바라보았다.

'우리 인간도 가리방상하것제.'

그러다가 어쩐지 인간들이 또 싫어져 눈을 자연 쪽으로 돌렸다.

'우떤 환경에서 태어나 갖고 또 우떤 환경에서 살아가느냐에 따라 갖고, 그 비이는 모습도 천 가지 만 가지일 끼라.'

암반 한가운데를 흘러가는 물은 깊은 여울을 이루어내고, 곳곳에 패어 있는 웅덩이 물은 그릇에 담아 놓은 형용이었다.

'인자는 비화 언가 살아가는 거하고, 이 옥지이가 살아가는 거하고도, 저 물매이로 서로 달라지삣다 아이가.'

해랑은 만취한 하 목사가 역시 취한 관리들과 떠들썩하니 이야기하는 틈을 타서 살짝 그 자리를 빠져나왔다. 혹시라도 나중에 누가 물으면 소피가 마려워 갔었다고 대강 둘러댈 참이었다.

'멋대로 자리에서 이탈했다꼬 벌 주모 받지 머. 내사 겁낼 거 한 개도 없다 고마. 죽는 거도 안 무서븐 내다.'

해랑은 될 수 있는 한 농월정으로부터 멀리 떨어져 나갔다. 요즘 들어서 언제나 그랬다. 거의 병적일 정도로 세상과 인간들에게서 벗어나고 싶었다. 술에 취해 마구 떠들어대는 관리들 목소리와 관기들이 울리는 풍악 소리가 점점 작아지고 있었다.

'여게서 본께네 정자가 에나 쪼꼬맣거로 비이네? 하도 넓은 반석 한 귀티이에 서 있기 땜에 그랄 끼거마.'

그런 생각에 잠겨 있는 해랑의 머리 위로 깃털이 갈색과 노란색으로 치장된 아주 작은 새 한 마리가 날갯짓하면서 울고 있었다.

'찌르, 찌르, 찌르륵.'

해랑은 그 울음소리가 특이하면서도 구슬프다는 생각을 했다. 그런데 농월정에서 한참 먼 데까지 왔을 때였다. 숲속 길 저편으로 사람 그림자가 어른거렸다. 그림자는 넷이었다. 저쪽에서도 그곳에 사람이 불쑥 나타나리라곤 전혀 예상하지 못한 듯 잔뜩 경계하는 빛을 띠었다. 그런 산속에서는 짐승뿐만 아니라 사람도 조심하지 않으면 안 되었다. 한데 다음 순간, 저쪽 그림자 하나가 놀라 외쳤다.

"이기 누고?"

차마 믿어지지 않는다는 목소리였다.

"오, 옥지이 아이가!"

"언가."

해랑도 그게 현실로 받아들여지지 않았다. 이런 곳에서 비화 언가와 마주치다니. 해랑은 놀람에 이어 강한 호기심에 싸였다.

'비화 언가가 무신 일 땜에 여 왔으까?'

비화 또한 고향 마을 목사와 관기들이 그곳까지 놀러 왔으리라곤 상상도 하지 못했다. 그래서 갑자기 나타난 해랑이 더 놀라울 수밖에 없었다.

"내는 안 있나."

비화는 저 뒤쪽으로 고개를 돌려 보이고 나서 물었다.

"저게 방정마을에 좋은 전답이 있다쿠는 소리 듣고 한분 볼라꼬 여게 왔지만도, 옥지이 니는 혼자 무신 일이고?"

비화의 동행은 농사꾼 차림새를 한 버쩍 마른 사십 대 남녀, 그리고 한눈에 봐도 복덕방 사람으로 여겨지는 쉰 살가량의 뚱뚱한 사내였다.

'그렇다모?'

그 사람들 신분을 어느 정도 알아챈 해랑의 호기심이 다시 놀람으로 바뀌었다.

'역시나 소문 듣던 그대론 기라. 비화 언가가 갱상도 여러 곳에서 전답을 마이 사 모우고 있다쿠디이 요꺼지 왔는갑다.'

해랑은 그 순간의 자신의 심경을 무슨 말로 표현할 수 있을지 몰랐다. 그러다가 일부러 즐거운 표정을 지었다. 그러고는 매우 신난다는 어조로 떠벌렸다.

"농월정에 유람 왔다 아이가."

　뜻밖의 그 말에 비화가 의아한 눈빛으로 반문했다.

"유람?"

"하모, 언가야."

　해랑은 줄줄이 꿰었다.

"하 목사가 내한테 좋은 갱치 비이주고 싶다꼬 여 오자 쿠데?"

"하 목사?"

　비화 마음은 구름이 막 해를 가리는 세상처럼 어두워졌다.

'옥지이가 내한테……'

　해랑은 지금 거짓말을 하고 있다. 하 목사가 어떤 목민관인가는 비화도 익히 들어 알고 있는 터였다. 해랑이 몹시 포악한 그에게서 무척이나 심한 괴롭힘을 당하고 있다는 것도 모르지 않았다. 그런데 저런 엉터리 소리를?

　해랑의 치맛자락이 닿은 땅바닥에 뾰족 나와 있는 거무스름한 돌멩이 모서리가 유난히 날카로워 보이는 비화였다. 비화 안색을 읽었는지 해랑은 한층 유쾌한 목소리를 내었다.

"언가 니 에나 안됐다."

　비화는, 저건 또 무슨 소리인가 싶었다.

"내는 유람하로 왔는데……."

　아주 동정 어린 기색을 하는 해랑이었다.

"언가 니는 묵고살 땅 살 끼라꼬, 요 먼데꺼정 걸음했은께 말인 기라."

그때 중간에서 토지 매매를 주선해주는 뚱뚱보가 더 듣고만 있을 수 없었는지 입을 열었다.

"허, 한 개도 모리는 소리 마소."

바람이 '쏴쏴' 소리를 내었다. 근처 어디에 대숲이 있는지도 모르겠다.

"한 개도 모리는 소리?"

그러면서 자기를 째려보는 해랑에게 그가 조롱하는 투로 다시 말했다.

"나루터집 여주인이 오데 묵고살 땅이 없어 여꺼지 온 줄 아요?"

해랑이 당혹스러운 낯빛을 지었다. 그런가 하면, 심각하다거나 난감해지거나 할 때 곧잘 지어 보이는 그녀 특유의 버릇대로 눈동자도 딱 멎었다.

"소작 줄 땅 새로 사로 온 기지."

복덕방 쥔 말이 이어졌다.

"그짝도 앞으로 함 두고 봐라꼬. 저분이 갱상도에서 땅을 젤 마이 가진 땅 부자가 되실 낀께네."

그러자 해랑은 그 정도는 나도 안다는 듯 이랬다.

"비어사 진무 스님이 우리 비화 언가한테 그런 이약을 하싯다쿠는 거, 내도 하매 들어 알고 있지예."

그게 뭐 대수냐는 얼굴을 해보였다.

"알고 있다쿠는 사람이 그리 텍도 없는 소리 해쌌소?"

복덕방 사내는 겉으로 보기보다는 꽤 성깔이 있었다. 그냥 저대로 놔두었다간 두 사람이 심한 언쟁이라도 벌일 것 같아 비화가 끼어들었다.

"같이 온 사람들은 오데 놔놓고, 니 혼자 후미진 숲길을 댕기노?"

약간 당황해하는 해랑이었다.

"그라다가 사나븐 산짐승이라도 만내모 우짤라꼬 말이다."

해랑은 비화 말을 통해 진정 자기를 위해주는 깊은 애정을 느끼고 가습이 찡했다. 설혹 친자매일지라도 그러기는 쉽지 않을 것이다. 그렇지만 어찌 된 셈인지 입은 마음과는 다른 소리를 뱉어내고 있었다.

"언가 니 요새 살기 좋은갑다."

비화가 멀뚱한 얼굴을 했다.

"각중애 그기 무신 말고?"

해랑은 비화 얼굴을 노려보듯 하며 빈정거리는 어조로 말했다.

"얼골이 밀가리(밀가루) 반죽 붙인 거매이로 허연 기……."

예쁜 얼굴이 매구로 변하고 있다. 그녀가 어릴 적에 새끼 기생이란 말과 함께 가장 듣기 싫어했던 그 매구.

"그래도 내 겉은 년을 그리 위해주이, 에나 눈물이 나거로 고맙거마는."

비화 가슴팍이 먹먹했다. 다른 말은 도무지 생각이 나지 않고 입에서는 깊은 신음 같은 소리만 흘러나왔다.

"진아."

옥진 말에는 가시가 잔뜩 돋쳐 있다. 비화는 더더욱 마음이 아려왔다. 도대체 옥진이 왜 저렇게 변해버린 걸까? 굽은 물푸레나무같이 뒤틀릴 대로 뒤틀려버린 심보다.

'우리 옥지이가 생각했던 거보담도 몇 배나 더 심이 드는갑다.'

근처에 서 있는 큰 굴밤나무 가지 위로 청설모 두 마리가 서로 장난이라도 치는지 오르락내리락 하고 있다.

'하 목사가 너모 괴롭히쌌는 거 아이가.'

비화는 몰랐다. 옥진의 고통이 어디서 비롯된 것인가를. 억호가 다시 옥진에게로의 접근을 시작하고 있다는 사실을 알 리 없는 비화였다.

그들이 그러고 있는데 수풀 사이로 울긋불긋한 물체들이 어른거리더니만 관기 몇이 나타났다. 효원과 한결 그리고 지홍 등이 보이지 않는 해랑을 찾아 나선 것이다.

"비화 언니 만내로 온 기라예?"

효원의 산새같이 해맑은 목소리가 숲을 울렸다.

"그라모 그랄라꼬 잠깐 댕기오것다고 미리 이약이나 좀 안 하고?"

효원은 비화와 해랑이 우연히 만난 게 아니고 미리 만날 약속이 돼 있었던 것으로 안 모양이었다.

"아, 그라모!"

한결의 감탄에 가까운 말에 이어 지홍이 놀란 목소리로 해랑에게 물었다.

"저분이 그 유맹한 나루터집 여주인 되시는 분이가?"

"그래예. 그것도 몰랐어예?"

효원이 해랑보다 먼저 대답했다.

"해랑 언니하고는 친자매맹캐 지내시는 사이라예."

그러고 나서 효원은 비화에게 꾸벅 절을 했다.

"여서 만내네예? 준서는 잘 크지예?"

비화는 미소로 답을 대신하고 나서 한결과 지홍을 향해 말했다.

"우리 해랑이 잘 부탁드립니더."

곧이어 부럽다는 눈길을 보냈다.

"참 모도 얼골들이 곱네예."

아직도 '한결같은 마음'을 입에 달고 사는 한결이 말했다.

"이리 만내뵙거로 돼서 큰 영광이라예."

비화는 그만 낯을 붉혔다.

"영광은 무신 영광예?"

복덕방 사내가 한결의 말이 맞는다고 고개를 끄덕였다. 한결은 입에 발린 소리가 아니라고 했다.

"같은 여자로서 그짝 분을 에나 자랑스럽기 생각하고 있어예."

지홍도 언제나 발그레한 낯빛이 한층 붉어졌다.

"나루터집 맹성은 하매 듣고 있어예. 콩나물국밥 맛이 그리카나 특밸하다꼬예."

우리 다 같이 가 보자는 듯 동료 기녀들을 돌아보았다.

"운제 시간 내서 꼭 한분 가 보께예."

이번에는 효원과 한결이 고개를 끄덕였다.

"무담시 소문만 그렇심더."

세상 사람들은 아직 잘 모르고 있다. 비화를 만나면 콩나물국밥 이야기부터 꺼내는 것이다.

'첨에는 그랬지만도 인자는 아이다.'

얼마 전부터 나루터집 영업은 우정 댁과 원아에게 거의 떠맡기다시피 해놓고 있다. 또 종업원 여자들을 많이 채용했기 때문에 비화가 없어도 일손은 모자라지 않았다. 그리고 비화 자신은 밖으로 나돌았다. 땅 때문이었다.

'밥집 하나에만 매달릴 시기는 지났다. 이 시상에는 또랑보담 큰 강이 있고, 또 그 강보담 큰 바다가 있는 기라.'

손이 큰 그만큼 포부 또한 원대한 그녀였다. 그리고 이 세상에서 가장 큰 것은 뭐니 해도 단연 땅이다.

'땅에 눈을 떠야 하는 기다.'

어릴 적에 땅따먹기 놀이에서 보였던 그 탁월한 수완을 십분 활용해야 할 필요가 있다고 자신을 다그쳤다.

'배봉이하고 점벡이 행재를 대적할라모 땅이 있어야 안 하나.'

그들에게 그 넓고 좋은 땅을 넘겨줄 때마다 크나큰 고통과 울분을 못견뎌 하시던 부모님. 이러다가는 나중에 죽어 묻힐 땅도 없을 거라며 한숨을 내쉬던 부모님.

'비단하고 땅하고의 쌈이다.'

비화는 사람들이 많아질수록 땅과 비단, 어느 쪽이 더 투자가치가 높아질 것인가를 곰곰이 계산해보았다. 땅에서 나오는 이익과 비단에서 나오는 이익, 어느 것이 더 클 것인가에 대해 고민했다. 그러고는 결론을 내렸다. 땅이다.

"참, 이라고 있을 때가 아이다."

그때 한결이 깜빡 잊고 있었다는 얼굴로 해랑에게 급하게 말하는 소리를 듣고 비화 정신이 퍼뜩 돌아왔다.

"하 목사가 아까부텀 해랑이 니를 찾아서 난리다."

그러자 해랑은 그 자리를 벗어날 좋은 기회를 만났다는 기색이었다.

"하 목사가 낼로?"

비화더러 들으란 듯 이런 말도 했다.

"내 말고 다린 관기들도 쌔뺏는데, 내만 자리를 비우모 하 목사가 장이리쌌네? 내 에나 몬 산다 고마, 몬 살아."

왕비나 공주라도 된 것처럼 으스대는 모습이었다.

"내는 바빠서 고마 갈란다. 잘 가라, 언가야."

그 말을 끝내기 무섭게 해랑은 매몰차게 등을 획 돌리더니 농월정 쪽을 향해 바삐 걸어가기 시작했다.

"지들은 이만……."

효원과 한결, 지홍도 엉겁결에 비화에게 급하게 인사를 하고 해랑 뒤를 쫓아갔다.

"잘들 가이소."

그들 모습이 숲 그늘에 가려 완전히 보이지 않을 때까지 비화는 넋 나간 여자처럼 멍하니 바라보고 서 있었다.

"생긴 거는 꽃만치 이쁜데, 하는 짓은 영 그렇다 아인가베. 관기는 다린 기생보담은 낫을 줄 알았더이."

복덕방 사내가 끌끌 혀를 차며 혼잣말로 중얼거렸다.

"우리 전답은 멤에 듭니꺼? 우뗗던가예?"

농사꾼 남자가 묻는 말에 비화는 꿈에서 깬 듯 대답했다.

"괘안데예."

그러자 농사꾼 사내가 복덕방 사내를 보았다.

"그라모……."

"예, 매매개약서 쓰야지예."

그렇게 말하고 나서 비화는 조금 전에 돌아보았던 그 방정마을을 떠올렸다.

옛날에는 마을 앞을 흐르던 강이 지금은 들판이 되었다고 하는데, 눈썰미 매운 비화가 찬찬히 살펴보니 거기는 다른 논보다도 낮고 길게 이어져 있는 형세였다. 그것이 비화 눈에는 꼭 나루터집이 있는 상촌나루터가 보고 싶어 걸음을 재촉하는 것 같아 보였다.

'내하고 궁합이 딱 맞는 땅이 있는 곳 걸거마는.'

그러나 옥진은 비화 자신과 빨리 헤어지고 싶어 그렇게 서둘러 그 자리를 떴다는 자각에 비화는 가슴이 콱 막혔다.

'에나 그 이유를 알 수 없다 아이가.'

옥진은 왜 갈수록 자꾸만 이 비화와 멀어지려는 걸까? 내가 뭘 잘못했기에.

"마님!"

복덕방 사내는 건수件數 하나 올려 무척 기쁜지 투박한 생김새와는 다르게 수다를 떨기 시작했다.

"저짝 낮은 데에 있는 아까 그 마을 말입니더."

"예."

그는 두 팔로 노를 젓는 시늉을 했다.

"배하고 상구 안 가리방상하던가예?"

"와 안 그래예."

비화는 여전히 해랑 생각으로 인해 건성으로 응하고 있었다. 하지만 복덕방 사내는 해랑의 사슬로부터 비화를 풀어주기라도 할 요량인 듯했다.

"그렇지예? 맞지예?"

비화는 발아래 떨어지는 나뭇잎같이 맥없이 대답했다.

"예."

복덕방 사내는 꼭 그게 자신이 했던 일인 양 말했다.

"그래갖고 방선마을이라쿠는 이름이 붙었다 아입니꺼."

수더분해 보이던 농사꾼 아낙도 조금 극성스러워졌다. 관기들을 만나고 나니 좀 달라지기라도 한 것처럼 보였다.

"높은 지대에 있는 우리 고정마을 전답도 기름지지예."

비화는 이번에도 짧게 말했다.

"예."

그 두 마을 이름을 합쳐 붙였다는 방정마을. 비화에게는 그 마을 전답 또한 그녀가 속속 사들이고 있는 다른 마을 전답과 별다른 차이가 없었지만, 옥진과 만난 곳이란 사실 때문인지 뭔가 특별한 느낌으로 다가왔다.

"쪼꼼 더 가모 농월정이 비일 낍니더. 가 보이시더."

비화가 주저하는 빛을 보였다.

"첨 보는 사람은 거 갱치가 하도 좋아갖고 기절한다꼬 안 합니꺼."

복덕방 사내 말에 비화는 고개를 흔들었다.

"담에 가 볼랍니더."

복덕방 사내는 의외라는 낯빛을 지었다.

"예?"

비화는 지친 기색으로 말했다.

"오늘은 고마 돌아가고예."

"아, 거 갈라꼬 요꺼정 와갖고 그냥 간다꼬예?"

복덕방 사내뿐만 아니라 농사꾼 사내도 도무지 그 영문을 모르겠다는 듯 소 같은 눈망울을 굴렸다.

"마님께서 와 저라시는지 모리것어예?"

농사꾼 아내가 사내들보다 사려 깊었다.

"아까 그 기생들 말이, 시방 농월정에 목사하고 관기들이 와 있다 안 쿠던가예? 똑겉이 들어갖고는…….."

그새 청설모 한 마리는 저만큼 보이는 커다란 바위 위에 올라앉아 있고, 다른 한 마리는 어디에 있는지 보이지를 않았다.

"허, 그렇거마는!"

농사꾼 사내가 거칠고 투박한 손가락을 들어 뒤통수를 긁적이며 관리들을 욕하듯 이렇게 퍼부었다.

"그리 높은 배실아치들 있는 데서 얼쩡거리쌌다가 무담시 안 좋은 꼴 당할라. 우리 겉은 사람들은 우짜든지 그런 것들하고는 멀리하는 기 장 땡이다."

그러나 비화가 그곳에 가지 않으려고 하는 진짜 이유는 다른 데 있었다. 행여나 옥진이 하 목사에게 당하는 장면을 보게 될지도 모를 노릇이었다. 상상만 해도 견디기 힘든 판인데 실제로 목격하게 된다면 심장이 터져 버릴지도 모른다.

"그라모 도로 돌아가이시더."

복덕방 사내가 앞장서며 말했다.

'아.'

비화는 다리에서 힘이 쭉 빠졌다. 그냥 아무 데나 픽 쓰러져 드러눕고 싶었다. 농월정 근처에 와서 세상에 희롱만 당하고 가는 기분이었다.

"그런께네 말이제."

"맞아예, 맞아예."

농사꾼 부부는 맨 뒤에서 따라오며 자기들만 알아들을 수 있는 작은 소리로 계속 무어라 소곤거렸다. 복덕방 사내가 무료했는지 소리 내어 노래를 부르기 시작했다.

"죽장에 삿갓 쓰고……."

그러던 그는 문득 걸음을 멈추고는 비화를 돌아보며 물었다.

"김삿갓 이약 들어보싯지예?"

"예?"

뜬금없는 소리에 비화는 멍해졌다. 천성적으로 목청이 큰 농사꾼 사내가 숲이 왕왕 울릴 만큼 큰 소리로 말했다.

"시방 방랑시인 김삿갓 이약한 깁니꺼?"

가까운 곳에서 '푸드덕' 꿩이 날아오르는 소리가 잇따라 났다. 암컷보다도 수컷이 더 멋진, 한 쌍인 모양이었다.

'아까 본 그 청설모들도 그렇고, 하여튼 동물들도 혼자는 외로버서 장 둘이 함께 댕기는 거 안 겉나. 그란데 우리 옥지이, 옥지이는…….'

비화가 무슨 생각을 하고 있는지 알 턱이 없는 농사꾼 사내였다.

"내가 에릴 적에 동리 노인들한테서 들은 이약인데 말입니더."

그렇게 전설 속 인물을 이야기하듯 했다.

"저 농월정에 그 김삿갓이 여러 차례나 왔다가 갔다 쿠더마예."

무식함이 드러날까 봐 약간 조심하는 어투로 바뀌었다.

"시! 시 하모 김삿갓 아인가베?"

그러더니 자기 아내에게만 대고 말했다.

"무신 시를 냉깃는고는 잘 모리것지만도 우쨌든 그렇거마."

무성한 숲을 뚫고 들어온 햇빛이 좁은 산길 위에 얼룩덜룩한 그림자를 드리우고 있었다. 그것은 얼핏 호랑이 가죽을 방불케 했다.

"마, 생각해볼 거 겉으모⋯⋯."

복덕방 사내는 언제 집어 들었는지 제법 굵고 기다란 나뭇가지 하나를 지팡이 삼아 땅을 쿡쿡 짚고 걸어가며 말했다.

"우리 인생살이가 방랑생활 아인가베."

그의 음성이 지금까지와는 달리 애잔하게 들렸다. 사람에게는 누구든지 자기 나름의 변신이 있기 마련인 모양이었다.

"이 풍진 한 시상!"

그는 계속 노래 읊조리듯 했다.

"내도 하 목사매이로 높은 사람이 돼갖고, 아까 본 그런 고운 기생들 함 데꼬 놀모 올매나 좋을꼬?"

그 소리에 농사꾼 부부가 킥킥거리며, 웃었다. 비화 뇌리에 매정하게 싹 돌아서던 옥진의 뒷모습이 되살아났다. 독 가시 돋친 꽃 같았다. 옥진은 대체 누구를 해하려고 그런 모진 독을 품었다는 것인가? 혹시나 그 독이 옥진 자신을 향하지는 않을는지.

'우리 모도가 방랑잔 기라. 온 곳도 갈 곳도 모리는 방랑자.'

복덕방 사내가 흥얼거리는 노랫가락을 들으며 비화는 가슴 가득히 쏟아져 내리는 차가운 빗소리를 들었다.

'옥지이는 똑 방향 잃고 헤매는 노루 새끼 안 겉었나.'

비화는 한 걸음 한 걸음 힘겹게 옮겨놓을 때마다 늘어나는 걸음 수만큼의 슬픔과 한이 켜켜이 쌓이는 듯했다.

'아아, 와 이리 떨리쌌노?'

옥진과의 사이에 돌이킬 수 없는 무서운 일이 벌어질 것만 같은 불길한 예감이 점점 더 현실로 다가오고 있다는 느낌에 소름이 돋았다.

'내가 상구 오랜 시간에 걸치서, 배봉이하고 점벡이 자슥들 그것들 상대할 생각을 짜다라 함시로 살아오다 보이, 고마 신갱이 날카로버져서 이리쌌는 기까?'

그러다 고개를 내저었다.

'아인 기라. 이거는 오데꺼지나 옥지이하고 내하고 둘이 관계지, 배봉이 집안하고는 아모 상관도 없다 아이가.'

그런데? 참으로 이상하고 정녕 모를 노릇이었다. 미치는 사람이 이래서 미치지 싶었다. 도대체 왜?

한 사람 마음의 힘

그날 이후로도 비화의 땅을 사는 일은 계속되었다.

그런데 그전과는 달라진 게 하나 있었다. 바로 남편 재영과 동행한다는 사실이었다. 그리고 다른 사람들은 어떻게 생각할지 몰라도 비화로서는 좀 더 각별한 의미를 심어가려는 새로운 시작이었다.

"그리키나 대단한 은행나모가 있는 마을이라쿤께 따라 가볼라 쿠요."

재영이 비화를 따라나서면서 무슨 명분이라도 찾으려는 사람처럼 꺼낸 소리였다. 비화는 그의 뇌리에 각인시켜주듯 했다.

"인자부텀은 당신도 같이 둘러보시야지예."

두 손으로 크게 동그라미를 그리는 동작을 취해 보였다.

"우리 땅 아입니꺼."

하지만 재영은 마치 들어서는 안 될 소리를 들은 사람처럼 흠칫했다. 비화는 '우리 땅'이란 말에 힘을 주며 한 번 더 말했다.

"좋은 우리 땅을 장만할라모예. 안 그래예?"

그런데도 재영은 여전히 입을 열지 못했다. 비화 가슴속이 예리한 날 끝으로 긋듯 저릿해졌다.

'그래, 살아온 날들을 떠올리모……'

그동안 여자 혼자 다니면서 전답이며 산판을 매매했었다. 지금부터는 남편과 함께 땅을 사러 다닐 계획이었다. 이런 아내 뜻을 깨닫고 재영은 과거사가 되살아나면서 부끄러운 마음에 그렇게 은행나무 운운하며 둘러댄 것이다. 기실 말이 가장이지 모든 재산은 아내가 마련한 것이었다.

"어?"

"아, 오늘이!"

그런데 가는 날이 장날이라고, 때마침 그 은행나무마을은 이런저런 정월 대보름 행사가 한창이었다.

"함 보소. 에나 장난이 아이거마."

재영도 그 구경거리에 흠뻑 빠져들었지만, 비화 등에 업혀 있는 준서도 신기한지 연방 그 영리해 보이는 까만 눈망울을 이리저리 굴렸다. 이제는 걸음을 걸려도 될 정도는 되었지만, 어머니에게 업히길 좋아하는 준서였다. 어쨌거나 세 식구만의 오붓한 나들이었다.

그때까지도 비화는 그 인간 같잖은 인간과 대면하게 되리라고는 조금도 예측하지 못했다. 그저 오랜만의, 어쩌면 처음이라 해도 과언이 아닐 그 가족여행에 마음이 한껏 부풀어 올라 있었을 뿐이었다.

"가마이 본께, 이 마을 동제洞祭가 대단하요."

"그렇네예, 에나로."

재영 말마따나 마을 평안과 풍년을 비는 동제도 거창했으며, 동제를 마친 후에 집집마다 돌아다니면서 하는 지신밟기도 볼 만 했다.

"참 이거저거 가지가지로 안 노요."

"예, 기경할 끼 짜다라 있어예."

지금은 막 달집을 태운 그다음 한바탕 쇠를 치는 중이다.

"저 제주祭主 노인 풍채도 보통이 아이네예."

비화는 지난번 거기 왔을 때 만난 적이 있는 노인을 눈짓으로 가리켰다. 그러자 재영도 그렇다고 했다.

일흔 살 안팎의 그 노인은 자기 마을 전답을 둘러보러 온 비화에게 마을 가운데 우뚝 서 있는 은행나무를 매우 자랑했었다.

"이 늙은이 나이 열 배는 더 될 끼거마는."

"우짜모!"

감탄하는 비화에게 노인은 기원하는 목소리로 말했다.

"마을 수호신인 저 은행나모가 있어 모도 행복하거로 산다 아인가베."

그 말을 되살리며 비화는 재영에게 말했다.

"은행나모를 자세히 함 보이소."

재영이 노인을 향해 있던 시선을 그 나무쪽으로 옮겼다.

"나모 둥치에 불탄 흔적이 비이지예?"

재영은 비화가 지적하는 부분을 보다가 약간 놀란 얼굴을 했다.

"에나! 불에 타삣네?"

비화는 그림을 그려 보이듯 그 나무 모양에 대해 얘기했다.

"밑동도 분맹히 한 나몬데, 당신 키보담 쪼꼼 더 높은 곳에 틈이 있고, 그 우에는 다시 한 둥치로 안 돼 있심니꺼."

"그거는 맞는데 우째서?"

재영은 나무 생김새가 신기하지 않은 건 아니지만, 아내가 그렇게까지 큰 관심을 갖는 까닭을 몰랐다.

"지 말씀 더 들어보이소."

비화가 알아듣고 설명했다.

"저 제주 노인 말씀이, 자기가 에릴 적에는 저 나모 틈새로 드나들었다데예."

재영은 몸을 최대한 웅크렸다.

"나모 틈새로 말이오?"

거기를 바람이 뚫고 지나가는 게 보이는 듯했다.

"그라고 불에 타고 나서 두 가지가 올라와갖고, 가온데쯤서 도로 붙은 기 아인가 그리 본다데예."

비화는 얼핏 심각해 보이기까지 하는 얼굴이었다. 재영은 여전히 아내가 이해되지 않는다는 빛이었다. 그도 그럴 것이, 비화는 남편과 혼례 직후에 따로 헤어져 있다가 다시 결합했던 사실을 바로 그 은행나무 둥치를 통해서 떠올렸던 것이다.

'그래도 하늘이 도와서 오늘꺼지 안 왔나.'

바느질 일감을 듬뿍 안겨주는 안골 백 부잣집 염 부인이 아니었으면 굶어죽었을 것이다. 비화는 뿌드득 이를 갈았다.

'배봉이 이눔.'

그런데 곧 비화는 그것이 어떤 계시였음을 깨닫고 경악했다. 그건 참으로 뜻밖의 사태가 아닐 수 없었다.

'헉!'

잠시 염 부인 죽음을 떠올리다 문득 정신을 차려보니 바로 눈앞에 그쪽 인간 족속이 서 있는 게 아닌가?

배봉의 둘째 아들 만호다! 옆에는 그의 아내 상녀와 딸 은실도 있다. 눈을 비비고 다시 보아도 틀림없는 그들이다.

'아, 저눔이 우찌 여게?'

은행나무를 쳐다보고 선 그들은 뒤편에 있는 비화 가족을 아직 발견하지 못한 채 제주 노인과의 대화에만 열중이다.

"알것제, 내 이약이 무신 소린고?"

"예, 그거는 인자 알것는데예."

제주 노인 목소리는 빠진 이빨 사이로 새어 나오는 것 같고, 만호의 그것은 입술을 약간 내민 상태에서 하는 소리로 들렸다.

"그라모 머를 모리것는데?"

"여게 은행나모가 수절守節을 하고 있다쿠는 거는 또 무신 이약입니꺼?"

비화도 속으로 중얼거렸다.

'수절? 나모가 수절?'

의아해하고 있는 그녀 귀에 그들 대화가 들렸다.

"내 조카뻘 되는 자네 처는 잘 알것지만도……."

제주 노인은 상녀를 한번 보고 나서 말을 이어갔다.

"글씨, 함 들어봐라꼬. 이웃 마을에 있었던 수은행나모가 없어지삐고 나서는 고마 열매가 안 열리는 기라."

얼핏 귀에 들어온 제주 노인 그 말에 긴가민가하고 있던 비화는 어느 순간 번쩍 정신이 났다.

'상녀가 자기 조카뻘 된다꼬?'

제주 노인은 분명히 그렇게 말했었다.

'그런 관계가 된다모…….'

비화는 만호 처 상녀가 이 마을과 연관돼 있다는 사실을 알자 마음이 무거워졌다. 뭔가 심상찮은 일이 벌어지고야 말 것 같은 불길한 예감이 들었다.

"지가 우리 은실이만 할 때 일이 생각납니더. 여 나모 밑에 우물을 팠지예."

"아암, 그랬디제. 잘 기억하고 있거마."

상녀 말에 노인이 고개를 끄덕였고, 만호가 궁금한 듯 상녀에게 물었다.

"나모 밑에 와 우물을 팠는데?"

나무 밑의 우물이란 말이 비화 마음을 약간 묘하게 건드렸다. 나무 밑의 의자라는 말과 너무 차이가 났다.

"아, 야가 와 자꾸 이라노?"

상녀는 연신 자기 팔에 매달리는 은실이 조금 성이 가시는지 눈살을 크게 찌푸리고 억지로 떼놓으며 만호 물음에 대답했다.

"우물물에 나모 지 모습이 비치모 열매가 맺는다쿠는 말 땜에 그랬다 데예."

그러자 만호가 남들 있는 데서 아내를 무시하듯이 끝까지 듣지도 않고, 좋은 말로 해도 될 것을 괜한 시비 거는 투로 내뱉었다.

"그라모 안 비치모 열매가 안 맺고?"

은실이 그런 아버지가 무서웠는지 어머니 등 뒤에 숨듯이 했다. 그것을 지켜본 비화는 내심 고개를 절레절레 흔들었다. 그러고는 동업직물 식솔들을 다 떠올리며 생각했다.

'애비 에미나 자슥들이나 바로 저런 인간들인 기라.'

만호가 또 무어라 구시렁거렸고, 노인이 허연 머리칼이 듬성듬성한 머리를 흔들며 상녀 이야기를 부정했다.

"그기 순 엉터리 속설이라쿠는 기 안 밝히짓는가베."

상녀보다 만호가 그 보란 듯 먼저 반문했다.

"엉터리 속설예?"

은행나무가 지겨운 나머지 몸을 뒤트는 것 같아 보였다.

"하모."

노인은 검버섯 듬성듬성 난 얼굴을 보기 흉하게 찡그렸다.

"열매만 안 맺는 기 아이고, 애꿎은 마을 송아지가 고마 빠지 죽는 재수 없는 일만 생기싸서 우물을 도로 메꿔삐릿제."

만호가 우물물에 빠져 죽어가는 송아지 흉내라도 내듯 허우적거리는 동작을 하면서 참 채신머리없이 굴었다.

"음매애애, 음매애애."

비화가 거기까지 듣고 있을 때였다. 재영이 그제야 만호를 알아보았는지 손가락을 들어 황급히 비화 옆구리를 찔렀다. 하지만 만호가 무엇에 이끌리듯 갑자기 뒤쪽을 돌아본 것도 거의 동시였다.

"어?"

만호 얼굴이 단번에 달라졌다. 장난기가 싹 사라지고 자못 흔들리는 표정이었다. 그의 왼쪽 눈 아래에 박힌 크고 검은 점이 파르르 떨리는 듯했다.

'몰라보거로 달라졌거마는!'

그렇게 생각하는 기색이 비화와 만호 얼굴에 똑같이 드러났다. 원체 꼬마둥이를 좋아해 동업에게 가까이 가려다가 분녀에게 꾸중을 듣기도 하는 은실이, 이번에도 호기심 찬 눈으로 비화 등에 업힌 준서를 바라보았다.

"허, 참 내."

이윽고 만호가 먼저 빈정대는 투로 입을 열었다. 은행나무도 흠칫, 놀라는 듯하고, 바람도 잠시 숨을 죽이는 것 같은 긴장의 순간이 흐른 후였다.

"상촌나루터서 콩나물국밥 파는 비화라쿠는 여자가, 돈만 생기모 눈깔 뻘개갖고 온 천지 땅을 사들인다쿠는 소문이 쫘악 퍼져 있더이, 여꺼정 땅 사로 온 긴가베?"

제 딴에는 대단히 잘 판단하는 능력을 가진 사람같이 행세하는 만호였다. 어쨌거나 그러자 제주 노인이 놀랍다는 표정으로 누구에게랄 것도 없이 이렇게 물었다.

"아, 서로 아는 사인갑네?"

"……."

비화 얼굴이 석고로 만든 것처럼 굳어졌다. 만호가 '흐흐' 하고 음침하고 징그러운 웃음을 뿌렸다.

"참 자알 알지예."

만호의 말에 아무것도 모르는 제주 노인은 어떤 기대감까지 실린 목소리가 되었다.

"우찌 아는데?"

만호 답변이 이랬다.

"저 여자 할아부지 때부텀 우리하고는 아조 남다린 인연을 가짓다꼬 말입니더. 우리 아부지가 장마당 말씀하지예."

남의 집 소작 부쳐 먹던 일이 동네방네 나발 불고 다닐 만큼 자랑스러운 일도 아닌데, 만호는 보지 못했던 그동안에 더욱더 철면피가 되었다는 사실을, 비화는 그것으로도 충분히 깨달을 만했다.

'조런 인간 족속인께 에린 옥지이한테 그리키나 몬된 짓을 해놓고도, 눈꼽만치도 반성하거나 부끄러운 줄 모리제.'

재영은 비화에게서 임배봉 집안과의 관계에 관해 들어왔던지라 만호 부부를 보자 여간 긴장하지 않는 모습이 되었다.

'하모. 우리는 돌아올 수 없는 강을 건너고 산을 넘고 해삔 기라.'

그랬다. 그런 남편을 본 비화는 다시 한번 더 확인했다. 배봉 집안과 우리 집안과의 그 악연은 자손 대대로 가보처럼 물려주지 않을 수 없는 운명이 되고 말았다는 것이다.

그러나 결코 그런 사실을 부정하거나 회피하지는 않을 것이다. 아니다. 오히려 깊이 인식하고 받아들여 내 삶의 활력소나 원동력으로 삼으리라.

"자, 올해는 작년에 몬 했던 거, 알제?"

"자네 춘부장 말이야, 내가 볼 적에는 우짠지 좀 그렇더라."

"요새 소 금金이 영 예전 안 겉어서 하는 말인 기라."

"홍합이 그리 몸에 좋담서?"

은행나무 밑에서 술이며 음식을 나눠 먹으며 갖가지 이야기를 주고받는 그 마을 사람들이 간간이 비화 가족을 힐끔힐끔 바라다보았다. 비화는 여기가 상녀 친정과 관계가 있는 곳이란 사실에 다시 생각이 미치면서 심경이 편치 못했다.

'오늘 살아감서 꼭 필요한 거 한 개 깨달았다 아인가베.'

그저 허둥지둥 앞만 보고 달리다가 잠깐 멈춰 서서 오던 길을 찬찬히 뒤돌아보는 그런 기분이었다.

'땅을 사들이는 거도 중요하지만도, 그보담도 상구 더 우선적이고 필요한 기 있제. 그기 머것노?'

그 경황 중에도 혼자 묻고 답했다.

'먼첨 사람 멤을 살 수 있어야 하는 기다.'

그렇다. 사람 마음.

'쌀 천 석石보담도 한 사람 멤이 더 무겁다.'

비화는 새로운 사실에 눈을 뜨는 자신을 보았다. 앞으로 땅을 구입할 때는 우선 그 마을 사람들 마음부터 잡을 수 있어야 모든 게 순탄하리라. 어차피 소작인은 그 마을 사람일 경우가 대부분일 것이다.

비화 두 눈에 번쩍, 불이 켜졌다. 그것은 한없이 위험하고도 의미심장한 빛이었다. 그래, 배봉이나 점박이 형제와 가까운 사람의 마음도 얻어야 한다.

흔히 호랑이를 잡으려면 호랑이굴에 들어가야 한다고들 했다. 저 은행나무처럼 모든 이들의 마음을 휘어잡아야 한다. 아니, 단순히 생각만으로는 모자란다. 그렇게 할 수 있는 힘도 지녀야 할 것이다.

목신木神의 저주

이윽고 은행마을 사람들이 은행나무 주위를 빙빙 돈다.

둥글게 또 둥글게 돌면서 쇠를 친다. 술을 석 잔 올린 후, 쇠 치는 이들이 하나같이 절을 한다.

"시방도 저 나모 앞에 촛불을 켜놓고, 밤새거로 기도하는 사람이 마이 있제."

제주 노인은 비화와 만호가 주고받는 위험한 눈빛은 눈치채지 못한 채, 타지에서 온 비화와 재영에게 그 은행나무를 자랑하기 바빴다.

"그랄 때 보모 안 있는가베, 나모 그림자가 일렁거리는 기 똑 겁나거로 몸이 큰 거인 겉거등."

그러나 언제부터인가 비화 눈에는 그 은행나무가 비어사 대웅전 뒤쪽의 고목같이 보였다. 명주 끈으로 목을 매단 채 죽어 있는 안골 백 부잣집 염 부인 시신이 쉴 새 없이 허공에 어른거렸다. 그것은 진무 스님이 악몽을 통해 보았다는 것처럼 수십 수백 개의 목으로 변했다.

'비화를 불러주이소.'

턱으로 시뻘건 핏물을 철철 흘리면서 시신의 입들은 그렇게 말을 했다. 비화를 불러주이소, 비화를 불러주이소, 비화를…….

'대체 내한테 무신 말씀을 하실라꼬?'

어쩌면 들어보나 마나 알 수 있는 말 같기는 한데, 막상 그 말을 듣고 난 후의 일이 더 마음에 크게 걸릴 듯했다.

그렇다. 그다음이 문제인 것이다. 비화 자신에게는 아직 그에 대한 해결 능력이 주어져 있지 못한 상황이었다.

"내 이약 듣고 있는 기요?"

그때 문득 들려온 제주 노인 말에 재영이 얼른 대답했다.

"예, 제주 어른. 열심히 듣심더."

재영은 지금 남편 역할을 톡톡히 해내고 있는 셈이었다. 솔직히 비화는 제주 노인이나 그가 하는 이야기 따위에는 더 이상 관심도, 귀를 기울일 여유도 가지지 못하고 있는 게 사실이었다.

"내 곁은 사람을 만냈은께 그렇제 안 그래봐라."

제주 노인의 말에 재영이 또 맞장구를 쳐주었다.

"압니더."

제주 노인은 이렇게 신비스럽고 영험한 은행나무 이야기는 어디 가서도 들을 수 없을 거라며 자기로서는 큰 선심 쓰듯 했다.

"입동立冬이 오기 전에는 안 있소."

"예."

제주 노인 입에서는 믿을 수 없는 소리들이 잇따라 나왔다.

"아모리 센 비바람이 불어닥치도 잎이 하나도 안 떨어진다쿤게?"

"그라모 운제 떨어지는데예?"

염 부인 생각에 깊이 빠져 있는 비화보다 재영이 더 호기심을 나타냈다. 아니, 그건 아내가 저러니 내가 더 잘해야겠다고 생각하고 있는 증거이기도 했다.

"입동 앞뒤로 해갖고……."

제주 노인은 손가락 셋을 꼽아 보였다.

"사흘 새에 한꺼분에 저절로 싹 떨어지는 기라."

비화 머릿속으로 다시 떠올랐다. 목을 매고 있던 명주 끈을 풀자 한 장의 낙엽이 되어 굴러 내리던 염 부인 시신. 광견처럼 짖어대던, 여간 해선 짖는 일이 없다던, 탐스러운 털빛이 뽀얀 진돗개 보리.

'흐.'

비화는 아귀같이 마구 달라붙는 염 부인 환상에서 빠져나오기 위해 억지로 제주 노인 말에 귀를 기울였다.

"은행잎, 그거 빛깔도 장난이 아이거마."

노망기가 있는 것 같지는 않은데 그야말로 두서가 없다. 그러고 보니 그의 목소리에는 술기운이 많이 묻어 있다.

"우리 마을 사람은 그 잎을 벌로 하는 벱이 없제."

"벌로 안 하모예?"

이번에도 재영이 물었다. 비화는 깨달았다. 지금 남편은 비화 자신이 마음을 추스를 수 있는 시간적 여유를 가질 수 있도록, 그다지 중요하지 않은 것도 큰 관심이 있는 척 건성으로 묻고 있다는 사실이다.

"아, 그거?"

"예, 제주 어른."

"흠."

"잎을, 와예?"

"함 들어봐라꼬."

"증말 자상하시네예."

그리하여 아무것도 모르는 제주 노인은 재영이 보이는 관심에 대단히 신바람이 붙었다. 사람은 나이 들수록 외로움을 타서 아무에게나 말 걸기를 한다더니 지금 그 노인이 그런 모양이었다.

"정성시럽거로 쓸어모아 갖고 저절로 썩거로 하는 기라."

그의 입에서는 좋지 못한 냄새가 폴폴 풍기고 있었다. 몸속에서 술이 부패하고 있는지도 모를 일이었다.

"불에 태우는 짓은 절대로 안 하고……."

제주 노인은 숨이 가쁜지 말끝을 흐렸다. 하긴 쇠로 만든 사람이라고 해도 이제는 지칠 만도 했다. 재영이 대화가 끊어지는 것을 막기 위해 물었다.

"아, 불에도 말입니꺼?"

그때다. 제주 노인과 재영이 나누는 대화에 귀를 기울이고 있던 상녀가, 저도 아는 게 많다는 듯 제주 노인 말에 장단을 맞추었다.

"우짜다가 가지가 뿔라져삐도 불에 안 태우지예."

동구 저 밖으로 눈길을 주었다.

"한적한 데 모아둔다 아입니꺼."

그러자 그동안 그 성깔에 많이 참고 있었던 만호가 비화에게 무슨 저주를 퍼붓듯 말했다.

"내도 운제 줏어들은 이약이 있는데, 딴 데 사는 사람이 약으로 쓸 끼라꼬 저 은행나모 가지를 꺾어가모 고마 즉사한다 쿠데?"

"에잉."

제주 노인이 끔찍한 소리 다 한다는 듯 약간 질린 얼굴로 말했다.

"당장 죽어삐는 거는 아이고, 반다시 무신 해를 입는다쿠는 이약은 있거마는."

만호가 징그러운 웃음을 흘리며 능글맞게 말했다.

"그기나 저기나 우쨌든지 간에 외지 사람이 요 마을에 들오는 거는, 저 은행나모에 붙어 있는 목신木神이 딱 막는다, 그 말이것지예."

그 정도 선에서 그만두는 게 아니었다. 그는 비화를 공격할 수 있는 세상 무기란 무기는 총동원하려는 사람같이 굴었다.

"지한테 저 나모의 저주가 내리는 줄 알모, 우떤 누도 여 안 올 끼다 아입니꺼."

연기를 잘하는 광대처럼 부르르 몸서리까지 쳤다.

"내 곁애도 그랍니더."

만호는 비화가 그 마을 땅을 이미 샀거나 사들이려고 한다는 사실을 벌써 알아챈 게 확실해 보였다. 그러자 비화는 와락 오기가 치밀었다.

'니눔이 아모리 글싸 봐라. 내가 왼쪽 눈썹 하나 까딱하는 사람인가.'

평소 아는 이들에게서 참으로 대가 찬 여자라고 알려진 비화였다. 더욱이 지금처럼 어떤 위기감을 느낀다거나 심한 분노에 사로잡힐 때면, 비화의 그런 면모는 한층 더 그 빛을 발하곤 했다. 그게 바로 비화의 비밀 병기 같은 건지도 모른다.

'내사 그런 미신 몬 믿는다. 몬 믿는 기 아이라 안 믿는다.'

비화는 속으로 자신을 타일렀다.

'나모구신이 무서버서 도망칠 정도모 내사 비화가 아이다.'

제주 노인이 비화를 힐끗 보고 나서 말했다.

"그 구신이 사람을 우쨌는가 하모……."

그의 합죽한 입에서는 은행나무 목신이 사람을 죽인 섬쩍지근한 이야기가 나오기 시작했다. 그 탓인지 이빨이 많이 빠져 볼과 입이 우므러져 있는 노인 얼굴이 홀연 요사스러운 귀신처럼 보였다.

그런데 심각한 문제는 그다음부터였다. 그 저주가 어린 준서에게 내리려는 것일까? 비화 등에 업혀 있던 준서가 별안간 숨넘어가듯 울어대기 시작한 것이다.

"아, 주, 준서야!"

기겁을 한 재영이 비화 등 뒤로 와서 허겁지겁 준서를 들여다보았다.

"비키보이소!"

비화는 얼른 준서를 싼 포대기를 끌러 등에 업혀 있던 아이를 가슴 쪽으로 옮겨 안았다. 그러고는 황급히 살펴본 준서 얼굴이 백지장처럼 하얗다. 걸핏하면 잔병치레며 경기 든 것처럼 깜짝깜짝 놀라고 울음을 터뜨리는 아이였다.

"여, 여보!"

안색이 새파랗게 질린 재영이 어쩔 줄 몰라 하는 목소리로 비화를 불렀다.

"가마이 계시보이소."

비화 목소리는 차분하게 나왔다. 꽃잎에 듣는 보슬비를 연상케 했다. 하지만 실제 마음은 그게 아니었다. 폭풍우에 뒤집히는 조각배였다.

"우리 주, 준서가 와, 와 저라요?"

"……."

"저, 저리쌌다가 자, 잘몬되모 우, 우짜요?"

비화는 아무 말도 듣지 못한 여자처럼 비쳤고, 재영은 사내답지 못하게 너무 가볍게 굴었다. 비화는 그런 남편을 십분 이해할 수 있었다. 아무래도 아이 몸이 좀 허약한 것 같으니 부처님 전에 지극정성 빌어 보라던 진무 스님의 권고가 무슨 계시인 양 떠올랐다. 그는 보통 고승이 아니다.

'우째서 각중애 이런 일이!'

비화는 어쩐지 섬뜩했다. 아이는 좀체 울음을 그칠 기미가 보이지 않았다.

'증말 저 은행나모 구신이 우리 준서를 해코지 할라쿠는 기가?'

그런 불안감이 우 밀려왔다. 당장이라도 그 커다란 은행나무가 쿵 쓰러지면서 준서 몸을 덮칠 것만 같았다.

'내가 시방 무신 생각을 하고 있노?'

비화는 주먹을 쥐고 이를 악물며 마음을 다잡았다. 여기서 절대로 나약한 모습을 보이면 안 된다. 미신 같은 속설에 현혹되어서는 안 된다.

"준서, 우리 준서야이."

비화는 준서를 둥둥 어르면서 마음속으로 기도했다.

'우짜든지 우리 준서를 돌봐주이소.'

비어사 대웅전 부처님께도 빌고, 전창무와 우 씨 부부가 믿었던 천주학 하느님께도 빌고, 어머니 윤 씨가 진지하게 들려주던 부엌 조왕신께도 빌었다. 실로 알 수 없는 노릇이었다. 사람이 급해지면 신봉하는 대상이 누구든 상관없이 오직 그 절대적인 존재를 향해 미친 듯이 매달리게 되는 것일까?

맞는 말이었다. 지금 그 순간의 비화에게 가장 시급하고 중요한 것은 오직 단 하나, 내 자식 준서를 보호하는 일, 그것이었다. 세상이 끝난다고 할지라도 그랬다.

'지발 지발 우리 준서를…….'

마침내 비화의 기도가 그 뜻을 이루어내었다. 부모 가슴을 철렁 내려앉게 만들던 준서 울음소리가 기적을 일으키듯 조금씩 잦아들기 시작한 것이다. 핏기가 보이지 않는 재영 얼굴에도 안도의 빛이 살아났다.

그러나 만호는 노골적으로 너무너무 아쉽다는 기색을 드러냈다. 그뿐만 아니라 은행나무 목신을 원망하는 빛이었다.

'니눔, 니눔이?'

비화는 시퍼렇게 날 세운 눈길로 그런 만호를 한참 노려보다가 제주 노인에게로 얼굴을 돌리며 말했다.

"어르신, 인자 괜안심니더. 우리 애기가 잘라쿠네예."

그러고는 이내 하는 소리가 이랬다.

"아까 전에 하시던 그 이약 더 해주이소."

"여보."

재영은 아내의 지독함에 내심 혀를 휘휘 내둘렀다. 허나연 같은 여자는 열이 넘게 온대도 당해내지 못할 아내였다.

"으."

만호와 상녀도 질리는 표정이었다.

"하기사 오데 다린 데 가서는 이런 이약 듣기 안 심들까이."

늙은이가 참 기력도 좋았다. 제주 노인은 그의 머리칼과 마찬가지로 듬성듬성 빠진 이빨 사이로 침까지 튀겨가며 다시 이야기를 늘어놓았다.

"원래 저 은행나모 곁에는 집 한 채가 있었다 쿠데. 우떤 백중날 뒤안에서 지짐을 부치는데……."

황달을 앓는지 약간 노란 빛을 띤 눈알을 딱 고정시켰다.

"그 집 주인이 안 있는가베."

제주 노인은 가쁜 숨을 몰아쉬었다.

"발 뜨겁다, 내 발이 뜨겁다, 함서 고마 죽는 기라."

비화는 제 입으로 이야기를 더 계속하라고 했지만 들을수록 께름칙했다. 아무래도 염 부인이 목을 매달아 죽은 게 '나무'라는 선입견이 강렬하게 작용한 탓일 것이다. 같은 종류의 나무는 아닐지라도 나무는 나무였다.

'에나 나모의 저주가 내린 것일까?'

담대한 그녀였지만 온몸에 소름 기가 확 끼쳐 들었다. 이제 막 은행나무에 와 앉는 까마귀 한 마리가 이상할 정도로 신경에 거슬렸다.

'그렇다모 나모는 와 그런 몬된 무서븐 저주를 쏟아내는 기까?'

이거 안 되겠다 싶었다. 좋은 쪽으로 보려고 했다.

'무담시 호사꾼들이 지이낸 기 아이까? 하모, 그랄 끼거마는.'

나무라면 무슨 나무든지 가리지 않고 모두 좋아하는 비화였다. 산판을 살 때도 가능하면 크고 오래된 나무들이 많은 곳을 골랐다.

그뿐만이 아니었다. 성 밖 고향 집 마당에 자라는 오동나무나 무화과나무는 비화 마음에 하나의 신처럼 뿌리내리고 있다. 지금도 친정집에 들를 때면 멀리서 담장 너머로 그 정원수들이 보이면 너무나 반가운 나머지 가슴부터 뛰곤 하는 비화였다.

그런데 이상했다. 나무가 너무 싫어졌다. 거기 은행나무도 마찬가지였다. 그 가지 수만큼의 팔을 가진 흉측한 괴물로 보였다. 나무껍질이 쭈글쭈글한 마귀 할망구같이 느껴졌다. 길고 많은 뿌리가 땅거죽을 꽉 움켜쥐고 집어삼키려는 거대한 거미발로 변해 있었다.

비화는 그 은행나무를 잘라내 만든 나막신을 생각했다. 그러고는 그 신의 콧속을 호비어 파내는 호비칼을 떠올렸다. 몸이 바짝 굽고 날이 양쪽으로 나 있는 칼이었다. 만호가 그 은행나무라면 나는 호비칼이라고 보았다.

그러던 비화는 또 가슴이 덜컥 내려앉았다. 안고 있는 준서 몸이 뜨거워지는 것 같았다. 또 신열이 돋는가? 이런 형편없는 망상까지 다 덤벼들었다. 그 집 주인은 발이 뜨겁다면서 죽었다고 하는데, 혹시 내 아들도 온몸이 뜨거워지면서…….

도대체 우리에게 무슨 변고가 뻗치려는가? 더없이 불길하고 초조해지는 이 심정을 무슨 말로 나타낼 수 있을까? 아니다. 이따위 되지도 않은 미신 같은 생각을 멀리 쫓아버릴 주문呪文이라도 하나 얻었으면 했다.

"그 집 쥔이 죽고 나서 본께 말이제."

제주 노인은 사람이 죽은 이유를 들려주고 있다.

"아, 지짐 굽는다꼬 솥 걸어놓고 불 땐 거게가 바로 저 은행나모 뿌리가 있는 곳이었던 기라."

만호는 그다지 좋지 못한 비화 안색을 한번 훔쳐보고는, 무슨 기회를 얻은 것처럼 역시 저주 내리듯 입을 열었다.

"뿌리가 타삔 기다, 그런 소리지예?"

"아암, 그렇제."

까마귀도 그렇다는 듯 '까악, 까악' 하고 기분 나쁜 소리를 내었다.

"그래 나모구신이 화가 나갖고 그 집 주인을 잡아간 기다, 그 이약이지예?"

"아암, 그렇제."

제주 노인은 제 이야기에 자아도취 된 모습으로 연방 고개를 끄덕끄덕했다. 그런 만호와 제주 노인을 노려보듯 하는 비화 눈길이 갈수록 곱지 못했다.

"우리 준서 몸이 좀 뜨거버지는 거 겉어예. 고마 집으로 돌아가이시더."

비화는 다른 사람들이 알아듣지 못하게 작은 소리로 재영에게 말했다.

"모, 몸이?"

재영이 움찔하면서 얼굴이 짙은 근심에 싸였다.

"한약방에 가서 약이라도 한 첩 지이 멕이든지 해야것어예."

비화 그 음성은 더 밑으로 깔려 나왔다. 재영도 목소리를 낮추었다.

"그래갖고 따뜻한 방에 눕히는 기 좋것소."

은행나무 아래 옹기종기 모여 앉은 마을 사람들은 아마 그날 밤을 새울 모양이었다. 제주 노인과 만호 부부도 그들 속에 섞였다. 은실만 변함없이 비화 품에 안긴 준서를 바라볼 뿐이었다. 만호와 상녀를 닮은 데가 없는 것 같은 은실을 보는 비화 심경이 무어라 말할 수 없이 야릇하고 묘했다.

'저 아이 대代에 가모 두 집안 악연이 사라질라나?'

비화가 그렇게 느낄 정도로 어린 은실 눈은 순수하고 맑았다. 또 한 번 세상에는 부모와 다른 자식도 적지는 않은가 보다 싶었다. 비화 머릿속에 그러한 생각을 끌어낸 것은 억호와 분녀 자식인 동업이란 아이였다.

'그 아도 우짜모 진짜 지 친부모 닮았는가 모리제. 친부모가 눈고 궁금타.'

그 황망한 중에도 이런 생각이 들었다.

'어머이가 이쁜 여자 겉다. 머스마가 그리 곱상하거로 생긴 거 본께.'

참으로 이상한 노릇이었다. 도대체 어디서 비롯된 망발일까? 스스로도 예상치 못한 이런 마음까지 일었다.

'웬수 집안서 키우는 아아지만도 탐나는 구석도 안 있는가베.'

그때 재영이 비화 정신을 돌려놓았다.

"집에 가자 해놓고, 와 멀거이(멀거니) 서 있는 기요?"

"예? 예."

은행나무에 앉아 있던 까마귀가 문득 '푸드덕' 소리를 내면서 하늘로 날아올랐다. 영물이라고 알려진 그 새의 날갯짓은 세찼다.

"쌔이 갑시다."

"그라이시더."

재영은 아내가 자기 친아들 동업을 생각하고 있다는 사실은 까마득히 모른 채 속히 그 마을을 떠나고 싶어 했다. 수백 년 이상 묵은 거목답게 굉장히 멀리까지 길게 뻗어 있는 뿌리가 사람 발목을 세게 휘어 감고 놓아주지 않을 것 같은 곳이었다. 재영은 차마 입 밖으로는 내지 못하고 속으로만 생각했다.

'여 땅은 안 샀으모 좋것다.'

하지만 비화는 달랐다. 절대 그 마을을 포기할 수 없다고 발악 부리듯 다짐했다. 그것은 임배봉 일가에게 패배하는 것이라고 치부했다. 비단을 이길 수 있는 것은 땅이 아니냐? 비화는 자신에게 최면 거는 심정으로 말했다.

'물러서모 안 된다, 비화야.'

지금 염 부인 원혼이 어디선가 이 모든 것을 지켜보고 있을 것이다. 염 부인을 실망시켜서는 안 된다. 물론 언젠가 배봉 때문에 계약까지 마쳤던 땅을 빼앗겼던 것처럼 만호와 상녀의 방해가 예상되기도 했다. 쉽지는 않을 것이다.

'우짜노? 우짜모 좋노?'

그러나 꼭 이겨내어야만 한다, 꼭꼭. 저 은행나무에 붙어 자생하고 있는 신기한 머루를 보아라. 지금은 비록 말라비틀어진 형편없는 줄기뿐이지만 여름이 오면 예쁜 꽃이 피고 가을에는 검은 열매가 탐스럽게 익어갈 것이다.

칭얼거리는 준서를 등에 업고 재영과 나란히 은행나무마을 동구를 벗어나면서 얼핏 뒤돌아본 은행나무가 다시 오라고 손짓하는 것 같았다. 비화는 나무가 정답게 건네는 이런 소리를 들었다.

―내 몸에는 길조吉鳥만 산단다. 까치와 딱따구리가 깃들이고 있지. 너도 와서 내 몸에 둥지를 틀어보려무나.

준서 몸뚱이는 여전히 뜨거웠다. 아니, 시간이 흐를수록 작은 불덩이와도 같았다. 그리고 아이에게 열기가 오르는 그만큼 비화 마음은 거꾸로 차가워져만 갔다.

정말 우리가 부정 탈 곳에 왔는가? 그럴까? 하지만 발걸음만은 힘차게 내디뎠다. 그녀 삶의 터전인 상촌나루터가 있는 곳에 가서 따뜻한 콩나물국밥 한 그릇 말아서 훌훌 마시면 기운이 막 솟아날 것이다.

준서야, 물만 먹고도 잘 자라는 콩나물처럼 쑥쑥 자라다오.

그래, 그렇다. 목신의 저주를 축복으로 바꿀 수 있는, 그날이 올 때까지 이렇게 잠시도 쉬지 않는 걸음으로 힘차고 억세게 나아갈 것이다.

- 백성 2부 8권으로 계속

백성 7

초판 1쇄 인쇄일 • 2023년 10월 25일
초판 1쇄 발행일 • 2023년 10월 30일

지은이 • 김동민
펴낸이 • 임성규
펴낸곳 • 문이당

등록 • 1988. 11. 5. 제 1-832호
주소 • 서울시 성북구 동소문로 65-2 삼송빌딩 5층
전화 • 928-8741~3(영) 927-4990~2(편)
팩스 • 925-5406

ⓒ 김동민, 2023

전자우편 munidang88@naver.com

ISBN 978-89-7456-559-6 03810

값은 뒤표지에 표시되어 있습니다.